Lizzy Waters

Was mir fehlt

Romantasy

Lizzy Waters

Was mir fehlt

Romantasy

© 2024 Lizzy Waters
Cover: Katja Hemkentokrax
Lektorat: Stephan Berg
Korrektorat: Astrid Jones
Buchsatz: Evelyn Zimmermann
Verlag: BoD · Books on Demand GmbH, In de Tarpen 42, 22848
Norderstedt
Druck: Libri Plureos GmbH, Friedensallee 273, 22763 Hamburg
ISBN: 978-3-7583-3972-1

Bibliografische Information der Deutschen Nationalbibliothek: Die
Deutsche Nationalbibliothek verzeichnet diese Publikation in der
Deutschen Nationalbibliografie; detaillierte bibliografische Daten sind
im Internet über http://dnb.dnb.de abrufbar.
Die automatisierte Analyse des Werkes, um daraus Informationen
insbesondere über Muster, Trends und Korrelationen gemäß §44b
UrhG („Text und Data Mining") zu gewinnen, ist untersagt.

Für alle, die nicht wissen,
wie nah sie ihren Träumen sind.

1

Piep.

„Ich sagte doch, sie wacht heute auf." Die dunkle Stimme ist direkt neben mir, aber ich kann die Augen nicht öffnen. Ein holziger Duft lässt Wärme durch mich hindurchströmen. Wer ist da?

„Du hattest recht. Geh jetzt, du bist noch nicht bereit."

Ich stöhne. Die gedämpften Stimmen fühlen sich an wie Presslufthämmer, die durch meinen Kopf dröhnen. Eine Tür öffnet und schließt sich.

Piep.

Mit aller Anstrengung schaffe ich es kurz, die Augen zu öffnen, aber das gleißende Licht lässt sie mich sofort wieder schließen. Wo bin ich? Panik steigt in mir auf und mein Puls rast. Ich kann weder meine Beine noch meinen rechten Arm spüren. Jeder Atemzug schmerzt, als würde ein Bus auf meiner Lunge stehen. Verdammt, was ist los mit mir?

Piep.

Meine Rippen tun höllisch weh, doch das Schlimmste ist der stechende Schmerz in meinem Kopf.

Piep.

Ein metallischer Geschmack in meinem Mund lässt mich trocken schlucken, da holt mich der Schlaf wieder zurück.

Erneut öffne ich die Augen und blinzele krampfhaft. Neben mir raschelt etwas und ich bewege meinen Kopf in Zeitlupentempo nach rechts. Mit all meiner Energie kämpfe ich gegen die Erschöpfung an. Neben mir sitzt eine große Frau, die sich mit gerunzelter Stirn über mich beugt. Sie legt eine Hand auf meinen Arm. Wieso kann ich sie nicht spüren? Mein Atem geht schneller. Das lange blonde Haar der fremden Frau fällt ihr glatt über die Schultern und ein beruhigender Duft geht von ihr aus. Ist das Lavendel? Aus großen braunen Augen lächelt sie mich an.

„Wer sind Sie?" Meine Stimme klingt rau und brüchig. Es fühlt sich an, als hätte ich Jahrzehnte kein Wort gesagt.

Ihr Lächeln wird breiter. „Schatz, du hattest einen Unfall auf der Straße", sagt sie mit einer wunderbar ruhigen Stimme, es klingt fast, als würde sie singen. „Ich bin so froh, dass du wach bist. Du lagst elf Tage im Koma." Ihre Worte sind klar und deutlich, doch der Sinn dringt nicht zu mir durch. Ich weiche ein wenig zurück, denn dafür, dass ich sie nicht kenne, ist sie ganz schön nah. „Wer sind Sie?", frage ich erneut, diesmal mit kräftigerer, aber immer noch rauer Stimme.

„Schatz, das hast du mich gestern auch schon gefragt. Ich bin Keyla, deine Mutter. Kannst du dich denn nicht daran erinnern?"

Langsam schüttele ich den Kopf, zucke aber im selben Moment zusammen. Mein Gehirn wummert gegen meine Schädelwand. Verdammt.

„Die Ärztin meinte, du leidest an einer vorübergehenden Amnesie", spricht sie weiter, „aber das kommt sicher alles in Ordnung. Dir wird nach einiger Zeit alles wieder einfallen, glaub mir."

Träume ich noch? Ich blinzele und schaue mich in dem hellen Zimmer um. Der Schmerz fühlt sich ziemlich realistisch an.

Ich wende mich wieder der Frau zu. Mit aller Kraft denke ich nach, doch ich kann mich an kein letztes Aufwachen erinnern. Lügt sie? Nein, wieso sollte sie das tun? Sie sitzt immerhin an meinem Krankenhausbett. Aber was, wenn sie wirklich die Wahrheit sagt?

Ich atme vorsichtig ein. „Sie, äh … du meinst … ich kann mich an nichts erinnern?" Ich krame nach der Erinnerung, die erklärt, warum ich hier liege. Nichts. Stattdessen packt mich eine überwältigende Müdigkeit.

„Ja, so in etwa", sagt die Frau, die behauptet meine Mutter zu sein, und lächelt mich aufmunternd an. „Leider muss ich schon gehen, ich sollte eigentlich bei der Arbeit sein. Aber ich wollte da sein, wenn du wieder aufwachst und der Ärztin Bescheid sagen. Mach's gut, meine Liebe." Sie drückt meinen Arm, den ich immer noch nicht spüre, und steht auf. In ihrem beigen Trenchcoat sind ein paar Falten, wahrscheinlich vom langen Sitzen. Wie lange sie wohl bei mir war? Sie ist fast so groß wie der Türrahmen, durch den sie jetzt den Raum verlässt.

Moment mal! Sie kann doch jetzt nicht einfach gehen und mich mit dieser Behauptung allein lassen. Ich will protestieren, doch die Tür fällt schon ins Schloss. In meinem Kopf hämmern tausend Fragen. Kann ich mich wirklich an nichts erinnern? Ich krame in meinem Kopf und versuche an meine Eltern zu denken. Nichts. Freundinnen? Nichts. In meinem Kopf herrscht gähnende Leere.

Verdammt, da muss doch irgendwas sein. Mein Magen verkrampft sich. Wie kann diese Frau einfach hier rein stolzieren und so etwas zu mir sagen? Vorsichtig stoße ich den Atem aus, so dass meine Rippen nicht allzu sehr wehtun.

Unruhe macht sich in mir breit. Nichts in diesem Raum kommt mir bekannt vor. War ich tatsächlich schon einmal wach? Durch die Fenster kann ich nichts erkennen, denn blaue, steril aussehende Vorhänge versperren mir die Sicht nach draußen. Beim Versuch mich aufzusetzen, zucke ich vor Schmerzen zurück.

Ein Klicken lässt mich aus meinen Gedanken aufschrecken. Es ist erneut die Tür und eine kleine Frau mit braunem Bob betritt den Raum. Sie trägt einen weißen Kittel und darunter eine graue Hose. Ohne den knallpinken Lippenstift könnte sie fast unscheinbar wirken.

„Guten Tag, Nara." Mit einem kurzen Blinzeln begrüßt sie mich und kommt an meinem Fußende zum Stehen. Sie nimmt ein Klemmbrett aus dem Bettgestell und wirft einen kurzen Blick darauf.

„Ich bin Dr. Leana Dorah, deine Neuropsychologin. Wie geht es dir?" Ihre dunkle Stimme erinnert mich an einen großen, bärtigen Mann.

Ich zucke mit den Schultern, bereue es aber sofort. Von meinem Nacken bahnt sich Schmerz in meinen Kopf. „Ich weiß nicht, um ehrlich zu sein. Können Sie mir vielleicht sagen, was mit mir los ist?"

Dr. Dorah seufzt, nickt aber verständnisvoll und lässt sich auf dem Stuhl nieder, auf dem vorhin noch meine Mutter gesessen hat.

„Es scheint, als hättest du eine Amnesie, also einen Gedächtnisverlust. Das passiert nicht selten bei schweren Verkehrsunfällen, deiner ist jedoch sehr ausgeprägt. Ich nehme an, du kannst dich nach wie vor an nichts erinnern?"

Ich schüttele vorsichtig den Kopf und die Ärztin nickt, als hätte sie das erwartet.

„Es ist so, Nara. In diesen Fällen zeigen oft einige der Teile im Gehirn wenig Aktivität. Darunter die *Face Area*, welche dafür zuständig ist, dass du Menschen und ihre Gesichter erkennen kannst. Die sitzt ungefähr hier." Sie berührt sanft eine Stelle ein paar Zentimeter hinter meinem rechten Ohr. „Möglicherweise hast du einen komplexen Ausfall einiger anderer Regionen, darunter die, die für vergangene Erfahrungen und emotional aufgeladene Domänen zuständig sind."

Ich verstehe nur Bahnhof und blicke sie mit gerunzelter Stirn an.

„Es scheint, als sei deine Amnesie retrograd", fährt sie fort, „das bedeutet, du kannst keine Erlebnisse abrufen, die *vor* deinem Unfall passiert sind. An alles, was du jetzt erlebst, wirst du dich erinnern können." Sie spitzt die pinken Lippen, während sie etwas auf dem Klemmbrett einträgt. Jetzt sieht sie auf und schlägt die Beine übereinander. „Willst du noch etwas wissen?"

„Was kann ich tun, damit ich mich wieder erinnere?"

Dr. Dorah weicht meinem Blick aus und sieht auf die Uhr gegenüber von meinem Bett. Viertel nach neun. „Das ist eine gute Frage, Nara. Eine, die ich dir nicht sofort beantworten kann. Die Amnesiepatient*innen, die ich bis jetzt hatte, haben sich teils innerhalb von zwei Wochen erholt. Andere dagegen erst später. Das ist individuell verschieden, je nach Ursache. Wir werden in den nächsten Tagen ein paar Screenings und neuropsychologische Tests machen, in der Hoffnung, dass wir mehr über deine Lage herausfinden können."

Na wunderbar. Heißt das, sie weiß selbst nicht, ob ich mich erhole? Ich seufze, nicke aber zum Dank und presse die Lippen aufeinander. Ich habe wohl keine andere Wahl als abzuwarten. „Drück den Knopf dort, wenn du was brauchst. Es ist immer jemand da. Wir sehen uns, Nara." Mit diesen Worten verlässt Dr. Dorah den Raum.

Mein Atem geht schnell und ich schließe die Augen. Ich brauche Schlaf. Dringend. Wenn ich aufwache, ist hoffentlich alles wieder normal.

Aber nichts passiert. Jedes Mal, wenn ich aufwache, befinde ich mich in demselben Bett und starre auf dieselben blauen Vorhänge. Zwei Tage später beschleicht mich das Gefühl, dass das alles kein schlechter Traum ist. Das ist verdammt real. In meinem Kopf herrscht Leere. Appetitlosigkeit vermischt sich mit Übelkeit. Wieso um Himmels willen kann ich mich an nichts erinnern? Ein kaputtes Gehirn, so fühlt sich das an. Kann man das nicht einfach wieder anstellen, irgendwie? Immerhin bin ich in einem Krankenhaus, die müssen sich doch auskennen mit so was. Seit die Neuropsychologin da war, ist nicht viel passiert. Zwei Pfleger wechseln sich ab, geben mir morgens Thrombosespritzen und statten mir dreimal am Tag einen Besuch mit Mahlzeiten ab, die ich nur selten einnehme.

„Nicht mal ein bisschen?", fragt mich Jeremy, der Pfleger, den ich am liebsten mag. Er stellt mir nicht jedes Mal dieselben Fragen, die ich ja doch nicht beantworten kann. Dominic dagegen macht immer ein Gesicht, als hätte er auf etwas Saures gebissen, wenn ich ihm die Jahreszahl wieder nicht nennen kann. Das hilft einem echt nicht weiter.

Stöhnend kapituliere ich. „Na gut, ein Stück Brot kann nicht schaden."

Jeremy schenkt mir als Belohnung ein breites Grinsen und schiebt den Teller näher zu mir hin. „Glaub mir, das

Essen hier ist gar nicht so übel, wenn man sich mal in den Speiseplan reingefuchst hat. Vermeide nur die weißen Soßen und du bist sicher." Mit seinen tätowierten Fingern rückt er mein Kissen zurecht und lässt mich mit meinem Abendessen allein. Bis jetzt habe ich lediglich Sachen zu mir genommen, die man mit der Hand essen kann. Da ist ein Zittern in meiner rechten Hand, das es mir absolut unmöglich macht, das Besteck richtig zu halten.

Ich beiße gerade in das Körnerbrot, da schwingt die Tür erneut auf. Dr. Dorah tritt ein und schnappt sich das Klemmbrett an meinem Fußende. Kauend beobachte ich, wie sie konzentriert die pinken Lippen schürzt und die Dokumente studiert.

„Sieht aus, als wärst du deutlich stabiler." Sie steckt das Klemmbrett zurück in das Bettgestell und lässt sich auf meine Matratze neben meine Füße sinken. „Erzähl mal, wie geht's dir? Hat sich in den letzten beiden Tagen etwas verändert?"

Um ehrlich zu sein, weiß ich nicht so recht, was ich auf die Frage antworten soll.

„Ich denke nicht. Mir geht's weder besser noch schlechter. Wobei, das Atmen fällt mir leichter, vorgestern haben die Rippen noch mehr wehgetan." Ich schnipse einen Krümel von meiner Bettdecke. „Dr. Dorah, wissen Sie zufällig, ob noch mal jemand von meiner Familie da war?" Es ist mir fast peinlich, diese Frage zu stellen. Aber um ehrlich zu sein, mache ich mir langsam Gedanken, ob sich überhaupt jemand für mich interessiert. Kein Anruf, keine Karte, nichts. Sollte nicht meine Mutter wenigstens nochmal auftauchen?

„Deine Eltern sind viel beschäftigte Menschen, Nara. Ich kenne sie zufällig und bin mir sicher, dass sie ihren

Grund haben, es nicht hierher zu schaffen. Kann ich dir vielleicht stattdessen mit irgendwas behilflich sein?"

Viel beschäftigte Menschen also. Ich schüttele den Kopf. „Außer Sie können mir mein Gedächtnis zurückgeben", sage ich halb im Spaß. Doch sie hat den Schmerz in meiner Stimme offenbar gehört, denn ihr Mund ist nun nur noch eine pinke Linie.

„Ich weiß, das kann hart sein, so eine Erfahrung. Vielleicht können wir in den nächsten Tagen schauen, wo deine Ressourcen liegen. Etwas, das du gut kannst oder das dir Spaß macht. Ins Tun zu kommen, wirkt oft Wunder. Wenn die Frakturen an deinen Beinen besser verheilt sind, kannst du vielleicht sogar mal an die frische Luft. Wie hört sich das an?"

Ich nicke und sehe zu der Schiene an meinem rechten Bein, die unter der Bettdecke hervorlugt. Wenigstens ist das Gefühl in den Armen und Beinen zurück, was die Schmerzen jedoch nicht besser macht. Im Moment würde ich alles tun, wenn ich dafür nur meine Erinnerungen wiederhaben könnte.

Vielleicht wird es ja wirklich gut, wenn ich genug schlafe. Ich bin schließlich nicht verrückt. Oder?

Den restlichen Abend verbringe ich damit, die Ritzen in der Decke zu zählen – es sind vierhundertsiebenunddreißig – bis ich schließlich in einen leichten, unruhigen Schlaf falle. Nachts erwache ich schweißgebadet aus einem Albtraum mit farbigen Dreiecken und Vierecken, die auf mich einprasseln. Ich kann mich nicht bewegen. Vor mir sehe ich noch die grünen und gelben Dreiecke, die auf mich zuschießen und mich zu ersticken drohen. Ich weiß, dass ich wach bin und trotzdem kann ich meine Lider nicht öffnen. Ich möchte mir über die Augen reiben, aber mein Arm gehorcht mir nicht und bewegt sich keinen Zentimeter. Mit aller Kraft versuche ich die Beine oder meinen Kopf zu bewegen, was genauso wenig funktioniert. Um Gottes Willen, was passiert hier? Ich weiß genau, dass ich wach bin, ich höre doch Schritte auf dem Gang. Plötzlich sind da wieder die Formen, diesmal Rechtecke. Ein rotes rast geradewegs auf mich zu und ich atme es ein. Es fühlt sich an, als würde ich ersticken. Ich möchte husten, doch mein Körper gehorcht mir nicht. Da geht auf einmal die Tür auf und ich schrecke hoch. Ein kleiner Lichtkegel scheint auf den Boden, wo die Tür sich geöffnet hat. Dominic steht in der Öffnung und stellt leise eine Packung Handschuhe in das Regal. Und schon ist er wieder weg. Mein Nacken knackst, während ich meinen Kopf von der einen Schulter zur anderen kreise. Stöhnend fasse ich mir an den Kopf und wische mir den Schweiß von der Schläfe. Was um Himmels Willen war das bitte? War ich gelähmt? Mein Puls rast und ich blicke auf den Wecker auf dem Nachttisch. *04.53 Uhr*. O Mann. Ich sollte weiterschlafen, bin aber hellwach. Und so sitze ich eine Weile aufrecht im Bett und sehe durch den halb zugezogenen Vorhang auf die Lichter draußen.

2

Am nächsten Morgen weckt Jeremy mich auf. Ich muss wohl doch wieder eingenickt sein. Beschwingt zieht er die Vorhänge auf und ich kneife die Augen zusammen. Bei seinem freudestrahlenden Gesicht kann ich aber nicht anders, als zu lächeln. Der Typ ist ein Energiepaket.

„Heute gibt's Kaiserschmarrn und ich akzeptiere kein Nein. Und wenn ich dir die zuckrigen Teile selbst in den Mund stopfen muss." Mit verschränkten Armen stellt er sich neben mein Bett und mustert mich. „Wie sieht's aus, sollen wir dich heute mal duschen? Glaub mir, das bewirkt Wunder."

„Wenn du es mit meinem zerquetschten Körper aufnehmen willst?" Ich hebe eine Augenbraue und Jeremy schnalzt mit der Zunge.

„Du glaubst nicht, mit was für schrumpeligen Ärschen ich es hier schon aufgenommen hab, da sind ein paar blaue Flecke nicht der Rede wert."

Ich grinse. Hätte Dominic das gesagt, hätte ich mich wahrscheinlich geärgert, dass er meine Verletzungen so belanglos darstellt. Aber bei Jeremy macht es mich eher locker. Es gefällt mir, dass ihn mein kaputter Kopf nicht zu scheren scheint. Bei dem Gedanken an Dominic fällt mir das Erlebnis von heute Nacht wieder ein. Als ich Jeremy davon erzähle, sieht er mich unbeeindruckt an.

„Hört sich an, als hättest du eine Schlafparalyse gehabt. Menschen haben das manchmal, wenn sie psychischem Stress ausgesetzt sind. Manchmal kommt das aber auch einfach so. Dein Geist ist quasi wach, aber dein Körper ist noch im REM-Schlaf, das ist die

Schlafphase, in der du am wildesten träumst. Kann echt freaky sein."

Ich grunze zustimmend und reibe mir die Augen.

„Dann wollen wir mal", sagt er und nimmt eine Thrombosespritze aus der Packung auf meinem Nachttisch. Ich schlage die Bettdecke zur Seite und blicke auf meine mageren Oberschenkel, die von dem Gepikse schon ganz blau sind. Jeremy kneift in mein rechtes Bein und sticht die Spritze in das Stück Haut zwischen seinen Fingern. Ich würde nicht sagen, dass ich mich daran gewöhnt habe, aber im Vergleich zu dem dauerhaft stechenden Schmerz in meinen Unterschenkeln fühlt sich alles andere wie das Streicheln einer Feder an.

Am Mittag sitze ich frisch geduscht in meinem Bett, den duftenden Teller mit Kaiserschmarrn vor mir auf dem Tablett. Jeremy hat nicht zu viel versprochen: Das Zwetschgenkompott und die leicht karamellisierten Stücke lassen mir das Wasser im Mund zusammenlaufen. Aufmunternd blickt er auf das Besteck, das daneben liegt. Okay, Nara, du schaffst das. Geräuschvoll atme ich ein und greife nach der Gabel. Vorsichtig schiebe ich sie unter ein Stück des Teigklumpens und hebe sie an. Auf dem Weg zu meinem Mund zittere ich so stark, dass das Stück Kaiserschmarrn auf meinem Oberteil landet.

„Verdammt", murmele ich.

„Nur mit der Ruhe. Lass dir Zeit und konzentriere dich darauf ruhig zu atmen." Jeremy nimmt das Stück und legt es zurück aufs Tablett.

Ich schlucke und starte einen neuen Versuch. Dieses Mal konzentriere ich mich so sehr auf meine Hand, dass das neue Stück vor lauter Zittern von der Gabel plumpst und über das Bettlaken auf den Boden rollt. Ich stoße den Atem aus und knalle die Gabel etwas zu doll auf das Tablett zurück.

Jeremy schnappt sich das Stück vom Boden und katapultiert es mit einem gekonnten Wurf in den Mülleimer neben der Tür. Während er sich die Desinfektionsflasche vom Tisch schnappt und sich etwas von dem Zeug in die Hände schüttet, glitzern seine Augen schelmisch.

„Sag mal, hast du schon an Aufpiksen gedacht?" Er verreibt das Mittel in seinen Händen und hebt eine Augenbraue. Ich gebe einen schnaufenden Lacher von mir, zur Hälfte aus Verzweiflung, zur anderen Hälfte, weil das gar keine schlechte Idee ist. Ich pikse also das nächste Stück mit der Gabel auf und befördere es ohne Probleme in meinen Mund.

„Klappt doch." Jeremy zuckt mit den Schultern und bewegt sich zur Tür.

„Mhm", sage ich kauend. Na gut, dann gibt's jetzt eben nur noch Kaiserschmarrn. Damit könnte ich leben.

Am Nachmittag liege ich eine Stunde lang in einer Röhre, die meine Hirnaktivität messen soll. Danach steht die neuropsychologische Übung an. Es ist eine Aufgabe auf Grundschulniveau, die ich ohne Probleme meistere. Auf dem Bildschirm des Laptops auf meinem Schoß sind Gegenstände abgebildet, die ich in einer nächsten Runde in einem Haufen anderer Gegenstände wiedererkennen soll.

„Okay", sagt Dr. Dorah, „dein Kurzzeitgedächtnis scheint einwandfrei zu sein. Und seit wir wissen, dass du mich und die Gesundheitspfleger wiedererkennst, ist die Face Area auch wieder aus dem Spiel. Im Scan war alles unauffällig, die Ursache muss also tatsächlich etwas sein, das wir mit bildgebenden Verfahren nicht feststellen können." Sie klappt den Laptop zu und wickelt das Kabel auf.

„Das heißt?" Ich versuche mir meine Unsicherheit nicht anmerken zu lassen.

„Das heißt, wir können nicht genau sagen, warum du die Amnesie hast. Wahrscheinlich war der Unfall für dich ein höchst traumatisches Erlebnis, welches dein Gehirn nun verdrängt. Und leider auch alles, was davor gewesen ist. Jetzt hoffen wir einfach, dass mit genügend Erholung alles wieder zurückkommt." Entschuldigend zieht sie die Augenbrauen zusammen, legt den Kopf schief und berührt mich an der Schulter. „Das wird schon alles, Nara. Du bist hier bestens versorgt und manchmal braucht es auch nur ein paar neue Eindrücke, um das Gedächtnis wieder in Schwung zu bringen. Falls irgendetwas zurückkommt, melde dich bei mir."

Ich nicke und sehe ihr zu, wie sie die Protokollblätter zusammensammelt. Das soll es gewesen sein? Keine Ursache und jetzt einfach abwarten? Ich kann nicht glauben, dass mir hier niemand helfen kann. Und dazu, dass sich seit dem Besuch meiner Mutter niemand mehr hat blicken lassen.

Dr. Dorah verlässt den Raum, gerade als Dominic, der andere Pfleger, hereinkommt. Er wirft etwas auf mein Bett.

„Hier, das soll ich dir von Jeremy geben. Kein Plan, was du damit anfangen sollst." Und schon ist er wieder weg. Ich schneide eine Grimasse in Richtung Tür und sehe mir die Zeitschrift, die jetzt in meinem Schoß liegt, genauer an. Es ist eine Gartenzeitschrift und auf dem Cover klebt ein Post-it. *Das war alles, was ich dem Krankenhauskiosk entlocken konnte, was nicht für Rentner war. Tob dich aus. Ressourcen und so* steht da geschrieben und dahinter ein lachender Smiley, der die Zunge rausstreckt. Ich grinse in mich hinein. Wenigstens einer, der an mich denkt.

Eine Woche nach dem ersten Aufwachen sind die Schmerzen schon deutlich weniger, was nicht zuletzt an den Ibuprofen liegt, die täglich in mich hineingepumpt werden. Aber meinem Oberkörper und der Schulter scheint es wirklich besser zu gehen, denn mit jedem Tag kann ich meinen rechten Arm ein Stückchen höher heben. Von den Erinnerungen keine Spur. Ob ich überhaupt meinen Namen wüsste, wenn er mir nicht gesagt worden wäre? Es macht mich fertig, dass ich offenbar ein unbeschriebenes Blatt bin. Nara, die Ahnungslose. Das hört sich verdammt traurig an. Dafür weiß ich jetzt alles über Topfpflanzen und Düngemethoden beim Gemüseanbau auf dem Balkon. Mein Blick fällt auf die Zeitschrift auf meinem Nachtkästchen und ich seufze. Kaum zu glauben, aber das Lesen stellt tatsächlich ein Highlight meines Tages dar, auch wenn ich den Inhalt mittlerweile auswendig kann. Wenigstens das scheint mein Gehirn hinzubekommen. Die Seiten sind abgegriffen und an den Stellen, die ich interessant fand, habe ich ein Stück des Post-its reingeklebt. Ich muss unbedingt daran denken, Jeremy nach einer neuen Zeitschrift zu fragen. Mir egal, ob sie für Rentner ist, ich muss irgendwas tun. Herumlaufen kann ich vergessen, meine Beine erlauben mir nicht einmal, dass ich selbstständig zur Toilette gehe. Jedes Mal muss ich klingeln, damit mich jemand im Rollstuhl ins Badezimmer schiebt.

Nach zwei Wochen werde ich langsam ungeduldig. Wie kann es sein, dass mich immer noch niemand besuchen kam? Sollte da nicht irgendjemand sein, der sich für mich interessiert? Was ist das bitte für eine Familie? Auch wenn ich bis jetzt ja nur von meiner Mutter weiß. Vielleicht ist sie alleinerziehend und rackert sich gerade irgendwo ab, damit ich hier gemütlich im Krankenhaus rumsitzen kann. Ich sollte nicht so undankbar sein, immerhin geht's mir gut und ich habe den Unfall überlebt. Mittlerweile bin ich zwar in einem Zweibettzimmer, doch die ältere Dame, die im Bett neben mir liegt, schläft noch mehr als ich. Gerade eben schnarcht sie vor sich hin, während eine klare Flüssigkeit in ihren Arm läuft. Die Zeit, in der sie wach ist, hat sie den Fernseher auf volle Lautstärke gestellt, was unfassbar nervig ist. Meine Stimmung wechselt stündlich zwischen Verzweiflung, Angst und Gleichgültigkeit. Ich kann nicht sagen, was davon am unangenehmsten ist. Da kommt die Ablenkung durch die täglichen Visiten, die Gehirntrainings und die Mahlzeiten gerade recht. Mittlerweile kann ich auch die zweite Ausgabe der Gartenzeitschrift, die Jeremy mir diese Woche spendiert hat, auswendig.

Ab und zu, wenn das Personal mir hilft mich zu waschen, erhasche ich einen Blick in den Badezimmerspiegel. Das Bild kommt mir fremd vor und das Mädchen, das mir aus der Scheibe entgegenblickt und sich nicht mal allein auf dem Hocker halten kann, ist schwach und abgemagert. Ob ich schon immer so ausgesehen habe?

Dann ist der Tag, an dem Dr. Dorah die frohe Botschaft verkündet: „Heute Abend wirst du von deinen Eltern abgeholt und musst dann nur noch zum Fädenziehen kommen. Die Physiotherapie wird sich um den Rest kümmern. Ich bin sicher, dass du bald wieder gehen kannst." Sie drückt mir ein Rezept in die Hand. „Ich würde sagen, wir bleiben in Kontakt, damit ich dich bei Bedarf auch an eine ambulante Psychotherapeutin vermitteln kann. Das Reden wird dir vielleicht guttun. Falls du etwas brauchst oder irgendwelche Erinnerungen zurückkommen, ruf mich am besten sofort an. Ansonsten immer schön die Beine trainieren, das wird schon." Ihre pinken Lippen formen ein breites Lächeln.

Ich blicke skeptisch auf den Rollstuhl, den sie fast feierlich mit einer ausladenden Geste präsentiert. In den letzten Tagen wurde ich oft damit herumgeschoben, aber ein Teil von mir wollte wohl nicht wahrhaben, dass ich tatsächlich auf das Ding angewiesen bin. Klar, Laufen kann ich vergessen bei den Schmerzen, die noch immer präsent sind. Dazu kommt noch die quasi nicht mehr vorhandene Muskulatur. Ich betrachte das Gestell mit den zwei großen Rädern und plötzlich trifft mich die Realität ziemlich schmerzvoll. Meine Realität. Wie kann Dr. Dorah nur so locker damit umgehen? Sie klingt fast, als hätte ich einen Sechser im Lotto gewonnen.

Dominic hilft mir beim Waschen und Anziehen und setzt mich dann in den Rollstuhl. Ich trage jetzt eine schwarze Jogginghose und ein dunkelblaues T-Shirt. Beides kenne ich nicht.

„Du siehst frisch aus." Dominic zieht einen Mundwinkel nach oben. Ich hätte mich ja gefreut über diesen Satz, wäre da nicht dieser Unterton, der mir bestätigt, dass ich die letzten zwei Wochen ganz und gar nicht frisch ausgesehen habe.

Und so sitze ich den ganzen Tag da, fahre ab und zu durch die Gänge der Station und warte darauf, dass es Abend wird. Bei der letzten Runde ramme ich zum etwa zwanzigsten Mal im Vorbeifahren eine Ecke. Unbeholfen manövriere ich das Gestell in die andere Richtung und klemme mir dabei die Hand in der Bremse ein. Zischend schüttele ich mein Handgelenk. Verdammt, wie soll ich damit nur meinen Alltag meistern? In Zeitlupentempo rolle ich zurück zu meinem Zimmer, erschöpft von der ganzen Aufregung.

Ich bin gerade dabei, über der Gartenzeitschrift einzuschlafen, die ich nun zum vierzehnten Mal lese, da klopft es an meiner Zimmertür und Jeremy betritt das Zimmer.

Ihm folgt die blonde Frau, die sich mir als meine Mutter vorgestellt hat. Sie sieht genau gleich aus wie beim letzten Mal, nur dass sie jetzt ihre langen Haare zu einem hohen Pferdeschwanz zusammengebunden hat. Das Gespräch, in das die beiden vertieft sind, handelt offenbar von mir, denn Jeremy beendet es gerade mit den Worten: „Deswegen wäre es super, wenn Sie in einer Woche noch einmal vorbeischauen könnten."

Die Frau, Keyla, nickt ihm freundlich zu und sieht mich dann warmherzig mit ihren braunen Augen an. Ich möchte schmollen, doch ihr warmer Blick lässt mich alle Zweifel vergessen. Sie war bestimmt beschäftigt. Verdammt.

Jeremy grinst mir verschwörerisch zu und hebt die mit verschnörkelten Tattoos übersäte Hand zum Abschied.

Ich bringe ein Lächeln zustande. „Danke für den Kaiserschmarrn-Trick."

„Danke, dass du die tatsächlich gelesen hast", erwidert Jeremy mit einem Blick auf die Zeitschrift. Ich kichere und er verlässt den Raum. O Mann, den werde ich echt vermissen.

„Wie geht es dir, Nara?" Keyla geht vor mir in die Hocke und legt ihre Hand auf meine. Ihre Haut ist warm und weich und da ist wieder dieser Lavendelduft, den sie ausströmt. Irgendwas daran beruhigt mich.

„Geht schon", bringe ich heraus. Wie soll es mir schon gehen? Mir ist immer noch nicht ganz wohl dabei, dass ich eine Frau vor mir stehen habe, die behauptet, meine Mutter zu sein, obwohl ich sie nicht kenne. Noch weniger komme ich damit klar, dass ich sie auf Anhieb zu mögen scheine. Doch sie ist schließlich meine Mutter, die muss man mögen … Zum Glück höre nur ich meine absurden Gedanken.

„Leana meint, du wirst schon bald deine Beine wieder vollständig benutzen können."

Leana? Ach, sie meint Dr. Dorah. Woher kennen sich die beiden, dass sie sich mit Vornamen ansprechen? Ihre Worte jedoch bringen meine Hände zum Kribbeln und mein Mund verzieht sich zu einem Lächeln. Ich kann es kaum erwarten wieder zu laufen, vor allem auch in Hinblick auf meine Rollstuhl-Fertigkeiten. Von den Rädern, die bei jeder zweiten Umdrehung klemmen, will ich gar nicht erst anfangen. Ganz will ich es Keyla noch nicht verzeihen, dass sie mich so lange allein gelassen hat. Also stelle ich ihr die Frage, die auch schon Dr. Dorah ins Stocken gebracht hat. Ich brauche eine Antwort.

„Wann werde ich mich wieder an alles erinnern können?" Ich sehe ihr direkt in die Augen und mir entgeht nicht, dass sie kurz zusammenzuckt. Keyla wendet ihren Blick ab und sagt nach einem kurzen Zögern: „Leana sagte, dass es bei ihren meisten Patienten nur ein paar

Tage bis zwei Wochen ging, bevor sie ihre vollständigen Erinnerungen wieder beisammenhatten. Sie hat aber auch von einzelnen Fällen gesprochen, bei denen es Monate oder Jahre brauchte. Aber wie gesagt, das waren nur einzelne Fälle." Sie wendet sich mir zu und sieht mir mit festem Blick entgegen. Da ist es wieder, das überzeugende Lächeln auf ihrem Gesicht. „Glaub mir Schatz, du wirst dich bestimmt schon bald wieder an alles erinnern können. Und jetzt komm, wir fahren nach Hause. Alle freuen sich schon riesig dich wiederzusehen! Ich habe das Auto direkt vor dem Haupteingang geparkt."

Mit diesen Worten packt sie die Griffe des Rollstuhls und schiebt mich aus meinem Zimmer, über die Gänge und schließlich durch die große Eingangstür des Krankenhauses. Ich wage mich nicht zu fragen, wen sie mit *alle* meint.

Wir steuern auf ein schwarzes Auto zu, das tatsächlich direkt vor dem Eingang steht. Keyla öffnet die Beifahrertür, hilft mir auf den Sitz und klappt den Rollstuhl zusammen, um ihn in den Kofferraum zu laden.

Die Fahrt dauert ungefähr zwanzig Minuten, in denen wir Radio hören und über das Unwetter sprechen, das sich durch große, dunkle Wolken am Himmel ankündigt. Es fühlt sich absurd an, mit ihr über belanglose Dinge wie das Wetter zu sprechen, zum Glück redet Keyla die meiste Zeit. Ein erster Tropfen fällt auf die Windschutzscheibe und wir fahren auf einen Stellplatz, von welchem aus man auf ein riesiges Haus blicken kann. Im Vorgarten stehen akkurat geschnittene Büsche und die Betonfassade ist von großen Glaswänden durchbrochen, welche sich in regelmäßigen Abständen das ganze Haus entlang ziehen.

Um ehrlich zu sein, wirkt es wie ein herausgeputztes Ausstellungsstück, nicht aber wie etwas, in dem Menschen zu Hause sind.

„Warte hier", sagt Keyla, steigt hinaus in den Regen und verschwindet durch die Haustür.

Witzig, was soll ich denn anderes tun außer warten? Davonlaufen werde ich sicher nicht, das steht schon mal fest. Kurze Zeit später kommt sie mit einem großen, breit gebauten Mann zurück, der etwas älter wirkt als sie und mich freundlich ansieht. Geduckt rennt er durch den Regen zum Auto, öffnet meine Tür und umarmt mich unverwandt.

„Hey, Nara, schön dich zu sehen." Seine Stimme ist tief und brummig.

„Hi."

Der Mann packt mich, hebt mich aus dem Auto und trägt mich in Richtung Haus, während Keyla mit dem Rollstuhl im Schlepptau nachkommt. Ich lasse es geschehen, dass er mich über die Türschwelle in den Flur trägt und sage nichts. Ich wünschte, ich wäre nicht so nervös. Ob mir gleich alles einfällt, wenn ich mein Zuhause von innen erblicke? Der Mann setzt mich auf einen kleinen, wendigen Rollstuhl, der mit seiner metallenen Sitzschale ein bisschen wie der fliegende Sessel von *Yoda* aus *Star Wars* aussieht. Wieso kann ich mir so einen Mist merken, aber nicht die Namen meiner Eltern?

„Den kannst du benutzen, bis du mit Gehstützen laufen kannst. Mit dem Klapperding aus dem Krankenhaus kommt ja niemand zurecht und den müssen wir sowieso in einer Woche zurückgeben. Wir behalten ihn mal, falls du mit diesem nicht zurechtkommst. Was ich nicht glaube." Er grinst breit und seine hellgrauen Augen funkeln freudig. „Du kannst erst einmal unten im Gästezimmer schlafen, so musst du keine Treppen steigen." Kurz zögert er und sieht mich an. „Ich bin übrigens Mark, dein Vater, falls du das nicht weißt. Das Zimmer ist den Gang runter und dann links." Mark lacht unsicher auf und deutet auf einen riesigen Gang, in dem sich wohl das Gästezimmer befindet.

In meinem Inneren zerreißt etwas. So fühlt es sich zumindest an. Ich habe gerade tatsächlich meinen eigenen Vater nicht erkannt. Wie kann das sein? Mein Magen zieht sich zusammen bei dem Gedanken, alle meine Familienmitglieder nach ihrem Namen zu fragen. Ich lasse Mark auf mich wirken. Er ist groß und seine kurzen braunen Locken sind ordentlich auf die linke Seite gekämmt. Die warme brummige Stimme und die Grübchen in seinen Wangen machen ihn sympathisch und lassen mich hoffen, dass er mir nicht übel nimmt, dass ich mich nicht an ihn erinnere.

Ich bedanke mich kurz und fahre wie betäubt in Richtung Gang. Mein Vater also … Nichts an ihm kommt mir vertraut vor. Außer der dunklen Haare, die ich mit ihm gemeinsam habe, hätte mich nichts darauf schließen lassen, dass wir verwandt sind.

Es ist merkwürdig, wie beide meiner Eltern das Problem mit der Amnesie so locker herunterspielen. Aber vielleicht ist es auch besser so. Ich selbst bin ja schon überfordert genug. Entweder sind Keyla und Mark tatsächlich zwei ruhige Felsen in der Brandung oder sie sind verdammt gute Schauspielende.

Das Ding, in dem ich sitze, ist tatsächlich wendiger und viel besser zu steuern als der klapprige Rollstuhl aus dem Krankenhaus. In dem langen Gang, den ich jetzt entlangrolle, gibt es viele Türen, die alle geschlossen sind. Nach was riecht es hier? Ist das Lavendel? Auf einem kleinen Regalbrett steht ein mit Flüssigkeit gefülltes Gefäß, in dem kleine Holzstäbe stecken. Zwischen den Türen hängen kleine Kunst-Postkarten in den verschiedensten Farben. Ich wüsste gerne, was in all diesen Zimmern ist, doch es kommt mir unhöflich vor einfach hineinzugehen. Was bescheuert ist, denn schließlich bin ich hier daheim.

Ich drücke die Klinke des letzten Zimmers auf der linken Seite hinunter und rolle über die Schwelle eines lichtdurchfluteten Zimmers.

Es ist hell und unauffällig gestaltet. Links steht ein breites Bett an der Wand und ein Schrank, ein riesiger Teppich, ein Spiegel und ein paar Bilder mit Meeresmotiv zieren den Raum. Gegenüber der Tür befinden sich große Fenster, durch die ich auf eine riesige Wiese, daneben ein paar Felder und einen Wald sehe. Zumindest der Ausblick ist schöner als im Krankenhaus. Ich lasse den Raum für ein paar Sekunden auf mich wirken. Nichts in meinem Gehirn regt sich. Ein Seufzen entfährt mir, ich könnte genauso gut gerade in ein Hotel eingecheckt haben. Nur keine Panik jetzt. Du bist zu Hause, Nara. Das ist um einiges besser als im Krankenhaus. Mit einem kräftigen Schwung schließe ich die Tür hinter mir, stelle die Bremsen fest und zerre mich am Holzrahmen des Betts in die Horizontale. Die Matratze gibt weich unter meinem zitternden Körper nach. Mein Atem geht schnell. Jede körperliche Bewegung ist nach wie vor ein Kraftakt für mich. Wenigstens kommt von Tag zu Tag mehr Gefühl in meine Beine, da nehme ich die Schmerzen gern in Kauf. Ich presse die Augen zusammen und denke daran, was wohl ohne den Unfall gewesen wäre. Der Schmerz, der mich dabei durchfährt, ist schlimmer als der in meinen Beinen, also verdränge ich den Gedanken schnell. Wahrscheinlich sollte ich etwas essen, aber irgendetwas hindert mich daran, wieder aus dem Zimmer zu gehen. Es ist alles so fremd. Wie peinlich ist bitte meine Ahnungslosigkeit? Mit einem Grummeln fahre ich mir durch die Haare und lasse die Hände auf meinem Gesicht liegen. Bitte, Gehirn, mach einfach, dass morgen alles wieder da ist. Ächzend rolle ich mich auf die Seite und schlafe mit Tränen in den Augen ein.

3

Als ich am nächsten Morgen aufwache, ist es schon hell. Oder vielleicht gerade noch hell? Das sollte ich vermutlich als Erstes in Erfahrung bringen. Ich setze mich auf und Muskelkater pocht in meinen Armen. Durch das ganze Rollstuhlfahren habe ich bald wahrscheinlich Oberarme wie eine Ringerin.

Ich manövriere mich vom Bett auf den Boden und rutsche auf dem Hintern zu dem gegenüberliegenden Holzschrank. Daneben steht ein Stuhl, welchen ich mir schnappe und mich langsam daran hochziehe. Uff, geschafft. Die Schmerzen beim kurzen Belasten meiner Beine halten sich in Grenzen, doch ich will gar nicht daran denken, wie es ist, wenn ich versuchen würde, mich gerade hinzustellen. Auf dem Stuhl sitzend öffne ich die hölzerne Schranktür und sauge scharf die Luft ein. Die einzelnen Fächer sind von oben bis unten mit Kleidung gefüllt. Sind das alles meine Sachen? Nichts von den ganzen Oberteilen, Hosen und Unterwäschestücken kommt mir auch nur annähernd bekannt vor, doch es sieht so aus, als sei es genau meine Größe. Keylas Sachen können es nicht sein, da sie größer und breiter gebaut ist als ich. In dem Fach genau in Augenhöhe steht ein kleiner Wecker. 08:43 Uhr und Fr. Es ist also Freitagmorgen.

Ich zögere kurz und blicke wieder in den Schrank hinein. Ob ich mir die Sachen einfach so herausnehmen darf? Andererseits kann ich auch nicht bleiben, wie ich bin, mein Shirt von gestern ist durchgeschwitzt.

Kurzerhand nehme ich jeweils die oberste Sache von den Kleiderstapeln und lege mich zurück aufs Bett, um mich in die Klamotten zu winden. Vielleicht sollte ich morgen doch wieder zur Jogginghose wechseln. Das Aus- und Anziehen der Schiene am rechten Bein ist zwar mühselig, aber die frischen Sachen lohnen sich. Trotz des engen Schnitts schlackert mir die Röhrenjeans luftig um die dünnen Beine. Angezogen lasse ich mich in den neuen Rollstuhl gleiten und öffne die Zimmertür.

Dass ich die Zimmer und den langen Gang, durch den ich jetzt rolle, immer noch nicht erkenne, lässt mich frösteln. Gestern dachte ich, nach ein paar Stunden in meinem Zuhause würde mir alles einfallen, doch ich erinnere mich nach wie vor nicht an die Frau, die jetzt auf mich zukommt.

„Guten Morgen, Nara!", begrüßt Keyla mich freundlich. Ihr Lächeln ist so offen und warm wie gestern. Schon jetzt bewundere ich diese Frau. Leise begrüße ich sie ebenfalls und presse ein kleines Lächeln hervor.

„Wie ich sehe, hast du deine Sachen gefunden. Ich war so frei, sie in den Gästezimmerschrank zu räumen." Ihre Mundwinkel ziehen sich noch weiter Richtung Ohren. „Wir haben gerade gefrühstückt. Setz dich doch zu uns. Deine Brüder sind schon aus dem Haus. Die wirst du, wie ich sie kenne, erst heute Abend zu Gesicht bekommen."

Ich lasse das Wort Brüder in meinem Kopf nachhallen, doch es klingelt nichts. Verdammt. Keyla deutet auf eine Tür, hinter der sich wohl das Esszimmer befinden muss.

Das Wort Zimmer ist untertrieben, bemerke ich, als ich hineinrolle. Saal ist wohl die bessere Bezeichnung. In der Mitte des großen Raums befindet sich ein langer Tisch, von dem aus Mark mir fröhlich zuwinkt. Bei seinem Anblick wird mir wärmer, er strahlt so etwas Gelassenes aus.

„Guten Morgen", sage ich und schenke ihm mein ehrlichstes Lächeln. Ihm gegenüber steht kein Stuhl, also bewege ich mich dorthin. Vor mir stehen Brötchen und allerlei Sorten an Marmelade, verschiedene Käsesorten und etwas, das wie Gemüseaufstrich aussieht. An der Wand hängt ein großes Gemälde mit einer Gestalt, die an einer Brücke steht und den Mund aufgerissen hat, als ob sie schreien würde. Ein merkwürdiges Bild für einen Speisesaal, wie ich finde. In einer anderen Ecke des Raums befinden sich ein Sessel und ein kleiner Tisch, auf dem mehrere Zeitungen und Briefe ordentlich sortiert daliegen. In der anderen Ecke steht auf einem dunklen Holzschemel eine Stereoanlage. Mit all seinen Details wirkt der Raum geradezu prunkvoll.

„Du darfst auch gerne etwas essen", sagt Mark grinsend und reißt mich damit aus meiner Inspizierung. Ich zucke zusammen, nehme mir sofort ein Vollkornbrötchen aus dem Korb und schmiere den Gemüseaufstrich darauf. Wie peinlich. Ich muss wie eine Touristin wirken.

Es schmeckt hervorragend.

Mark blickt von seiner Zeitung auf. „Wie geht's dir heute?"

Ich schlucke den Bissen hinunter. „Ganz gut. Auf jeden Fall um einiges besser als gestern. Danke nochmal", sage ich und deute auf das Fahrgestell, in dem ich sitze.

„Kein Problem, den hat Arek auch benutzt, als er verletzt war. Das Ding soll echt praktisch sein."

„Total praktisch", sage ich lächelnd.

Arek.

Das ist dann wohl einer meiner Brüder.

Ich atme tief ein. Nach einem kurzen Zögern frage ich Mark leise: „Wie viele Brüder habe ich?"

Es ist mir unangenehm, diese Frage zu stellen. Sie offenbart, dass ich tatsächlich kein Stück über mein Leben Bescheid weiß. Ob ich ihn mit dieser Frage enttäusche? Aber ich muss schließlich wissen, auf was ich mich einzustellen habe.

Mark bemerkt wohl, dass es mir peinlich ist, denn er blickt mich wohlwollend an. Ihn scheint die Frage nicht zu überraschen.

„Du hast zwei Brüder und eine Schwester. Liv ist vierzehn Jahre alt. Arek ist achtzehn Jahre alt und Victor sechzehn, so wie du. Er wird jedoch bald siebzehn."

„Okay", sage ich und blinzele ihm mit aufeinandergepressten Lippen zu.

Ich bin also sechzehn. Und ich habe drei Geschwister. Ob ich ihnen ähnlich bin? Vielleicht kann ich etwas über mich selbst lernen, wenn ich ihnen begegne. Vielleicht sollte ich mich aber auch einfach einschließen und warten, bis alle Erinnerungen wieder zurückkommen. Das wäre definitiv leichter.

Plötzlich knarzt es laut und die große Tür schwingt auf. Ein Mädchen, das für vierzehn Jahre verdammt erwachsen aussieht, läuft eilig herein. Es muss ihr beschäftigter Blick sein, der sie so alt wirken lässt. Das muss Liv sein. Sie hat glattes, blondes Haar, das auf Kinnhöhe um ihren Kopf schwingt. Sie sieht mich und reißt ihre lebendigen, rehbraunen Augen auf. Okay, sie kommt definitiv nach Keyla. Mit schnellen Schritten läuft sie auf mich zu und bleibt schließlich vor mir stehen.

„Nara! Du bist wieder da!" Sie beugt sich zu mir herunter und drückt mich fest. Huch, mit einer Umarmung hatte ich nicht gerechnet. „Endlich bin ich nicht mehr allein mit den Jungs."

Unbeholfen lege ich die Arme um ihren Rücken. Sie riecht nach Zitrone. Liv löst sich von mir und mustert mich.

„Schick siehst du aus mit deinem Turboflitzer." Sie kichert.

„Wenn man vom Teufel spricht", sagt Mark und widmet sich wieder seiner Zeitung.

Liv setzt sich neben mich an den Tisch und nimmt sich hastig ein Brötchen. Während sie Tee aus einem Becher trinkt, beschmiert sie ihr Brötchen mit Butter und Marmelade. Obwohl sie das alles so schnell und durcheinander tut, wirkt es schwungvoll, fast tänzerisch. Ich bin beeindruckt. Sie hat etwas Anmutiges an sich.

„Ach ja!" Kauend reißt Liv die Augen auf und sieht mich an, als wäre ihr etwas Wichtiges eingefallen. „Ich habe dein Schulzeug in dein altes Zimmer im Nordteil des Hauses gelegt. Neue Schule – neue Schulsachen versteht sich." Sie lächelt breit, schluckt hinunter und verputzt in Windeseile auch den Rest ihres Brötchens. Dann steht sie auf und verlässt mit ihrem leeren Geschirr den Raum.

Ich bringe gerade noch ein überrumpeltes Äh, danke heraus und schon ist sie weg. Dass ich nicht weiß, wo sich mein altes Zimmer oder gar der Nordteil des Hauses befindet, ist mein kleinstes Problem. Die Schule! Daran habe ich noch gar nicht gedacht. Was soll ich all meinen Klassenkameraden erzählen? Habe ich Freunde in der Schule? Hat das Schuljahr schon längst begonnen und habe ich womöglich schon die Hälfte des Stoffs verpasst? Ein kleiner Teil von mir möchte zurück in das Krankenhausbett und einfach nur die Ritzen an der Decke zählen.

Es ist still im Raum. Nur gelegentlich kommt von Mark ein kleines Rascheln, wenn er die Zeitung umblättert.

Wo ist eigentlich Keyla? Bestimmt beim Arbeiten. Und warum ist Mark noch da? Ich blicke auf meinen leeren Teller und auf einmal ist mir schlecht. Was mache ich hier eigentlich? Ich sitze zusammen mit meinem Vater am Tisch, habe gerade mit meiner Schwester geredet und es kommt mir so absurd vor. Was würde ich dafür tun, dass alles wieder normal wäre. Dabei weiß ich nicht einmal, wie sich normal anfühlt. Wieso weiß ich eigentlich, wie die Gegenstände um mich herum heißen? Ich kann den Tisch, das Brot, den Tee benennen, aber nicht meine eigene Familie. Hat das was mit dem zu tun, was Dr. Dorah über die emotional aufgeladenen Dinge gesagt hat? O Mann, wieso müssen mir gerade die wichtigen Dinge fehlen. Mein Magen zieht sich immer weiter zusammen. Wenn ich mich nicht kenne, gibt es mich dann überhaupt? Plötzlich wird mir schrecklich kalt. Ich denke an die Schlafparalyse zurück. Formen und Farben. Der Versuch zu atmen. Mein trockener Mund. Das alles kommt auf einmal so plötzlich, dass mir schwindelig wird. Mit zittrigen Händen drücke ich mich vom Tisch weg, nehme tief durchatmend mein Geschirr auf den Schoß und verlasse den Essenssaal mit glasigem Blick und einem dicken Kloß im Hals.

Wie unter einem seidenen Vorhang, der mich von der Außenwelt abschirmt, räume ich mein Geschirr in die Geschirrspülmaschine, rolle an Liv vorbei den Gang hinunter und schließe nach einer gefühlten Ewigkeit die Tür des Gästezimmers hinter mir. Mein Blick fällt in den Spiegel. Ich sehe dunkle, strähnige Haare, ein fahles Gesicht mit einer abheilenden Wunde auf dem linken Wangenknochen, tiefe Augenringe und darüber wässrige Augen, die weder blau noch braun sind.

Ich starre mich an und es ist, als würde ich meine Augen zum ersten Mal in meinem Leben wahrnehmen. Ihre Farbe ist undefinierbar. Wie ich wohl vor meinem Unfall ausgesehen habe? War ich schon immer so dünn oder liegt das nur am Krankenhausaufenthalt? Irgendetwas an mir kommt mir ungewohnt vor, als hätte sich etwas an mir verändert, doch ich kann es nicht benennen. Ich weiß schließlich nicht, wie ich vorher war. Ächzend hieve ich mich aufs Bett und starre zur Decke, wie ich es zuletzt im Krankenhaus getan habe. Ich schließe die Augen und ein paar Tränen winden sich dazwischen hervor. Wenn ich nur etwas als Anhaltspunkt hätte. Etwas, das mir vertraut vorkommt und an dem ich mich festhalten könnte. Doch ich habe nichts. All dieser Prunk, dieses große, helle Haus bringt mir nichts, wenn ich nicht einmal spüre, dass ich hier zu Hause bin. Kann nicht einfach jemand reinkommen und mir sagen, dass das alles nur ein riesiges Missverständnis ist? Jemand, den ich erkenne und der mich in mein richtiges Zuhause führt?

Fast hätte ich das leise Klopfen nicht gehört, so sehr pocht mein Schädel. Es klopft erneut und ich wische mir schnell die Tränen aus dem Gesicht, bevor sich die Tür einen Spalt öffnet und Liv den Kopf ins Zimmer streckt.

„Hey Nara, willst du auch –", sie sieht mich und reißt ihre Augen auf, „O Scheiße. Alles okay bei dir?" Eilig kommt sie herein, schließt die Tür und setzt sich neben mich aufs Bett. Ich muss aussehen wie ein Wrack. So gut es geht, versuche ich mich aufzurappeln, doch Liv bedeutet mir mit einem Kopfschütteln, liegen zu bleiben.

„Bleib liegen und sag mir, was los ist." Sie sieht mir jetzt direkt in die Augen und wirft ihre Stirn in Falten.

Das traurige Gefühl in mir weicht Resignation. Ich seufze: „Ach nichts, es ist schon gut."

„So siehst du aber ganz und gar nicht aus." Liv legt mir eine Hand auf den Arm. „Hast du Schmerzen?"

Ich beiße auf meine Lippe. Soll ich die Wahrheit sagen? An sich macht es keinen Unterschied, für verrückt halten mich hier wahrscheinlich sowieso alle. Ich atme ein.

„Die Schmerzen sind in Ordnung. Sie sind wenigstens erklärbar." Ich presse die Lippen aufeinander. „Es ist eher mein Kopf ... Er ... ich weiß nicht, da ist einfach so viel Leere." Erneut steigen mir Tränen in die Augen und ich versuche sie herunterzuschlucken. Zusammenreißen, Nara. Ich bin immerhin ihre große Schwester. Liv seufzt.

„Tut mir leid, Nara, dass ich vorhin so im Stress war. Für dich muss sich das ganz komisch anfühlen. Mir ist so was noch nie passiert, aber ich verstehe dich. Mir würde es bestimmt genauso gehen, wenn ich nichts mehr wüsste." Kurz schweigt sie. „Aber du musst wissen, dass du alles fragen kannst. Du kannst alles neu herausfinden. Sieh es einfach als Neuanfang, als Chance. Ich kann dir sagen, was ich so mache den ganzen Tag oder was du normalerweise tust. Und am Montag geh ich mit dir zur Schule, meine ist direkt nebendran. Du fängst sowieso auf einer neuen Schule an, weil du jetzt in die Elfte gehst. Da kennt dich niemand. Arek ist auch dort. Mach einfach einen Neuanfang und bei den Dingen, die du nicht weißt, hast du deine Familie, die dir hilft."

Liv knufft mich sanft in die Seite und zieht ein Taschentuch aus der Hosentasche. Mit einem halbherzigen Lächeln nehme ich es entgegen und wische mir über die Wangen.

Ihre Stimme ist wie Balsam für meine Seele und jedes Wort nimmt mir ein wenig Last von den Schultern. Alles

Kindliche an Liv ist jetzt verschwunden und wieder hat sie dieses Erwachsene, Geschäftliche an sich, das ich auch schon bei Keyla beobachtet habe. Wenn für Liv die Situation merkwürdig ist, lässt sie es sich wenigstens nicht anmerken.

„Frag einfach nach und wir antworten." Jetzt legt sie sich ebenfalls neben mich auf den Rücken und an der Stelle, wo sich unsere Arme berühren, entsteht Wärme. Ich starre zur Decke und fasse mir ein Herz.

„Danke, dass du das machst, Liv. Ich werde wahrscheinlich ordentlich Hilfe brauchen."

Sie dreht ihren Kopf zu mir und lächelt sanft.

„Alles, was du willst, Schwesterherz."

Ich überlege kurz. Bei all den Fragen in meinem Kopf, weiß ich nicht, wo ich ansetzen soll.

„Vielleicht fängst du erst mal mit dir selbst an, Liv. Erzähl mir was von dir."

Sie lacht, stützt sich auf ihre Ellenbogen und macht eine dramatische Geste, als sei sie eine Theaterfigur, bereit ihre Performance darzubieten. Ich mag ihre offene Art.

„Mein Name ist Liv, offiziell Olivia Carter und ich bin vierzehn Jahre alt."

„So weit, so gut", sage ich grinsend und schnäuze in mein Taschentuch.

„Ich gehe ab nächster Woche in die neunte Klasse und außerhalb der Schule male ich gern, treffe Freunde oder lese. Ich hasse Bananen und mein Lieblingsessen ist Pasta mit Pilzen, am besten die von Papa. Ich mache Leichtathletik und bin dreimal in der Woche im Training. Meine Freundinnen sind der Meinung, ich sollte mit Tim aus meiner Parallelklasse zusammenkommen, doch dieser Meinung bin ich ganz und gar nicht."

Ein Lachen entfährt meiner Kehle und es fühlt sich an wie ein plötzlicher Lufthauch, der mir über die Seele streichelt.

„Ich liebe es über verstorbene Künstler zu lesen und ihre Geschichten zu verstehen." Liv blickt wieder an die Decke und schlägt ihre Beine übereinander. „Hm … was gibt's noch … ach ja. Ich hasse Egoisten und habe ein Problem mit Autoritäten, doch allgemein bin ich ein Menschenfreund, würde ich sagen." Sie grinst.

„Hört sich nach einer ziemlich coolen Schwester an." Unverwandt sehe ich sie an.

Mit einem zufriedenen Grinsen verschränkt sie die Arme hinter dem Kopf und lacht über ihre eigene Vorstellung.

„Zwei Schwestern bis ans Ende der Welt." Es klingt fast, als würde sie diesen Slogan auf ihrer Zunge zergehen lassen und austesten, wie er sich anfühlt.

Ob sie wohl immer so positiv gestimmt ist? Es fühlt sich fast an, als würden Sonnenstrahlen aus ihrem Körper kommen und mich mit ihrer Wärme einhüllen. Vielleicht steckt ein wenig ihrer positiven Art ja auch in mir und ich muss diese Seite nur entdecken?

Wir liegen eine Ewigkeit nebeneinander, beide in die eigenen Gedanken versunken. Es geht mir tatsächlich etwas besser. Vielleicht ist es Hoffnung, irgendwo ganz tief in mir drin, die aufkeimt. Sollte ich es wirklich als eine neue Chance sehen?

„Um ehrlich zu sein Liv, ich hab ein wenig Angst, das Ganze als Neuanfang zu sehen." Kurz zögere ich, traue mich dann aber. „Wenn ich wirklich neu anfange, gebe ich gleichzeitig die Hoffnung auf, dass alles wieder zurückkommt. Ich glaube, dafür bin ich nicht bereit."

„Hm, verständlich. Keine Ahnung, wie ich mich in so einer Situation verhalten würde." Liv dreht sich eine blonde Strähne um den Finger und beobachtet sie. „Weißt du, was mir manchmal hilft, wenn ich nicht weiß, was ich machen soll?"

„Was denn?" Jetzt bin ich neugierig.

„Stell dir vor, hier neben dir sitzt eine total weise Frau. So richtig erfahren und mit allem Wissen der Welt." Ihre Stimme klingt schnell und aufgeregt.

Mit gehobenen Augenbrauen sieht Liv mich an, also stelle ich mir die Frau vor und nicke. „Und jetzt?"

„Und jetzt stellst du dir vor, was sie zu dir sagen würde. Was würde so eine weise Frau dir in deiner Situation raten?"

Ich lasse den Blick an die Decke wandern und denke nach.

„Hm, ich weiß nicht. Vielleicht, dass ich es nicht ändern kann und mich mit dem beschäftigen soll, was ich habe?"

„Zum Beispiel", sagt Liv, „oder vielleicht, dass du dir viele neue Eindrücke verschaffen sollst. Wenn dabei was aufkommt, super. Aber wenn nicht, hast du wenigstens die neuen Eindrücke."

Ich runzele die Stirn. Ist es wirklich so leicht?

„Ich werde es versuchen", sage ich seufzend, „danke für deine Ratschläge."

„Also die Hälfte kam von dir selbst", sagt Liv und pikst mich in die Seite. Ich lächle. Das Mädchen hat es echt drauf. Trotzdem weiß ich nicht, ob ich das einfach so umsetzen kann. Ich meine, wer will sich denn nicht an seine Vergangenheit erinnern? Sie ist immerhin alles, was ich bin. Wenigstens hat sich das mit der Schule geklärt. In drei Tagen werde ich mit neuen Menschen beginnen. Und bestimmt melden sich auch ein paar alte Freundinnen. Ich atme tief ein und in Gedanken drücke ich Liv ganz fest. Vielleicht bin ich gar nicht so verlassen, wie ich denke.

Es knarzt und meine Schwester erhebt sich vom Bett.

„Eigentlich wollte ich vorhin fragen, ob du auch ein wenig Kuchen magst. Eine Freundin hat für mich gebacken, aber ich hasse Kirschen."

„Ich glaube, ich hasse keine Kirschen", sage ich grinsend und nicke sanft.

„Alles klar", sagt sie und blickt mir verschwörerisch aus ihren braunen Augen entgegen. Etwas in ihrem Lächeln sieht wie ein stilles Versprechen aus. Zwei Schwestern, die zusammenhalten und sich gegenseitig helfen. Auch wenn es nur bedeutet, dass ich mir ihren Kuchen schmecken lasse.

Liv legt ihre Hand auf die Klinke und dreht sich noch einmal zu mir um.

„Ach übrigens, wenn's dir hilft, kann ich das Haus mit Zetteln versehen, damit du immer weißt, wo du bist."

Dankbar nicke ich. Schwungvoll tritt Liv zur Tür hinaus.

Nach etwa einer Stunde verlasse ich mein Zimmer.

Wow! Voller Überraschung lasse ich die Tür meines Zimmers hinter mir zuknallen. Der Satz mit den Zetteln war offensichtlich kein Scherz. An den gesamten Türen den Gang entlang haften gelbe Klebezettel mit Beschriftungen darauf. Ich blicke hoch zu meiner eigenen Tür. Naras Übergangszimmer steht darauf.

Ich lächle. Meine Schwester und ich bis ans Ende der Welt. Ich kann mich mit dem Gedanken anfreunden.

Im Vorbeirollen scanne ich kurz die Zettel an ein paar der Türen.

Badezimmer, Arbeitszimmer von Mark, Fachbücher, Physiotherapie … Physiotherapie? Wie kann man sogar das in seinem Haus haben? Für die Übungen, die ich mehrmals täglich machen soll, reichen zwei Quadratmeter Fußboden. Meine Eltern scheinen echt … reich zu sein. Wenn sich hier jetzt noch eine Schule versteckt, muss ich die Villa gar nicht mehr verlassen. Wäre auch in Ordnung.

Am Anfang des langen Gangs steht an der Wand das Wort Süd-Teil geschrieben. Da hat Liv wohl die gesamte letzte Stunde mit Kleben verbracht. Mein Herz macht einen Satz. Endlich etwas, das ich selbstständig über mein Leben herausfinden kann. Bei dem ich nicht alle löchern muss mit dem Gefühl, dass sie mich für verrückt halten. Ich werde dieses Haus kennenlernen und danach alle, die darin wohnen. Und daran werde ich festhalten, bis ich mehr über mich selbst weiß. Vielleicht wird es dann bald wieder wie ein Zuhause sein.

Den Rest des Tages verbringe ich damit, das Erdgeschoss zu erkunden. So groß, wie ich am Anfang angenommen habe, ist das Haus nicht. Es ist größer. Jetzt verstehe ich auch, warum man es in verschiedene Teile einteilt. Ich gehe nicht in alle Räume hinein, das würde zu lange dauern. Doch Liv hat wirklich gute Arbeit geleistet mit den kleinen Klebezetteln, die in unterschiedlichen Farben die verschiedenen Türen schmücken.

Da ist zum Beispiel ein Gemeinschaftsraum mit Glastür im Nordteil, in dem eine Tischtennisplatte, ein Fernseher und ein Sofa stehen. Dann gibt es noch einen Raum mit der Aufschrift Trainingsraum. Ich drücke die Klinke hinunter, doch der Raum ist verschlossen. Vermutlich eine Art Fitnessraum. Ich rolle weiter und plötzlich stehe ich vor einer Tür, auf der kein Zettel ist. Ich blicke den Nord-Gang entlang. Einige Türen haben Zettel, andere nicht. Hat Liv die vergessen? Wahrscheinlich sind ihr die Zettel ausgegangen. Eine Tür weiter finde ich das Zimmer von Victor. Ich traue mich nicht anzuklopfen. Das gesamte Untergeschoss kann ich mit dem Rollstuhl gut erreichen, nur die oberen Stockwerke bleiben mir verwehrt.

Die letzte Tür im Gang neben der Glasfront, die den hinteren Teil schmückt, ist das Elternschlafzimmer.

Nach etwa einer Stunde habe ich mich durch das gesamte Erdgeschoss durchgekämpft und mir genau eingeprägt, wo sich welcher der verschiedenen Räume befindet. Mein altes Zimmer, in dem anscheinend meine Schulsachen liegen, erspähe ich nicht. Es muss im Obergeschoss sein.

Am Abend mache ich wieder die Übungen, die sie mir im Krankenhaus gezeigt haben. Bis jetzt gehen diese nur in Rücken- oder Bauchlage. Aber immerhin mache ich sie mehrmals täglich und vielleicht ist ja bald schon mehr drin. Danach sitze ich mit Mark und Keyla gemeinsam im Wohnzimmer. Ich habe es mir neben einem Sessel gemütlich gemacht und schlürfe den Tee, den Keyla laut ihrer Aussage mit selbst angebauter Minze zubereitet hat. Ich nehme mir vor, am nächsten Tag im Garten die Kräuter anzusehen. Nach dem langen Krankenhausaufenthalt habe ich wohl auch vergessen, dass es noch eine Außenwelt gibt. Und über Gartendinge weiß ich jetzt ja Bescheid.

Keyla und Mark reden über den Verlauf der kommenden Woche und ich sitze einfach nur da und lausche. Es ist schön, einmal nicht im Mittelpunkt der Aufmerksamkeit zu stehen und einfach nur so zu tun, als wäre ich ein ganz normaler Teil der Familie. Auch wenn ich mich langsam frage, wo meine Brüder bleiben. Wollten die nicht abends da sein? Auf meine Frage hin erwidert Keyla nur, dass sie wohl im Training sind. Später erzählt Mark eine peinliche Geschichte von der Arbeit, über die Keyla und ich lauthals lachen. Mir fällt auf, dass es, abgesehen von dem Moment mit Liv, das erste Mal seit meinem Unfall ist, dass ich richtig lache. Und für diesen Moment fühlt sich alles viel leichter an.

4

Am nächsten Mittag sitzen Keyla, Liv und ich am Tisch. Mark balanciert vier Schüsseln mit Suppe in den Essensraum, wobei die in seiner Ellenbeuge gefährlich schwankt. Die Jungs sind schon den ganzen Tag aus dem Haus und da ich am Abend zuvor sehr früh schlafen gegangen bin, hatte ich noch immer nicht die Chance, meine beiden Brüder zu treffen.

„Heute Mittag essen wir nicht sehr viel, da heute Abend dein Onkel, deine Tante und ihre beiden Kinder zum Essen kommen. Sie können es kaum erwarten dich wiederzusehen", erklärt mir Keyla.

Mark stellt die Schüsseln vor uns ab.

Verwandtschaft? Reichen nicht erst einmal meine Brüder und dann darf ich mich gemütlich einleben? Liv bemerkt anscheinend meinen besorgten Blick und hebt sofort die Hände.

„Du musst dir keine Sorgen um deine Verwandten machen. Sie wissen alle über deinen Unfall Bescheid und nach und nach wirst du dich schon wieder an den Haufen erinnern." Mit Nachdruck nickt sie in meine Richtung und lächelt mich aufmunternd an.

Mark fügt hinzu: „Sie kommen um acht Uhr."

„Alles klar, um acht." Ich versuche nicht allzu nervös zu klingen und erzwinge ein Lächeln. Es ist so merkwürdig, dass sie von meinen Verwandten sprechen und nicht von unseren. Das machen sie bestimmt nicht mit Absicht, und doch lässt es mich noch ein wenig fremder fühlen. Ich tippele mit den Beinen und widme mich schnell der Suppenschüssel, die vor mir steht.

Dann ist es wohl so weit. Heute lerne ich den Rest meiner Familie kennen.

Den Nachmittag verbringen Liv und ich mit Kartenspielen und es fühlt sich fast ein wenig normal an.

Am Abend, die Uhr in der Küche zeigt Viertel vor sieben, verabschiede ich mich in mein Zimmer. Wahrscheinlich sollte ich mich etwas feiner anziehen. Einen ersten Eindruck bei der Verwandtschaft kann man das zwar nicht nennen, aber aus irgendeinem Grund möchte ich zeigen, dass ich trotz des verlorenen Gedächtnisses immer noch eine normale Person bin, die sich um sich selbst kümmern kann.

Außerdem, was wenn sich alle schön herrichten und ich mit meinen Jeans und T-Shirt absolut fehl am Platz bin? Keyla und Mark scheinen, trotz des riesigen Hauses, ziemlich auf dem Boden geblieben zu sein. Aber was ist mit dem Rest meiner Familie? Mögen sie mich überhaupt? Ich beeile mich mit dem Heraussuchen der Kleidung, damit ich noch Zeit habe mich zu duschen. Duschen ist relativ – waschen trifft es wohl eher, soweit es mir auf dem Hocker, der für mich in die Dusche gestellt wurde, möglich ist. Mittlerweile nehme ich nur noch die Hälfte der Schmerzmittel ein. Ans Aufstehen, geschweige denn Gehen, will ich mich noch nicht wagen. Es wird schon alle vorhandene Kraft brauchen, um mich mit möglichst wenig Bodenkontakt auf den Duschhocker zu hieven.

Ich richte eine schwarze, enge Hose und eine hellblaue Bluse zurecht. Zusätzlich finde ich in einem kleinen Kästchen im Schrank eine schlichte, dünne Goldkette. An ihr hängt eine kleine, goldene Feder und irgendetwas daran kommt mir vertraut vor. Ob ich die schon lange habe? Die Sachen auf meinem Schoß balancierend fahre ich ins Badezimmer.

In der großen Dusche wasche ich mir das erste Mal seit meinem Gedächtnisverlust selbst die Haare und seife mich mit dem nach Zitrone duftenden Duschgel ein. Das warme Wasser, das auf angenehme Weise über meine abheilenden Wunden rinnt, ist eine wahre Wohltat. Dass durch meine Bewegungseinschränkungen die ganze Prozedur etwas länger dauert, stört mich nicht. Ich schließe die Augen und konzentriere mich auf die Wärme, die von meinem Scheitel bis zu den Zehen läuft. Meine Muskeln entspannen sich. Ich atme tief ein und fülle meine Lunge mit dem Zitronenduft. Das Wasser läuft über meinen Kopf, meine Schultern, meine Wirbelsäule und hüllt meinen gesamten Körper ein. Ich blicke an mir hinab und reibe mir sanft über die Oberschenkel. Das bin ich. Ich spüre plötzlich auch in mir drin etwas Warmes. Wie eine Art Nähe zu mir. In den gesamten letzten Tagen habe ich nichts getan, außer mich für mein Schicksal zu hassen. Es tut gut, für einen kurzen Moment einfach nur zu sein.

Als meine Haut langsam beginnt schrumpelig zu werden, stelle ich den Duschhahn ab und trockne mich langsam ab. Das Anziehen ist nach wie vor umständlich, doch in die Hose zu schlüpfen und mich in den Rollstuhl zu hieven, fällt mir trotzdem schon leichter. Jetzt das Bein noch zurück in die Schiene und voilà. Die Bluse stecke ich in den Hosenbund.

Ein Blick auf die Badezimmeruhr verrät mir, dass es zwanzig vor acht ist. Schnell föhne ich meine langen Haare und lege mir die Kette um den Hals. Als ich den

Verschluss schließe, bemerke ich, dass auf der Rückseite der kleinen Feder ganz klein in verschnörkelter Schrift das Wort Nara eingraviert ist.

Mein Herz macht einen Hüpfer. Für einen kurzen Moment presse ich den Anhänger gegen meine Brust und atme tief ein. Dies ist der erste Gegenstand, von dem ich zweifellos ausgehen kann, dass er zu mir gehört. Ich blicke in den Spiegel und bin zum ersten Mal nach meinem Unfall halbwegs zufrieden mit dem, was ich sehe. Meine braunen, frisch gewaschenen Haare hängen locker über meine Schultern und im Spiegel blicken mich meine zwei mehrfarbigen Augen an. Die leichteren Kratzer in meinem Gesicht sind mittlerweile nur noch undeutlich zu sehen und auch von der tiefen Wunde an meinem Wangenknochen löst sich langsam, aber sicher die Kruste ab. Trotz der dunklen Augenringe fühle ich mich so weit wohl, dass ich unter Leute gehen kann. Ich nehme den Federanhänger zwischen die Finger, welcher mir auf einmal Sicherheit gibt.

Ich fahre zurück in mein Zimmer, wo ich warte, bis es an der Haustür klingelt. Meine Hände schwitzen. Wie werden die anderen wohl sein? Werde ich mich an sie erinnern können?

Vielleicht sollte ich zuerst in meinem Zimmer bleiben. Den Smalltalk umgehen und dann zum Essen kommen. Hunger habe ich eigentlich auch keinen.

Ich gebe mir einen Ruck. Reiß dich zusammen, Nara. Ich kann mich schließlich nicht vor ihnen verstecken. Langsam verlasse ich das Zimmer und bewege meinen Rollstuhl in Richtung Eingangshalle, wo mir direkt eine aufgeweckte Frau entgegenkommt. Sie muss wohl meine Tante sein.

„Hi Nara, schön dich zu sehen! Geht es dir schon wieder besser?" Sie hat eine laute, aber klare Stimme und ihre grün gesprenkelten Augen blicken mir freundlich entgegen.

Ich räuspere mich.

„Hi, ähm ja, danke! Mir geht es schon besser." O Mann, super Antwort. Ich lächle verlegen, doch sie klatscht fröhlich in die Hände.

„Großartig, Nara! Wusste ich doch, dass du dich ganz fix erholst. Die Zwillinge freuen sich schon auf dich!" Sie neigt grinsend den Kopf und verschwindet in der Küche, aus der ein lautes Stimmengewirr zu vernehmen ist.

Ich zögere und krame für eine Sekunde in meinem Kopf herum, doch nichts an meiner Tante kommt mir bekannt vor. Ob ich mich so fix erhole, wie sie denkt, ist also fraglich. Ich setze mich in Bewegung.

Liv steht an der Tür zum Essenssaal und wendet sich mir zu.

„Komm, wir gehen schon mal rein."

Ich bin froh, jemanden zu sehen, der mir nicht völlig fremd ist, und folge ihr in den Saal, in dem wir nebeneinander an dem langen, gedeckten Tisch Platz nehmen. Aus der Stereoanlage in der Ecke des Raums dringt leichte Jazzmusik. Immerhin die Musik erkenne ich.

Auf der anderen Seite des Tisches sitzt ein Mann, der sich angeregt mit einem Jungen und einem Mädchen unterhält, die schätzungsweise ein bisschen älter sind als ich. Sie sehen mich und unterbrechen sofort ihr Gespräch. Alle drei begrüßen mich genauso überschwänglich, wie es meine Tante bereits getan hat. Sie fragen mich, wie es mir geht und ich antworte auch ihnen, dass es mir schon besser geht und meine Beine nicht mehr so schmerzen.

Liv flüstert mir zu, dass das mein Onkel Paul und seine Kinder Laura und Jake sind. Beide haben dieselben grünen Augen wie ihre Mutter und auch ihre Haarfarbe hat denselben Blondton, auch wenn Lauras Haare kurzrasiert sind.

Die Tür schwingt auf und Keyla balanciert ein Tablett herein, auf dem sich Gläser und Geschirr stapeln. Mark und meine Tante folgen ihr mit großen, gusseisernen Töpfen und Pfannen, die sie alle auf dem Tisch verteilt abstellen.

Jetzt kommt ein älterer Junge herein, der demnach mein Bruder sein muss. Seine Hände hat er lässig in die Hosentaschen gesteckt, doch trotzdem wirkt er steif. Er blickt schnell von links nach rechts. Sein Blick trifft kurz meinen, doch sein Gesicht verzieht keine Miene. Er sieht Liv ganz und gar nicht ähnlich, denn seine dunkelbraunen Haare ziehen sich zu leichten Locken zusammen und als er sich schräg gegenüber von mir an den Tisch setzt, sehe ich, dass er hellblaue, fast schon eisblaue Augen hat. Er bedenkt mich kurz mit einem kleinen Nicken, doch ganz im Gegenteil zu den anderen Familienmitgliedern bleibt er stumm. Um ehrlich zu sein, bin ich darüber fast ein wenig erleichtert, denn das ganze Gerede mit den fremden Menschen, die ich eigentlich kennen sollte, stresst mich.

Aber dass mein Bruder so steif wirkt, verwirrt mich. Ist ihm die Situation vielleicht auch unangenehm? Ich beobachte ihn eine Weile, doch er starrt gedankenverloren vor sich hin, während auch die anderen am Tisch Platz nehmen. Sein Besteck schiebt er so zurecht, dass es akkurat im rechten Winkel zur Tischplatte liegt.

Irgendetwas an ihm ist anders als bei den anderen, doch ich komme nicht darauf was. Etwas an ihm wirkt … bekannt. Fast schon vertraut.

Kann es sein, dass ich mich tatsächlich an ihn erinnere? Ich mustere ihn näher. Seine Kiefermuskulatur tritt an seinen Wangen hervor und sein Blick wirkt fast schon starr. Als würde er es um jeden Preis verhindern, jemanden anzusehen. Ist er etwa schüchtern? Bei dem bisher sonst so aufgeschlossenen Rest meiner Familie hätte ich das nicht erwartet.

Ein leichtes Kribbeln entsteht in meinem Bauch. Ich lächle. Vielleicht ist das der Beginn meiner Erinnerungen. Zwar ist bei seinem Anblick nicht mehr als dieses leise Surren in meinem Kopf, aber es gibt mir Hoffnung. Das bedeutet doch, dass ich kein hoffnungsloser Fall bin, oder? Eine Last hebt sich von meinen Schultern. Damit bin ich fürs Erste zufrieden.

„Wo bleibt denn Victor?", wundert sich Mark und sieht den Jungen mit den eisblauen Augen, der demnach Arek sein muss, fragend an. Arek. Ich werde mich an ihm festhalten, versuchen mehr über ihn herauszufinden. Und dann werden mir auch die anderen wieder bekannt vorkommen. Ein kleines Lächeln schleicht sich auf meine Lippen. Ich atme durch.

„Kann sein, dass er noch im Trainingsraum ist. Ich hol ihn." Mit diesen Worten steht Arek auf und verlässt den Raum. Er hat eine tiefe Stimme, aber sie ist angenehm weich wie die unserer Mutter, die nun spricht.

„Schön, dass ihr heute alle kommen konntet. Und schön, dass wir diese Woche auch wieder unseren Schatz Nara bei uns haben. Liebes, wir sind alle froh, dass es dir gut geht." Sie prostet mir zu und ich lächle verlegen in die Runde. „Wir fangen einfach schon mit dem Essen an. Von Victor sind wir ja gewohnt, dass er sich ab und zu ein wenig verspätet." Keyla zeigt auf die verschiedenen Töpfe.

„Wir haben hier Kürbissuppe, angebratenes Gemüse und das hier ist eine Brokkoli-Pfanne mit Cashewkernen und Pilzen, dazu gibt es Reis. Greift zu!" Sie blickt zur Tür, die sich knarzend öffnet. „Ah, da bist du ja Victor, setz dich bitte!"

Der Junge, der gerade durch die Tür kommt, hat dunkle glatte Haare, die er in einem verwuschelten Dutt trägt. Sein Gesicht ist etwas runder und kindlicher als das von Arek und er wirkt deutlich entspannter. Seinen Mund umspielt ein süffisantes Grinsen. „Hey Nara, schön dich zu sehen! Als ich dich im Krankenhaus besucht hab, sahst du nicht so fit aus." Er nickt mir und den anderen zu und setzt sich neben Arek an den Tisch, der ebenfalls wieder Platz genommen hat.

So wie sich das anhört, hat mich anscheinend nicht nur Keyla im Krankenhaus besucht, sondern auch der Rest meiner Familie.

„Ich fühle mich tatsächlich auch um einiges lebendiger als im Koma", entgegne ich schief grinsend. Victor lacht quietschend und Arek schenkt mir für diesen Konter ein anerkennendes Grinsen. Na bitte. Der kann ja doch lächeln.

Ich atme auf und werde ein wenig lockerer. Die anderen unterhalten sich weiter, während die Töpfe sich zunehmend leeren.

Die Kürbissuppe ist fantastisch und auch die Brokkoli-Pfanne hat Keyla verdammt gut hinbekommen. Laura und Jake erzählen von der Schule und Liv lacht mit meinem Onkel Paul über irgendeinen Moderator aus dem Fernsehen. Ich beginne mich langsam zu entspannen und habe mich schon fast an die ganzen Leute gewöhnt, da erhebt Victor seine Stimme und wendet sich mir zu.

„Und Nara, gibt's was Neues von deinen Erinnerungen?"
Ich zucke zusammen und Keyla schimpft: „Victor! Das
ist wirklich unpassend." Ermahnend sieht sie ihn an.

„Entschuldigung", antwortet er und zuckt mit den
Schultern, „manchmal spreche ich, bevor ich denke."

„Manchmal?", sagt Arek leise und fängt sich dafür
einen Seitenhieb von Victor ein.

„Schon okay", sage ich und lächle Keyla an. Sie
schüttelt seufzend den Kopf und widmet sich dann
wieder den Cashewkernen auf ihrem Teller. Arek und
Victor vertiefen sich wieder in ein Gespräch über irgendwelche Trainingsmethoden, ich verstehe aber nicht ganz
um welches Training es genau geht. Vielleicht gehen sie
ja regelmäßig in den Fitnessraum. Victor sitzt mir genau
gegenüber, also ist es quasi unausweichlich, dass sich
unsere Blicke öfter treffen und ich ihn verlegen anlächeln
muss. Für alle muss es bestimmt urkomisch sein, dass
ich mich wie eine Fremde verhalte. Ich erkenne Victor
zwar nicht, aber ich mag ihn, weil er so etwas Lockeres,
Aufgeschlossenes an sich hat, das ich auch bei Mark
und Liv schon bemerkt habe. Arek dagegen wirkt, trotz
seiner Kommentare, nach wie vor wie ein verschlossenes
Buch.

Wie bescheuert, dass ich so etwas über meine eigene
Familie denke. Frustriert widme ich mich wieder den
Brokkoli-Stücken vor mir. Ich nehme mir vor, Liv nach
Victors und Areks Interessen zu fragen.

Nachdem die Gäste gegangen sind, helfe ich in der Küche
beim Abtrocknen, damit ich mir nicht ganz so nutzlos
vorkomme.

Dabei unterhalte ich mich mit Keyla über die Schule.

„Die ganzen Schulsachen liegen ja in deinem Kinderzimmer, also deinem richtigen Zimmer, auf dem Schreibtisch. Ich denke, morgen wirst du, je nachdem, wie es dir dann geht, wieder in den ersten Stock ziehen. Sofern du schon mit Gehstützen laufen kannst." Sie stellt den Teller, den ich ihr entgegenstrecke, in eins der oberen Regale.

In dem Rollstuhl kann ich mich mittlerweile ganz gut fortbewegen, zumindest bin ich schon länger nicht mehr irgendwo hängen geblieben. Dennoch kann ich es kaum erwarten, endlich zu laufen.

„Ist die Schule weit von hier entfernt?", frage ich Keyla, „und wann beginnt sie?"

„Der Unterricht beginnt um acht Uhr und so weit ist es nicht. Zu Fuß sind es etwa fünfzehn Minuten. Aber kommende Woche fahre ich dich dorthin, denn ich denke nicht, dass du übermorgen schon in der Lage bist, schmerzfrei zu gehen und mit dem Rollstuhl ist der Weg eher unpraktisch. Die Krücken bekommst du aber heute Abend, Victor kann sie dir ins Zimmer stellen." Sie lächelt mich aufmunternd an und verstaut den letzten Topf im Regal. „Ich hoffe, dass du den Abend ein bisschen genießen konntest. Hast du irgendwelche Fragen?"

Mir schwirren tausende Fragen im Kopf herum, doch ich finde nicht die richtigen Worte, um sie zu formulieren. Ich wüsste nicht einmal, wo ich anfangen soll.

„Nein, im Moment nicht. Aber danke." Ich lächle Keyla dankbar an. „Ich bin ziemlich geschafft und denke, ich gehe bald ins Bett."

„Natürlich, das Essen mit den ganzen Leuten war für dich bestimmt anstrengend. Aber du hast dich gut geschlagen." Sie streicht sanft über meine Schulter. „Schlaf gut, ich lese noch ein bisschen Zeitung. Du weißt ja, wo du mich findest."

„Okay, gute Nacht."

Ich rolle den Gang entlang, gehe kurz ins Bad und bin froh, mich endlich in mein Bett fallen zu lassen. Ich ächze und strecke die Beine aus. Mist, die Übungen. Ich quäle mich zurück aus dem Bett, lege mich auf den Boden und erfülle meine Pflicht. Auf keinen Fall will ich dafür verantwortlich sein, dass das mit dem Laufen langsamer geht, als es gehen könnte.

Zurück im Bett strecke ich mich in alle Richtungen aus. Puh. Der Tag war anstrengend. Aber wenigstens weiß ich jetzt schon mehr. Ich berühre den Federanhänger, der auf meinem Schlüsselbein liegt. Ich denke an Arek und da ist es wieder, dieses vertraute Summen in meinem Kopf. Ich ziehe mir die Bettdecke über die Brust, knipse die Nachttischlampe aus und blicke in das dunkle Zimmer. Meine Gedanken wandern zu Montag. Keyla meinte, dass die Schule, die ich besuchen werde, ein berufliches Gymnasium ist. Die elfte Klasse ist dort die niedrigste Stufe und da ein neues Schuljahr beginnt, wird sich so gut wie keiner kennen. Ich werde nicht die Einzige in der Klasse sein, die Probleme damit hat, sich alle neuen Namen und Gesichter einzuprägen.

Ein Sonnenstrahl fällt durchs Fenster direkt in mein Gesicht und ich brauche eine Weile, bis ich mich an das grelle Licht gewöhnt habe. Ich warte auf den morgendlichen Stich, der mein rechtes Bein durchfährt, doch er kommt nicht. Vorsichtig wackle ich mit den Zehen. Es ist der erste Tag, an dem ich anstatt von

Schmerzen von der Sonne aufwache. Was für ein tolles Gefühl! Vielleicht bin ich wirklich bereit, den Rollstuhl stehen zu lassen.

Ich lasse meinen Blick durch das Zimmer schweifen und sehe: Neben der Tür lehnen zwei blaue Krücken. Irgendjemand muss sie letzte Nacht noch dort hingestellt haben. Ich lächle.

Ja, heute ist der Tag. Ich schlage die Bettdecke zur Seite. Ein Blick auf meine nackten Beine lässt mich wie immer zusammenzucken. Neben zwei dürren Stöcken würden sie kaum auffallen. Die Krücken sind längst überfällig. Vom Umherrollen werden meine Beine schließlich auch nicht stärker.

Gewohnheitsgemäß pikse ich mir die morgendliche Thrombosespritze ins Bein. Die Stelle an meinem Oberschenkel ist nach wie vor blau.

Ob ich es bereits schaffe, allein in die Küche zu gehen?

Entschlossen hieve ich mich zum Kleiderschrank, schnappe mir ein paar Sachen und ziehe mich wie immer im Liegen an. Nun versuche ich ganz langsam aufzustehen und zur Tür zu gehen. Sofort schießt etwas meinen ganzen Körper hinauf und ich muss mich wieder aufs Bett setzen. Hallo Schmerz, alter Freund. Ich nehme einen Atemzug und warte, bis das Stechen fort ist. Dann nehme ich einen neuen Anlauf und zwinge mich dazu, mich an der Wand bis zur Tür zu hangeln.

Ich ergreife die Klinke mit der einen und eine Krücke mit der anderen Hand. Schon besser. Ich lehne mich mit dem Po an die Tür und lasse die Klinke los. Meine Hand findet in den Handlauf der anderen Krücke. Vorsichtig stelle ich mich auf, meine Finger fest um die Griffe gekrallt.

Ich halte den Atem an und starre auf einen Punkt am Fensterrahmen gegenüber. Jetzt bloß nicht das Gleichgewicht verlieren. Im Zeitlupentempo richte ich mich auf.

Ich stehe! Das meiste Gewicht ist auf mein linkes Bein und die Hände verlagert, doch ich stehe. Wärme breitet sich in meiner Brust aus und ich glaube, dass es Stolz ist. In Gedanken klopfe ich mir selbst auf die Schultern. Gut, Nara.

Langsam humpele ich mit den Krücken, bis ich mich um meine eigene Achse gedreht habe und der Tür zugewandt bin. Ich öffne sie und verlasse das Zimmer. In Minischritten laufe ich den Gang entlang. Wahrscheinlich sehe ich aus wie eine Achtzigjährige, doch bei diesen ersten Schritten auf meinen eigenen Beinen fühle ich mich wie eine Königin, die durch ihr Schloss schreitet.

Nach einer gefühlten halben Stunde komme ich in der Küche an.

„Du siehst aus wie ein neugeborenes Lamm, das gerade zum ersten Mal in seinem Leben auf den eigenen Beinen steht." Areks Stimme klingt verschlafen, ein wenig brummig. Er steht an der Küchentheke vor einer Müslischüssel und mustert mich aus schmalen Augen. Na toll, so viel zum Thema Königin.

Ich seufze. Immerhin spricht der Junge mal ein Wort und sein Ausdruck trifft es ziemlich genau auf den Punkt. Mit zusammengepressten Lippen tippele ich die letzten Meter bis zur Küchentheke und stelle mich vor ihn.

„Dir auch einen guten Morgen."

Schwer atmend halte ich mich an der Theke fest.

„Was hab ich verpasst? Joo, Nara, du läufst ja." Victor spaziert in die Küche und greift in die Chipstüte in seiner Hand. Mit gehobenen Augenbrauen boxt er mich leicht in die Seite und geht an mir vorbei zum Waschbecken.

„Chips am Morgen?", sagen Arek und ich gleichzeitig, was Arek zu stören scheint, denn nach einem argwöhnischen Blick in meine Richtung senkt er sich noch tiefer in seine Müslischüssel.

„Beruhigt euch, ich habe heute Cheat-Day", sagt Victor kauend, „und außerdem esse ich sie ja ganz gesittet aus einer Schüssel." Mit diesen Worten öffnet er den Hängeschrank über der Spüle, holt eine Porzellanschüssel heraus und schüttet die restlichen Riffel-Chips hinein. Jetzt beäugt er mich aufs Neue.

„Setz dich mal hin, ich zeig dir das." Er versenkt eine weitere Hand Chips in seinem Mund und hilft mir, mich auf den Barhocker zu hieven.

Victor nimmt die Krücken entgegen, schwingt sich durch den Raum und zeigt mir, wie ich die Beine belasten muss und mich richtig an den Griffen halte. Er sieht dabei aus, als würde er jeden Tag an Krücken gehen.

Als er wackelig nachahmt, wie ich beim Laufen aussehe, pruste ich lauthals los und verschränke beleidigt die Arme vor der Brust. Grinsend gibt er mir die Krücken zurück.

„Du packst das schon, Nara", sagt Arek mit ernster Miene und sieht mir fest in die Augen. Seine Augenbrauen sind zusammengezogen und er beißt sich fast unmerklich auf die Unterlippe.

„Danke." Meine Stimme ist plötzlich leiser und ich blicke zwischen seinen Augen hin und her. Irgendetwas ist da. Es sieht aus wie Reue, aber wieso sollte er etwas in der Art empfinden?

„Na sieh mal an, wer da den Rollstuhl weggepackt hat!"

Mark tritt in die Küche und reißt mich aus meinen Gedanken. „Guten Morgen, ihr drei."

„Morgen." Ich nicke ihm zu und sehe dann wieder zu Arek, der nun wieder völlig in seine Müslischale vertieft ist. Er verzieht keine Miene und schenkt weder mir noch unserem Vater seine Aufmerksamkeit. Es ist, als wäre er abgetaucht. Ich glaube, bis ich diesen Typ verstehe, braucht es noch eine Weile.

Mark schenkt mir sein breitestes Lächeln und freut sich sichtlich darüber, dass ich mich am Gehen probiere.

„Echt super mit den Gehstützen! Aber wenn du merkst, dass es dir zu viel wird, kannst du auch sofort wieder den Rollstuhl nehmen. Übernimm dich nicht, jetzt ist es wichtig, dass sich deine Beine langsam wieder daran gewöhnen und Muskulatur aufbauen."

„Ich habe gerade schon meinen ersten Unterricht gehabt", antworte ich lächelnd und nicke in Victors Richtung, der einen Knicks macht.

„Sehr gut! Bald bist du ein Profi. Hier, du kannst dir auch ein Müsli machen, Keyla hat Obst gekauft."

Mark holt mir eine Schale aus dem obersten Schrankfach und stellt Haferflocken und das Obst daneben. Ich schnappe mir einen Apfel, den ich in die Haferflocken hineinschneide.

„Darf's ein Geheimtipp à la Mark sein?" Mein Vater blickt mich aus grauen, strahlenden Augen an.

Auf mein Nicken hin nimmt er einen braunen Streuer aus dem Regal und gibt etwas über mein Müsli. In meine Nase steigt ein süßlicher Geruch. Zimt.

Und dann, für eine Millisekunde, blitzt etwas vor meinem inneren Auge auf.

Schneeflocken, die zu Boden fallen. In meinen Händen eine Schale mit einem Bratapfel, der herrlich duftet. Jemand hinter mir lacht vergnügt und ich schmecke etwas Nussiges, vielleicht Mandeln. In der Luft liegen Röstaromen.

Dann ist es wieder weg.

Ich atme schnell, versuche das Bild festzuhalten, doch ich kann nichts dagegen tun, dass es immer mehr verblasst.

Ich bin zurück in der Küche. Mein Puls geht schneller. Hatte ich gerade meine erste wirkliche Erinnerung? Ich blicke zu Mark, doch er scheint nichts gemerkt zu haben. Er nimmt gerade eine Zeitung vom Stapel.

Als mein Blick den von Arek trifft, senkt er seinen zurück zu seiner Müslischüssel. Ob er etwas mitbekommen hat? Ich mustere ihn. Nein, wieso sollte er gemerkt haben, was in mir vorging, es war ja nicht mehr als eine Sekunde.

Vielleicht behalte ich das gerade Erlebte besser für mich. Ich will ihnen keine Hoffnungen machen, falls es erst einmal bei dieser einen Erinnerung bleibt. Und überhaupt: Gerade an das muss ich mich erinnern? Wieso kann es nicht etwas von meiner Familie sein?

Ich zügele meine Gedanken. Sei froh, dass es überhaupt etwas war. Ob die Erinnerung durch den Geruch ausgelöst wurde? Vielleicht sollte ich meine Sinne mehr anregen.

Da fällt mir wieder ein, dass ich mir gestern vorgenommen habe, rauszugehen.

Schnell esse ich mein Müsli fertig und humpele dann zurück in mein Zimmer. Dank Victors Tipps geht das tatsächlich schon besser. Ich bin zwar immer noch langsam wie eine Schildkröte, doch das wird bestimmt schneller gehen, sobald ich meine Arme daran gewöhnt habe. Ich denke an das Verhalten von Arek, er wirkte so kalt und distanziert. Ob es an meiner Amnesie liegt? Vielleicht ist ihm die ganze Situation genauso unangenehm wie mir und er wartet lieber, bis mir alles wieder einfällt. Verübeln kann ich es ihm auf keinen Fall, es ist schon recht merkwürdig, wie locker der Rest meiner Familie damit umgeht. Wahrscheinlich lassen die anderen es sich einfach nicht anmerken, um mich nicht noch unsicherer zu machen. Es ist gut, dass mich niemand in Watte packt. So habe ich wenigstens nicht permanent das Gefühl, allen zur Last zu fallen.

Ich lasse mich in den Rollstuhl fallen und ein Seufzen entfährt meiner Kehle. Schon ziemlich anstrengend, dieses Krückenlaufen. Es knackt, während ich meine Handgelenke kreise, und ich schüttele die Verspannung aus meinen Armen. Meine Beine fühlen sich taub an. Wie ich das morgen den ganzen Tag machen soll, ist mir ein Rätsel. Na ja, in der Schule sitzt man ja eh viel. Hoffe ich. Aber raus in die Natur probiere ich's lieber nochmal mit dem Rollstuhl. Ich kann mir Schöneres vorstellen, als im Wald irgendwo umzuklappen, wo mich niemand finden kann. Ich könnte jemanden fragen, ob er mitkommt, aber die Vorstellung ausnahmsweise etwas selbstständig zu tun, ist viel zu verlockend.

Ich verlasse das Haus durch den Hintereingang bei der Küche und bleibe erst einmal eine Weile in der Sonne stehen. Sie steht hoch und wirft ihre angenehme Wärme auf meinen Körper.

Ich atme die trockene Spätsommerluft ein. Meine Lunge füllt sich mit dem Duft von getrocknetem Gras und etwas Blumigem. Ich sehe mich um. Tatsächlich, links an der Hauswand wächst ein riesiger Lavendelbusch.

Kleine Bienen schwirren um die violetten Blüten und saugen ihren Nektar auf. Daher kommen also die vielen Lavendelsträußchen im Haus. Eine Schwebefliege fliegt summend gegen meine Backe und ein Grinsen schleicht sich auf mein Gesicht. Ich kichere in mich hinein.

Na, dann los. Auf geht's zu meinem ersten kleinen Ausflug. Um unser Haus zieht sich eine schmale Terrasse, auf der ich ohne Probleme bis zu dem Weg fahre, den man von meinem Zimmer aus sieht. Er ist geteert, weshalb ich keine Mühe habe mich ein ganzes Stück vom Haus zu entfernen. Zu meinen Seiten die Felder, vor mir der Wald.

Es tut gut, draußen zu sein. Erst jetzt merke ich, wie sehr ich es vermisst habe. Wie im Frühling, wenn einem auffällt, wie sehr einem in den dunklen Monaten die Sonne gefehlt hat. Der Duft der gemähten Felder strömt durch meinen Körper und hinterlässt ein friedliches Gefühl in meinem Bauch.

Und mit jedem Meter, den ich mich vom Haus entferne, distanzieren sich auch die Fragen in meinem Kopf immer mehr. Er wird leerer und zurück bleiben Ruhe und die Melodien der Vögel um mich herum.

Ich bleibe vor dem Waldrand stehen und blicke hinein. Dichte Nadelbäume reihen sich zwischen dornigem Gestrüpp auf. Ich drehe mich um.

Wow. Das Haus ist nur noch stecknadelgroß, ich hätte nicht gedacht, dass ich so weit gefahren bin. Erst jetzt merke ich, wie erschöpft ich bin. Ich muss ziemlich schnell gefahren sein. Als hätte mich der Wald förmlich angezogen. Ich blicke wieder auf den kieseligen Weg, der vor mir ins Geäst hineinführt. Hier endet wohl mein Ausflug für heute.

„Morgen, Nara! Na, drehst du auch eine Runde?"

Ich drehe mich nach rechts zu der atemlosen Stimme, die mich grüßt.

Liv joggt von einem kleinen Trampelpfad herbei, der das Waldstück umsäumt. Sie bleibt keuchend vor mir stehen und stützt ihre Hände auf die Knie.

„Ja, es ist superschön hier draußen. Ich wollte aber gerade wieder zum Haus zurück."

„Ah, das passt ja gut, ich bin auch fertig." Sie wendet sich Richtung Haus ab und ich folge ihr den Feldweg entlang.

„Morgen ist es so weit, der erste Schultag. Aufgeregt?" Sie grinst mich an und legt dabei ihren linken Arm zur rechten Schulter, um ihn zu dehnen.

„Puh. Ja, um ehrlich zu sein, schon ein bisschen", druckse ich. Beim Gedanken an die Schule wird mir etwas unwohl. „Ich freue mich endlich wieder ein bisschen was zu tun ... mit dem Rumsitzen reicht's langsam." Ich versuche ein lässiges Lächeln, was aber wahrscheinlich in einer peinlichen Grimasse resultiert. „Nur hoffe ich, dass es mit den Leuten okay sein wird. Was soll ich auf ihre Fragen antworten, wenn ich selbst nicht viel mehr über mich weiß als sie?"

Liv macht eine wegwischende Handbewegung.

„Na, das worauf du Lust hast, natürlich. Ist doch super, du kannst sein, wer du willst. Niemand merkt, ob du die Wahrheit sagst." Sie zuckt die Achseln und ihre Augen leuchten. „Ich stelle mir das cool vor! Ähm, also –", sie stockt.

„Schon gut", unterbreche ich sie, „ich weiß, wie du es meinst."

Ich presse die Lippen aufeinander und blinzele ihr zu. Vielleicht sollte ich mir noch ein paar Sachen überlegen, die ich meinen Klassenkameraden über mich erzählen kann.

„Lass uns doch nachher zusammen die Schulsachen durchschauen und beschriften, dass du für morgen gut vorbereitet bist. Den Rest machst du spontan. Das wird gut, da habe ich keine Zweifel."

„Danke. Wirklich!"

Kräftig stoße ich die Räder nach vorne, um mit Livs großen Schritten mitzuhalten. Es ist schön, dass sie mir ihre Hilfe anbietet. Sie hat bestimmt Besseres zu tun, als ihrem Wrack von Schwester zurück ins Leben zu helfen. Na ja, dafür hat man wahrscheinlich Familie.

Zu Hause angekommen holt Liv die Schulsachen ins Esszimmer und erklärt mir, dass ich erst morgen meinen Stundenplan bekomme. Sie kennt aber die meisten Fächer, weshalb wir die verschiedenen Hefte in verschiedenfarbige Umschläge einbinden und Schilder mit meinem Namen und dem jeweiligen Fach darauf kleben. Als wir fertig sind, blicke ich zufrieden auf den bunten Stapel von Heften und Blöcken.

„Ohne dich hätte ich morgen wahrscheinlich mit einem Bleistift und ein paar Papierblättern im Unterricht gesessen."

Liv kichert.

„Glaub mir, mehr wirst du morgen sowieso nicht brauchen. Aber so hast du die Woche über wenigstens keinen Stress."

Ich blicke auf die Unterlagen und ein Grinsen breitet sich auf meinem Gesicht aus. Ein kleines bisschen freue ich mich tatsächlich auf morgen, denn etwas Normalität wird mir nicht schaden. Liv hat recht, es ist ein Neuanfang. Ich seufze. Wenn er nur nicht so schwerfallen würde.

Nach dem Mittagessen darf ich wie versprochen wieder in mein eigenes Zimmer ziehen. Mit den Krücken erklimme ich Stufe für Stufe die Treppe zum ersten Obergeschoss. Ich weiß nicht, ob mein Herz vor Anstrengung so pocht oder vor Aufregung. Mein eigenes Zimmer. Wie wird es wohl sein? Was, wenn mir das, was ich sehe, nicht mehr gefällt? Vielleicht habe ich mich seit dem Unfall verändert und bin jetzt eine völlig andere Nara. Ich schiebe den Gedanken beiseite. Ein Koma ist schließlich keine Gehirnwäsche. Wird der Raum mich an mich erinnern? Die eigene Zimmereinrichtung ist doch etwas ziemlich Persönliches.

Oben angekommen stütze ich mich keuchend am Geländer ab. Das muss ich definitiv noch üben, wenn ich ab sofort mehrmals täglich hier rauf muss. Ich blicke mich um. Rechts und links von mir erstrecken sich ähnlich wie im Erdgeschoss zwei riesige Gänge, von denen einige Türen abgehen.

„Das da vorne ist dein Zimmer." Victor kommt hinter mir die Treppe hochgesprintet. Die paar Male, die ich ihn jetzt gesehen habe, war er immer zu spät oder in Eile.

Ich hangele mich zu dem Zimmer, dessen Tür er jetzt öffnet. Es ist das erste auf der rechten Seite im nördlichen Gang. Mit angehaltenem Atem linse ich Victor über die Schulter.

„Willkommen in deinem Reich! Gemütlich find ich's ja, wobei die rosafarbenen Vorhänge hier nicht ganz meinen Geschmack treffen." Victor boxt mir leicht auf die Schulter.

Ich kichere, denn die Vorhänge, die das Fenster direkt gegenüber der Tür schmücken, sind wirklich etwas aufdringlich. Die habe ich wahrscheinlich ausgesucht, als ich noch klein war.

Wir treten in das quadratische Zimmer ein und genau wie in einigen anderen Räumen in diesem Haus umhüllt ein leichter Lavendelduft meine Nase.

Ich sehe mich um.

Direkt rechts neben der Tür steht ein großer Holzschrank. An dessen Knauf, an dem Victor jetzt zieht, um meine Kleidung von unten einzuräumen, hängt tatsächlich ein kleines Lavendelsäckchen. Neben dem Schrank ragen zwei schmale Regale bis zur Decke, in denen sich unzählige Bücher stapeln. Links in der Ecke steht mein Bett mit einem kleinen Nachttisch daneben. Es ist kleiner als das im Gästezimmer, sieht aber dafür weicher und einladender aus. Unter dem Fenster, von welchem aus man wie unten in die Natur hinaussehen kann, steht ein hölzerner Schreibtisch.

Ich sauge noch einmal kräftiger die Luft ein. Da ist noch etwas anderes als Lavendel, doch ich kann es nicht zuordnen. Irgendetwas hier riecht nach … Wald.

„Zirbelkiefer", erklärt Victor, der mich beobachtet, „dein Bett ist daraus gemacht. Der Duft soll den Herzschlag verlangsamen oder so was in der Art. Keyla fallen da immer wieder neue Sachen ein, die gesund sein sollen." Er verdreht die Augen und macht sich dann wieder daran, meinen Schrank einzusortieren.

„Ich find's gut." Noch einmal atme ich tief ein. Ein Gefühl von Zuhause erfüllt mich. Ich weiß nicht, woher es kommt, aber es fühlt sich gut an. Irgendwie fühle ich mich … zugehörig.

„Den Rest von deinen Sachen stell ich hier auf deinen Schreibtisch, ist ja nicht so viel, was du unten hattest."

Victor stellt einen Korb mit den Schulsachen auf den Tisch und wendet sich zum Gehen.

„Danke, Victor! Fürs Tragen und Einräumen." Ich lächle und nicke ihm zu.

„Kein Problem! Mit denen da", er deutet auf die Krücken, „wäre das glaube ich unmöglich gewesen. Ich lass dich mal allein, versuch nicht die Bude auseinanderzunehmen." Er hebt die Hand und geht durch die Tür. „Arek und ich sind im Trainingsraum, falls du was brauchst." Dann schließt er die Tür hinter sich.

Einen kurzen Moment stehe ich einfach nur da und kralle meine Zehen in den flauschigen Teppich, der sich im ganzen Zimmer ausbreitet. Seufzend sinke ich dann auf das Bett nieder und lasse meinen Blick durch das Zimmer schweifen. Mein eigenes Zimmer. Es ist tatsächlich viel gemütlicher als das Gästezimmer. Es ist der erste Raum in diesem Haus, den ich sehe, in dem jedes einzelne Möbelstück aus dunklem Holz ist. Im restlichen Haus ist alles eher weiß und neutral gestaltet. Aber das Zimmer hier ist fast schon … urig. Ich mag es und kann mir gut vorstellen, hier einige gemütliche Winter verbracht zu haben.

Mein Blick fällt auf den Nachttisch neben dem Bett und mein Atem stockt. Darauf steht ein kleines, eingerahmtes Foto. Ich nehme es in die Hand. Es ist ein Kinderfoto. Ein kleines braunhaariges Mädchen in gelbem Badeanzug, das mir verdammt ähnlich sieht, strahlt mich an. Bin das ich? Ich nehme das Foto aus dem Rahmen und drehe es um. Tatsächlich. Auf der Rückseite steht mit Kugelschreiber Nara, 7 Jahre geschrieben. Es ist witzig, mein Gesicht auf so einem kleinen Körper zu sehen. Irgendwie absurd. Auf dem Foto scheint die Sonne und ein Schnorchel baumelt in meiner linken Hand. Ich sehe glücklich aus. Es ist schön, mich so glücklich zu sehen, auch wenn das Foto schon neun Jahre alt ist. Sorgfältig klemme ich das Foto wieder in den Rahmen und stelle es zurück auf das kleine Tischchen. Ein wohliges Gefühl breitet sich in meinem Bauch aus und zieht sich von dort aus in meine Brust und die Arme. Ich lächle meinem kleinen Ich hinter der Scheibe entgegen. Das Foto gibt mir ein Stück Vergangenheit zurück. Und das fühlt sich echt gut an.

Das alles hier sieht viel mehr nach mir aus, auch wenn ich nicht sagen kann, weshalb. Es fühlt sich richtig an. Wenn sich dieses Zimmer schon so vertraut anfühlt, dann dauert es vielleicht nicht mehr lange, bis ich auch den Rest meines Lebens wieder als normal empfinde.

Ich stehe auf und humpele zu meinem Schreibtisch. Ein paar der Schulsachen räume ich in den Rucksack, der links am Tisch an einem Haken baumelt. Ich öffne eine Schublade am Tisch, um meine restlichen Sachen einzuräumen. Sie ist tief und bis zur Hälfte bereits mit Schulsachen gefüllt. Wahrscheinlich wäre es schlau, mir ein paar Sachen davon durchzulesen, damit ich morgen nicht absolut unvorbereitet bin. Ich lasse mich auf den Schreibtischstuhl fallen und nehme das erste Heft vom Stapel. Darauf steht Chemie 10te. Ich schlage es auf und blicke auf eine Menge Buchstaben und Zahlen, die in Gleichungen nebeneinanderstehen. Der Stoff kommt mir gar nicht so unbekannt vor. Ich weiß zum Beispiel, dass O das Zeichen für Sauerstoff ist. Alles habe ich also tatsächlich nicht vergessen. Umso frustrierender, dass die Dinge, die mir entfallen sind, die essenziellsten sind. Meine Familie zum Beispiel. Das bekannte Engegefühl schleicht sich zurück in meine Brust, also konzentriere ich mich schnell wieder auf die Mitschriften vor mir. Den weißen Rand des Hefts zieren große, mit Füller geschriebene Buchstaben. Vor allem N und A stehen da besonders oft und sind mit schwungvollen Bögen verziert. Für was N und A wohl stehen? Es sieht aus, als hätte ich sie gedankenverloren dort hingekritzelt. Ich blättere weiter und auch auf den meisten anderen Seiten finde ich die Buchstaben A und N am Rand. Manchmal in anderen Farben, manchmal nur klein. Doch es sind immer die gleichen Buchstaben.

Ich verbringe noch eine ganze Weile damit, das Chemieheft durchzublättern und mir Dinge einzuprägen. Gegen halb zwölf knipse ich schließlich das Licht aus. Trotz des anstrengenden Tags vergeht noch mindestens eine weitere Stunde, bis ich mit Aufregung im Bauch endlich einschlafe.

5

Als am nächsten Morgen um halb sieben der Wecker klingelt, fühle ich mich, als hätte ich kein Auge zugemacht. Wie bescheuert war ich eigentlich, mir bis spätabends den Schulstoff anzuschauen? Und dann auch noch diese Schmerzen. Aber das sind gar nicht die üblichen Schmerzen. Kurz fühle ich in meine Beine. Nichts außer ein leichtes Ziehen im linken Bein. Dank dem Krückenlaufen habe ich heftigen Muskelkater in meinen Armen, Schultern und Händen. Ich wusste nicht einmal, dass es möglich ist, Muskelkater in den Händen zu bekommen.

Eine kurze Dusche würde mich jetzt aufwecken. Moment. Wo ist denn überhaupt die Dusche? O Mann, der Tag fängt ja gut an. Wie konnte ich nur vergessen, danach zu fragen? Neben meinem Zimmer ist ein kleiner Raum mit Waschbecken und Toilette, aber eine Dusche konnte ich gestern Abend nicht entdecken. Dann gehe ich eben nach unten zum Gästezimmer.

Ich trete durch die Tür und die Frage nach der Dusche beantwortet sich genauso schnell, wie sie gekommen ist. An jedem einzelnen Zimmer in diesem Gang hängt jetzt ein Klebezettel. Liv muss sie gestern Abend noch angebracht haben. Dieses Mädchen rettet mich jeden Tag aufs Neue.

Gähnend helfe ich mir mit den Krücken in das Bad, das sich schräg rechts gegenüber von meinem Zimmer befindet. Auch hier ist Gott sei Dank ein kleiner Hocker in der Dusche, auf den ich mich setzen kann. Es tut gut, das warme Wasser über meinen Körper laufen zu lassen.

Mit jeder vergehenden Minute unter dem angenehmen Strahl werde ich wacher. Ich bleibe so lange sitzen, bis sich die Muskulatur in meinen Armen ein wenig entspannt hat, und trockne mich dann ab.

Den Blick in den Badezimmerspiegel bereue ich sofort. Mir blicken zwei aufgequollene, rötliche Augen entgegen. Na super, das kann ja nur ein erfolgreicher Tag werden.

In ein Handtuch gehüllt humpele ich zurück in mein Zimmer und ziehe mich an. Ich entscheide mich für eine normale Jeans und einen grauen Hoodie. Von einer Schuluniform weiß ich nichts und die Auswahl in meinem Schrank ist auch nicht gerade üppig. Ich nehme meinen Rucksack direkt mit hinunter zum Frühstück, damit ich die Treppe nicht zweimal laufen muss.

„Guten Morgen, Nara. Komm, lass mich dir helfen." Keyla kommt aus dem zweiten Stock die Treppe herunter und nimmt mir mit einer entschlossenen Bewegung den Rucksack ab. Im Gegensatz zu mir sieht sie ziemlich frisch aus, gehüllt in eine hellgelbe Bluse und die glatte Mähne zu einem strengen Pferdeschwarz gebunden. Wie immer duftet sie nach frischem Lavendel, gerade so stark, dass es nicht aufdringlich ist. Keyla nimmt mir die Krücken ab und legt meinen linken Arm über ihre Schultern. So gestützt, fast getragen und mit einer Hand am Geländer humpele ich an ihrer Seite die Treppe hinunter.

„Danke", sage ich mit brüchiger Stimme, während sie mich im Erdgeschoss vorsichtig absetzt und mir die Krücken zurückgibt.

„Nichts zu danken, Liebes. Ich wünsch dir einen schönen ersten Schultag." Mit einem Lächeln schnappt sie sich eine Tasche, die unten am Treppenaufgang steht und verschwindet in Richtung Haustür.

Mein Magen knurrt. Hoffentlich bin ich nach einem Müsli fitter. Victor und Liv sitzen beide an dem hohen Küchentisch und frühstücken bereits. Arek kann ich nirgends sehen, doch Mark steht an der Glasfront der Küche und spricht angestrengt in ein Handy. Auf seiner Stirn ist eine tiefe Furche und ich schnappe ein paar Gesprächsfetzen auf.

„Das sehe ich ganz und gar nicht so … nein, wir vereinbaren keinen neuen Termin."

Wahrscheinlich ist er schon am Arbeiten. Wo arbeitet er überhaupt?

Liv und Victor werfen sich einen vielsagenden Blick zu, grüßen mich und essen dann weiter. Ich widme mich ebenfalls meinem Frühstück.

Zwanzig Minuten später sitzen wir zu fünft im Auto. Die Gelegenheit gefahren zu werden, will sich niemand entgehen lassen.

„Aufgeregt?" Liv, die in der Mitte sitzt, stupst mich in die Seite.

Ich weiß ehrlich gesagt nicht, was ich antworten soll. Ich habe versucht so wenig wie möglich darüber nachzudenken, was mich heute erwartet. Doch mit jeder Minute, die wir im Auto sitzen, wird mir etwas flauer im Magen.

„Klar ist sie aufgeregt. Ist ja voll neu alles!" Victor kichert vergnügt, sieht neben sich in die Scheibe und wuschelt sich durch die Haare.

„Jetzt macht sie doch nicht noch nervöser", ruft Mark vom Steuer aus und wirft Victor im Rückspiegel einen ermahnenden Blick zu.

Arek sitzt auf dem Beifahrersitz und sieht stillschweigend in die vorbeiziehende Landschaft.

„Alles gut", sage ich beschwichtigend, „es geht schon." Ich habe aber das Gefühl, das eher zu mir selbst zu sagen als zu den anderen und sehe ebenfalls aus dem Fenster. Ich atme tief ein und langsam aus. Es wird schon werden.

Victor und Liv werden eine Straße früher rausgelassen, sie besuchen eine andere Schule. Eine Minute später kommen wir schließlich auf einem gut gefüllten Parkplatz zum Stehen. Vor uns erstreckt sich ein großes, rotes Backsteingebäude und Arek steigt aus. Das ist sie dann wohl. Meine neue Schule. Ich versuche die tausend Ameisen zu ignorieren, die durch meinen ganzen Körper zu krabbeln scheinen und streife mir meinen Rucksack über.

Arek hilft mir aus dem Wagen und reicht mir die Krücken aus dem Kofferraum. Dafür, dass er so wortkarg ist, ist er ganz schön zuvorkommend.

Auf den Haupteingang der Schule, die durch ihren alten Look und den begrünten Campus davor eher aussieht wie eine Universität, strömen hunderte von Jugendlichen ein. Ich bin auf einmal nicht mehr so motiviert und würde am liebsten zurück ins Auto steigen. Doch ein Zurück gibt es jetzt nicht mehr.

Wir verabschieden uns von Mark und gehen auf das Gebäude zu. Als wir durch die große Flügeltür treten, blicken wir in eine mit Menschen gefüllte Aula, die in unzähligen Gängen und kleinen Nischen mündet. Wie soll ich mich hier jemals zurechtfinden?

Als hätte er meine Gedanken gelesen, schiebt mich Arek in die richtige Richtung. „Ich bring dich zu deinem Klassenzimmer. Die Elfer sind immer im gleichen Gang. Da wird wahrscheinlich eine Liste hängen. Wenn du deinen Stundenplan hast, stehen da die genauen Raumbezeichnungen drauf, die du an den Türen siehst."

Wir quetschen uns an den wild durcheinanderlaufenden Teenies vorbei und Arek läuft die ganze Zeit dicht bei mir. Ein auf sein Handy starrender Junge läuft beinahe in mich hinein, doch Arek drückt ihn in letzter Sekunde zur Seite. Ich blicke ihn mit hochgezogenen Augenbrauen an, doch Arek setzt seinen Weg ohne Kommentar fort.

Nach mehreren Stufen und ein paar Türen stehen wir schließlich in einer langen Sackgasse und Arek deutet auf eine lange Liste links an der Wand. Unter der Zimmernummer H.1204 steht an dritter Stelle der Name *Nara Carter*. Ich blicke mich um und sehe auf einer Tür die Raumbezeichnung. Das ist dann wohl mein Klassenzimmer.

Ich möchte mich bei Arek bedanken, aber als ich mich umdrehe, ist er bereits verschwunden. Dann bin ich nun wohl auf mich allein gestellt.

Ich sehe mir die Personen, die hier auf dem Gang herumsitzen, genauer an. Eigentlich sehen sie alle ganz normal aus, wie elfte Klasse eben. Ein paar aufgebrezelte Mädchen zeigen sich gegenseitig Fotos auf ihren Handys und lachen dabei hysterisch, während sie immer wieder zu einer Gruppe Jungs hinüberschauen, die ebenfalls in ein Gespräch vertieft sind. Und dann sind da noch einige, die so wie ich offensichtlich niemanden kennen und mit Stöpseln in den Ohren vor sich hinstarren. Ich kann nicht genau zuordnen, wer in meiner Klasse ist und wer nicht, da sich am Ende des Gangs gleich drei Klassenzimmer befinden und es dementsprechend voll und laut ist.

Ich lasse mich auf eine leere Bank fallen und knete vorsichtig meine schmerzenden Hände. Mir fällt ein Mädchen mit braunen langen Locken und buschigen

Augenbrauen auf, das auf der anderen Seite des Gangs auf dem Boden hockt. Sie beobachtet mich mit irritiertem Blick, doch als sie merkt, dass ich sie ebenfalls anschaue, lächelt sie mich an und schaut mitleidig auf meine Krücken. Ihre Sommersprossen lassen sie sympathisch wirken. Verlegen lächle ich zurück. Ich hoffe, dass die Krücken nicht allzu großes Aufsehen in der Klasse erregen. In meiner Situation bin ich nicht gerade ein Fan von Aufmerksamkeit.

Ich möchte gerade den Rucksack abnehmen, da betritt ein Mann mit einem lautstarken *Guten Morgen allerseits* den Gang und nimmt direkt zwei Mädchen das Handy ab.

„In diesem Gebäude sind Mobiltelefone untersagt", blafft er und sperrt das Klassenzimmer H.1204 auf. Das muss dann wohl mein Lehrer sein. Die Zimmertür schwingt auf und etwa dreißig Jugendliche strömen hinein und suchen sich einen Platz. Es braucht eine Weile, bis ich es ebenfalls in das Zimmer schaffe. Ist hier überhaupt noch ein Platz frei? Bei all dem Treiben kann ich nichts erkennen.

Da bemerke ich das Mädchen mit den Sommersprossen von gerade eben. Ich muss wohl sehr hilflos aussehen, denn sie winkt mich zu sich rüber an einen Fensterplatz.

„Setz dich zu mir, du kennst hier wohl niemand."

Ich setze mich in Bewegung und hinke zu ihr hinüber.

„Ich bin Zoey." Sie streckt mir die Hand entgegen und weist auf den freien Platz neben sich.

„Danke, ich bin Nara", bringe ich heraus, schüttele ihre Hand und erwidere ihr Lächeln.

„Kann es sein, dass wir uns von irgendwoher kennen?" Zoey sieht mich mit gerunzelter Stirn an und steckt sich eine Locke hinters Ohr.

Meine Hände schwitzen.

„Ehm, nicht dass ich wüsste", erwidere ich und spüre, wie mir die Röte in den Kopf schießt. Na toll, das geht ja gut los. „Ich bin neu in der Stadt."

Zoey nickt und ich setze mich neben sie.

Wir packen beide unser Mäppchen und einen Block aus, während sie mir erklärt, dass unser Lehrer gar nicht so nervig ist, wie er am Anfang scheint.

„Ich kenne Mr. Frenickle von meinem großen Bruder. Der tut gerne mal auf dicke Hose, aber eigentlich ist er völlig in Ordnung." Dann deutet sie auf meine Krücken, die an meiner Seite des Tischs lehnen. „Sag mal, wie bist du eigentlich zu den Dingern gekommen?"

Um diese Frage werde ich wohl nicht herumkommen, das war mir klar. Die Sache mit der Amnesie werde ich definitiv für mich behalten. Ich will nicht, dass mich hier alle für verrückt halten. Ich fange gerade zögerlich an, von dem Unfall zu erzählen, als Mr. Frenickle den Unterricht für begonnen und somit alle Nebengespräche für beendet erklärt. Sogar die Jungs hinter mir verstummen und richten ihre Aufmerksamkeit fürs Erste auf unseren Lehrer, der in Großbuchstaben seinen Namen an die Tafel schreibt.

Puh. Da bin ich ja gerade noch davongekommen. Direkt mit erfundenem Smalltalk zu starten, hätte mich Nerven gekostet.

Mr. Frenickle stellt sich als unser Sport- und auch Psychologielehrer vor. Halbherzig höre und sehe ich ihm dabei zu, wie er die Stundenpläne austeilt, einige Änderungen erläutert sowie die Klassenliste durchgeht. Ich muss mir definitiv noch mehr Fakten über mich einfallen lassen. Wieso schaffe ich es auch nicht, meine Familie mehr auszufragen? Das sollte mir doch nicht peinlich sein, oder? Ich muss auf jeden Fall mehr über mich herausfinden.

„Nara? Nara Carter?"

Ich schrecke auf und bemerke, dass ich gemeint bin.

„Äh, ja hier", erwidere ich leise.

Die ganze Klasse starrt mich an. Na super.

„Das Attest habe ich schon von deinen Eltern bekommen, wir werden sehen ab wann du am Sportunterricht teilnehmen kannst. Ich kann nur sagen, du verpasst was." Unser Klassenlehrer sieht auf meine Krücken, hebt eine Augenbraue und fährt mit der Klassenliste fort. Gut. Um den Schulsport muss ich mir also vorerst keine Gedanken machen.

„Du hast es gut", flüstert Zoey, „du kannst mittwochs früher gehen."

„Ich weiß nicht, ob man darauf so neidisch sein kann. Wenigstens läufst du nicht mit zwei zusätzlichen Metallbeinen herum." Ich lache halbherzig.

Zoey grinst: „Auch wieder wahr."

Ich schaue mir meinen Stundenplan genauer an und tatsächlich ist der Sportunterricht an einem Mittwochnachmittag. Ich habe demnach nur montags und dienstags Nachmittagsunterricht. Das hört sich doch gar nicht schlecht an. Den Rest der Doppelstunde sprechen wir über Organisatorisches und Mr. Frenickle gibt eine Einführung in die Themen, die dieses Halbjahr anstehen. Dann läutet es und die erste Doppelstunde ist beendet.

„In den Pausen treffe ich mich immer mit meinem Freundeskreis in der Mensa, das haben wir an der alten Schule auch so gemacht. Komm mit, du wirst sie mögen. Und außerdem finden wir gemeinsam vielleicht den Raum für die nächste Stunde."

Zoey blickt mit gerunzelter Stirn auf unseren Stundenplan. Anscheinend bin ich nicht die Einzige, der diese kryptischen Raumbezeichnungen Probleme machen.

„Von den Tussis aus unserer Klasse hältst du dich am besten fern", erklärt mir Zoey mit hervorgehaltener Hand, während wir uns auf den Weg zur Mensa machen. „Die waren in meiner alten Klasse und tun auf Schwestern fürs Leben, dabei lästern sie hinter ihrem Rücken, was das Zeug hält. Wenn du die Krücken loshast, mögen sie dich sowieso nicht, weil du dann hübscher bist als sie." Sie schlägt sich gegen die Stirn und verdreht die Augen. „Also nicht, dass du jetzt nicht hübsch bist." Sie grinst mich mit roten Wangen an.

Ich lache.

„Okay, danke, ich merke es mir."

Mich stört es nicht, dass Zoey mich sofort ins Schlepptau nimmt. Eine Freundin kann ich in der neuen Klasse gut gebrauchen und ihre flapsige Art macht sie sofort sympathisch.

„Da drüben sind sie."

Wir treten durch die Glastür der Cafeteria und Zoey zeigt auf eine Gruppe von Leuten, die an einem Tisch in der Mitte des Raums sitzen. Wir setzen uns zu ihnen an den Tisch.

„Leute, das ist Nara. Sie wurde von einem Lkw überfahren." Zoey zwinkert mir zu und die anderen beäugen mich neugierig.

Jetzt bin ich es, der die Röte in die Wangen schießt. Ich blicke in die fragenden Gesichter.

„Na ja eigentlich nur angefahren, es ist nicht so spektakulär wie es sich anhört. Hi." Ich lächle in die Runde und die Leute stellen sich mir ebenfalls vor.

Caleb, einer der Jungs, schüttelt mir die Hand und die anderen kichern.

„Rechne dir ja keine Chancen bei ihr aus, sie hat einen heißen Freund", neckt Zoey ihn und ich verschlucke mich an meiner eigenen Spucke.

„Ehm, was?" Ich huste.

„Na, der Typ, der dich heute Morgen in den Gang gebracht hat. Holla, die Waldfee – sah der gut aus!"

Ich weiß nicht, ob ich lachen oder weinen soll.

„Zoey, das war mein Bruder."

Genau in diesem Moment entdecke ich Arek, der hinten am Fenster bei einer Gruppe von älteren Jungs sitzt. Er hat mich auch gesehen, wirft mir aber nur einen abschätzigen Blick zu und wendet sich ab.

„Ups", Zoey prustet los, „dann ist er noch zu haben?"

Ich presse die Lippen aufeinander und zucke mit den Schultern. Hoffentlich war das die letzte Frage über ihn. Ich würde Zoey ja gern mehr von ihm erzählen, wenn Arek nicht so ein verschlossenes Buch wäre.

„Ist bestimmt schwer so einen gutaussehenden Bruder zu haben, deine Freundinnen stehen bestimmt alle auf ihn." Zoey spielt mit dem Silberring an ihrem Zeigefinger.

„Hast du mich gerade schon wieder als hässlich bezeichnet?", frage ich grinsend, um vom Thema abzulenken. Ich verschweige ihr lieber, dass ich eigentlich gar keine Freundinnen habe, zumindest keine, von denen ich weiß. Sollte ich es persönlich nehmen, dass sich bis jetzt noch niemand bei mir gemeldet hat? Noch einmal sehe ich zu Arek und ich muss mir eingestehen, dass er tatsächlich nicht schlecht aussieht. Der dunkelblaue Hoodie steht ihm echt gut. Mit seiner kalten Art würde er sich jedoch bei jedem Mädchen selbst die Tour vermiesen.

„Aber geht schon", antworte ich etwas verspätet, doch die anderen sind zum Glück schon wieder ins nächste Gespräch vertieft.

„Unser Depp von Klassenlehrer hat Caleb und mich natürlich zwei Minuten nach Unterrichtsbeginn direkt mal auseinandergesetzt. So ein Arsch", regt sich ein Junge namens Mike auf.

„Also ehrlich gesagt, würde ich euch beide als Doppelpack im Unterricht auch nicht länger als zwei Minuten ertragen", kontert eins der beiden Mädchen, das sich mir als Miranda vorgestellt hat. Ihre dunkelbraunen Augen erinnern mich an Zartbitterschokolade. Mike erwidert ein breites Grinsen.

„Der verpasst den Spaß seines Lebens, das sag ich euch", lacht Caleb und gibt Mike einen High Five.

„Vielleicht sollten wir auch zu Herrn Freenipple wechseln", sagt Mike und kriegt sich vor lauter Lachen nicht mehr. Auch Caleb prustet los.

Zoeys Freundeskreis scheint in Ordnung. Jede Gesellschaft ist mir gerade recht und zumindest sind sie nicht langweilig. Solange sie nichts mehr über den Unfall fragen, ist alles okay.

Mit Zoey verstehe ich mich von Stunde zu Stunde immer besser. Nach der sechsten Stunde schreibt sie mir ihre Handynummer auf einen Zettel.

„Wir wohnen auf einer Farm am Rande der Stadt, da freue ich mich immer, wenn sich ab und zu jemand dorthin verirrt. Komm doch gern mal vorbei!" Sie schultert ihren Rucksack.

Ich stecke den Zettel in meine Hosentasche und mein Herz macht einen Satz. Darf ich Zoey jetzt offiziell als

Freundin bezeichnen? Für den ersten Tag läuft das doch ganz gut. Innerlich klopfe ich meinem unsicheren Selbst auf die Schulter.

„Danke dir! Ich kann es kaum erwarten, mal wieder etwas anderes als mein Zuhause zu sehen." Ich schenke ihr mein wärmstes Lächeln.

Ich schaue noch kurz im Sekretariat vorbei, wie Mr. Frenickle es mir aufgetragen hat. So wie ich das verstanden habe, muss ich einen Zusatzkurs wegen des fehlenden Sportunterrichts machen.

„Weil du sonst zu wenig Stunden in der Woche hast", erklärt der Sekretär und rückt seine schmale Brille auf der Nase zurecht. In seinen Händen hält er eine Liste mit zusätzlichen Kursen und Fächern.

Hm, das wars also mit nur zweimal Mittagsschule. Ich beäuge die Liste.

Lustig. Die meisten Kurse, die da stehen, haben mit Sport zu tun. Bogenschießen, Klettern, Hockey. Ich sehe auf und bedenke den Sekretär, der ungeduldig mit den Fingern auf den Tresen klopft, mit einem skeptischen Blick. Ich lese weiter und wähle den erstbesten aus, der sich machbar anhört.

„Natur- und Pflanzenkunde", sage ich, mache ein Kreuz in das Kästchen vor dem Kurs und setze meine Unterschrift unter das Dokument.

Der Sekretär spitzt die Lippen und zieht eine Augenbraue hoch, heftet das Blatt schließlich ab und drückt mir ein Infoblatt zu dem Kurs in die Hand. Dann widmet er sich wieder dem Papierstapel, der sich vor ihm auftürmt.

Im Auto erzähle ich meiner Mutter von dem Kurs und aus irgendeinem Grund ist sie ziemlich begeistert davon.

„Das ist total praktisch. Arek belegt den Kurs auch. Er hat im letzten Jahr sogar ein ganzes Eck mit Kräutern im Garten angepflanzt. Mittlerweile sind die Büsche ums Doppelte gewachsen."

Ich verziehe den Mund. „Wieso kann ich mir das ganz und gar nicht vorstellen, dass Arek ein Kräuterbeet anlegt?" Bei der Vorstellung, dass wir denselben Kurs belegen, entsteht in mir der dringende Wunsch, zurück zu dem schrulligen Sekretär zu gehen und mich umzutragen. Und trotzdem wäre es schade, wenn ich mein neu gewonnenes Wissen über Pflanzen jetzt wegwerfe.

„Oh, Nara. Du würdest kaum glauben, was sich alles in seinem lockigen Schädel verbirgt", erwidert Keyla.

Ich kann es kaum erwarten in den Garten zu gehen, als wir zu Hause ankommen. Ich humpele hinaus auf die Terrasse. Und tatsächlich: An der Hauswand, hinter dem Lavendelbusch, erstreckt sich ein großes Beet. Darin befinden sich kleine und große Büsche, die mit fein säuberlich beschrifteten Schildern bestückt sind: *Zitronen-verbene, Marokkanische Minze, Rosmarin*. Ich entziffere um die zehn weitere Kräuter. Dabei ist alles so akkurat geschnitten und angereiht, dass man meinen könnte, ein Gartenroboter habe das hier angelegt. Ich werde definitiv nicht schlau aus diesem Menschen. Ein Windstoß schlägt die Holztür des Fahrradschuppens zu, der hinter dem Kräuterbeet steht. Ich zucke zusammen und schlinge die Arme um den Körper. Der Wind ist ganz schön frisch. Beim Hineingehen stoße ich auf Victor.

„Na, Metallprinzessin. Schule gut überstanden? Viel allein in der Ecke gesessen?" Er knufft mir gegen die Schulter.

„Nenn mich noch einmal Prinzessin und du hast eine Krücke im Bauch." Ich ziehe eine Augenbraue nach oben und mustere ihn. „Du würdest es nicht glauben, aber ich habe tatsächlich eine Freundin gefunden."

„Lehrerinnen zählen nicht", hänselt Victor mich, nimmt mir dann aber meinen Rucksack ab.

Ich lasse mir von ihm die Treppe hinaufhelfen und sinke schließlich erschöpft auf mein Bett. Uff. Der Tag und die vielen Menschen haben mich ganz schön geschafft. Obwohl ich zur Schule gefahren wurde, bin ich über die Stunden verteilt viel gelaufen. Ich schüttele meine Handgelenke aus und lege dann meine Beine auf ein hohes Kissen. Das tut gut.

Gegen Abend sind wir alle beim Essen versammelt. Es ist das erste Mal, dass wir zusammen am Tisch sitzen, seit Laura und Jake mit ihren Eltern da waren.

„Um ehrlich zu sein, hab ich ihm aber auch noch nicht gesagt, dass ich nichts von ihm will", fährt Liv in ihrer Erzählung aus der Schule fort, „ich will den armen Tim nicht verletzen. Er wirkt so zerbrechlich." Sie zuckt mit den Schultern und steckt sich ein weiteres Falafel-Bällchen in den Mund.

„Tja, Schwesterherz. Es kann nicht jeder so frei und unabhängig sein wie du." Victor zeigt mit der Gabel auf sie.

„Du solltest dem armen Kerl sagen, was Sache ist", Keylas Ton ist vorwurfsvoll, sie schenkt Liv aber ein warmes Lächeln, „dein Bruder hat recht." Dieser boxt Arek in die Seite, welcher aber ungerührt weiter auf seinem Kohlrabi-

Schnitzel kaut. Seit wir am Tisch sitzen, hat er nicht einen Ton gesagt. Liv und Victor sind dafür umso lebendiger und löchern Mark mit Fragen über das Elektroauto, das er sich anschaffen will.

„Zuerst kommen die Solarplatten aufs Dach. Dann kommt das Auto." Zufrieden schmatzend wischt er sich den Mund ab. „Nara", wendet er sich nun mir zu, „du hast noch gar nichts von der Schule erzählt." Erwartungsvoll sieht er mich an und legt das Besteck zur Seite. Jetzt schauen mich alle an.

„An sich gibt's nicht viel zu erzählen. Ich habe eine tolle Mitschülerin, Zoey heißt sie. Ich glaube, wir verstehen uns gut. Und ich hab mich im Pflanzenkurs angemeldet."

In derselben Sekunde lässt Arek geräuschvoll sein Besteck in den Teller fallen und steht abrupt auf. Keyla fährt erschrocken zusammen und auch der Rest der Familie sieht ihn aus großen Augen an.

„Entschuldigt mich", sagt Arek und verlässt mit großen Schritten den Speisesaal. Mit gerunzelter Stirn schaue ich in die Runde.

Mark macht eine wegwischende Handbewegung. „Ach, ignorier ihn, Nara. Ich glaube, er weiß zurzeit nicht ganz, wo ihm der Kopf steht."

Da sind wir schon zwei.

„Muss wohl eine spät einsetzende Pubertät sein", feixt Victor und hält sich dann lachend den Bauch. Liv zuckt nur mit den Schultern.

„Die Falafel werden kalt, bedient euch", sagt Keyla, wobei ihre Stimme eine Oktave höher ist als sonst.

Wortlos lade ich mir ein weiteres Kohlrabi-Schnitzel auf den Teller und lausche Marks Vortrag über regenerative Energiesysteme. Die Stimmung bleibt jedoch angespannt.

Ein wenig später laufe ich gedankenverloren durch das Haus und biege aus Gewohnheit nicht zur Treppe, sondern in Richtung des Gästezimmers ab. Bevor ich den Irrtum bemerke, bleibe ich stehen. Da streitet sich doch jemand. Gedämpfte Männerstimmen hallen über den Gang und ich höre eine Schublade knallen. So leise wie möglich gehe ich ein paar Schritte näher an das Zimmer, das einen Spalt offensteht. Es ist Marks Arbeitszimmer.

„Sag mal, hast du sie noch alle? Benimm dich bitte wie ein normaler Mensch und unterhalte dich mit deiner Schwester. Was hast du denn gedacht, wie es werden wird?" Ich erkenne Marks Stimme.

„Ich habe von Anfang an gesagt, es ist ein Fehler, dass sie hier ist." Areks halb flüsternde Stimme klingt aufgebracht. Um Himmels Willen. Reden die etwa über mich?

„Und ich sagte von Anfang an, dass es kein Fehler ist." Etwas knallt auf Holz. „Und was Keyla und ich entscheiden, ist Gesetz in diesem Haus, ist das klar? Also sei bitte ein ganz normaler Bruder und nicht diese Eisklotzversion von dir selbst. Das kann man ja nicht mitanschauen."

„Nicht mitanzuschauen ist, wie sie hier ahnungslos herumspaziert und alle Aufmerksamkeit auf sich zieht. Fehlt nur noch, dass wir sie auf einen Präsentierteller stellen und einen Scheinwerfer auf sie richten." Areks bissiger Ton lässt mich schaudern.

Ich habe genug gehört. In Windeseile drehe ich mich um und entferne mich so schnell von dem Zimmer, wie ich nur kann. Atemlos strauchele ich zur Treppe und ziehe mich an dem Geländer die Stufen hoch. Meine Gedanken rasen. Ist es das, was er von mir denkt? Dass ich mit der Amnesie nur die Aufmerksamkeit auf mich ziehen möchte? Wenn er wüsste, wie es ist seine gesamte Vergangenheit zu verlieren, würde er nicht so große Töne spucken. Und wie Mark gesagt hat: Ein normaler Bruder würde sich um mich sorgen und nicht davon ausgehen, dass ich das alles simuliere. Ist er wirklich so ein Ekelpaket? Ich schüttele mich, während ich die letzte Stufe erklimme und mache erst halt, als ich meine Zimmertür hinter mir zuschlage. Mit aufgerissenen Augen lasse ich mich an der Tür hinabsinken und japse nach Luft. Verdammt, das war zu schnell. Meine Beine schmerzen und jeder Atemzug brennt in meiner Lunge. Ich strecke mich aus und versuche die Wasserflasche zu erreichen, die neben meinem Bett steht, verfehle sie aber und greife ins Leere. Ächzend sinke ich auf die Seite und reibe mir den Ellenbogen, der gerade auf den Boden geknallt ist. O Mann, bin ich wirklich so ein Wrack? Dass nicht mal mein eigener Bruder mir in die Augen sehen und sich über eine gemeinsame Schulstunde freuen kann? Um ehrlich zu sein, ich war ja auch nicht gerade begeistert, dass Arek und ich denselben Kurs besuchen, aber muss man gleich so ein Widerling sein? Ich robbe über den Boden und greife nach der Wasserflasche. Die klare Flüssigkeit bringt meine Gedanken ein wenig zur Ruhe. Ich will einfach nur noch ins Bett. Die ganzen Eindrücke heute waren zu viel. Stöhnend ziehe ich mich am Bett hoch, streife mir meine Klamotten vom Körper und schlüpfe in den blau karierten Pyjama.

Vor dem Einschlafen werfe ich noch einmal einen Blick auf das Kinderfoto neben meinem Bett. Das kleine Mädchen im gelben Badeanzug blickt mir freude-strahlend entgegen. Ich starre sie an und wünsche mir, dass ich nochmal so alt sein könnte wie sie. Ich würde mehr aufpassen und der Unfall wäre nie passiert. Meine

Erinnerungen wären noch an Ort und Stelle und meine Familie müsste sich nicht für mich schämen. Mit zusammengezogenen Augenbrauen ziehe ich mir die Bettdecke über den Kopf, aber so müde ich auch bin, der Schlaf will nicht kommen.

Nach etwa dreißig Minuten setze ich mich auf und fahre mir übers Gesicht. Das kann doch nicht wahr sein. Meine Gedanken zucken immer wieder zu dem zurück, was Arek gesagt hat. Es muss doch irgendwie möglich sein, meine Erinnerungen zu trainieren. Ich springe aus dem Bett und zerre den Block aus meinem Schulrucksack. Unter dem Licht der Schreibtischlampe nehme ich einen Bleistift in die Hand und schreibe *Nara* auf das Papier. Und jetzt? Das weiße Blatt starrt mich an, als würde es mich auslachen. Ein grelles durchgezogenes Piepen übertönt meine Gedanken und ich stecke mir einen Finger in das Ohr, um den Druck zu lösen. In meinem Kopf pocht es, der Nebel wird nur noch dichter. Ich seufze, werfe den Stift zur Seite und falle in mich zusammen. Schwer atmend reibe ich die verspannte Stelle zwischen meinen Augenbrauen. Ich kann so nicht weitermachen. Es muss irgendetwas passieren, sonst gehe ich noch zugrunde an dieser Unwissenheit. Und meine Familie offensichtlich auch.

6

Die Schulwoche vergeht rasend schnell. Mit jedem Namen, der sich mir einprägt, fühle ich mich sicherer und in Zoeys Clique komme ich mehr und mehr an.

Ich kann nicht aufhören daran zu denken, was Arek gesagt hat. Immer wieder komme ich zu dem Schluss, dass ein echter Bruder so etwas nicht über mich sagen würde. Er müsste mich an Orte bringen, die ich mag, mich meinen alten Freunden vorstellen. Je mehr ich darüber nachdenke, desto mehr fällt mir auf, wie besessen meine ganze Familie von meinem Neuanfang ist. Als würden sie gar nicht wollen, dass ich in mein altes Leben zurückfinde. Aber vielleicht sehe ich das zu übertrieben, sie haben schließlich auch noch ihr eigenes Leben, um das sie sich kümmern müssen.

In der Schule lassen mich Calebs lustige Sprüche wenigstens für kurze Momente die Sorgen vergessen. Der Typ hat echt Humor. Auch entgeht mir nicht, dass Zoey immer wieder verträumte Blicke auf Miranda wirft, das Mädchen mit den Schokoladenaugen. Zu Hause schaut jeden zweiten Tag eine Physiotherapeutin vorbei, die mit mir Übungen macht, bei denen ich mir viel zu ungelenkig vorkomme. Trotzdem kann ich mittlerweile sogar längere Strecken im Wald spazieren und der Rollstuhl ist endgültig Geschichte.

Nachts liege ich meist lange wach. Die vielen Eindrücke schwirren durch mein Gedächtnis, doch von meiner Vergangenheit fehlt jede Spur. Mein Kopf kommt mir vor wie eine Box, die sich nicht öffnen lässt. Wenn die Verzweiflung überhandnimmt, stelle ich mir vor, wie meine

Erinnerungen irgendwo in meinem Unterbewusstsein herumschwimmen. Es ist eine tröstliche Vorstellung, dass sie dort sein müssen, wie Dr. Dorah behauptet hat. Ich stelle mir die Farbe und Beschaffenheit der Erinnerungen vor, gebe ihnen Namen. Sie sind da, ich weiß es.

Wie wäre es wohl, wenn mit einem Schlag alles wieder greifbar wäre? Ich habe mich mittlerweile ganz gut eingelebt. Wäre es vielleicht sogar komisch auf einmal alles wieder zu wissen? Ich kann es immer noch nicht fassen, dass ich meine eigene Familie nicht erkenne. Irgendetwas an ihnen fühlt sich nach wie vor so falsch an. So sehr ich mich auch bemühe, ich scheine nicht ganz zu ihnen zu gehören. Offenbar haben alle in diesem Haus eine neue Aufgabe. Meine Familie muss mir neu unser Leben lehren. Und ich muss neu lernen, sie zu lieben. Auch wenn ich mir dabei mit manchen leichter tu als mit anderen.

„Nara, sagen Sie mir doch mal, wie diese Pflanze heißt." Mrs. Gorgy, unsere Pflanzen- und Naturkundelehrerin sieht mich wohlwollend an. Ihr Zeigefinger deutet auf ein samtweiches, grünes Blatt, welches von einem Beamer an die Leinwand des Klassenzimmers projiziert wird.

Dieses hellgrüne, samtige Blatt habe ich irgendwo schon einmal gesehen. Ich krame in meinen Erinnerungen und mir fällt das Beet von Arek ein.

„Salbei."

Mrs. Gorgy nickt mir anerkennend zu und ich grinse wie ein Honigkuchenpferd.

Wer hätte gedacht, dass der Donnerstagnachmittag sich schon nach zwei Schulwochen zu meinem Lieblingskurs entwickelt? Keyla hat nicht untertrieben, es ist tatsächlich ziemlich spannend über die einzelnen Kräuter und

Wildgewächse zu lernen. Mrs. Gorgy lehrt uns Pflanzen zu erkennen, sie zu zeichnen und zu wissen, für was sie gut sind und welche davon die giftigen sind.

Zu Hause, wenn ich im Wald spaziere, finde ich sogar einige davon.

Ich blicke nach hinten zu Arek. Er starrt auf seine Hände und seine Miene ist hart. Wahrscheinlich ist ihm bewusst, dass ich die Antwort wegen seines Beets richtig hatte. Er meldet sich selten, doch wenn er etwas sagt, bin ich jedes Mal aufs Neue verblüfft.

Arek begegnet meinem Blick und widmet sich schnell wieder seinem Notizblock, in den er ununterbrochen kritzelt. Wenn er ein Problem mit mir hat, soll er es mir einfach direkt sagen. Er mag ja alles sein, aber als feige hätte ich ihn nicht eingeschätzt.

Mrs. Gorgy zeichnet die verschiedenen Salbeiarten an die Tafel. Bei ihrem ganzen Wissen über Wildtiere und Lebenszeichen in der Natur scheint es, als hätte sie Jahre in der Wildnis gelebt. Ich mag sie. Ihr rundliches Gesicht mit den roten Pausbacken und den Kulleraugen macht es einem gar nicht anders möglich.

Am selben Nachmittag sitzt die ganze Familie im Auto. Wir fahren ins Naturkundemuseum. Außer Victor, der noch *etwas trainieren* muss. Keine Ahnung, was der da immer macht. Um ehrlich zu sein, sieht er gar nicht so muskulös aus.

Es ist irgendwie süß, dass Mark und Keyla sich solche Mühe geben, gemeinsame Aktivitäten zu planen. *Den Familienzusammenhalt stärken*, sagt Keyla oft. Eine halbe Stunde fahren wir über unzählige Landstraßen zum Museum.

Direkt am Eingang treffen wir auf Mrs. Gorgy, die gerade an der Kasse ihr Jahresticket vorzeigt.

„Trudy! Das war ja klar, dass wir dich hier treffen." Mark geht auf sie zu und umarmt sie herzlich. Die kennen sich? Trudy Gorgy – ein ulkiger Name, wie ich finde, doch das macht sie für mich nur noch sympathischer.

„Natürlich, stets informiert. Im Teil E2 gibt es eine neue Ausstellung zu den Giftpflanzen, die müsst ihr euch unbedingt ansehen", flötet sie in ihrem gewohnt fröhlichen Ton. Dann fällt ihr Blick auf mich.

„Oh, hallo Nara! Ich wusste ja gar nicht, dass du auch eine Carter bist." Ihr Lachen wirkt plötzlich etwas steif, doch sie streckt mir ihre Hand hin.

Unsicher ergreife ich sie und bringe ein Lächeln zustande. Muss sie das nicht längst auf der Namensliste gesehen haben? Ich weiß ja, Arek und ich wirken nicht gerade wie das Traumgeschwisterpaar, aber aufgefallen sein muss es ihr doch.

Liv scheint meine Verwirrung zu bemerken. Später im Museum erklärt sie mir: „Trudy ist eine alte Freundin von Mum und Dad. Sie ist Mitglied im Museumsverein und für die ganze Ausstellung verantwortlich."

Aha. Jetzt erklärt sich mir auch, weshalb sie mit Arek so vertraut wirkt und sich in den Fünfminutenpausen lebendig mit ihm unterhält. Bin ich wirklich so unscheinbar, dass sie sich nicht mal meinen Nachnamen gemerkt hat?

Die Ausstellung ist so interessant, wie Mrs. Gorgy sie angekündigt hat und ich bin nach wie vor froh darüber, dass ich mich für ihren Kurs und nicht fürs Kochen eingeschrieben habe.

Eine der Pflanzen erweckt besonders meine Aufmerksamkeit. Es ist ein vertrockneter Knäuel hinter einer Glasscheibe, daneben steht ein Schild mit der Aufschrift *Die unechte Rose von Jericho.*

„Wie soll dieser Knäuel eine Rose darstellen?", frage ich Mrs. Gorgy, die gerade neben mir steht.

Ihre Augen leuchten und sie antwortet in aufgeregtem Ton: „Ihr richtiger Name ist selaginella lepidophylla, aber sie wird auch oft als die unechte Rose von Jericho bezeichnet. Sie trocknet in Zeiten der Dürre vollständig aus, zieht ihre Zweige und Blätter ein und sieht aus wie diese Kugel hier."

Ich blicke das trockene Etwas an. Was soll daran Besonders sein?

„Sie scheint tot, aber mit dem ersten Regen öffnet die Pflanze ihre Zweige und Blätter, revitalisiert sich vollständig und startet all ihre Funktionen neu. Deswegen nenne ich sie auch Auferstehungspflanze." Mrs. Gorgy gluckst vergnügt. „Ziemlich beeindruckend, hm?"

Ich nicke. Das ist tatsächlich ziemlich cool. Mrs. Gorgy geht weiter und ich blicke ihr nach. Plötzlich erregt ein Mann meine Aufmerksamkeit, an dem meine Lehrerin gerade vorbeigeht. Er steht einfach nur da, aber sein Blick ist starr auf mich gerichtet. Wir sind etwa zehn Meter voneinander entfernt und ich kann die Furche deutlich erkennen, die sich über seine Stirn zieht.

Wie kann jemand so unangenehm schauen? Mir läuft es kalt den Rücken hinunter. Schnell drehe ich mich wieder zur unechten Rose von Jericho. Kenne ich den? Kurz linse ich über meine Schulter. Er starrt immer noch, es scheint ihm auch nicht unangenehm zu sein, dass ich es bemerke. Himmel. An ihm vorbei möchte ich nicht, also drehe ich mich um und gehe in die Richtung, aus der ich gekommen bin. Hauptsache weg. Ich betrete den neuen Raum und stoße einen leichten Seufzer aus. Merkwürdiger Mann. Plötzlich vernehme ich lauter werdende Schritte hinter mir. Ich drehe mich um und sehe direkt in sein Gesicht. Er ist groß, hat kurze helle Haare und seine fast gelblichen Augen sind von tiefen Falten umgeben.

„Ich kenne dich doch von irgendwoher." In seiner kratzigen Stimme ist keinerlei Freundlichkeit zu erkennen. Immer noch hat er eine Augenbraue hochgezogen.

„Ich äh, nicht, dass ich wüsste …", stottere ich. Der Mann strahlt etwas aus, das mich wünschen lässt, auf der Stelle dieses Museum zu verlassen. Aber aus irgendeinem Grund kann ich mich nicht bewegen. Er geht noch einen Schritt auf mich zu.

„Doch, doch! Wir kennen uns. Mara? Ist das dein Name? Ich dachte, da war dieser Unfall."

Mein Puls rast. Der Unfall. Was soll ich denn jetzt antworten. Und überhaupt, was hat für ihn der Unfall damit zu tun, dass wir uns kennen? Plötzlich ertönt hinter mir eine vertraute Stimme.

„Ich glaube nicht, dass Sie dieses Mädchen kennen." Arek kommt neben mir zum Stehen und legt mir die Hand auf die Schulter. Was tut er da? Und vor allem, wieso ist mir plötzlich so warm? Ich sehe zu ihm auf. Arek sieht den fremden Mann mit einem durchdringenden Blick an, wie ich es noch nie bei ihm gesehen habe. Es sieht fast aus, als würde er in die Augen seines Gegenübers eindringen. Der Mann steht wie angewurzelt da und starrt jetzt nicht mehr mich, sondern ihn an. Areks Reaktion nach zu urteilen, ist das diesmal kein alter Freund der Familie. Ich sehe zwischen den beiden hin und her, Areks warme Hand liegt noch immer auf meiner Schulter. Ich sollte eigentlich verärgert sein, dass Arek plötzlich einen auf Retter tut. Komischerweise fühle ich mich gerade tatsächlich ein wenig besser.

Auf einmal verändert sich die Miene des Mannes, seine Stirn glättet sich und in seinem Blick liegt etwas Neues, Klares. Er atmet geräuschvoll ein und dreht sich zu mir.

„Tut mir leid. Ich muss Sie verwechselt haben. Ich weiß auch nicht, was heute mit mir los ist." Seine kratzige Stimme ist etwas sanfter. Er schüttelt den Kopf, wie über sich selbst, und ein krampfhaftes Lächeln erscheint auf seinen Lippen.

„Viel Spaß noch in der Ausstellung." Arek fixiert ihn mit einem eisernen Lächeln. Der Mann wendet sich ab und geht.

Meine Kinnlade klappt nach unten. Wie verrückt war das denn bitte? Ich löse mich von Arek und starre ihn mit zusammengezogenen Augenbrauen an.

„Was war das denn?"

Er ignoriert mich und geht weiter zu den nächsten Schaufenstern. Mit eiligen Schritten schließe ich auf.

„Was hast du da gemacht, Arek? Kennst du den Mann?"

„Noch nie gesehen", sagt er geistesabwesend. „Vielleicht kennt er dich von früher oder hat dich tatsächlich verwechselt. So was passiert ab und zu." Er studiert den Text neben einer Versteinerung.

Ach ja? Passiert so was tatsächlich ab und zu? Dass ein Mensch von meinem Unfall redet und mich verwechselt haben soll? Der Mann schien wie hypnotisiert, so schnell hat sich seine Stimmung geändert. Arek steht seelenruhig da und betrachtet das Objekt hinter der Glasscheibe. Die Arme verschränkt starre ich ihn an.

Er dreht sich zu mir und schiebt die Hände ihn die Hosentaschen. „Was?"

„Sorry, Arek, aber bezüglich der Erinnerungen bist du mir nicht gerade eine Hilfe. Wenn es etwas zu sagen gibt, sag es bitte." Das musste jetzt mal raus.

Einen Moment sieht er mich aus ausdruckslosen Augen an. Jetzt wendet er sich ab und lässt mich stehen mit den Worten: „Ich gebe mein Bestes".

Tief atme ich durch und versuche die Gänsehaut abzuschütteln, welche meinen gesamten Körper bedeckt. Der Gedächtnisverlust scheint mich paranoid gemacht zu haben. Vielleicht war es echt nur ein besonders verwirrter Mann. Oder es war jemand, der mich vom Sehen kannte, aber Arek nicht. Zum Glück hat er mich nicht tatsächlich wiedererkannt, denn das wäre erst recht peinlich geworden.

Auf dem Weg nach Hause unterhalten sich Keyla und Arek angeregt darüber, welche Gewächse aus dem Museum sich in unserem Garten befinden. Ich muss immer wieder an die *auferstehende* Pflanze denken. Sie und ich, wir sind gar nicht so unähnlich. Nur, dass sie den Punkt mit dem Entfalten nach der Dürre deutlich besser hinbekommt als ich. Sie wacht einfach aus ihrem Koma auf und startet alle Funktionen neu, als wäre nichts gewesen. Mist. Will ich mir wirklich von einer Pflanze die Show stehlen lassen? Wenn die unechte Rose von Jericho einfach so ein neues Leben beginnen kann, kann ich es doch auch, oder?

Zu Hause drucke ich mir ein Foto von dem Gewächs aus und klebe es an meinen Zimmerspiegel. Ich will mehr so sein wie sie. Das Foto soll mich jeden Tag daran erinnern, neu anzufangen. Und dieser Neuanfang soll heute so richtig beginnen.

Nach dem gemeinsamen Abendessen bin ich motiviert, den Rest der ersten Etage zu erkunden. Es ist doch unmöglich, dass ich nicht einmal weiß, was sich alles in unserem Haus befindet. Ich öffne die Tür des dritten Zimmers auf der rechten Seite des Nordgangs. Staubige Luft schlägt mir entgegen. Ich trete in den Raum und mir stockt der Atem. Wow. Ich wusste ja, dass wir einen Raum namens Bibliothek haben, aber ... das hier! Heftig. Der Raum erstreckt sich über die gesamte restliche Länge des Hauses, alle weiteren Türen des Gangs führen offenbar ebenfalls hier hinein. Ich atme tief den Duft der unzähligen Bücher ein, die die deckenhohen Holzregale füllen.

Es ist sehr hell, was daran liegt, dass die gesamte Außenwand eine einzige Glasfront ist. Wieso ist die mir nie aufgefallen, wenn ich hinterm Haus im Garten war? Wahrscheinlich war ich zu sehr mit dem Kräuterbeet beschäftigt. Woher wohl all diese Bücher kommen? Ich blicke mich um. Es müssen bestimmt tausende sein. Vielleicht ist das Haus schon alt und die Bibliothek wurde vererbt und immer weiter ausgebaut. Ich bewege mich durch den Raum und lasse ihn auf mich wirken. Einige der bis oben hin gefüllten Regale stehen mitten in den Raum hinein, andere bedecken die übrigen Wände. Die jeweiligen Bretter sind mit Schildern bestückt. Da ist viel zum Thema Ernährung und Gesundheit, aber auch Themen wie Wirtschaft, Politik und Zeitgeschichte füllen mehrere Regale. Hinten angekommen erblicke ich eine leere Ecke. Die Tapete ist hier viel heller als der Rest der Wand, wie wenn hier einst ein volles Regal die Wand vor dem Sonnenlicht geschützt hätte.

Auf einmal entdecke ich Arek. Er sitzt links von mir in einem großen Sessel. In seinen Händen liegt ein dicker Wälzer, den Titel erkenne ich nicht. Er blickt zu mir auf.

„Hi." Seine blauen Augen beäugen mich für einen kurzen Moment, dann wendet er sich wieder seinem Buch zu. Zu gern wüsste ich, was er liest. Doch er sieht so versunken aus, dass ich ihn nicht stören möchte.

Ich gehe zurück zum anderen Ende des Raums und versuche dabei, die Gehstützen besonders leise aufzusetzen. Also ist er doch nicht nur im Trainingsraum. Arek scheint alles zu sein, was man nicht von ihm erwartet. Er ist belesen und oft so konzentriert, als sei er in einer anderen Welt.

Ich verlasse die Bibliothek und widme mich der anderen Seite des Gangs. Im Vorbeigehen lese ich die übrigen Klebezettel. Ich finde ein weiteres Gästezimmer, einen Arbeitsraum, ein Zimmer mit Areks Namen und das Klavierzimmer.

Hm. Das Klavierzimmer. Etwas daran macht mich neugierig, also lege ich meine Hand auf die Klinke. Drinnen knipse ich das Licht an und das Erste, das ich sehe, ist ein riesiger, schwarzer Flügel. Auf einem weinroten Wollteppich, der sich fast durchs ganze Zimmer erstreckt, steht er in der Mitte des Raums. Ich gehe um den Flügel herum und betrachte den sonst nahezu leeren Raum. Neben der Tür stehen ein einzelner Stuhl sowie ein kleines Schränkchen, aus dem Notenblätter herausquellen.

Draußen dämmert es mittlerweile und meine Silhouette spiegelt sich in der vom Zimmerlicht erhellten Fensterscheibe. Hinter mir sehe ich die Spiegelung des elegant lackierten Flügels und ein wohliges Gefühl breitet sich in meinem Bauch aus.

Setz dich auf den Hocker, sagt eine Stimme in mir. Ich drehe mich um. Der Deckel des Instruments ist geöffnet, die schwarzen und weißen Tasten reihen sich mit erwartungsvoller Präsenz nebeneinander auf.

Berühre uns, scheinen sie mich aufzufordern. Mein Atem geht schneller und ich schließe die Augen, während das wohlige Gefühl in meinem Bauch immer stärker wird. Sollte ich ihm vertrauen? Alles in mir strebt danach, mich auf den Klavierhocker zu setzen und die Finger über die Tasten zu streichen. Aber was dann? Es ist immerhin ein Flügel. Vielleicht könnte ich lernen, darauf zu spielen. Unbedingt muss ich herausfinden, wer hier Klavier spielt. Ich wende mich ab, doch die Stimme in meinem Kopf wird immer lauter.

Setze dich. Berühre die Tasten.

Ich seufze. Hinsetzen kann ja nicht schaden. Ich war sowieso schon wieder sehr lange auf den Beinen. Vorsichtig stelle ich die Krücken an dem schwarzen Holzkörper des Instruments ab und setze mich auf den kleinen, samtbezogenen Hocker. Dann lege ich sanft meine Finger auf die kalten Tasten.

Sie fühlen sich vertraut an. Als würde ich jeden Tag über sie streichen. Langsam drücke ich eine Taste hinunter und ein leiser, heller Ton erklingt. Er ist so klar. Von der Neugier gepackt, drücke ich wahllos ein paar Tasten mit beiden Händen. Überraschenderweise hören sie sich zusammen gar nicht mal schlecht an. Ich werde immer gieriger, meine Finger immer schneller und schließlich bildet sich eine kleine Melodie. Habe ich je musiziert? Konzentriert beobachte ich meine Fingerspitzen, die sich leise von Ton zu Ton tasten. Ich finde keine Erinnerung, doch meine Hände sagen etwas anderes. Meine linke

Hand ist bei den tiefen Tönen und meine rechte spielt helle Melodien dazu. Es ist, als hätten sie das Kommando übernommen und ich seufze. Es tut gut, die Kontrolle abzugeben.

Von einer Sekunde auf die andere blitzt vor meinem inneren Auge ein Bild auf. Es kommt so schnell, dass ich ruckartig aufhöre zu spielen. Ich sitze an einem braunen Klavier, das Zimmer hat einen Teppichboden und am Fenster steht ein älterer Mann, der mich beobachtet. Und weg ist es.

Ich kneife die Augen zu und konzentriere mich. In meinen Schläfen pocht es. Ich versuche den letzten Hauch der Erinnerung festzuhalten, doch so schnell wie das Bild auftaucht, ist es auch schon wieder weg. Alles was ich sehe, sind meine Finger auf den weißen Tasten des dunklen Flügels. Ich beginne erneut zu spielen und versuche mit meinen Gedanken nach der Erinnerung zu greifen. Sie ist verschwunden und ich bleibe zurück mit der dunklen Box, die zugeschlossen in meinem Gedächtnis herumschwebt. *Tief durchatmen, Nara. Das ist die Rückkehr deines Bewusstseins. Alles ist, wie es sein sollte.* Ich muss nur immer weiterspielen. Erneut lege ich die Finger auf die Tasten und wiederhole die Melodie, die ich gerade eben gespielt habe. Die Töne erklingen ganz von allein. Der Flügel ist vielleicht ein Schlüssel zu der verschlossenen Box in meinem Kopf. Ich spiele immer weiter. Meine Atmung ist tief und ich halte die Augen geschlossen. Es ist so wohltuend etwas zu tun, das mir vertraut scheint. Auch wenn es in meinen Gedanken still bleibt. Die Klänge sind dafür umso lauter.

Nach einer Weile öffne ich die Augen und sehe in Areks Gesicht, der im Türrahmen lehnt. Er ist fast so groß, wie die Tür selbst. Kurz wirkt es, als wolle er sich zum Gehen umdrehen. Doch jetzt seufzt er und wendet sich mir zu.

„Das ist Beethoven." Ein wehmütiges Lächeln umspielt seine Lippen und er schiebt seine Hände in die Hosentaschen.

„Wie lange stehst du schon da?" Mein Kopf wird heiß.

Areks Mundwinkel zucken. Seine Augen sind dunkler als sonst. „Spiel weiter, das hört sich schön an."

Ich zögere. Aber Arek macht keine Anstalten zu gehen, also lege ich erneut meine Finger auf die Tasten und spiele zaghaft weiter. Wieso mache ich das überhaupt? Ich sollte immer noch sauer auf ihn sein wegen dem, was er zu Mark gesagt hat. Und warum interessiert er sich plötzlich für mich? Hat er sich meine Worte im Museum doch zu Herzen genommen?

Nach einiger Zeit verlässt Arek den Raum und kommt mit einem Heft in der Hand zurück.

„Vielleicht kannst du damit etwas anfangen." Es sind Noten.

Vielleicht erzähle ich ihm vorerst nichts von dem Bild in meinem Kopf. Wer weiß, wie echt das war. Außerdem erzählt er ja auch nichts von sich. Arek kommt zu mir und legt das Heft auf den Notenhalter des Flügels. Auf dem Deckblatt steht in Schnörkelschrift der Name *Beethoven* geschrieben. Ich klappe es auf und probiere ein paar Sachen aus. Es ist wirklich merkwürdig. An die Namen meiner Familienmitglieder kann ich mich nicht erinnern, aber die Noten kann ich lesen. Als ich erneut aufblicke, ist Arek nicht mehr da. Dieser Typ macht mich noch fertig. Taucht urplötzlich auf und verschwindet dann wie ein Geist. Dass ich mit diesem Mensch verwandt sein soll, kann ich immer noch nicht glauben.

Ich versuche mich noch an ein paar weiteren Stücken im Heft, bis ich schließlich müde werde und in mein Zimmer gehe.

Vor dem Einschlafen denke ich noch einmal an die Erinnerung. Sie hielt nicht länger als eine Sekunde an, doch es ist der erste Abend, an dem ich lächelnd einschlafe.

Poch. Poch.

Ein lautes Klopfen lässt mich aufschrecken. Um mich herum ist es dunkel, aber das Pochen kommt aus allen Richtungen und immer näher. Immer lauter. Ich setze mich auf und sehe mich um, versuche auszumachen, was es ist. Doch da ist nichts.

Poch. Poch. Mittlerweile ist es unerträglich laut. Ich presse mir die Hände auf die Ohren, doch es scheint dadurch umso lauter zu werden. Als käme der Krach aus mir selbst. Meine Trommelfelle scheinen jeden Moment zu platzen. Auf einmal sehe ich doch etwas. Es rast auf mich zu. Ich versuche zu entkommen, doch ich kann mich nicht bewegen. Panik pulsiert in meinen Adern. Es kommt rasend schnell näher.

Auf einmal ist es still. Totenstill. Ich liege nun, mein Rücken berührt eine Oberfläche und über meinem Kopf kreisen Dreiecke und Rechtecke in allen erdenklichen Farben. Sie kommen immer näher und ich kann die Augen nicht schließen.

Ich atme das erste Rechteck ein und ein Schrei entfährt meiner zugeschnürten Kehle.

Schweißgebadet wache ich auf. Mir ist übel und mein Herz klopft so schnell, dass ich befürchte, es zerspringt jede Sekunde. Es braucht eine Weile, bis ich zu mir komme und realisiere, dass ich geträumt habe. Ich versuche mich zu beruhigen und atme tief in den Bauch. Ausatmen. Ich zähle bis sechs. Dann atme ich wieder ein. Es wird besser.

Mein Mund ist staubtrocken. Benommen setze ich mich auf, knipse das Licht an und versuche den Albtraum abzuschütteln. Die Angst steckt mir noch immer tief in den Knochen. Als ich mich ein wenig beruhigt habe, setze ich mich auf. Langsam gehe ich ins Badezimmer und trinke ein paar Schlucke aus dem Wasserhahn. Wie kann es sein, dass ich immer noch so schlimm träume? Vielleicht sollte ich Dr. Dorahs Rat befolgen und mal mit einer Therapeutin sprechen. Ich fühle mich, als hätte mich erneut ein Laster überrollt und ein Blick in den Spiegel sagt mir, dass ich auch genauso aussehe. Ich bin kreidebleich, von den tiefen Augenringen mal abgesehen.

Die Uhr im Bad zeigt halb fünf. Wenn ich jetzt noch einmal ins Bett gehe, kann ich vielleicht noch ein wenig Schlaf bekommen.

Zurück in meinem Bett kann ich an nichts anderes denken als den Traum. Je mehr ich versuche einzuschlafen, desto mehr steigt mein Puls wieder an. Meine Gedanken kreisen. An Schlaf ist nicht mehr zu denken. Ich schnappe mir mein Kissen, stehe erneut auf und gehe ins Klavierzimmer. Dort angekommen schließe ich die Tür und drücke mein Kissen unten in den Spalt. So wird mich hoffentlich niemand hören.

7

Ein paar Stunden später betrete ich das Klassenzimmer und lasse mich neben Zoey auf den Stuhl fallen. Ich fühle mich trotz des Klavierspielens nicht wacher. Da ist es mir gerade recht, dass wir in Geschichte einen Film anschauen, denn richtigen Unterricht kann ich heute nicht gebrauchen. Mein Schädel hämmert und der Traum lässt mich nach wie vor nicht los.

Später in der Pause platzt es aus Zoey heraus: „Also Nara, tut mir leid, aber du siehst heute echt beschissen aus." Sorge mischt sich in ihr unschuldiges Grinsen. Ihre braunen Locken hat sie heute in einem großen Dutt auf den Kopf getürmt. „Hast du die Nacht etwa durchgefeiert?"

Mal wieder muss ich über ihre Direktheit lachen. Das ist es, was ich an ihr so mag. Es tut gut, nicht die ganze Zeit mit Samthandschuhen angefasst zu werden.

„Keine Party leider. Ich bin um halb fünf von einem Albtraum aufgewacht und danach nicht mehr eingeschlafen."

Zoey zieht ihre buschigen Augenbrauen zusammen und sieht mich mitleidig an.

„Oh je, du Arme. Ich hatte schon ewig keinen Albtraum mehr."

„Du kannst gerne ein paar von mir haben." Ich grinse sie verschwörerisch an und Zoey hebt abwehrend die Hände, an denen sie heute viele verschiedene Silberringe trägt. Jetzt leuchten ihre Augen auf.

„Apropos Party. Ich werde in einem Monat siebzehn und will unbedingt meinen Geburtstag feiern. Denkst du, ich sollte die ganze Stufe einladen? Ich will, dass es eine legendäre Nacht wird."

Ich bin froh, dass wir nicht länger über meine Träume reden. Den Rest der Pause überlegen wir uns, wer alles zu Zoeys Feier kommen soll. Wir beschließen, nach der Schule gemeinsam zu ihr zu gehen, um tiefer in die Planung einzusteigen. Selbst wenn ich mich nicht wie eine Partyqueen fühle, freue ich mich darauf, ihr Zuhause zu sehen.

Am Nachmittag treten wir in Zoeys Hausflur und werden direkt von ihren Eltern begrüßt. Ihre Mutter schließt mich herzlich in die Arme, so dass ich für einen kurzen Moment das Atmen vergesse. Die bunten Tücher, in die sie gehüllt ist und ihre langen klimpernden Ohrringe lassen sie magisch wirken. Jetzt weiß ich, woher Zoey ihre offene Art hat. Ich fühle mich sofort wohl bei ihnen.

Zoeys Zimmer ist beeindruckend. Die ganzen Wände sind voller selbst gemalter Bilder und an einer Lichterkette hängen Fotos von ihr und der Clique.

„Du hast mir gar nicht erzählt, dass du so gut malen kannst", sage ich und drehe mich mit großen Augen im Kreis. Ein Kreidegemälde, auf dem sie offensichtlich sich selbst porträtiert hat, gefällt mir besonders gut. Zoey macht es sich in einem grünen Ohrensessel gemütlich.

„Ach was, das ist doch nichts. Meine Mum malt viel besser. Im Keller ist alles voll von ihren Bildern."

So bescheiden habe ich sie noch nie erlebt.

„Doch wirklich! Die sind verdammt gut." Ich mache es mir auf ihrem weichen Teppich gemütlich.

Sie lächelt mich an, wird dann aber ernster.

„Anderes Thema. Solche Albträume wie letzte Nacht, hast du die öfter? Mein Vater macht neben der Farmarbeit auch Verhaltenstherapien oder so was in der Art. Vielleicht kann er dir helfen. Was er macht, hört sich eigentlich ganz cool an und den Leuten scheint es zu helfen."

Ich halte inne. Zoeys Vater ist zwar echt nett, aber kann ich ihm wirklich mein verrücktes Gehirn antun? Wenn selbst Dr. Dorah mir nicht helfen konnte, kann es dann jemand, der davon vermutlich weniger Ahnung hat? Ich seufze. Irgendwann sollte ich mich wahrscheinlich jemandem anvertrauen. Ich will nicht länger zulassen, dass sich in meinem Kopf immer wieder dieselben Gedanken im Kreis drehen. Ich schiele zu Zoey, die mit ihren Ringen spielt. Wir kennen uns mittlerweile ziemlich gut und wenn ich mich jetzt nicht traue, werde ich es ihr wahrscheinlich nie erzählen.

„Danke Zoey, ich weiß das wirklich zu schätzen. Es …" Ich zögere. „Es gibt da etwas, das ich dir sagen sollte, aber du musst mir versprechen, dass du es niemandem erzählst. Nicht einmal Miranda oder deinen Eltern."

Zoey setzt sich aufrecht hin und faltet die Hände im Schoß. Sie blinzelt gespannt. Ich hoffe sie versteht, wie wichtig mir die Angelegenheit ist.

„Natürlich Nara, du kannst mir alles erzählen. Ich behalte es für mich, großes Ehrenwort." Sie hebt zwei Finger zum Schwur.

„Okay, ich glaube dir." Ich kichere und meine Hände schwitzen.

Es ist eine schöne Vorstellung, ihr nichts mehr vormachen zu müssen.

Und dann erzähle ich ihr alles. Von dem Unfall, über das Krankenhaus, bis hin zum ersten Schultag. Ich erzähle ihr von den Klebezetteln, von Arek und Victor und von meiner ersten Erinnerung im Klavierzimmer. Mit jedem Satz, den ich sage, sinkt Zoey weiter in ihren Sessel ein.

Ihr Mund ist leicht zu einem O geformt. Als ich fertig bin, ist sie eine Weile still.

Sie blinzelt und kräuselt die Stirn. Ich kann sehen, wie es in ihrem lockigen Kopf rattert. Mist. Habe ich zu viel erzählt? Ich wollte sie nicht überfordern.

„Ist ja voll krass", platzt es aus ihr heraus, „ist das nicht total merkwürdig für dich auf die Straße zu gehen und dich zu fragen, ob du manche der Personen vielleicht kennst?"

Okay, überfordert ist sie schon mal nicht.

„Ehrlich gesagt war ich gar nicht so viel in der Stadt. In der Schule kennt mich niemand und zu Hause wissen alle Bescheid." Gott sei Dank wirkt Zoey nicht abgeschreckt. „Ich habe es dir nicht schon früher erzählt, weil ich Angst hatte, dass du mich für verrückt hältst." Ich sehe auf meine Hände.

„Also Nara! Glaub mir, ich habe in meinem Leben wirklich schon seltsamere Menschen getroffen."

Ich blicke auf und sie grinst mich an. Ich schmunzele und meine Muskeln entspannen sich. Ihre lockere Reaktion ist genau das, was ich brauche.

„Ich finde das voll interessant", fährt Zoey fort, „ich habe mal eine Doku über die Behandlung von traumatisierten Menschen gesehen. Von denen hatten auch manche einen Gedächtnisschwund. Anscheinend macht das Gehirn das manchmal, um einen vor den Erinnerungen an die Situation zu schützen."

„Wenn es das tatsächlich ist, wieso habe ich dann jede Nacht Albträume?" Ich seufze. Nach Schutz fühlt sich das nicht an.

Zoey kaut nachdenklich auf ihrer Unterlippe.

„Kamen denn schon längere Erinnerungen zurück?"

„Bis auf das Klavierspielen und das eine Mal beim Frühstück kommt mir bis jetzt gar nichts bekannt vor", gebe ich zu. „Es tut mir so leid für meine Familie. Ich kann mich kein bisschen an sie erinnern. Mein Bruder Arek zum Beispiel ist für mich ein Rätsel. Wobei … irgendetwas an ihm wirkt vertraut. Und gleichzeitig ist er ein echter Vollarsch." Ich seufze. Es tut gut, darüber zu sprechen und Zoey nickt verständnisvoll.

„Ja klar, aber für die Amnesie kannst du ja nichts. Du hast dir nicht ausgesucht, dass ein bescheuerter Lkw über dich drüberrollt. Aber das mit dem Klavierspielen ist doch ziemlich cool. Wenn dir das so vertraut vorkommt, dann mach auf jeden Fall damit weiter! Vielleicht tauchen ja währenddessen noch heftigere Erinnerungen auf."

„Ich hoffe es. Es tut auf jeden Fall gut. Zwar gibt es bis jetzt keine Antworten, aber ich kann dadurch das Fragen vergessen." Dankbar lächle ich Zoey an. Sie ist wirklich cool. „Jetzt aber zu deiner Party", sage ich bestimmt.

Zoey öffnet den Mund, als wolle sie noch etwas sagen, nickt dann aber.

„Mit welchem Kleid möchtest du Miranda denn überraschen?" Ich grinse breit und Zoey prustet los.

„Keyla, hatte ich eigentlich mal Klavierunterricht?"

Wir sind auf dem Heimweg, Keyla war so nett, mich von Zoey abzuholen. Ich möchte herausfinden, was sich hinter dem Bild in meinem Kopf verbirgt.

„Oh ja, du hast toll gespielt! Vor ein paar Jahren hast du einen Preis gewonnen. In der letzten Zeit hast du aber keinen Unterricht mehr genommen, weil es mit der Schule zu viel wurde." Sie wirft mir einen kurzen Seitenblick zu.

Dann ist es also wirklich eine Erinnerung von früher gewesen. Nun macht es auf jeden Fall Sinn, dass ich auf Anhieb spielen konnte. Während wir in unsere Hofeinfahrt biegen, fasse ich einen Entschluss und wende mich zu meiner Mutter.

„Ich glaube, ich würde gern wieder Unterricht nehmen."

„Gerne, mein Schatz." Sie lächelt mich wohlwollend an und stoppt den Motor.

Ich erzähle Keyla nicht, dass ich mich Zoey anvertraut habe. Was macht es schon für einen Unterschied? Außerdem tut es gut, mit Zoey dieses kleine Geheimnis zu haben.

In den nächsten Tagen spiele ich immer mehr. Es fühlt sich an wie Meditation. Das Klavierspielen ist die einzige Sache, von der ich weiß, dass ich sie gut kann. Es ist eine Fähigkeit von mir und spendet Kraft. Manchmal fühlt es sich an, wie wenn die Töne ihre warmen Finger um meine Seele legen, um mich zu halten. Ich genieße diese Wärme und lasse mich in ihr fallen.

Ab und zu sitzt Arek auf dem Stuhl in der Ecke und hört mir zu. Es stört mich nicht, wenn er da ist, denn sprechen tun wir nach wie vor nicht und ich konzentriere mich vor allem aufs Klavierspielen. Er sitzt dann ganz still da und schaut mich an. Manchmal liest er nebenher ein Buch oder bleibt nur in der Tür stehen. Meistens, wenn ich ihn dabei ansehe, sieht er aus, als würde ihn etwas beschäftigen. Er kaut auf seinen Wangen oder runzelt die Stirn. Aber er bleibt immer, bis das Stück beendet ist. Er wirkt dabei fast, als hätte er mich noch nicht oft spielen hören.

Keine Ahnung, warum es mir so wichtig ist, besonders gut zu spielen, wenn er zuhört. Oft frage ich mich, ob es für ihn nicht langweilig wird. Wieso interessiert ihn das überhaupt? Ich weiß nicht, warum ich mir solche Gedanken über meinen Bruder mache. Ich weiß nicht einmal, was für eine Beziehung ich vor meinem Unfall zu meinen Geschwistern hatte. Womöglich verhalte ich mich ganz anders als zuvor, vielleicht müssen auch sie mich neu kennenlernen. Trotzdem ist es bei Arek etwas anderes. Gerade weil ich weiß, was er wirklich über mich denkt. Seine Worte waren immerhin unmissverständlich.

Doch an einem Abend ist es anders. Ich probiere mich gerade an einem neuen Notenheft von Chopin, als Arek aufsteht, den Stuhl vor der Klaviatur abstellt und sich neben mich setzt. Was macht er da? Auf einmal legt er die Finger auf die Tasten und spielt mit, ohne auf die Noten zu schauen. Ganz leise, aber bestimmt.

Eine ganz neue Tonvielfalt erfüllt den Raum. Ich kann nicht anders, höre abrupt auf zu spielen und lache überrascht.

„Warum lachst du? Spiel weiter, das ist mein Lieblingslied." Er sieht mich ernst an, aber in seinen Augen kann ich ein belustigtes Glitzern erkennen.

„Du lässt mich wochenlang Amateursachen spielen und verschweigst mir, dass du so spielen kannst? Jetzt fühle ich mich, als hätte ich die ganze Zeit nur Kinderlieder gespielt."

Es stimmt. Auf einmal ist es mir peinlich, dass er mir immer zugehört hat. Bestimmt habe ich einiges falsch gespielt und er kennt die Noten offensichtlich in- und auswendig.

„Ich glaube du unterschätzt, wie gut du spielen kannst, Nara." Er spricht mit Nachdruck und sieht mir fest in die Augen. „Die Sachen, die du spielst, sind keine Amateursachen. Das sind Legenden der Klassik, deren Noten du da vor dir hast."

Röte schießt mir in die Wangen. Arek mustert mich und fährt sich durch die braunen Locken. Er atmet tief ein und es sieht aus, als würde er einen Entschluss fassen.

„Warst du schon oben auf dem Dach?"

Wow, das ist mal ein abrupter Themenwechsel.

„Nein." Um ehrlich zu sein, wusste ich nicht einmal, dass man auf unser Dach hinauf kann.

„Dann muss ich dir dringend Hausnachhilfe geben", sagt Arek und steht auf.

Huch. Diese plötzliche Initiative. Das ist nicht der Arek, den ich kenne. Oder den ich glaube zu kennen. Gegen meinen Willen macht mein Herz einen kleinen Hüpfer.

Wir treten aus dem Klavierzimmer und Arek zeigt an die Decke des Gangs. Ich folge seinem Blick und entdecke eine große Holzklappe, von der eine kleine Lederlasche baumelt.

Arek zieht daran, öffnet die Luke und eine Leiter rutscht uns entgegen.

„Tada." Er präsentiert das dunkle Loch, das nun über uns klafft.

Ich blicke ihn entgeistert an. „Da soll ich hoch?"

„Klar. Die Dinger da brauchst du eh fast nicht mehr." Er zeigt auf meine Gehstützen und streckt mir den Arm entgegen.

Puh. Ich habe ja Lust das Dach zu sehen, aber ohne Krücken …

„Komm schon." Arek sieht mich durchdringend an. „Vertrau mir. Ich fang dich auf, falls was ist."

Ich schnaube. „Ach echt?" Herausfordernd sehe ich ihn an und verlagere mein Gewicht auf das linke Bein. Warum sollte ich ihm plötzlich so ohne Weiteres vertrauen?

„Echt", sagt Arek in bitterernstem Ton. Seine Kiefermuskulatur tritt hervor und in seinen Augen liegt etwas Flehendes. Ich starre ihn ein paar Momente lang an und versuche zu verarbeiten, was er da eben gesagt hat. Schließlich seufze ich, stelle meine Gehstützen an der Wand ab und ergreife die Leiter. Eins steht fest: Ich schaffe das allein. Ganz sicher werfe ich mich ihm nicht in die Arme, nur weil er gerade etwas Nettes tut. Vorsichtig stelle ich meinen Fuß auf die erste Sprosse. Gar nicht übel. Mit den Armen kann ich mich ein wenig nach oben ziehen und so mein linkes Bein entlasten, das nur noch leicht schmerzt. Dann nehme ich die nächste Sprosse.

„Wer sagt's denn." Arek lächelt mich an, ich bin jetzt etwas über Augenhöhe mit ihm.

Zwei wackelige Minuten später bin ich auf dem Dachboden angekommen und Arek folgt mir leichtfüßig. Ein stolzes Grinsen schleicht sich auf meine Lippen. Ich kann wohl tatsächlich mehr, als ich mir zutraue. Es riecht muffig und die eine Glühbirne, die Arek anschaltet, spendet nur spärliches Licht. An den Wänden stapeln sich Kartons und überall stehen in Plastik eingehüllte Möbelstücke herum. In einer Ecke steht ein Regal mit Metallgestänge, das so aussieht wie die Regale in der Bibliothek. Es ist gefüllt mit Büchern.

„Hey, ist das das, was unten fehlt? Da war so ein heller Fleck an der Wand."

„Das? Keine Ahnung", sagt Arek flüchtig und schiebt mich in Richtung dreier Treppenstufen, über denen sich ein Fenster befindet. Er geht darauf zu und öffnet es mit einem einzigen Handgriff. Er klettert hindurch und reicht mir seine Hand. Ohne sie zu ergreifen, klettere ich vorsichtig hinaus auf die kleine, rechteckige Dachterrasse. Sie ist rings herum mit einem Metallgeländer geschützt.

„Wow." Ich lasse die Aussicht und die vielen kleinen Lichter der Stadt auf mich wirken. „Das ist echt cool."

Ein frischer Windstoß bläst mir die Haare ins Gesicht.

Arek zeigt in den Himmel und sagt: „Gar keine üble Sicht heute. Da ist Orion. Die drei Sterne da nebeneinander sind sein Gürtel."

„Und da ist der große Wagen." Begeistert zeige ich auf einen Sternenhaufen ein Stückchen weiter links. Arek sieht mich an und im selben Moment wird es mir auch bewusst.

„Du kannst dich an die Sternbilder erinnern?"

Mein Herz macht einen Satz.

„Ich schätze schon. Keine Ahnung, woher ich das weiß."

„Was siehst du noch?"

Angestrengt schaue ich in den Himmel.

„Da ist der kleine Wagen. Er sieht aus wie der große Wagen, nur kleiner."

Arek nickt und wir schweigen eine Weile. Sternbilder. Wirklich? Ich seufze. Arek stützt sich auf das Geländer und schaut über die Stadt und ich tue es ihm nach.

„Das muss echt hart für dich sein. All die Sachen, an die du dich nicht erinnern kannst, und dann auf einmal so etwas." Er zeigt in den Himmel.

Ich suche nach dem Spott in seiner Stimme, doch da ist nichts. Wieso habe ich das Gefühl, dass er meine Gedanken lesen kann? Ich brauche eine Weile, bis ich die richtigen Worte finde.

„Manchmal denke ich, mein Gehirn will mich veräppeln." Wir schweigen eine Weile. „Ich weiß nicht einmal, wer ich selbst bin. Ich weiß, dass es alles da ist. Es ist wie ein gefüllter Karton, der direkt vor mir steht, doch ich kann ihn nicht öffnen." Ich weiß nicht, woher ich den Mut nehme, ihm das zu gestehen. Vielleicht, weil Arek heute so offen ist. Ich sehe ihn von der Seite an.

Seine Miene ist weich, doch er schaut geradeaus. „Wer weiß schon, wer er selbst ist." Areks Stimme ist eine Nuance tiefer als sonst.

Ein Satz, den ich von dem selbstbestimmten Arek nicht erwartet hätte.

„Es wäre so viel leichter, wenn plötzlich alles wieder da wäre." Blinzelnd fixiere ich einen hellen Punkt inmitten der Stadtlichter. Je länger ich das Licht betrachte, desto mehr beginnt es zu flackern.

„Ich denke, wir verändern uns öfter, als wir bemerken. Wahrscheinlich sollten wir alle öfter versuchen, uns neu kennenzulernen." Arek klingt in Gedanken versunken. „Mit jedem vergangenen Tag sind wir jemand anderes. Lern dich neu kennen, so blöd das klingen mag. Schreib abends auf, was du den Tag über gemacht und dabei bemerkt oder gefühlt hast. So bekommst du ein Bild von dir."

Wieso habe ich das Gefühl, dass er weiß, wovon er spricht?

„Vielleicht ist es auch besser die alte Nara nicht zu kennen. Ich muss sowieso von vorne beginnen."

„Die Nara, die ich kennengelernt habe, wird dir gefallen."

Verwundert sehe ich ihn an und erhasche sein müdes Lächeln. Seine warme Stimme findet ihren Weg direkt in meinen Bauch. Seit wann ist er so einfühlsam? Ich fasse einen Entschluss.

„Ach ja? Auch mit dem Präsentierteller und dem Baustrahler nebendran?" Provokant ziehe ich eine Augenbraue hoch. Ich kann das so nicht stehen lassen.

Arek starrt mich an. Dann fährt er sich mit der Hand übers Gesicht.

„Das hast du gehört?"

„Sucht euch nächstes Mal ein besseres Versteck, wenn ihr über mich redet", sage ich und zucke mit den Schultern. Ein bisschen Spaß macht es zu sehen, wie er sich windet.

„Nara, ich ... du weißt nicht, wie ich das gemeint habe. Wenn du wüsstest –"

„Schon gut", schneide ich ihm das Wort ab, „aber erwarte nicht, dass ich dir ein Freundschaftsarmband kaufe." Schelmisch grinse ich ihn an und Arek gibt einen gequälten Schnaufer von sich. Zoey wäre stolz auf mich.

Arek wendet sich zum Gehen. „Komm, es wird langsam kalt. Ich will nicht, dass du wegen mir auch noch krank wirst."

Was meint er mit *auch noch*? Ich schüttele den Kopf, doch er klettert schon durch das Fenster.

In dieser Nacht träume ich von den Sternen. Ich sitze auf einer dunklen Wiese im Arm einer Frau, die mir den Nachthimmel erklärt. Sie hat langes braunes Haar und ihre Umarmung fühlt sich an wie ein Schutzschild. Es riecht nach Heu und auf unseren Beinen liegt eine warme Decke mit rotem Karomuster, die ich noch etwas enger an uns heranziehe. Das ist alles. Ich sehe hoch in das Gesicht der Frau und sie lächelt mich wohlwollend an. In ihren braunen Augen glitzert etwas Vertrautes. Der Moment scheint für Stunden anzuhalten und ich verspüre Frieden.

Am nächsten Morgen kann ich nicht sagen, ob ich die Frau schon einmal gesehen habe. Ihr Bild verblasst schnell, doch das heimelige Gefühl bleibt noch lange in mir. Ich behalte das Gefühl fest in meiner Seele, denn es ist etwas, das in diesem Moment nur mir ganz allein gehört. Und es fühlt sich nach Zuhause an.

8

Am Tag von Zoeys siebzehntem Geburtstag gibt es in der Schule zwischen uns kein anderes Thema mehr. In der Pause zeigt sie mir neue Listen für die Partysnacks. Ihre Pläne für Dekoration, Outfit und Musik stehen schon seit Wochen fest. Vertieft in ihre Notizen schlage ich die Beine übereinander. Kurz sehe ich auf meine Oberschenkel, die nun schon viel kräftiger aussehen. Seit zwei Wochen bin ich ohne Gehstützen unterwegs und es ist ein neues Lebensgefühl. Die Physiotherapeutin kommt nur noch einmal die Woche und ich gehe immer häufiger und längere Strecken im Wald spazieren.

„Hast du schon die Leute eingeladen? An einem Freitagabend haben bestimmt einige was vor." Mit gehobener Augenbraue zeige ich auf die Gästeliste.

Zoey schaut mich entgeistert an.

„Was denkst du denn? Glaubst du, ich will diese legendäre Party heute Abend allein feiern?" Sie mustert mich. „Aber du brauchst definitiv noch ein Outfit. Ich kann schließlich nicht allein der Star des Abends sein. Viel zu stressig."

Ich sehe an mir hinab.

„Was ist falsch an meinen Klamotten?"

„Nimm's mir nicht übel, aber wenn du heute Abend einen hotten Boy aufreißen willst, musst du schon ein bisschen aus dir rauskommen. Oder ein hottes Girl, natürlich", fügt sie hinzu und zieht die Augenbrauen nach oben. Sie deutet mit dem Zeigefinger auf meinen grauen Kapuzenpulli und meine blaue Jeans. „Ich bin dir da gerne behilflich."

Ich seufze. „Aber Zoey, ich will doch gar niemand aufreißen." Jetzt bin ich es, die entgeistert schaut. Was denkt sie denn von mir? Sehe ich aus, als hätte ich es so nötig? Liebesdrama kann mir bei all dem Stress getrost fernbleiben. Andererseits ... meine Garderobe könnte tatsächlich etwas Schwung vertragen, da hat sie recht.

„Vielleicht suche ich auch nur einen Vorwand, heute Mittag mit dir shoppen zu gehen." Zoey sieht mich flehentlich an. „Eventuell bin ich ein wenig aufgeregt wegen der Party. Es wäre einfach die perfekte Gelegenheit für einen Kuss mit Miranda, ich glaube ihr geht's auch so." Sie läuft rot an und aus ihrer Kehle kommt etwas, das sich wie ein heiseres Piepsen anhört.

Ich lache. Ich wusste ja gar nicht, dass in Zoey auch so eine schüchterne Seite steckt. Steht ihr gut.

„Weniger lachen, mehr entscheiden." Sie schnipst mit dem Finger.

Na bitte. Das ist die Zoey, die ich kenne.

„Wir gehen shoppen. Keine Sorge", gebe ich mich geschlagen.

Vier Stunden und drei Läden später haben wir tatsächlich etwas für mich gefunden. Ich gehe mit der dunkelblauen Bluse mit V-Ausschnitt an die Kasse und bezahle. Die Frau an der Kasse streckt mir das Rückgeld und den Kassenbeleg entgegen.

„Viel Spaß damit. Mach's gut, Nara!" Sie lächelt freundlich.

Mein Herz setzt für eine Sekunde aus. Hat sie gerade meinen Namen gesagt? Ich brauche einen kurzen Moment, bis ich mich wieder fange. Ich stottere eine Verabschiedung und verlasse fluchtartig die Boutique.

„Kennst du die Frau?" Zoey schließt die Ladentür hinter uns und drückt mir die Tüte mit der Bluse in die Hand, die ich in all der Eile an der Kasse liegen gelassen habe.

„Ich habe keine Ahnung." Ich blicke über die Schulter zurück in den Laden. Die Frau ist ungefähr Mitte vierzig, also kann es wenigstens keine enge Freundin von mir sein. „Mann, wie konnte ich so naiv sein und glauben, dass ich niemals jemanden treffen würde, der mich kennt?" Seit dem Erlebnis im Klavierzimmer ist keine einzige Erinnerung mehr aufgetaucht.

„Du solltest auf jeden Fall deine Eltern fragen", erwidert Zoey. Ich nicke.

„Ich muss jetzt los. Dekorieren und so." Zoey umarmt mich zum Abschied und wir gehen beide nach Hause.

Zum Glück ist die Boutique nur etwa eine Viertelstunde entfernt von meinem Haus. Die Party beginnt um acht, das heißt, ich habe noch drei Stunden Zeit. Zoey hat darauf bestanden, dass ich nicht beim Aufbauen helfe. So kann ich mich wenigstens noch ein bisschen hinlegen.

Zu Hause angekommen lasse ich mich ächzend auf mein Bett fallen.

Ich wache auf und mein Blick fällt auf die Uhr. Es ist schon halb acht. Verdammt. Schnell ziehe ich mich um, gehe ins Bad und schminke mich. Ich trage eine enge Jeans mit meiner neuen Bluse und lege mir die Kette um den Hals. Zoey sagte, das Outfit betone meine Kurven. Ich weiß zwar nicht, von welchen Kurven sie spricht, doch bei Styling-Fragen hat sie definitiv mehr Ahnung als ich. Meine Haare stecke ich hoch in einen lockeren Dutt und betrachte das vollendete Werk im Spiegel. Ich lächle mich zaghaft an. So kann ich mich, denk ich, blicken lassen.

Ich setze mich nach unten an den Küchentisch und warte auf Keyla, die mich zu Zoeys Party fahren wollte. Victor und Arek kommen in die Küche und stellen ein paar Einkaufstüten auf die Theke.

„Schick, schick!", ruft Victor anerkennend und zieht eine Augenbraue hoch. Arek mustert mich kurz und widmet sich dann schnell den Einkäufen.

So verkehrt kann ich also nicht aussehen.

„Das kann ich nur bestätigen", sagt Keyla, die gerade hereinkommt. In ihrer Hand schwingt der Autoschlüssel. „Kann's losgehen?"

Ich nicke und wir gehen nach draußen zum Auto. Während wir einsteigen, frage ich sie nach der Frau im Laden.

„Ich bin mir sicher, dass das Sarah war. Ich kaufe öfter in der Boutique ein, wahrscheinlich kennt sie dich einfach aus meinen Erzählungen und ich glaube ein- oder zweimal warst du auch schon mit dabei."

„Gut zu wissen", murmele ich und Keyla startet den Motor.

Wir müssen noch tanken und auf dem Weg zu Zoeys Hof verfahren wir uns zweimal. Es ist bereits halb neun, als wir schließlich in ihrer Einfahrt zum Stehen kommen. Am Himmel haben sich dunkle Wolken zusammengezogen. Hoffentlich hält das Wetter für die Party. Ich verabschiede mich von Keyla, versichere ihr keine geöffneten Getränke zu trinken und betrete schließlich den Garten.

Die Feier ist bereits in vollem Gange. Die Sonne ist schon lange untergegangen, doch um fast jeden Stuhl und Tisch im Garten ist eine Lichterkette gewickelt, weshalb das Grundstück in einem sanften Licht glitzert. Auf den Tischen stehen dunkle Flaschen, in denen beige Kerzen stecken und gemütlich vor sich hin flackern. Ich atme tief durch und lächle. Aus einigen Lautsprechern kommen Indie-Klassiker und es sind bestimmt vierzig Leute im Garten verteilt, die anstoßen, laut lachen und sich zur Musik bewegen. Es sieht wirklich bezaubernd aus, Zoey hat das Areal in die perfekte Partylocation verwandelt. Ich denke, genauso hat sie es sich vorgestellt. Langsam bewege ich mich durch den Garten und sauge alles auf. Mein Herz klopft in meiner Brust und ein angenehmes Kribbeln läuft über meine Arme. Hier und da nicke ich ein paar bekannten Gesichtern zu. Es tut gut, ein Teil von ihnen zu sein und alles, was mich von ihnen unterscheidet, hinter mir zu lassen. Niemand starrt mich an oder interessiert sich für meinen Unfall, ich bin wie sie. Und das ist eine unheimliche Erleichterung.

Die Terrassentür ist offen, also gehe ich nach drinnen und laufe direkt Zoeys Eltern in die Arme, die mich herzlich begrüßen und mir den Tisch mit den Getränken und Snacks zeigen.

„Um zehn Uhr wollen wir die große Geburtstagstorte mit den Kerzen holen. Sie weiß nichts davon, also versuch Zoey am besten um die Uhrzeit im Garten zu behalten. Aber jetzt geh dich erst mal amüsieren." Ihr Dad grinst mich an und weist auf die ganzen Menschen im Wohnzimmer, unter denen ich keine einzige Person erkenne.

Ich zögere, hole mir aber etwas zu trinken von der langen Tafel. Auf dem Tisch steht alles, was man sich unter Getränken und Häppchen nur vorstellen kann.

„Nur Orangensaft? Nara, das kannst du doch besser", höre ich eine raue Stimme. Ich drehe mich um und sehe direkt in die grünen Augen von Caleb, der dicht hinter mir steht. Er grinst mich an, schüttet sich selbst eine transparente Flüssigkeit in den Becher und weist auf das Getränk in meiner Hand.

„Auch schön dich zu sehen, Caleb." Ich lächle ihn an.

Er senkt den Kopf zum Gruß und mustert mich auffällig lang. „Du siehst heiß aus."

Ich verschlucke mich an meinem Saft und presse die Lippen aufeinander.

„Ehm, danke. Was trinkst du da?"

Er hält mir seinen Becher entgegen und ich schnüffele daran.

„Mojito. Der beste Cocktail auf Erden." Er riecht nach Minze und Limette.

„Nicht übel. Aber ich glaube, ich bleibe erst mal bei meinem Orangensaft." Demonstrativ nehme ich noch einen Schluck. Caleb zuckt mit den Schultern.

„Wie du willst. Komm, wir gehen zu den anderen."

Er legt seine linke Hand an meinen Rücken und deutet mit der anderen in den Garten hinaus. Ich folge ihm durch das Menschengewimmel nach draußen, während seine Hand an meine Taille wandert. Das scheint wohl nicht sein erster Cocktail zu sein. Auf seinem Gesicht liegt ein zufriedenes Grinsen. Mit einem etwas schnelleren Schritt löse ich mich von ihm.

In einer Ecke des Gartens sitzt der Rest der Gruppe auf einer Bank und spielt offenbar eine Art Trinkspiel, denn Mike drückt gerade Xenia einen Becher mit Würfeln in die Hand, in den sie hineinschaut und lachend aufkreischt. Sie greift zu ihrem Bier und nimmt einen Schluck.

„Sagt mal, hat Zoey die ganze Schule eingeladen?", frage ich in die Runde, als Caleb sich neben mich setzt.

„Sieht so aus", sagt Xenia immer noch lachend, „wo ist sie überhaupt?"

„Die ist bestimmt mit Miranda irgendwo", sagt Mike verschwörerisch. Wir sitzen eine Weile draußen und ein paar der Leute aus dem Bio-Kurs gesellen sich zu uns und steigen in das Trinkspiel mit ein.

Ich sitze daneben und beobachte, wie die Runde immer ausgelassener wird. Als plötzlich *Toxic* von Britney Spears einsetzt, legt Mike einen Striptease hin, der zum Totlachen ist. Xenia bewirft seinen rausgestreckten Bauch mit den Würfeln.

„Iih, pack den wieder ein", kreischt sie, schnappt ihm aber gleichzeitig das T-Shirt weg.

Ich lache, fange das Shirt auf und werfe es zu Caleb weiter. Mike scheint das Ganze nicht zu stören und kreist weiter übertrieben seine Hüften zu Britney. Während ein rothaariges Mädchen sich zu ihm gesellt und ihm ernste Konkurrenz macht, versucht Caleb immer wieder meine Hand zu nehmen, doch ich weiche ihm aus. Nach einer Weile schaue ich auf die Uhr. Es ist kurz vor zehn. Mist. Die Torte. Ich muss sofort Zoey finden. Im Garten ist sie nirgends zu sehen, also stehe ich auf und gehe ins Haus. Caleb macht Anstalten, mir zu folgen. Wieso ist er plötzlich so anhänglich?

„Hey, Nara, sollen wir uns ein wenig das Haus ansehen?"

Ich ziehe eine Augenbraue hoch. Das Haus ansehen? Ich weiß genau, was er damit meint. Mit verschränkten Armen stelle ich mich vor ihn hin.

„Ich kenne das Haus. Also nein."

„Spielverderberin", murmelt Caleb und schnippt sich ein paar Chipskrümel von der Jacke. Dann greift er erneut nach meiner Hand, doch ich schüttele sie weg.

„Nein heißt nein. Du solltest weniger trinken", sage ich und lasse ihn stehen. Kein Alkohol der Welt entschuldigt so ein Verhalten.

Es kommt mir vor, als wäre seit vorhin noch mal das Doppelte an Menschen hinzugekommen und ich quetsche mich durch eine feuchtfröhlich tanzende Gruppe betrunkener Leute, bis ich schließlich in der Küche stehe. Zoeys Eltern sind gerade dabei, die siebzehn Kerzen auf einer riesigen Torte anzuzünden.

„Ich kann Zoey leider nirgends finden", sage ich zu Zoeys Mutter, die mit einer Kuchenschaufel hantiert.

„Alles gut, Nara. Wir haben sie gerade rausgeschickt. Hilfst du mir mit der Torte?"

Während Zoeys Vater die Partygäste in den Garten lotst, tragen Zoeys Mutter und ich gemeinsam die Schokoladentorte nach draußen. Die meisten Leute haben sich um Zoey versammelt, die in der Mitte vom Garten steht. Ihr Vater stimmt *Happy Birthday* an und alle singen mit. Mit einem Anlauf pustet Zoey alle Kerzen aus. Sie strahlt wie ein Honigkuchenpferd und mustert euphorisch die Torte. Alle klatschen, jubeln und beginnen, Zoey zu umarmen. Auf einmal ist es ziemlich eng. Ich stelle mich ein wenig an den Rand und warte, bis sich der Trubel aufgelöst hat.

Ich will mich gerade zurück auf die Bank setzen, als Zoey mich von der Seite anstupst.

„Na, du Partymaus?" Sie dreht sich im Kreis und das Licht der Kerzen und Lichterketten spiegeln sich in ihrem glitzernden Paillettentop.

„Die Feier ist perfekt, so wie du sie dir vorgestellt hast." Ich drücke sie kurz und erwidere ihren freudigen Blick.

„Ich habe dich schon überall gesucht, ich muss dir unbedingt etwas zeigen! Komm mit in mein Zimmer!" Sie packt mich am Ärmel und zieht mich nach drinnen. Entschlossen schlängelt sie sich zwischen all den Menschen hindurch und bedeutet mir, ihr nach oben zu folgen.

„Was ist denn mit den ganzen Gästen, willst du nicht erst mal alle deine Geschenke aufmachen?" Wir treten durch ihre Zimmertür.

„Glaub mir, das ist gerade zweitrangig", sagt sie und schließt die Tür hinter sich. Sie kramt in ihrer Nachttischschublade herum. Ich kann mir nicht vorstellen, was für Zoey gerade wichtiger sein könnte als die Party. Was will sie mir zeigen? Ein Geschenk von Miranda?

Sie zieht etwas aus der Schublade und drückt es mir in die Hand. Es ist nichts, was ich erwartet habe. In meiner Hand halte ich einen Zeitungsausschnitt.

„Ich wusste gleich, dass ich dich von irgendwoher kenne! Das habe ich heute beim Aufräumen in einer Kiste von meiner Mum gefunden. Es ist anscheinend eine Bekannte ihrer Freundin." Sie schaut mich erwartungsvoll an und ich verstehe rein gar nichts. Ich blicke auf den Zeitungsausschnitt. Eine Autowerbung.

„Umdrehen", drängt Zoey.

Ich drehe das Zeitungsstück um und schlucke. Es ist eine Todesanzeige.

Ich sehe genauer hin und alle Haare an meinem Körper stellen sich auf. Ein Schauder läuft mir den Rücken hinunter. Ich verstehe jetzt, wieso sie mir den Ausschnitt unbedingt zeigen wollte. Das Mädchen auf dem Bild sieht eins zu eins so aus wie ich. Das Gesicht ist vollkommen identisch. Lediglich ihre Haare sind blond und ihre Augen braun. Der Name daneben lässt mir einen Schreck in die

Glieder fahren. *Nara Heeley* steht da geschrieben, darunter die Trauerworte.

Mein Blick verschwimmt und ich sehe in einen Spiegel mit dunklem Holzrahmen. Ich hebe die Hand. Das Mädchen im Spiegel hebt ebenfalls ihre Hand und streicht sich ihre blonden Haare hinters Ohr. Es ist nur eine Millisekunde, doch das Bild ist gestochen scharf. Ohne, dass ich es festhalten kann, ist es schon wieder weg.

„Hier steht nur, dass sie bei einem Unfall gestorben ist. Bist du irgendwie mit ihr verwandt? Die sieht dir total ähnlich. Ich mein, ihr habt verdammt nochmal den gleichen Vornamen, das ist schon gruselig!"

„K… keine Ahnung", stammele ich. Dass jemand den gleichen Namen trägt wie ich, habe ich noch nie erlebt.

„Von wann ist das?"

„Das Datum müsste dranstehen." Zoey fährt mit dem Zeigefinger über die Anzeige und stoppt dann. „Hier! 15. Juli in diesem Jahr. Das ist noch gar nicht lange her."

Ich schlucke erneut. Mir ist kein bisschen mehr nach Feiern zumute.

„Tut mir leid Zoey, aber ich würde gern herausfinden, wer das ist. Macht es dir was, wenn ich früher gehe?"

„Ich verstehe das total! Mein Vater kann dich nach Hause bringen, er hat sich für heute Abend als Fahrer angeboten. Ziemlich cool, oder?"

Ich nicke wie in Trance.

„Danke", sage ich und umarme sie. Auf dem Weg nach unten drücke ich ihr mein Geschenk in die Hand. Es ist ein Fotorahmen, mit verschiedenen Fotos von uns beiden und der Clique darin. Zoey drückt mich noch einmal zum Abschied.

„Danke, dass du da warst. Kann ich dir noch irgendwas

Gutes tun?" Sie zieht die Augenbrauen nach oben und mustert mich.

„Nein, wirklich. Ich glaube, ich muss das jetzt mit meiner Familie klären. Aber danke dir." Ich drücke ihre Hand. „Wir sehen uns am Montag und erzähl mir dann alles, was ich verpasst habe."

Zoey lächelt und steckt sich eine Locke hinters Ohr. „Mach ich. Und gib mir Bescheid, wenn du mehr weißt." Sie deutet auf den Zeitungsausschnitt in meiner Hand und verschwindet nach draußen zu den anderen Gästen.

Auf der Heimfahrt redet Zoeys Vater ununterbrochen von ihrem Hof und von den Tieren, die sie sich anschaffen wollen, aber ich kann nur an die Anzeige in meiner Tasche denken. Mir fällt keine einzige Erklärung ein, die Sinn ergeben würde. Vielleicht bin ich mit dem Mädchen auf dem Foto verwandt? Aber, dass sie auch Nara heißt ... ist die Anzeige ein Fake? Auch den Gedanken verwerfe ich wieder. Ich traue Zoey und wenn sie den Artikel wirklich gefunden hat, dann ist er echt. Aber was könnte es sonst sein?

Wir kommen vor unserem Haus zum Stehen. Ich bedanke mich und steige aus. Ich will mir den Artikel noch einmal in Ruhe ansehen und vor allem allein, also gehe ich geradewegs hinauf aufs Dach. Während ich die Leiter hinaufklettere, rattert es in meinem Kopf. Ich rechne und rechne erneut. Der fünfzehnte Juli. Das kann doch ... ich rechne erneut, will das Ergebnis nicht wahrhaben. Aber meine Befürchtung ist wahr. Beinahe greife ich bei der letzten Sprosse an der Leiter vorbei. Der fünfzehnte Juli war der Tag meines Unfalls.

Unter der Taschenlampe meines Handys sehe ich mir das Bild genauer an. Je näher ich das Bild betrachte, desto mehr erinnert mich das Mädchen an mich selbst. Ihr Lächeln, ihr Mund, ihre Augenbrauen. Sie sieht genauso aus wie ich, das kann ich nicht leugnen. Wie kann das möglich sein? An ihrem Hals entdecke ich ein kleines Muttermal. Mein Puls beschleunigt sich und wie von einer Maschine gesteuert bewegt sich meine Hand zu meinem Hals. Panik fährt durch meine Brust. Stoßartig atme ich aus. Mein Zeigefinger fährt über einen kleinen Hubbel. Wer zum Teufel ist dieses Mädchen? Unter ihrem Namen steht ein Städtename. Von dem Ort habe ich schon einmal gehört, er muss in der Nähe sein. Auf einmal höre ich Schritte, erst auf dem Dachboden und dann am Fenster. Arek klettert durch die Luke und betritt das Dach.

„Was ist los, ist die Party schon vorbei? Keyla hat gemeint, ich soll dich um zwei Uhr abholen. Aber deine Schuhe standen unten."

Ich drehe mich zu ihm um und sehe ihm direkt ins Gesicht. Dann halte ich ihm die Todesanzeige vor die Augen.

„Wer ist das?"

Arek sieht mich an und runzelt die Stirn.

„Nara, ist alles in Ordnung? Du wirkst so –" Dann fällt sein Blick auf das Bild. Alles in seinem Gesicht verändert sich und selbst im Licht meiner Taschenlampe sehe ich, dass er kreidebleich ist. „Mist", murmelt er und starrt auf das Bild. Ich versuche seinen Blick einzufangen, doch er weicht mir aus.

„Wer ist das?", frage ich lauter.

Arek sagt nichts. Seine Augen bewegen sich suchend umher, als würde er versuchen, die richtige Antwort zu finden. Doch er bleibt stumm und sieht mich immer noch nicht an. Er rauft sich die Haare. Ich warte. Mit jeder Sekunde, die vergeht, wird mir unwohler. Verzweifelt drücke ich ihm das Bild in die Hand. Ich bin ihm jetzt ganz nah.

„Arek, wer zum Himmel ist das?!"

Er sieht mich widerwillig an. Und plötzlich ist in seinen Augen so viel Schmerz. Seine Pupillen wandern über mein Gesicht und seine Kiefermuskulatur hebt sich von seinen Wangen ab. Sein Blick ist ganz klar. Er atmet tief ein und stößt die Luft wieder aus seiner Lunge. Mit dem Ausatmen sagt er: „Komm mit." Dann packt er mich entschlossen am Arm, so fest, dass ich zusammenzucke.

„Was –?"

Er schleift mich zur Luke, die Leiter hinunter und dann zur Treppe. Dabei bewegt er sich so schnell, dass ich Mühe habe, mit ihm mitzuhalten. Was, verdammt nochmal, ist mit ihm los?

„Hey, warte doch mal! Ich kann selbst laufen", protestiere ich und versuche stehen zu bleiben, doch er zieht mich immer weiter. Auf dem Gang begegnen wir Victor.

„Hey ihr beiden, was macht ihr denn –?" Dann fällt sein Blick auf den Zeitungsausschnitt in Areks Hand. „Mist", flucht er und all seine Gesichtszüge entgleiten ihm. Mit aufgerissenen Augen sieht er Arek an. Auf einmal nickt er und sprintet los.

Meine Augen füllen sich mit Tränen.

„Kann mir bitte einer sagen, was hier los ist?"

„Wir gehen nach unten", sagt Arek mit tiefer und bestimmter Stimme, und lässt endlich von meinem Arm ab. Ich reibe die schmerzende Stelle. Schwer atmend stolpere ich hinter ihm die Treppe nach unten.

Im Speisesaal angekommen sitzt bereits die ganze Familie am Tisch. Mark räuspert sich. Alle anderen sehen bestürzt aus und mustern mich auf unangenehme Weise. Was ist das in ihren Augen? Ratlosigkeit? Schuldgefühl? Ich kann es nicht genau benennen. Liv fängt meinen Blick ein, sieht dann aber sofort auf ihre Finger vor sich auf der Tischplatte. Ihre Miene wirkt verbissen. Etwas, das ich von meiner sonst so flippigen kleinen Schwester nicht gewohnt bin.

Arek bedeutet mir mich zu setzen, doch ich bleibe stehen und blicke verzweifelt in die Runde. Niemand sagt etwas. Keyla streicht sich schluckend die blonden Haare hinter die Ohren und starrt mit verzerrtem Gesicht vor sich hin. Irgendetwas stimmt hier ganz und gar nicht. Langsam setze ich mich und behalte die anderen fest im Blick. Meine Nervosität darüber, dass das Mädchen auf der Todesanzeige quasi mein identisches Abbild ist, versuche ich zu verbergen. Dann ergreift Mark endlich das Wort.

9

Ich sehe in Marks ernstes Gesicht und habe die dunkle Vorahnung, dass mir nicht gefallen wird, was ich gleich hören werde.

„Nara, es ist wichtig, dass du bei allem, was wir dir jetzt erzählen, weißt, dass es die Wahrheit ist und wir nur das Beste für dich wollen."

Ich spüre, wie Panik in mir aufsteigt, durch meine Handgelenke fährt und sich in meinen Fingerspitzen ausbreitet. Ich setze mich auf meine kribbelnden Hände.

„Bitte höre dir erst einmal alles genau an. Danach kannst du gerne Fragen stellen. Aber vor allem musst du wissen, dass wir für dich da sind, egal was passiert."

Ich nicke, einfach nur, damit er fortfährt und versuche, den Kloß in meinem Hals herunterzuschlucken.

„Es ist so. Wir …", er zeigt zaghaft in die Runde und beendet nach einem kurzen Zögern seinen Satz, „haben dich nach deinem Unfall bei uns aufgenommen. Einige der Menschen, die dich kennen, um nicht zu sagen, die meisten, denken das Unglück sei anders verlaufen." Er macht eine Pause und mustert mich, doch ich sage nichts. In meinem Kopf pocht Leere. „An deinem letzten Schultag vergangenes Schuljahr, als der Lkw dich erfasste, hat Victor dich gefunden. Wir haben dich sofort in ein uns vertrautes Krankenhaus gebracht, wo du eine Bluttransfusion von Arek erhalten hast. Danach haben wir dich unter unserem Nachnamen adoptiert."

In meinem Kopf rattert es, doch nichts ergibt Sinn.

Keyla erhebt nun sanft ihre Stimme. „Das Mädchen auf dem Bild, Nara. Das bist du. Die Menschen denken, du

130

seist tot." Sie sieht mich mit ihrem üblichen warmen Blick an, doch diesmal dringt er nicht zu mir durch.

Wollen die mich auf den Arm nehmen? Wut beginnt in meinem Bauch zu brodeln. Wie können sie mir so etwas sagen und erwarten, dass ich es verstehe?

„Wenn das ein Witz sein soll, dann ist er ziemlich schlecht." Meine Stimme klingt brüchiger als beabsichtigt. Arek zuckt zusammen und öffnet die Lippen, doch Mark bedeutet ihm mit einer Geste, ruhig zu bleiben.

„Es ist kein Witz, Nara. Es ist die Wahrheit. Du hättest sie früher verdient, aber wir konnten sie dir nicht zumuten."

Mir nicht zumuten? Was zum Geier redet er da?

„Nach deinem Unfall warst du schon mit der Amnesie beschäftigt. Wer wir sind, und vor allem, wer du bist … das hättest du so kurz nach deinem Koma nicht verkraftet. Außerdem –"

„Moment mal", unterbreche ich ihn und hebe die Hand, „wer ich bin?"

Niemand geht darauf ein.

„Außerdem hatten wir die Befürchtung, dass du dich dagegen wehrst, in einem anderen Clan neu anzufangen. Du warst das Leben mit den Athemar gewöhnt. Da hättest du uns Nevox nur schlecht vertraut. Wir mussten deinen Tod vortäuschen, anders ging es nicht. Es war zu deinem Schutz."

Athemar? Nevox? Was zum Teufel redet er da? Ich rücke mit meinem Stuhl zurück, blicke in die leeren Gesichter. Liv seufzt.

„Super, Dad. Jetzt ist sie kaum überrumpelt", sagt sie in sarkastischem Ton und verdreht die Augen.

„Was redest du da, Mark?" Ich blicke in die Runde. „Kann vielleicht von euch mal jemand was dazu sagen?"

Alle schweigen und ich weiß noch nicht einmal, was ich denken soll. Mark wiederum redet immer weiter.

„Du wirst dich an uns gewöhnen, Nara. Und du wirst deine Fähigkeiten trainieren. Wir alle haben sie, aber wir glauben, dass deine Kräfte etwas ganz Besonderes sind. Zusammen mit Arek –"

„Es reicht, Dad!", unterbricht ihn Arek und schlägt seine Faust auf den Tisch. „Siehst du nicht, wie überfordert sie ist?" Seine Stimme ist forsch und klingt fremd. Nicht wie der Arek, den ich kennengelernt habe. Mark schenkt Arek keine Beachtung und spricht unbeeindruckt weiter.

„Vor deinem Unfall hast du in einem anderen Haus gewohnt. Bei anderen Eltern. Es ist aber besser, wenn du bei uns wohnst. Nur hier bist du sicher."

Der Ausdruck *andere Eltern* brennt sich in meinen Kopf ein. Ein Kloß bahnt sich meine Kehle hinunter.

Fähigkeiten. Kräfte. Tod.

Die Wörter kreisen durch meinen Kopf und ich beginne zu verstehen, was der Kern dieses ganzen Durcheinanders ist. Das, was sich seit Beginn von Marks Erklärung durch meinen Kopf windet. Aber kann das wirklich sein? Ich denke an die Frau in meinem Traum, die mir die Sternbilder zeigt. Zaghaft spreche ich aus, was ich nicht wahrhaben möchte.

„Ihr … seid gar nicht meine Familie." Mit angehaltenem Atem warte ich darauf, dass mir jemand widerspricht. Doch es bleibt still. Liv und Victor blicken sich skeptisch an, als wüssten sie, dass das Gespräch nicht in die richtige Richtung verläuft. In meinem Kopf rattert es. Das Haus, an das ich mich nicht erinnern kann. Die Familie, die ich nicht kenne. Jetzt nickt Keyla. Meine Augen weiten sich und ich atme schneller.

„Ihr seid nicht meine Familie", sage ich lauter.

„Dad, du bist echt ein beschissener Erzähler", sagt Victor. „Wir können das erklären, Nara. Es ergibt wirklich mehr Sinn, wenn man den Hintergrund kennt."

„Und was ist der Hintergrund?" Meine Stimme ist fest und laut.

„Ich … der Hintergrund ist, dass", setzt Victor an, seufzt dann aber, verschränkt die Arme und sieht zu Keyla.

„Dass ihr mich wochenlang angelogen habt?" So langsam werde ich wütend. „Dass ihr mich aus meinem Leben reißt, einen auf Familienzusammenhalt macht und es euch anmaßt, mir Tipps zu geben, ohne dabei überhaupt mit mir verwandt zu sein? Ihr seid es doch nicht, oder?"

„Nara, wir –"

„Wag es nicht, auch nur einen Satz zu sagen", fauche ich Liv an und fixiere sie. In ihren Augen stehen Tränen und ich erinnere mich an all die Sachen, die sie zu mir gesagt hat. *Zwei Schwestern bis ans Ende der Welt.* Übelkeit bahnt sich meine Kehle hinauf und meine Schläfen pulsieren. Ich sehe in die Runde, fixiere alle der Reihe nach. Victor, Keyla, Mark, Liv. Ich bleibe an Areks leerem Blick hängen und als er seine Augen niederschlägt, zerbricht etwas in mir. Ich reiße mich von seinem Anblick los und schließe die Augen. Dann kommt mir der einzig logisch erscheinende Gedanke.

Lauf.

Ich springe auf, so dass der Stuhl unter mir mit lautem Knallen auf das Parkett kracht. Dann drehe ich mich um und eile los. Arek steht ebenfalls auf und versucht mir hinterherzurennen, doch Mark hält ihn zurück. „Lass sie Arek, sie muss das jetzt erst einmal verarbeiten. Später können wir noch einmal sprechen", sagt er, während die Tür hinter mir ins Schloss knallt.

Mit großen Schritten eile ich die Treppe hinauf, reiße meine Zimmertür auf und drehe hinter mir den Schlüssel im Schloss. Schwer atmend rutsche ich an der Tür hinunter und sehe in den Raum. Das Zimmer, in welchem ich die letzten Wochen verbracht habe. Was in Gottes Namen ist gerade passiert? Mit zittrigen Händen fasse ich mir an den Kopf und schließe die Augen. Stöhnend kralle ich meine Finger in die Kopfhaut. Das alles hier ist real. Ich träume nicht. Stoßweise presse ich den Atem durch meine verkrampften Lippen und schnappe nach neuer Luft. Ich öffne die Augen und stehe langsam auf. Stelle mich auf meine wackeligen Beine, die drohen unter mir nachzugeben. Mein Blick fällt in den Spiegel und ich sehe mich an. All die Annahmen, die ich in den vergangenen Wochen über mich selbst getroffen habe, zerplatzen gerade. Ich starre in meine Augen, die nicht einmal eine richtige Farbe haben. Bin das überhaupt ich? Und wer sind die Menschen, die mir gerade gegenübersaßen? Meiner Kehle entfährt ein krächzendes Wimmern, ich schließe erneut die Augen und wende mich ab.

Ich sehe hinaus auf die dunklen Felder. Wenn ich ihren Erklärungen glauben soll, ist die Familie in diesem Haus nicht meine. Ich lasse diese Erkenntnis in mein Bewusstsein sacken. Ich wohne in einem fremden Haus und weiß nicht, wer meine echten Eltern sind. Meine echten Eltern denken, ich sei tot. So tot wie meine Erinnerungen? Wieso sollten sie mir so etwas erzählen?

Die erste Träne läuft über meine Wange. Ein kleiner Teil in mir wünscht sich, sie hätten mir das nicht erzählt.

Was soll das alles überhaupt bedeuten? Ich weiß nicht, was ich denken soll. Ich weiß überhaupt nichts.

Ich blicke auf das Foto neben meinem Bett. Sie sieht aus wie ich. Kann das sein? Dann kommt mir wieder der Städtename auf der Anzeige in den Kopf. Das muss der Wohnort meiner Eltern sein, zweier Menschen, die denken, ihre Tochter sei tot. Ich muss sofort dorthin. Aber wie? Mit zittrigen Fingern hole ich mein Handy aus der Tasche und wähle Zoeys Nummer. Wie erwartet meldet sich piepend die Mailbox. Ich habe keine andere Wahl, als zu ihr zu gehen. Wenn ich dort bin, kann mir ihre Mutter vielleicht mehr über die Anzeige sagen und mich zu meinen Eltern bringen. Im Kopf gehe ich die Route durch, die ich mit Keyla zu Zoey gefahren bin. Grob müsste ich die Strecke hinbekommen, aber fahren kann ich nicht. Der Fahrradschuppen neben dem Kräuterbeet! Mit dem Rad müsste ich in etwa einer Stunde dort sein. Ich trete von einem Bein auf das andere. Eins ist sicher. Hier kann und will ich nicht bleiben. Solange ich nicht weiß, was ich glauben kann, will ich keine weitere Sekunde in diesem Haus sein. Ich verdränge das schmerzhafte Bild von Areks leerem Blick. Ich muss hier weg.

Ich fasse einen klaren Gedanken, schnappe meinen Schulrucksack und schütte seinen Inhalt auf den Boden. Dann stopfe ich Sachen hinein. Kleidung, Geldbeutel, Handyladekabel. Mein Blick fällt auf den Schlüsselbund, der auf dem Boden liegt. Ich schlucke, schließe die Augen und wende mich ab. Dann verlasse ich eilig das Zimmer.

Im Haus ist es still, also stehle ich mich schnell und unbemerkt ins Freie. Draußen ist es stockdunkel, es muss mittlerweile nach Mitternacht sein. Ich renne um das Haus zu den Fahrrädern und bleibe dabei an einem

Stein hängen. Autsch. Ich fluche leise. Still halte ich inne und horche. Es scheint niemand etwas mitbekommen zu haben, also schnappe ich mir das erstbeste Rad und steige auf. Ein letztes Mal blicke ich auf das Haus. *Den Familienzusammenhalt stärken*, höre ich Keyla in meinen Gedanken sagen. Ich schnaube. Dass ich nicht lache. Mit glühendem Gesicht fahre ich davon, so schnell wie ich kann.

Eine Weile fahre ich einfach nur, ohne die Richtung zu überprüfen. Hauptsache weg. Weg von ihnen. Dann hole ich mit der einen Hand mein Handy heraus und schaue auf das Navi, um zu prüfen, dass ich auf dem richtigen Weg bin. Vor mir erstreckt sich eine endlos lange Straße. Ich bin aus der Puste und meine Beine schmerzen, aber die Wut treibt mich an. Mein Kopf ist leer und meine Gedanken streben nur in eine einzige Richtung. Zu Zoey und dann zu meiner wirklichen Familie, die da draußen auf mich wartet.

Ich spüre die ersten Tropfen fallen und sehe in den dunklen Himmel, an dem kein einziger Stern zu sehen ist. Mist. Wieso bin ich nicht einfach über Nacht noch dageblieben? Nein. Keine Sekunde länger kann ich am gleichen Ort wie diese … diese – ja was denn eigentlich? Wie bezeichnet man Menschen, die einem verkünden, dass sie dich zu einem guten Zweck gekidnappt haben? Zu denen ich wochenlang Vertrauen aufgebaut habe, nur um es dann mit einem Schlag entrissen zu bekommen.

Nach etwa einer halben Stunde ist meine Jacke durchnässt, doch ich spüre die Kälte nicht. Dafür ist der Schmerz in meinen Beinen umso deutlicher. Vor lauter Regen kann ich fast nichts sehen und die Batterie des Fahrradlichts hat schon nach den ersten Kilometern schlapp gemacht. Ich fahre nun langsamer, die steigende Entfernung gibt mir Sicherheit. Trotzdem halte ich nicht an. Wer weiß, ob sie schon gemerkt haben, dass ich weg bin. Meine Gedanken schweifen zu Liv. Und zu Arek. Wie konnten sie wortlos zusehen? Ich habe ihnen vertraut und sie als meine Geschwister akzeptiert. Ich gehöre ihnen nicht, wie konnten Keyla und Mark es wagen, mich zu sich zu nehmen? Mit zusammengebissenen Zähnen trete ich weiter in die Pedale. Das alles scheint wie ein schlechter Traum. Ein weiterer Albtraum, in dem Dinge auf mich zurasen und ich nichts dagegen unternehmen kann.

Ein Rinnsal aus Regen tropft an meiner Nase hinunter und ich wische mir mit meinem klatschnassen Ärmel übers Gesicht. Als ich aufblicke, bin ich geblendet von einem grellen Licht. In letzter Sekunde reiße ich den Lenker nach rechts. Das Auto saust an mir vorbei, doch ich verliere das Gleichgewicht. Mein Knie schlägt auf den harten Asphalt, während ich mich einmal umdrehe und mit zusammengekniffenen Augen einen Abhang hinunterrutsche. Dann landet mein Kopf auf schlammigem Rasen. Ich spucke aus und versuche die Augen zu öffnen. Alles dreht sich. Starr bleibe ich liegen, denn es fühlt sich an, als drehe sich der Boden unter mir. Schwindel überkommt mich. Der Schlamm in meinem Gesicht vermischt sich mit etwas Salzigem. Vielleicht Tränen, vielleicht Schweiß. Beim Versuch gleichmäßig zu atmen, starre ich in die Dunkelheit.

Ich höre etwas heranfahren. Der Motorenlärm ist unnatürlich laut und ich halte mir die Ohren zu. Das Auto fährt an mir vorbei und auf einmal höre ich gar nichts mehr.

Als ich aufwache, regnet es immer noch. Ich öffne die Augen und blinzele das Wasser weg. In meinen Pupillen brennt etwas. Meine Augen gewöhnen sich an das helle Licht, das mich aufgeweckt hat, und erst jetzt merke ich, dass eine Person mit Taschenlampe in meine Richtung kommt. Ich möchte etwas rufen, doch meine Kehle ist trocken und es kommt lediglich ein trockenes Husten heraus. Ich spucke erneut auf den Boden. Die Person hat mich gehört, kommt näher und beugt sich über mich. Ich schaue in ein schmerzverzogenes Gesicht.

„Verdammt Nara, ich habe dich überall gesucht. Alles okay bei dir?" Arek beugt sich über mich. Seine Miene ist besorgt und erleichtert zugleich.

Ich sage nichts. Mir ist schwindelig und er ist einer der Letzten, mit denen ich gerade sprechen möchte. Wieso konnte mich nicht jemand anderes finden?

„Ich habe dein Fahrrad gesehen. Bist du gestürzt? Wo wolltest du denn hin? Komm, ich helfe dir auf, wir gehen jetzt nach Hause ins Trockene."

Ich schlucke und finde meine feindselige Stimme. „In welches Zuhause möchtest du mich denn bringen? In deins oder in meins?" Unbeholfen setze ich mich auf, damit ich nicht so verkümmert aussehe. Mein Schädel dröhnt.

Arek will mir erneut aufhelfen, greift nach meinem Arm, doch ich schlage seine Hand weg und schreie: „Lass mich in Ruhe! Lass mich einfach hier liegen. Was kümmere ich dich schon, wir sind nicht einmal verwandt."

Arek seufzt, verharrt kurz und setzt sich neben mir in den Schlamm. Er ist, so wie ich, komplett durchnässt. Ich rücke ein Stück zur Seite.

„Hör mal. Es tut mir schrecklich leid. Ich hatte von Anfang an ein schlechtes Gefühl bei der Sache. Aber als ich dich dann kennengelernt habe … mit meiner Bluttransfusion hätte dein Clan dich nicht mehr aufgenommen."

„Wer hat gesagt, dass ich deine scheiß Bluttransfusion will?", fahre ich ihn an.

Er schreckt zurück. „Du hast allen Grund, wütend zu sein, Nara. Ich verstehe das. Aber du musst auch verstehen, dass es wirklich das Beste für dich war. Gib uns nur Zeit, es dir zu erklären." Er sucht meinen Blick, doch ich wende mich ab. „Ich habe mir Sorgen gemacht." Seine Stimme ist jetzt leiser. „Wo wolltest du hin?"

„Zu meinen Eltern. Den richtigen", sage ich und sehe ihn direkt an. Er hat meine Ehrlichkeit nicht verdient, aber er soll merken, wie sehr ich ihn verabscheue.

Arek schweigt kurz und sagt dann: „Nara, die Menschen, bei denen du gelebt hast, deine Eltern, sie sind tot. Sie wurden umgebracht."

Ein Stich fährt mir in die Brust. Mit aufgerissenen Augen sehe ich ihn an. Was erzählt er da? „Ist das die nächste Lüge, die ihr mir auftischt? Deine Dreistigkeit widert mich an, Arek."

Noch einmal seufzt er und reißt ein paar Grashalme aus dem Boden. „Wenn du bis zum Ende der Erklärung geblieben wärst, hättest du das auf andere Weise erfahren. Du bist in Gefahr, Nara. Und so leid es mir tut, du hast keine andere Wahl, als dich bei uns zu verstecken, auch wenn ich das anfangs selbst nicht für eine gute Idee hielt. Ein ganzer Clan ist hinter dir her."

„Ich möchte in mein eigenes Haus", sage ich widerwillig.

„Glaub mir, dort möchtest du jetzt ganz bestimmt nicht hin. Wenn es dir so wichtig ist, können wir in den nächsten Tagen dort hinfahren." Arek streckt seine Hand aus und wischt mir ein wenig Schlamm von der Wange. Er sieht mich prüfend an, als seine Finger über meine Narbe fahren. Schnell drehe ich meinen Kopf weg. Ich mag es nicht, wenn er die Narbe in meinem Gesicht berührt. Ich hasse diese Narbe, denn sie zeigt, wie verletzlich ich bin. Sie zeigt mir den Unfall und sie zeigt mir, warum ich nicht so funktioniere wie die anderen. Eine Träne läuft mir die Wange hinunter, schnell wische ich sie weg. Arek wartet regungslos auf meine Reaktion. Tief atme ich ein und sammle meine Gedanken. Auch wenn nur ein Fünkchen Wahrheit in dem steckt, was er da gesagt hat, bringen mich keine zehn Pferde zurück zu den Carters. Am meisten verletzt hat mich das Verhalten von Liv und Arek. Liv war für mich wie eine Verbündete gegen meine Amnesie und Arek … kurz dachte ich wirklich, ihn und mich verbindet etwas.

„Ich gehe definitiv nicht zurück in euer Haus. Ihr habt mich von vorne bis hinten angelogen, verdammt noch mal. Verstehst du das nicht?" Ich wische die klatschnassen Haarsträhnen zur Seite, die in meinem Gesicht kleben. „Und sorry, aber eure ganzen Erklärungen reichen mir nicht. Ich kann mir keinen Grund der Welt vorstellen, der euch dazu befähigen sollte, mir so etwas Schlimmes anzutun." Frust breitet sich in mir aus. Selbst wenn das mit meinen Eltern stimmt, hatten sie noch lange nicht das Recht, mir das vorzuenthalten.

Arek blickt zum Himmel und im Taschenlampenlicht sehe ich seine Kiefer mahlen. Er atmet geräuschvoll aus und mustert mich.

„Okay." Seine Stimme klingt resigniert, aber entschlossen.

„Okay, was?" Ich ziehe eine Augenbraue hoch.

„Ich verstehe dich. Und ich verstehe auch, dass du nicht mit nach Hause möchtest. Aber lass mich dich bitte in ein Hotel bringen. Das ist das Mindeste, das ich tun kann."

Ich runzele die Stirn. Niemals gehe ich mit ihm mit. Dummerweise gehen mir die Optionen aus. Ich wüsste nicht, wohin ich sonst sollte. Mein Plan hat sich in Luft aufgelöst, in meinem jetzigen Zustand kann ich definitiv nicht weiterradeln.

„Bitte." Er sieht mich flehend an, seine Stimme ist jetzt ganz leise. Ich kann die Reue darin hören.

Ein Hotel. Wenigstens müsste ich dann nicht zum Haus der Carters zurück. Da würde ich lieber auf der Straße schlafen und Zoey kann ihre Party weiterfeiern. Mit einem gequälten Stöhnen fahre ich mir übers Gesicht. Tief atme ich ein.

„Alles klar", sage ich knapp und stütze mich auf dem Boden auf.

Arek streckt mir eine Hand hin, doch ich zwinge mich allein auf die Beine. Er zeigt auf ein Motorrad, das am Straßenrand steht und ich folge ihm hinkend den Abhang hinauf. Mein Blick fällt auf das verdreckte Fahrrad im Graben.

„Das holen wir morgen, jetzt gehen wir erst einmal ins Warme", sagt Arek entschlossen und hilft mir auf die Maschine. Dann steigt er selbst auf und legt meine Hände an seinen Rücken als Zeichen, dass ich mich festhalten soll. Zögerlich greife ich in seine Jacke. Er fährt los und ein eisiger Wind zieht an meinem nassen Körper vorbei. Erst jetzt bemerke ich meinen kratzigen Hals und wie kalt mir ist. Widerwillig rücke ich näher an Arek und spüre, wie er unter der Jacke kurz zusammenzuckt.

Beruhige dich, Nara. Es ist das Beste so. Noch heute Nacht bin ich in Sicherheit. Nach ein paar Minuten Fahrt werde ich ruhiger. Arek beschleunigt und ich lasse die dunklen Schatten an meinen halb geöffneten Augen vorbeiziehen. Halb benebelt lege ich meinen schweren Kopf an seinen Rücken. Und während der eisige Fahrtwind an meinem Körper zerrt, wird mir erst richtig bewusst, dass Arek nicht mein Bruder ist. Und, dass ein Teil von mir das die ganze Zeit wusste.

10

Wir betreten die Lobby eines Hotels und Arek spricht eine Weile mit dem Rezeptionisten. Ich kann nicht verstehen, was sie sagen, doch nach einer Weile überreicht der Mann ihm einen Zimmerschlüssel, ohne dass Arek ihm Geld gibt. Die Carters scheinen ihre Kontakte überall zu haben.

„Ich bringe dich zu deinem Zimmer." Arek geht an mir vorbei in Richtung Fahrstuhl.

Während wir in den dritten Stock fahren, sagt keiner ein Wort. Oben angekommen drückt Arek mir den Schlüssel in die Hand. In das Holz des Anhängers ist die Nummer *311* eingekerbt. Zitronenduft schlägt mir entgegen, als ich die Zimmertür öffne und mich umsehe. Der Regen peitscht an die dunkle Scheibe der Fensterfront des Zimmers. Ich trete ein und bedeute Arek, der mir folgen möchte, draußen zu bleiben. Er nickt und tritt einen Schritt zurück, den Blick zum Boden gesenkt. Ich stelle mich vor ihn, die Türklinke in der Hand und wieder einmal bemerke ich, wie groß er ist. Ein Teil von mir möchte die Tür zwischen uns schließen und sich in dem Doppelbett vergraben. Ein anderer Teil will Antworten.

„Arek", setze ich an. Er hebt den Blick. „Diese Fähigkeiten ... was sind das für welche?" Ich kann nicht glauben, dass ich das gerade frage. Es auszusprechen bedeutet, dass es wahr ist und dass es sie gibt, die Fähigkeiten. Ich verschränke die Arme vor der Brust.

„Mentale Fähigkeiten." Areks Stimme ist ruhig und sanft. Er zögert, als würde er jedes Wort abwägen. „Sie haben mit Empathie zu tun. Wir Nevox können in die Empfindungen einer anderen Person eindringen.

Sie spüren, aufsaugen. Und wenn wir wollen … auch verändern." Er sieht mich durchdringend an. „Du hast diese Fähigkeiten auch, Nara." Jetzt kommt er einen kleinen Schritt näher und ich lasse es geschehen.

Tief atme ich durch, sehe ihn an. Seine Augen sehen müde aus. Ich nicke. „Okay", sage ich und schlucke. Das ist fürs Erste genug. „Gute Nacht, Arek."

„Gute Nacht, Nara." Er tritt aus der Tür und ich schließe sie zwischen uns. Kurz lausche ich seinen sich entfernenden Schritten. Dann drehe ich mich in das Zimmer und lasse sacken, was da gerade geschehen ist.

Ich wache mit hämmerndem Kopfweh und schmerzenden Beinen auf. Sie sind der Beweis dafür, dass letzte Nacht tatsächlich stattgefunden hat. Wie Pfeile bohren sich die Erinnerungen des vergangenen Abends in mein Gehirn. Es kommt mir so weit weg vor, als ich mit Zoey in ihrem Zimmer stand und sie mir die Anzeige gegeben hat, zu viel ist passiert seitdem. Ich will mit ihr sprechen. Mich irgendjemandem anvertrauen. Ich habe gerade fünf Menschen aus meinem Leben verloren, von denen ich dachte, sie seien meine Familie. Wenn ich meine richtigen Eltern miteinbeziehe, habe ich vielleicht sogar noch mehr verloren. Ich weiß nicht, was ich glauben soll. Mit halb geöffneten Augen greife ich neben mich auf den Nachttisch, wo ich vor ein paar Stunden mein Handy hingepfeffert habe. Kein Akku. Mist. Hoffentlich funktioniert es noch, nach dem ganzen Regen letzte Nacht. Ich lasse mich ächzend zurück in die Kissen sinken und reibe meine Stirn. O Mann. Kann ich nicht noch einmal schlafen und wenn ich aufwache, ist alles wieder gut? Ich drehe mich in Richtung der Glasscheibe. Draußen ist es hell, wenn auch ein wenig trüb. Ich blicke hinüber auf die Fenster des benachbarten Hotels und ein Mann mit Aktentasche erfasst meine Aufmerksamkeit. Er verlässt gerade sein Zimmer, wahrscheinlich zur Arbeit. Ob er dort wohnt? Gibt es Menschen, die in Hotels wohnen? Wer weiß, vielleicht ist das ja jetzt auch mein Schicksal. Leisten kann ich es mir definitiv nicht. Falls die Bankkarte, die ich seit meinem Unfall benutze, überhaupt meine eigene ist.

Ein Grummeln in meinem Magen lässt mich stöhnen. Früher oder später muss ich dieses Bett verlassen. Ich fahre mir mit den Fingern durch die Haare und massiere meine Kopfhaut. Okay. Zeit, diesen Tag anzugehen. Vielleicht kann ich Zoey fragen, ob ich bei ihr unterkommen kann. Andererseits … sollte ich ihr überhaupt von dem ganzen Mist erzählen? Ich weiß nicht mal selbst, was wahr und was erfunden ist. Spätestens dann erklärt sie mich für verrückt. Ich seufze. Erst einmal Frühstück.

Ich schiebe die Decke zur Seite und setze mich auf. Gänsehaut überzieht meinen Körper und ein Schütteln durchfährt mich. Auf dem Boden liegen meine nassen Klamotten verteilt, ich habe sie letzte Nacht allesamt ausgezogen und mich nackt ins Bett gelegt. Im Bad angekommen prüfe ich die Kleidung aus dem Rucksack, die ich zum Trocknen über den Badewannenrand gehängt habe. Bis auf die Socken und die Hose ist alles trocken. Ich schnappe mir beides und halte den Föhn darauf. Dann schlüpfe ich in die warmen Klamotten und angele mir mein Ladekabel und den Geldbeutel aus der Rucksackinnentasche.

Zwanzig Minuten später sitze ich mit einer Butterbrezel am Zimmertisch. Gott sei Dank ist gegenüber des Hotels ein Bäcker. Ich stecke mein Handy ein und ein grüner Balken erscheint. Glück gehabt, wenigstens das funktioniert.

Ein wenig später schalte ich es ein und werde von Klingeltönen überschüttet. Vier Nachrichten von Zoey, acht verpasste Anrufe von Arek und eine SMS von Liv.

„Es tut mir so leid", schreibt sie. Das ist alles. Wow. Das hätte sie sich vielleicht mal früher überlegen sollen. Ich schüttele den Kopf, drücke die verpassten Anrufe von Arek weg und öffne die Nachrichten von Zoey.

„Du glaubst es nicht Nara, omg!"

„Miranda und ich haben uns tatsächlich geküsst!"

„Ich bin so happy <3 <3"

„Schade, dass du früher gehen musstest. Ruf mich an, wenn du was brauchst. xo"

Ich lächle. Wenigstens Zoey hatte einen erfolgreichen Abend. Was anderes habe ich auch nicht erwartet. Es klingelt wieder. Eine SMS von Arek.

„Ruf mich an, wenn du wach bist."

Definitiv rufe ich ihn nicht an. Letzte Nacht hat mir erst einmal gereicht. Ich brauche Zeit für mich, es gibt immerhin ein paar Dinge zu verarbeiten. Wenn ich sie überhaupt glauben soll.

Mit dem Handy in der Jackentasche verlasse ich das Hotel für einen Spaziergang. Während ich um den Häuserblock laufe, klingelt es noch zwei weitere Male. Ich ignoriere es. Bei der Zeit, die sie sich genommen haben, um mir die Wahrheit zu sagen, kann ich mir jetzt ruhig auch ein wenig Zeit lassen. Ich weiß eh nicht, was ich ihnen sagen soll. Am liebsten gar nichts. Sie können mir gestohlen bleiben.

Ich betrete einen Park und atme tief die frische Herbst-luft ein. Das tut gut. Nach dem Regen riecht die Luft immer am besten. In den Bäumen zwitschern die Vögel und ich beobachte ein Paar, das händchenhaltend über eine kleine Brücke läuft. Es könnte so idyllisch sein, wäre da nicht der Fakt, dass ich absolut nicht weiß, wie mein Leben weitergehen soll. Es klingelt erneut und ich fummle mit einem genervten Seufzen das Telefon aus der Tasche.

„Wo bist du?", fragt Arek mit angespannter Stimme. Oder ist das eher Besorgnis?

„Spazieren", antworte ich knapp.

„Ich stehe vor deinem Zimmer."

Ich bleibe abrupt stehen. Bitte was? „Wieso um alles in der Welt, stehst du vor meinem Zimmer?"

„Wir müssen reden, Nara. Es hilft nichts, du musst einfach die ganze Wahrheit erfahren. In dem Hotel bist du erst einmal sicher, aber nicht lange. Du brauchst dringend Training."

Was für Training? Und warum bin ich nicht sicher?

„Das habe ich bei euch doch auch nicht gebraucht." Sarkastisch füge ich hinzu: „Ihr scheint es plötzlich ziemlich eilig zu haben mit der Wahrheitsenthüllung."

„Du bist allein und die Dinge haben sich geändert", sagt er nur, offenbar unbeeindruckt von meiner Anspielung.

Ich runzele die Stirn. „Was schlägst du vor? Ich komme auf keinen Fall zu euch."

„Dann kommen wir zu dir." Er klingt jetzt geschäftsmäßig. „Morgen um drei Uhr können wir uns in der Hotellobby treffen. Wir werden einen neutralen Ort finden, an dem du dich sicher fühlst. Ich verstehe deine Bedenken, aber du musst uns vertrauen."

Ich schnaube verächtlich. Das ist leicht daher gesagt von ihm. Und überhaupt, wieso übernimmt eigentlich er die ganze Kommunikation? Ist er jetzt plötzlich der

Nara-Botschafter? Andererseits hat er recht. Ich brauche definitiv Antworten. Und die Carters sind diejenigen, die sie mir geben können.

„Okay", sage ich. „Morgen um drei in der Lobby. Aber jetzt verschwinde bitte von meiner Zimmertür." Dann lege ich auf. Es tut mir fast leid, ihn so abzuwürgen, aber ich kann ihm jetzt nicht gegenübertreten. Die Wut in mir lässt mich nicht klar denken und der Schmerz ist zu frisch.

Ich spaziere noch eine weitere Stunde durch den Park, um sicherzugehen, dass ich bei meiner Rückkehr tatsächlich allein bin. Im Hotelzimmer angekommen, fällt mein Blick auf einen Servierwagen, der mitten im Raum steht. Ich hebe die silbernen Hauben an und finde Couscous-Salat mit gebratener Zucchini und einer Obstschale darunter. *Bezahlt* steht auf einem Notizzettel an dem Wagen. Arek hat mir offenbar Zimmerservice bestellt. Ob ich es aus Prinzip nicht essen sollte? Es zurückzugeben wäre allerdings auch dumm. Also setze ich mich an den Tisch und nehme das Mittagessen ein.

Den Rest des Tages verbringe ich damit, das Fernsehprogramm des Hotels durchzuzappen und mir den Kopf über meine angeblichen Fähigkeiten zu zerbrechen. Zoey schreibe ich, dass es mir gut geht und ich noch dabei bin, Erklärungen zu finden. Am Abend klingelt mein Handy und bevor ich es wütend an die Wand werfen kann, sehe ich, dass es Zoey ist.

„Hey, meine Liebe!" Beim Klang ihrer Stimme atme ich auf. Erst jetzt merke ich, wie sehr ich sie gerade brauche.

„Hey, Zoey." Mit aller Kraft versuche ich, nicht allzu ermattet zu klingen. „Wie war deine Party noch? Ich will alles wissen." Beim Gedanken an sie und Miranda schleicht sich ein Lächeln auf meine Lippen und ich mache es mir im Schneidersitz auf dem Bett gemütlich.

„Hach, Nara, was soll ich sagen." Sie macht eine Kunstpause. „Es war einfach nur perfekt. Die Stimmung, die Musik, einfach alles. Und dann der Kuss, oh mein Gott. Ich sag's dir, gegen Miranda kann Keira Knightley abstinken."

Ich kichere.

„O Mann, Zoey, das freut mich riesig für dich. Hat sich Caleb noch benommen den restlichen Abend?"

„Der und benommen?" Zoey prustet ins Telefon. „Ich glaube, es gab keine Sekunde, in der er es nicht bei irgendeinem Mädchen probiert hat. Den Göttern sei Dank hat der Kerl von jeder einzelnen Frau auf der Party einen fetten Korb kassiert."

„Bei mir hat er's auch probiert", sage ich, „ich hoffe, er wurde heute mit einem ordentlichen Kater bestraft."

„Darauf kannst du Gift nehmen", sagt Zoey, „der hing schon ab zwölf über der Toilettenschüssel."

Ich gebe einen Lacher von mir bei dem Gedanken daran, wie Caleb seinen Alkoholexzess bereuen muss.

„Und mit Miranda?", frage ich, „wie geht's da jetzt weiter?"

„Puh, wenn ich das wüsste, Nara. Aber eins steht fest, wir geben ein verdammt schickes Paar ab."

„Das glaub ich dir sofort. Das Mädchen mit den Schokoladenaugen und die Lockenpracht. Klingt vielversprechend."

Jetzt kichern wir beide. Das tut gut. Zoey ist echt bewundernswert, denn sie weiß genau, was sie will und scheint das auch zu bekommen. Ich gönne es ihr von ganzem Herzen.

„Und du?", fragt sie, „hast du deinen Klon gefunden? Oder deinen geheimen Zwilling?"

Ich stoße geräuschvoll den Atem aus. „Geheim ist das richtige Stichwort. O Mann, Zoey, ich weiß gar nicht, wo ich anfangen soll." Was würden die Carters sagen, wenn ich Zoey alles erzähle? Sie würden mir bestimmt Vorwürfe machen und sagen, dass ich aufpassen soll. Trotz steigt in mir auf. Ist doch egal, was die Carters sagen, ich vertraue Zoey. Und im Moment muss das einfach raus. „Hast du schon mal was von den Nevox gehört?"

„Ne-was?"

„Nevox. Anscheinend ist es ein Clan, dem die Carters angehören."

„Du meinst deine Familie?"

„Ehm ja, guter Punkt. Anscheinend haben sie mich nur adoptiert."

„Bitte was?", kreischt Zoey so laut ins Telefon rein, dass ich es kurz vom Ohr weghalten muss.

„Genauso hab ich auch reagiert. Ich kann im Moment noch nicht mehr dazu sagen, weil ich selbst keine Ahnung habe, was richtig und was falsch ist. Auf jeden Fall wohne ich jetzt gerade in einem Hotel und starre die Wand an. Morgen wollen sie mit mir reden."

„Und hast du da Lust drauf?"

„Ich muss auf jeden Fall wissen, was Sache ist, auch wenn es mir gerade echt widerstrebt, mit diesen Menschen zu sprechen."

„Glaub ich dir", sagt Zoey. „Das hört sich ja echt nach einem richtigen Drama an. Und vor allem nach einem gruseligen Drama."

„Du sagst es", erwidere ich.

Wir schweigen eine Weile, anscheinend weiß keine, was sie dazu noch sagen soll.

„Okay, ich will dich nicht länger von deinen verliebten Gedanken abhalten, Zoey", sage ich schließlich, „wir sprechen morgen in der Schule noch mal. Und dann stellst du mich bitte deiner neuen Freundin vor."

„Du kennst sie doch schon."

„Ich weiß", sage ich grinsend, „ich wollte es nur mal laut aussprechen."

Zoey lacht. „Du bist ein Freak, weißt du das? Und zwar von der besten Sorte."

„Hab dich auch lieb." Ich lächle.

„Wir sehen uns morgen", sagt Zoey und legt auf.

Am nächsten Morgen wache ich früh auf und verbringe den Morgen damit zu warten, dass es Mittag wird. Ich bin gespannt, was sie zu sagen haben. Ob alle kommen werden? Ich kann die ganze Sache immer noch nicht fassen, brauche aber dringend die ganze Wahrheit. Wenigstens das sind sie mir schuldig.

Um zehn vor drei sitze ich in der Lobby und beobachte den Haupteingang. Meine Hände schwitzen und ich spüre mein Herz gegen meine Rippen pochen. Ich blicke auf, als an der Tür eine Glocke bimmelt, und sehe die fünf Carters hereintreten. Liv und Victor blicken zu Boden. Arek sieht mich an. Unter seinen Augen erkenne ich dunkle Schatten und zwischen seinen Augenbrauen ist eine tiefe Furche. Er sieht schrecklich aus. Mark kommt auf mich zu und streckt die Hand aus, aber ich weiche zurück. Er nickt und lächelt nur. Keyla sieht mich aus ihren großen, wohlwollenden Augen an. Sie ist wie immer perfekt rausgeputzt, um ihren Hals trägt sie ein seidenes

Tuch geschwungen und ihre Lippen haben einen satten Waldbeerton. Sie sind eine wirklich schöne Familie, das muss man ihnen lassen. Im Gegensatz zu meinem Erscheinungsbild. Meine Haare sind ungekämmt und ich habe seit der Party nicht geduscht.

„Wir gehen in ein Nebenzimmer", ergreift Keyla das Wort und deutet auf eine Flügeltür neben dem Fahrstuhl. Ich folge den Carters durch die Tür und wir betreten eine Art Konferenzraum. Ich frage gar nicht erst, wieso sie einen Schlüssel für dieses Zimmer haben. Offenbar gibt es ziemlich viel, das ich über diese Familie nicht weiß. Sogar mehr, als ich nach meinem Unfall dachte. In der Mitte des Raums ist ein Kreis aus Tischen, an dem ringsum Stühle stehen. Ich wähle bewusst einen Stuhl, der möglichst weit weg von ihnen steht und setze mich. Mit mehreren Metern Abstand fühle ich mich sicherer. Es ist ziemlich absurd, mit ihnen in diesem Raum zu sitzen, fast als hätten wir eine Art Geschäftsmeeting.

Mark faltet die Hände auf dem Tisch und sagt: „Zuerst einmal, Nara, möchte ich sagen, dass es uns leidtut." Er blickt in die Runde und alle am Tisch nicken. „Uns ist bewusst, dass wir dich vergangenen Freitag überrumpelt haben. Mir tut es besonders leid, dass ich so unsensibel war. Ich hätte mit meinen Erklärungen von Anfang an beginnen sollen." Er sieht mich aufrichtig an.

So weit so gut. Ich nicke wortlos. Mark spricht weiter: „In den kommenden zehn Minuten werden wir dir von unserem Clan erzählen. Keyla wird erklären, woher du kommst und was es mit den Fähigkeiten auf sich hat. Du kannst mit dem Wissen machen, was du möchtest. Uns ist es jedoch wichtig, dass du unser Anliegen verstehst und auch die Möglichkeit eines Trainings in Betracht ziehst.

Alles jedoch nur, wenn du möchtest. Klingt das gut für dich?"

Ich nicke erneut, unfähig zu sprechen. Keyla richtet sich auf und ich halte den Atem an. Bereit jedes einzelne Wort in mir aufzusaugen.

„Was wir vorgestern versucht haben zu erklären, ist, dass es Menschen gibt, die von Geburt an mentale Fähigkeiten haben. Es gibt sie überall auf der Welt. Wir nennen sie Nevox. Wir", sie zeigt in die Runde, „gehören auch zu dieser Menschengruppe. Die Fähigkeiten der Nevox erlauben es ihnen, in die Gefühlswelt anderer Menschen einzudringen. Sie können Stimmungen besonders intensiv wahrnehmen und mit viel Training diese sogar verändern. Sagen wir, es ist wie Empathie, nur extremer." Keyla macht eine Pause und sieht mich erwartungsvoll an. Ich bleibe stumm, so dass sie fortfährt: „Diese höchst manipulativen Fähigkeiten bergen natürlich auch Gefahren, wenn sie in die falschen Hände gelangen. Sie sind sehr kraftvoll und Menschen, die sie gut beherrschen, können andere zu allem drängen, was sie von ihnen möchten. So weit die Geschichte der Nevox zurückgeht, ist der Einsatz der Fähigkeiten streng reglementiert. Das oberste Gebot dieses Verhaltenskodex ist es, die Fähigkeit nicht zum Schmerz oder Nachteil des anderen einzusetzen. Außerdem ist alles, was die Nevox betrifft, für die Außenwelt streng geheim." Wieder sieht sie mich geduldig an.

Mein Kopf brummt und die anderen am Tisch beobachten mich ganz genau. Ich räuspere mich.

„Wer entscheidet, was zum Nachteil des anderen ist?"

Keyla nickt. „Ganz richtig. Dieses Gebot des Verhaltenskodex ist sehr subjektiv. Was für den einen eine Bereicherung darstellen mag, kann für den anderen völlig schrecklich wirken. Da die Nevox so empfindlich gegenüber Gefühlen sind, bewerten sie diese auch auf einer anderen Ebene. Empfindungen sind für uns Nevox das höchste Gut. Es liegt also in unser aller Verantwortung, sorgsam mit ihnen umzugehen."

Ich nicke. Einfach nur um eine Reaktion zu zeigen. Jetzt übernimmt Mark wieder.

„So verantwortungsbewusst waren leider nicht alle Nevox und im Laufe der Zeit hat sich aus den Nevox ein weiterer Clan, die Athemar, gebildet. Du musst wissen, das System, in dem die Athemar leben, erinnert eher an Mittelalterzeiten als an Demokratie. Ihr Oberhaupt ist im Moment ein Mann namens Karan, er gibt ihnen Befehle und nutzt die Fähigkeiten für seine eigenen Machenschaften. Vor sechzehn Jahren bekam Karan ein Kind zusammen mit einer seiner, wie er sie nennt, Untertanen. Sie war keine Athemar, besaß also keine Fähigkeiten. Das Kind sollte nach Karans Tod die Position des Oberhaupts übernehmen. Die Mutter starb jedoch bei der Geburt und Karan wollte für das Kind nicht sorgen, also gab er es in die Obhut von zwei Athemar, die die Erziehungsberechtigten dieses Kindes wurden." Mark macht eine kurze Pause und sieht mich eindringlich an. „Dieses Kind, Nara, das bist du. Die Menschen, die dich großgezogen haben, sind durch die Betreuung einen Rang nach oben gerückt und haben genug Geld bekommen, um für dich zu sorgen."

Dieses Kind bist du. Der Satz hallt mehrfach in meinem Gedächtnis nach. Ich schlucke. Arek sieht mir prüfend in die Augen.

„Dieser Mann, Karan", setze ich an, „wo lebt er?"

Mark nickt. „Dazu kommen wir gleich." Er atmet tief ein und spricht weiter: „Dann hattest du deinen Unfall und wir haben dich ins Krankenhaus gebracht. Da die Nevox überall sind und wir alle in engem Kontakt zueinander stehen, war es nicht schwierig, dich zu adoptieren und auf einer neuen Schule anzumelden. Der ganze Clan weiß über dich Bescheid, natürlich nur die Nevox. Leana Dorah erzählte auf unser Geheiß jedem, du seist im Krankenhaus an deinen Verletzungen gestorben und so geht jeder, auch Karan, davon aus, du seist tot. Mit dem Vorwurf nicht richtig auf dich aufgepasst zu haben, ließ er die Menschen, die dich erzogen haben in ihrem Haus umbringen. Das ist alles, was wir von ihnen wissen."

Dr. Dorah. Jetzt ist mir klar, woher Keyla und sie sich kennen. Ein Stich durchfährt mich.

„Wieso solltet ihr das tun?", frage ich mit lauter Stimme. Ich merke, wie erneut die Wut in mir hochkocht. Es fühlt sich an, als würden sie über eine entfernte Bekannte sprechen.

Mark lässt seine Fingerknöchel knacksen. „Jetzt kommen wir zum schwierigen Teil."

„Das war der leichte Teil?" Ich stütze meinen Kopf in die Hände.

„Wie vorgestern bereits erwähnt, hast du eine Bluttransfusion von Arek bekommen. Das erklärt auch deine Augenfarbe."

„Moment", unterbreche ich ihn, „wieso um alles in der Welt erklärt das meine Augenfarbe?"

„Ihr beide habt die gleiche Blutgruppe, sie ist sehr selten. Wenn ein clanloser Mensch das Blut eines Nevok oder Athemar einverleibt bekommt, wechselt seine Augenfarbe in die seines Blutspenders. Deine Mutter war keine Athemar, also bist du streng genommen zur Hälfte ein clanloser Mensch. Nach der Bluttransfusion im Krankenhaus haben sich deine Augen ins Bläuliche verwandelt, jedoch nicht stark. Denn zur anderen Hälfte bist du eine Athemar. Die Tochter von Karan."

Ich setze mich auf und blicke in Areks eisblaue Augen. Etwas in meinem Kopf klingelt, doch ich kann es nicht zuordnen. Er beobachtet mich aufmerksam, verzieht dabei aber keine Miene.

„Das Blut eines Nevok stellt jedoch noch andere Dinge mit dem Körper eines clanlosen Mensch an", fährt Mark fort. „Der Empfänger übernimmt in abgeschwächter Weise den Charakter des Spenders und sein eigener Wille und Charakter werden zurückgestellt. Dies passiert jedoch nur bei rein clanlosen Menschen und war bei dir folglich nicht der Fall. Jetzt kommen wir zu Karan." Mark atmet tief ein und seufzt. „Wir haben den Verdacht, dass er etwas Schreckliches plant. Ein paar unserer spionierenden Nevox in den Reihen der Athemar berichten, dass er sich regelmäßig Blut abnehmen lässt und die Konserven mit speziellen Methoden haltbar macht. Wir glauben, dass er eine Art Armee bilden möchte aus Menschen, die alle sein Blut einverleibt bekommen. Dich sollte dieser Plan ebenfalls treffen. In den Wochen vor deinem Unfall ist uns aufgefallen, wie du mehr und mehr von den Athemar beobachtet worden bist. Wir glauben, dass Karan dir eine Bluttransfusion verabreichen wollte, um dich vollständig zu einer Athemar und seiner Untertanin zu machen. Laut unseren Quellen wusstest du zu viel über den Clan, um dich ihm freiwillig anzuschließen. Dich zu adoptieren war eine Kurzschlussaktion, aber Karan darf deinen Willen und Charakter nicht brechen."

Alles im Raum ist still. Mein Blick geht hinaus aus dem Fenster. Dort herrscht geschäftiges Treiben. Niemand von dort draußen würde auch nur ahnen, was hier drinnen für ein Gespräch abläuft. Ich blicke auf meine Hände.

„Wieso sollte ich euch das glauben?"

„Wir beweisen es dir nach und nach", sagt Victor, der bisher still war. „Mann Nara, du bist echt schlau und so ... aber Karan hätte dich mundtot gemacht. Der Typ ist ein echter Kontrollfreak und das auf die übelste Art. Wärst du nicht bei uns, lägst du wahrscheinlich schon jetzt in seinem Trakt auf irgendeiner Liege. Die tätowieren denen ein *A* auf den Kopf, und alles. Das ist echt krank." Victor schüttelt sich und sieht Liv an, die ihm nickend zustimmt.

Ich seufze. Und was soll ich mit diesen Erklärungen jetzt bitte machen?

Arek sieht mich an und meldet sich zu Wort: „Wir müssen davon ausgehen, dass sie dich früher oder später entdecken. Es ist nur eine Frage der Zeit, bis Karan Wind davon bekommt, dass du noch lebst. Deswegen ist es so wichtig, dass du bei uns bist und lernst dich zu verteidigen."

Ich weiß nicht, ob ich lachen oder weinen soll. „Muss ich jetzt Bösewichte finden und sie zur Strecke bringen?"

„Nein", sagt Victor und blickt mich an. Seine Lippen umspielt ein Grinsen. „Die finden dich schon von ganz allein."

„Victor!", sagt Liv empört. Der zuckt nur mit den Schultern und sagt: „Es ist so."

Mir fährt es kalt den Rücken hinunter, aber Mark hebt beschwichtigend die Hände.

„Was wir damit sagen wollen ist, dass wir jetzt ganz besonders aufpassen müssen, wo und wann du gesehen wirst. Bei uns bist du aber definitiv am sichersten." Er blickt mir direkt in die Augen. „Das war jetzt vorerst einmal alles, was du wissen musst. Du hast bestimmt Fragen."

Ich bin still. Wie können sie erwarten, dass ich das einfach so hinnehme? Die Geschichte ist verdammt gruselig. Die ganze Familie Carter beobachtet mich skeptisch, als würden sie jederzeit damit rechnen, dass ich erneut aufspringe. Doch diesmal bleibe ich sitzen und kaue mit gerunzelter Stirn auf meiner Oberlippe.

„Diese Fähigkeiten …", sage ich und schaue jeden von ihnen einzeln an, „ihr habt sie alle?" Sie nicken. „Und wendet ihr die auch bei mir an?" Alle schweigen und schauen zu Boden. Dann ergreift Arek das Wort.

„Bei Nevox oder auch Halb-Nevox ist es deutlich schwieriger, in die Gefühlswelt einzudringen. Dies erfolgt dann meist durch Blick- oder Körperkontakt. Nevox haben aber auch die Möglichkeit, eine Barriere aufzubauen und diese in ihrer Ausbildung zu stärken. Sie soll andere davon abhalten, in ihre Empfindungen einzutreten. Normalerweise wenden wir unsere Fähigkeiten bei anderen Nevox oder Athemar nur an, wenn Gefahr besteht oder wir etwas Wichtiges benötigen. Das war bei dir nie der Fall, also bestand bis jetzt, wenn ich das mal so sagen darf, noch nie der Anlass bei dir die Fähigkeiten einzusetzen."

„Außerdem", fügt Victor hinzu, „warst du in den letzten Monaten echt ein offenes Buch mit deiner ganzen Verwirrung über die Amnesie und so." Er grinst und mir schießt Hitze in die Wangen. Da bin ich ja erleichtert, dass ich anscheinend nicht als hauseigenes Versuchsobjekt benutzt wurde. Jetzt verstehe ich aber, wie Arek den Mann im Museum, der mich erkannt hat, abwimmeln konnte. Ich bin also doch nicht verrückt.

„Woher weiß ich, dass ich euch vertrauen kann?" Ich nehme Mark ins Visier, der meinen Blick mit einem Nicken erwidert.

„Du hast keine andere Wahl. Wir sind nun deine Familie und alles, was wir dir gerade erzählt haben, ist wahr. Ab jetzt gibt es keine Lügen mehr. Du kannst uns jederzeit alles fragen, was du willst und in der Bibliothek wirst du das passende Buchmaterial finden. Jetzt können wir das Regal ja wieder aus der Abstellkammer holen." Ich denke an den weißen Fleck an der Wand in der Bibliothek. „Das Gebot der Nevox ist es, ihre Fähigkeiten für Gutes einzusetzen. Du bist bei uns gut aufgehoben und wir werden dich beschützen. Alle deine Sorgen sind nun auch unsere. Es ist uns wichtig, dass du kein Werkzeug der Athemar wirst."

„Aber dafür ein Werkzeug von euch?", frage ich und ziehe eine Augenbraue hoch.

Mark faltet erneut die Hände und beugt sich nach vorne. „Glaub mir, bei ihnen würde es dir jetzt um einiges schlechter ergehen. Auf jeden Fall würdest du nicht mehr so frei herumspazieren, wie du es jetzt tust. Du musst nichts mit dieser ganzen Sache zu tun haben und du musst auch die Fähigkeiten nicht erlernen. Es ist nur wichtig, dass du aufpasst, wer dich sieht. Wenn dir etwas Komisches widerfährt, sagst du uns Bescheid, und das Wichtigste: Erzähle keinem davon. Du weißt nicht, wem du trauen kannst."

Was er nicht sagt. Ich blicke in die Runde. In meinem Kopf herrscht Leere, als hätten all diese Informationen mein gesamtes Gehirn leergefegt. Athemar. Nevox. Und was davon bin ich jetzt? Etwa eine Mischung? Ich knete meine Finger. Sie alle warten, dass ich etwas sage.

„Ich brauche Zeit zum Nachdenken", sage ich, „ich möchte hierbleiben, bis ich weiß, was ich davon halten soll."

Mark verzieht den Mund und möchte mir gerade widersprechen, da kommt Keyla ihm zuvor. „Ist in Ordnung, Nara. Danke, dass du uns zugehört hast." Sie bedenkt mich mit einem Lächeln und lehnt sich im Stuhl zurück.

„Aber lass dir nicht zu lange Zeit", sagt Mark, „du würdest nicht glauben, wo die Athemar sich überall verstecken."

„So, jetzt reicht's mal mit der Angstmacherei", meldet sich Liv zu Wort, „ich glaube, sie hat genug gehört." Arek und Victor nicken zustimmend. Mark seufzt schließlich und streicht seinen Pullover glatt.

„Ist gut. Nara, du weißt, wo du uns findest." Er blickt in die Runde. „Vielleicht sollte jemand von uns hierbleiben?"

„Nein", sage ich bestimmt, „ich werde über alles nachdenken, aber ich brauche die Sicherheit, dass ich erst einmal für mich bin. Das seid ihr mir schuldig."

Mark schluckt, nickt dann aber. „Okay, wir respektieren das. Und bitte denk dran: Wir sind für dich da." Er zieht eine Augenbraue hoch und sieht mich an.

Ich presse die Lippen aufeinander und nicke. Das muss ich jetzt erst einmal verdauen.

11

Am nächsten Morgen gehe ich in die Schule. Vor dem Hotel fährt ein Bus und während der gesamten Fahrt blicke ich immer wieder über meine Schulter. Ob ich tatsächlich beobachtet werde? Es war gut im Hotel zu bleiben, zu den Carters hätte ich es noch nicht geschafft. Aber allein zu sein ist auch irgendwie komisch, vor allem nach diesen ganzen Informationen. Alle mir nahestehenden Personen denken, ich sei tot und ich weiß nicht einmal, wer sie sind. Wenn das nicht die Definition von allein ist, weiß ich auch nicht. Die einzigen Menschen, die ich einigermaßen kenne, haben mich hintergangen, doch sind gleichzeitig mein einziger Zufluchtsort. Wenn ich ihnen glauben kann. Und dann sind da noch meine Freunde in der Schule. Zoey ist jetzt die einzige Person, der ich noch wirklich vertraue.

Ich blicke durch die dreckige Scheibe. Der Bus rauscht an Häusern vorbei, die ich noch nie gesehen habe und wirbelt dabei die Pfützen am Straßenrand auf. Der Oktober hat die Bäume verfärbt und einige der Menschen draußen laufen schon in ihren Winterjacken herum. Fröstelnd ziehe ich mir die leichte Regenjacke, die ich vergangenen Freitag getragen habe, fester um den Leib. Ich muss auf jeden Fall an meine anderen Klamotten kommen.

In der Schule angekommen empfängt Zoey mich mit einer festen Umarmung. Ich lasse mich tief in ihre Arme sinken und atme den Geruch nach Kokosshampoo ein. Das hab ich gebraucht. Auf ihrem Gesicht breitet sich ein ansteckendes Strahlen aus.

„Na, du Honigkuchenpferd", necke ich sie lächelnd und lasse mich neben ihr auf den Stuhl fallen.

„Na, du Unausgeschlafene", neckt sie zurück. Sie packt ihr Mäppchen aus.

Sind mir die letzten Tage echt so stark anzusehen? Ich ziehe den Stift heraus, den ich vom Hotel habe mitgehen lassen und zeige auf ihren Collegeblock.

„Hey Zoey, kannst du mir heute vielleicht Blätter leihen? Ich hab nix dabei."

„Du kannst sie auch geschenkt haben." Zwinkernd reißt sie ein paar linierte Blätter aus ihrem Block.

„Danke, du bist die Beste."

„Ich weiß." Sie grinst mich an und ich grinse zurück. Es ist das erste Mal seit Freitag, dass ich lächle. Es fühlt sich gut an. Allgemein ist Zoeys Präsenz einfach eine Wohltat, mit ihr ist alles irgendwie leichter. Mr. Frenickle tritt in das Klassenzimmer und erklärt die Stunde für begonnen.

Während dem ganzen Schultag zerbreche ich mir den Kopf über das, was die Carters erzählt haben. Ich kann ihnen doch nicht einfach trauen, nachdem was sie mir angetan haben. Andererseits hört sich der andere Clan auch nicht gerade spaßig an. Kann ich nicht einfach clanlos bleiben und irgendwo allein ein Leben anfangen? Wahrscheinlich nicht, wenn die Athemar mich wirklich suchen. Egal wie ich es drehe und wende, ich komme zu keinem Entschluss, wie ich weitermachen soll.

Übel gelaunt fahre ich am Nachmittag zurück ins Hotel. Der Mann an der Rezeption wirft mir einen mitleidigen Blick zu. Ob er weiß, wer ich bin? Im dritten Stock angekommen, sperre ich das Zimmer auf und begutachte meine derzeitige Bleibe. Auf dem Boden liegen meine Klamotten verteilt, das Bett ist ungemacht. Aus der Steckdose neben dem Bett hängt mein Ladekabel. Mehr ist da nicht. In der Scheibe reflektiert sich mein einsames Ich. Ich kicke gegen den leeren Papierkorb neben der Tür. Verdammt. Was mache ich denn hier? Ich wohne in einem verdammten Hotel und habe niemanden, an den ich mich wenden kann. Verflucht seien die Carters. Das geht so nicht weiter. Ich kann doch nicht hier im Hotel wohnen und so tun, als wäre es das Normalste der Welt. Was mache ich nur? Verzweiflung steigt in mir auf, meine Augen sind nass. Ich sinke zu Boden auf die Knie und vergrabe die Hände im Gesicht. Die ersten Tränen kommen zaghaft, doch der Weinkrampf lässt nicht lange auf sich warten. Und dann lasse ich los. Ich schluchze und schüttele mich, meine Schultern beben. Wieso muss mir das alles passieren? Für meine Tränen gibt es kein Halten mehr. Es ist, wie wenn die Anspannung der letzten Tage, nein der gesamten letzten Wochen aus mir herausfließt. Es fließt und fließt. Bis ich leer bin und keine Träne mehr übrig ist.

Schwer atmend sitze ich da. Das Gesicht in die Hände gestützt, auf dem Boden. Ich schniefe. Mein Schädel dröhnt. Ich streiche mir die Haare aus dem Gesicht und blicke auf. Draußen dämmert es schon und ich höre ein paar Krähen. In meinem Kopf rattert es. Ich kann nicht weiter in diesem Hotel leben, ich muss etwas unternehmen. Wenn ich nur wüsste, wo ich sonst hin kann. Mein altes Haus. Arek meinte, dort wolle ich definitiv nicht hin. Aber wieso denkt er das? Kann ich das nicht immer noch selbst entscheiden? Ich massiere meine Schläfen. Es muss auf jeden Fall eine Lösung her und ich werde nicht länger rumsitzen und darauf warten.

Ich stehe auf und strecke meine Beine. Vom langen Knien sind sie eingeschlafen, tausende Ameisen kribbeln hindurch. Ich nehme mein Handy vom Nachttisch und tippe eine Nachricht an Arek.

„Kannst du mich in mein altes Haus bringen? Ich will es sehen."

Er tippt eine Weile. Dann wieder nicht. Schließlich ploppt seine Antwort auf.

„Ich bin in zwanzig Minuten bei dir."

Okay. Immerhin. Erschöpft lasse ich mich auf das Bett fallen. *Alles wird gut, Nara.*

„Und du bist dir ganz sicher, dass du das möchtest?" Arek sitzt auf dem Fahrersitz, die Hand am Autoschlüssel, und blickt mich mit gerunzelter Stirn an. Der holzige Duft seines Aftershave erfüllt den Innenraum des Autos. Keine Ahnung warum, aber irgendwie beruhigt mich der Geruch. Ich nicke energisch, also dreht er den Schlüssel im Schloss um, löst die Handbremse und der Wagen setzt sich in Bewegung. Ich muss unbedingt sehen, wo ich das Leben bis zu meinem Unfall verbracht habe. Die Autofahrt geht etwa zwanzig Minuten und je mehr sich der rote Pfeil auf dem Navigationsgerät dem Ziel nähert, desto unruhiger werde ich. Es ist, wie wenn ein Puzzlestück von mir fehlt und ich es gleich finden werde. Vielleicht ergibt dann alles Sinn? Ob ich mich erinnern werde? Die ganze Fahrt über wechseln wir kein Wort. Nervös trommele ich mit den Fingern auf meine Oberschenkel. Etwa eine halbe Stunde lang fahren wir über mehrere Feldwege, biegen ein paar Mal ab und überqueren sechs Kreuzungen. Dann sind wir da. Arek fährt in eine Kieseinfahrt, biegt nach rechts ab und zieht die Handbremse. Durch die Windschutzscheibe sehe ich ein kleines Einfamilienhaus mit Garten.

164

„Hoffentlich ist niemand im Haus", sage ich zögerlich und lege meine Hand an den Türöffner.

„Das Haus steht seit zwei Monaten leer. Ich war ab und zu hier, um zu prüfen, ob neue Athemar einziehen, doch ich habe nie auch nur eine Menschenseele gesehen. Ich denke, es ist kein Problem hineinzugehen. Wir müssen nur sichergehen, dass keine Nachbarn dich sehen. Sie kennen dich schließlich."

Daran habe ich noch gar nicht gedacht. All die Leute hier in der Straße gehen davon aus, dass ihr Nachbarsmädchen bei einem Unfall auf der Straße verunglückt ist. Sie denken, dass ich tot bin. Auf einmal kann ich es kaum erwarten, mich in dem Haus vor neugierigen Blicken zu verstecken. Ich wüsste nicht, wie ich mich erklären sollte und die Nachbarn würden höchstwahrscheinlich die Polizei rufen. Schnell sehen wir uns um und steigen aus dem Auto. Arek geht vor und bedeutet mir ihm zur Hintertür zu folgen. Als wir hinter dem Haus stehen, sehe ich eine kaputte Fensterscheibe in der Tür, direkt neben dem Türschloss. Souverän greift Arek hindurch und dreht den Schlüssel, der immer noch in der Türinnenseite steckt, im Schloss herum. Die Tür öffnet sich.

„Warst du das?", frage ich ihn und deute auf das Loch in der Scheibe. Er schüttelt den Kopf.

„Ich habe dir doch erzählt, was mit den Leuten passiert ist, die dich großgezogen haben. Ich glaube kaum, dass Karan, oder wer auch immer diese Leute in seinem Namen umgebracht hat, einen Schlüssel hatte."

Ein kalter Schauder läuft mir den Rücken hinunter. Jetzt, da ich hier bin, fühlt sich die ganze Sache noch mal um einiges realer an. Dies ist der Ort, an dem ich sechzehn Jahre meines Lebens verbracht habe. Wir gehen durch die geöffnete Tür und stehen in einem Wohnzimmer. Der Holzboden knarzt unter unseren Schuhen. Arek schließt die Tür hinter uns und kurz lauschen wir in die Stille hinein. Arek nickt mir zu und ich sehe mich um. Bei jedem Schritt, den ich weiter in das Wohnzimmer hineintrete, schlägt mein Herz eine Frequenz schneller.

Dann sehe ich das Klavier. Dunkles Holz und staubige Tasten. Gegenüber davon ist das Fenster. Sofort habe ich wieder das Bild im Kopf. Ich sehe eine Silhouette am Fenster, doch hier ist niemand. Ich blinzele. Es war also tatsächlich eine Erinnerung. Ich betrachte das Klavier und stelle mir vor, wie ich Tag für Tag daran gesessen und geübt habe. Diesem Klavier habe ich zu verdanken, dass ich mich bei den Carters ein bisschen wohler gefühlt habe. Ich habe es meinen Eltern zu verdanken.

„Woher wusstet ihr eigentlich, dass ich Klavierunterricht hatte?", frage ich Arek. Ich muss für sie ja eigentlich genauso fremd gewesen sein wie sie für mich.

„Zeitungsartikel", sagt er und zuckt die Schultern. „Du hast vor drei Jahren einen Preis gewonnen." Erstaunt blicke ich ihn an. Ich dachte, das hätte Keyla nur so daher gesagt. Abwehrend hebt er die Hände. „Mark liest jeden Morgen die Zeitung, das ist alles. Wir haben keinen mit Daten gefüllten Ordner, auf dem dein Name steht, keine Sorge."

„Schade eigentlich. Dann könnte ich ihn nämlich lesen." Ich wende mich vom Klavier ab und widme mich dem Rest des Wohnzimmers. Es stehen gewöhnliche Holzmöbel herum und ein dicker Teppich bedeckt den Boden. Das Muster kommt mir bekannt vor, doch die Bilder an der Wand sind mir fremd. Eins zeigt eine Waldlandschaft, auf einem anderen sind Pferde und eine Kutsche zu sehen.

Wieder ein anderes ist sehr dunkel und es befindet sich nur ein einziger heller Fleck darauf. Ich gehe weiter durch den Raum. Vor jeder Ecke mache ich halt und sehe vorsichtig dahinter. Was, wenn sich hier doch jemand versteckt? Wenn das alles hier ein Hinterhalt ist? Verstohlen blicke ich zu Arek, der immer noch bei den Bildern an der Wand steht. Was, wenn ich genauso kalt überrascht werde, wie meine Eltern es wurden? Instinktiv balle ich meine Hände zu Fäusten und ziehe die Schultern zum Nacken. Ich atme tief ein und aus. Wir sind allein und es weiß niemand, dass wir hier sind. Für einen kurzen Moment versuche ich meinen schnellen Puls zu beruhigen. Dann gehe ich weiter in die Küche. Arek ist jetzt dicht hinter mir und ich sehe mich um. Waschbecken, Spülmaschine, Kühlschrank, ein Herd – nichts Besonderes.

Ich drehe mich zurück zur Tür und mein Herz macht einen Satz. Fünf Fotos kleben an der Innenseite der Holztür und ich erkenne mich sofort auf vier davon. Eins davon ist das Foto von meinem Nachttisch. Es ist ein sonniger Tag, ich trage einen gelben Badeanzug und halte einen Schnorchel in der linken Hand. Ich sehe glücklich aus.

„Das ist das Foto aus dem Zimmer", sage ich verblüfft. Sogar der kleine Lichtfleck in der linken Ecke ist derselbe.

Arek nickt. „Ich habe einen Abzug davon gemacht, als du noch im Krankenhaus warst." Ich verstehe. Früher oder später hätte ich wahrscheinlich ein Kinderfoto von mir sehen wollen. Auf den anderen drei Bildern sind wir zu dritt. Meine Eltern und ich. Ich weiß sofort, dass es meine Eltern sind, da ich die Frau wiedererkenne. Sofort habe ich den Heugeruch aus meinem Traum in der Nase. Sie ist die Frau, die mir die Sternbilder gezeigt hat. Der Traum ist also ebenfalls wahr. Fröhlich lächelt sie in die Kamera, den rechten Arm hat sie um einen etwa vierzigjährigen Mann mit dunkelbraunen Haaren gelegt. Mein Vater – zumindest der, der mich großgezogen hat. Ich sehe ihn mir genau an. Zwar erkenne ich ihn nicht wieder, fühle jedoch eine Art Verbundenheit. Ich weiß, dass meine Eltern Athemar waren, doch sie sehen ganz und gar nicht böse aus. Der Mann sieht nach einem Vater aus, wie er im Buche steht. Mit stolzem Lächeln hat er seine Hand auf ein kleines Mädchen im weißen Sommerkleid gelegt. Das Mädchen bin ich, etwa zehn Jahre alt. Das fünfte Foto ist ein Hochzeitsfoto meiner Eltern. Sie sind noch jung und das Foto ist fast ganz ausgeblichen. Es scheint schon sehr lange an dieser Tür zu kleben. Wie viele Erinnerungen wohl an diesem Bild hängen? Wie viel in dieser Küche schon passiert sein muss. Traurigkeit überkommt mich und ich blicke auf das freudige Paar, das gemeinsam einen Blumenstrauß in den Händen hält. Sie sind umsonst gestorben. Sie sind sechzehn Jahre für mich da gewesen und wurden deswegen umgebracht. Wegen eines Unfalls, der nichts mit ihnen zu tun hatte. Mein ganzer Körper ist mit Gänsehaut überzogen. Ich bin schuld an ihrem Tod.

„Können wir das hier mitnehmen?", frage ich Arek und deute auf das Hochzeitsfoto. Entschuldigend schüttelt er den Kopf.

„Früher oder später würde jemand sehen, dass es fehlt und wüsste, dass Nevox im Haus waren. In das Haus eines Athemar zu gehen ist eine Sache, aber dabei erwischt zu werden eine andere. Es ist zu gefährlich. Ich kann ein Foto machen." Er zieht sein Handy aus der Tasche und fotografiert das Foto ab. Mein Blick ist immer noch auf ihre glücklichen Augen gerichtet und der Kloß in meinem

Hals wird immer größer. Ich wende mich ab und gehe zurück zum Flur.

In einem Regal an der Wand sticht mir ein kleines, gelbes Buch ins Auge. Ich erkenne es. Mit einem Blick über die Schulter versichere ich mich, dass Arek noch in der Küche ist. Dann greife ich blitzschnell in das Regal und ziehe das Buch heraus. Auf dem Cover steht in bunten Buchstaben *Nara* geschrieben. Schnell lasse ich es in meine Hosentasche gleiten und gehe weiter.

Noch ein Zimmer geht vom Flur ab und ich lege meine Hand auf die Türklinke.

„Ich denke, es ist besser, wenn wir jetzt gehen. Es sollte uns wirklich niemand hier sehen." Arek kommt aus der Küche und winkt mich in Richtung Wohnzimmer. Aber ich habe das Gefühl, noch nicht genug gesehen zu haben.

„Ich möchte noch in dieses eine Zimmer gehen", antworte ich und öffne die Tür. Arek bleibt stehen. Ich trete hinein und stehe in einem Schlafzimmer. Im Schlafzimmer meiner Eltern. Ein seltsam vertrauter Geruch liegt in der Luft. Es ist eine Mischung aus Sommer und Geborgenheit. Kurz schließe ich die Augen und atme tief ein. Eine wohlige Wärme steigt meinen ganzen Körper hinauf und ganz kurz habe ich das Gefühl ein Teil dieses Hauses zu sein. Ich öffne die Augen und gehe um das große Bett herum, da fällt dieses Gefühl mit einem Schlag von mir ab. Entsetzt mache ich einen Satz zurück. Auch dieser Raum ist mit einem dicken, hellen Teppich ausgelegt, doch an der Stelle neben dem Bett erstreckt sich ein riesiger, dunkelroter Fleck. Meine Gedanken setzen für eine Millisekunde aus.

„Bitte sag mir, dass das Wein ist", sage ich leise, doch Arek bleibt still. Er hat immer noch nicht den Raum betreten und sieht mich aus matten Augen an. Mir ist heiß und kalt zugleich und ich stehe einfach nur da, den Blick auf den dunklen Schatten gerichtet, der fast so lang ist wie das Bett.

„Lass uns gehen, wir haben genug gesehen", sagt Arek, doch ich rühre mich nicht. Mein Blick ist auf den Fleck gerichtet. Arek kommt zu mir, packt mich sanft an den Schultern und schiebt mich aus dem Schlafzimmer hinaus. Er führt mich zurück über den Flur durch das Wohnzimmer, hinaus aus der Tür, bis wir wieder im Auto sitzen.

Er startet den Wagen und wir fahren, ohne noch einmal zurückzuschauen, weg. Weg von dem Ort, an dem mir meine Eltern genommen wurden, die nun nicht einmal richtig in meiner Erinnerung weiterleben können. Über meinen gesamten Körper zieht sich Gänsehaut und ich drehe die Autoheizung hoch. Schuldgefühle verknoten meine Luftröhre, Gedanken drehen sich im Kreis und ich merke gar nicht, wohin wir fahren. Erst als Arek auf die Bremse tritt und wir auf einem Restaurantparkplatz zum Stehen kommen, fällt die Schockstarre von mir ab.

„Lass uns etwas essen und dann sagst du mir, wo ich dich hinbringen soll." Sein Blick ist sanft und kurz sieht es so aus, als wolle er mit der Hand meine Schulter berühren. Dann legt er sie jedoch auf die Handbremse und zieht sie an. Ich nicke.

Schweigend sitzen wir uns gegenüber und ich stochere in meinen Pommes herum. Der Appetit will nicht kommen. Wir sitzen in einem kleinen, urigen Restaurant, mit dicken Holzsäulen neben den Tischen und es sind nicht viele Menschen hier. Arek mustert mich, während er sich eine Gabel Salat in den Mund schiebt.

„Geht es dir besser?", fragt er kauend. Ich weiß nicht, was ich antworten soll.

„Meinst du wegen heute oder generell?" Ich pikse eine Fritte auf und tunke sie in Ketchup.

„Hm. Ich denke generell." Seine Augen sind ehrlich und es ist der erste Moment, in dem ich keinen Funken Wut verspüre, wenn ich ihn ansehe. Eher so etwas wie stilles Einvernehmen. Ich weiß nicht, wieso er sich Mühe gibt mir zu helfen, oder warum ich ihn so kümmere. Aber ich weiß es zu schätzen, dass er mit mir heute dort war. Wir haben kein Wort darüber gesprochen, aber ich bin froh, dass ich nicht allein bin.

„Ich denke okay", bringe ich hervor und verziehe mein Gesicht zu einer Grimasse.

„Du bist eine schlechte Lügnerin." Arek grinst schief und legt das Besteck in perfektem rechten Winkel zur Tischplatte neben seinen Teller. Mit seinen eisblauen Augen schaut er mich warm an und für einen kurzen Moment verharren wir so, den Blick des anderen erwidernd. Dann löse ich mich und zucke mit den Schultern.

„Und du hast Salat auf dem Oberteil." Ich zeige auf seine Brust.

„Verdammt", zischt er und reibt mit einer Serviette auf dem Kapuzenpullover herum. Ein Lachen entfährt meiner Kehle. Erst zaghaft und dann herzlich. Nach diesem verrückten Tag fühlt es sich absurd an, aber es tut gut. Arek scheint meine Belustigung nichts auszumachen und steckt sich zufrieden ein weiteres Salatblatt in den Mund. Der Besuch in meinem alten Haus war schrecklich, aber ich will nicht, dass der Tag vorbeigeht. Kaum zu fassen, wenn man bedenkt, was ich die letzten Tage noch über Arek gedacht habe und vor allem, wie er am Anfang war.

Erst jetzt fällt mir auf, dass er offenbar gar nicht meinte, dass ich meine Ahnungslosigkeit simuliere. Vielmehr hatte er wohl ein Problem damit, dass ich bei den Carters versteckt werde. Aber warum? Ich mustere ihn unauffällig. Der Fakt, dass er jetzt für mich da ist und mich ohne Wenn und Aber zu meinem Haus gefahren hat, lässt mich meine Meinung von ihm überdenken. Ich bin gern in Areks Nähe. Auch wenn er nach wie vor ein verschlossenes Buch ist.

Das Buch! Ein Gewissensbiss durchfährt mich. Sie werden merken, dass etwas fehlt, hat er gesagt. Aber es war der einzige Gegenstand in dem Haus, den ich auf Anhieb wiedererkannt habe.

„Bitte entschuldige mich kurz", sage ich, stehe auf und gehe zur Gästetoilette. Ich sperre die Kabine hinter mir zu und setze mich auf den heruntergeklappten Toilettendeckel. Vorsichtig ziehe ich das dünne Buch aus meiner Tasche. Ich lasse meine Finger über den gelben Einband gleiten und führe ihn zur Nase. Automatisch verziehen meine Mundwinkel sich zu einem Lächeln. Es riecht … nach mir. Ich kann es nicht beschreiben, aber dieses Buch ist meins, das weiß ich, ohne auf die vier Buchstaben der Beschriftung zu achten. Ich schlage es auf.

Krakelige, mit Buntstiften geschriebene Buchstaben ziehen sich über das Papier. *Heute gehe ich in die Schule* steht da geschrieben. Es ist mein Tagebuch. Ich weiß es. Ein kurzes Bild blitzt vor meinem inneren Auge auf. In meiner Hand eine Schultüte mit Bären darauf. Dann befinde ich mich wieder im grellen Neonlicht der Toilettenkabine. Ich blättere weiter. Es sind nur kurze Sätze, aber alle mit einem Datum versehen und alle von mir geschrieben. *Das erste Mal allein Busfahren, die erste*

Übernachtung bei Freunden, die erste eigene CD. Lächelnd überfliege ich die Seiten. Es ist eine Ansammlung an ersten Malen. Das Datum in der Ecke rückt immer weiter in die Gegenwart und ich überspringe einige Seiten. *Die erste Party. Der erste Kuss.* Alles mit Buntstiften geschrieben, nur dass die Schrift immer ordentlicher wird. Und da sind sie wieder, die Buchstaben. Auch hier sind *N* und *A* an den Rand gekritzelt. Auf einmal fällt es mir wie Schuppen von den Augen. Nevox und Athemar. Offenbar habe ich von den Clans gewusst. Zumindest die Namen muss ich aufgeschnappt haben. Ob mir schon damals bewusst war, was diese Wörter für mich bedeuten? Wenn ich nur wüsste, was ich über die Clans dachte. Vielleicht würde es mir dann leichter fallen zu vertrauen. Irgendwem. In mir macht sich ein vertrautes Gefühl breit. Das Gefühl mir selbst nahe zu sein.

Ich werde es mir später noch einmal genauer ansehen. Ich schlage das kleine Buch zu, mache es aber direkt wieder auf. Was ist das? Da steht etwas, auf der vorletzten beschriebenen Seite, direkt unter *dem ersten Mal Durchmachen.* Es ist mit Kugelschreiber geschrieben und nicht meine Schrift. Schwungvolle Schnörkel zieren die eilig aussehende Handschrift. Ich kneife die Augen zusammen und halte das Heft gegen das Licht, um die kleinen Buchstaben zu entziffern. Ich lese die Worte und sauge scharf die Luft ein. Ich starre auf die Notiz. Lese sie immer und immer wieder. Mir wird heiß und meine Beine zittern.

Du kannst Karan nicht trauen. Darunter steht das Wort *Mama.*

Hat das etwa die Frau geschrieben, die mich großgezogen hat? Wieso sollte sie? Sie war eine Athemar und somit Anhängerin von Karan. Und wann hat sie das geschrieben? Eilig stecke ich das Heft zurück in meine Hosentasche und verlasse das Bad.

Arek kratzt gerade den letzten Rest Salat auf seinem Teller zusammen und schaut auf eine kleine Box, die an meinem Platz steht.

„Ich hab dir das einpacken lassen. Vielleicht kriegst du später was runter."

Ich nicke dankend und lasse mich wieder auf die Sitzbank gleiten. Arek hebt den Blick und sieht mich mit zusammengezogenen Augenbrauen an.

„Was ist los?" Er legt das Besteck auf den Teller und mustert mich.

„Ich will sie trainieren. Die Fähigkeiten." Es ist meine einzige Möglichkeit, mir ein Bild von der Sache zu machen. Ich kann mich nicht davor verstecken, dass ich offenbar ein Teil dieser Clans bin.

Arek blick sich um. Mit gedämpfter Stimme fragt er: „Bist du dir sicher?"

„Wenn ihr recht habt und ich diese Fähigkeiten besitze, dann ist es nur fair, wenn ich auch lerne, sie zu benutzen und zu kontrollieren." Arek nickt. „Und", ich zögere und füge dann hinzu, „wenn ich nicht für meine Eltern da sein konnte, will ich wenigstens mich selbst verteidigen können."

Zwischen Areks Augenbrauen bildet sich eine tiefe Furche. Er beugt sich über den Tisch nach vorne, die Augen verengt. „Ist das dein Ernst?", flüstert er, „du weißt, dass du nichts für den Tod deiner Eltern kannst, oder?" Er sieht mich ungläubig an.

Ich zucke mit den Schultern und beiße auf die Innenseite meiner Oberlippe. Leise erkläre ich: „Sie wären noch am Leben, wenn es mich nicht gäbe. Sie würden noch in diesem Haus leben, wenn ich letzten Sommer nach rechts und links geschaut hätte."

„Was?", fragt Arek entgeistert, „nein. Um Gottes Willen, nein!" Er sieht mich mit festem Blick an. „Nara, wer weiß, was passiert wäre, wenn dies alles nicht geschehen wäre. Wer weiß, zu was die Menschen, bei denen du gelebt hast, in der Lage gewesen wären. Ich glaube, du hast noch nicht verstanden, zu was die Athemar alles fähig sind. Victor hat nicht unrecht damit, dass du bei ihnen einem Roboter gleichen würdest, der Befehle ausführt. Wie du siehst, schrecken sie nicht einmal vor Mord in den eigenen Reihen zurück. Das sagt einzig und allein etwas über Karan und seine Politik aus. Du trägst keine Schuld, also fang gar nicht erst an, dir das einzureden. Hörst du?"

Schweigend sehe ich ihn an. Ich glaube nicht, dass meine Eltern mir etwas angetan hätten. Nicht nach dem, was ich in dem Notizbuch gesehen habe. Tief atme ich ein und versuche das Bild des Schlafzimmers abzuschütteln.

„Lehrt mir einfach die Fähigkeiten und ich werde rausfinden, was wahr ist."

„Wir trainieren dich. Natürlich. Aber hör auf, dir Vorwürfe zu machen. Tu es nicht dafür. Tu es für dich." Arek mustert mich. „Heißt das, du ziehst wieder bei uns ein?" Auf seine Lippen legt sich ein sanftes Lächeln.

Kurz überlege ich. Was habe ich für Optionen? Ich kann nicht ewig im Hotel bleiben. Bei Zoey wohnen und jeden Mittag zu den Carters verschwinden? Nein. Ich weiß nicht einmal, ob sie Platz für mich hätte. Und Zoey hat schon genug für mich getan. Ich sehe in Areks erwartungsvolles Gesicht und seufze.

„Ja", sage ich schließlich und wähle jedes Wort mit Bedacht, „wenn das für deine Familie in Ordnung ist. Aber keine Geheimnisse mehr. Ihr seid ehrlich und bringt mir alles bei. Dafür tu ich nach außen so, als würde ich zu eurer Familie gehören."

Arek blinzelt und nickt.

Mache ich einen Fehler? Nein. Ich bin es leid im Leeren zu stochern. Und sie sind die einzigen, die mir mehr über mich beibringen können. Ich muss ihnen nicht vertrauen. Ich muss nur zuhören. Wenn ich alles gelernt habe, was ich von ihnen lernen kann, entscheide ich, wo ich hingehe. Ich werde mir einen Job suchen und mich so schnell wie möglich um eine eigene Wohnung kümmern.

Arek lächelt mich an. „Du wirst es nicht bereuen. Und ich gebe dir mein Ehrenwort, dass du auf keine dämlichen Familienausflüge musst." Er steht auf und zieht seine Jacke an. Ich tu es ihm nach. Kurz stehen wir vor unserem Tisch und blicken einander an. Er zieht fragend eine Augenbraue hoch und nickt in Richtung Tür.

„Kann's losgehen?"

Ich nicke und setze mich in Bewegung.

12

Als wir bei den Carters ankommen, wissen alle bereits Bescheid. Arek muss angerufen haben, während ich meine Sachen aus dem Hotelzimmer geholt habe.

Im Flur empfangen uns Liv und Keyla. Ich trete von einem Fuß auf den anderen. Ein Kribbeln fährt durch meine Arme und ich würde am liebsten direkt wieder umdrehen. Ich gehöre nicht hier hin.

Liv schreitet auf mich zu und drückt mich fest an sich. Ich lasse es geschehen, weiß aber nicht so recht, ob ich lachen oder weinen soll. Gemeinsam gehen wir in die Küche, wo Mark und Victor gerade am Kochen sind. Mark sieht auf.

„Schön, dass du wieder da bist", sagt er in aufrichtigem Ton. Victor nickt mir nur kurz zu und widmet sich dann wieder den Tomaten auf seinem Schneidebrett.

„In welchem Zimmer möchtest du wohnen?", fragt Keyla.

Ich zucke mit den Schultern. „Bleiben wir bei dem im ersten Stock, wenn da noch meine Sachen sind." Ich zögere. „Falls das überhaupt meine Sachen sind."

Keyla lächelt. „Das Zimmer passt natürlich."

Ich nicke und presse die Lippen aufeinander. An diese Situation werde ich mich erst noch gewöhnen müssen.

„Habt ihr schon gegessen?", fragt Mark. Arek und ich nicken.

„Ich denke, ich geh schlafen", sage ich in die Runde und gehe in Richtung Treppe.

„Alles klar. Lasst uns morgen nach der Schule gemeinsam sprechen", sagt Keyla. Alle stimmen ihr zu.

Ich gehe hinauf in das Zimmer. Hinter mir drehe ich den Schlüssel im Schloss, werfe den Rucksack in die Ecke und sehe mich um. Mit einem Mal überkommt mich der Drang, den Raum verändern zu wollen. Wenn ich hier leben soll, dann nach meinen Regeln. Eilig steige ich auf den Schreibtisch und hänge die Vorhänge ab. Danach geht es den Schulsachen an den Kragen, ich bin sicher, das waren auch nur alte Unterlagen von Liv. Als ich das Chemieheft in die Hand nehme, erinnere ich mich an etwas. Schnell schlage ich die Seiten auf und da sind sie wieder, die Buchstaben. *N* und *A* mit geschwungenen Verzierungen. Jetzt weiß ich wenigstens, was sie bedeuten. Ich packe die alten Hefte in den hintersten Teil des Kleiderschranks und lasse mich aufs Bett sacken. Es kommt mir vor, als wären Wochen vergangen, seit ich das letzte Mal hier war. Ich fühle mich so viel älter. Erschöpft schlüpfe ich in den Pyjama, knipse das Licht aus und lege mich ins Bett.

Eine Weile liege ich einfach so da und starre in das dunkle Zimmer. All das hier ist also inszeniert. Das Foto von meinem jüngeren Ich im Badeanzug, die Kleidung im Schrank, die rosafarbenen Vorhänge. Was an diesem Haus ist überhaupt echt? Intuitiv greife ich zu dem Anhänger an meinem Hals. Ob die Kette überhaupt mir gehört hat? Tief atme ich ein und aus. Seit meinem Unfall sind zwar schon fast zwei Monate vergangen, trotzdem fühle ich mich, als würde ich wieder am Anfang stehen. Wenn ich meine Erinnerungen wiederhätte, dann wüsste ich wenigstens, wer ich bin und wie ich zu den Clans stehe. Oder zu Karan. Eigentlich weiß ich gar nichts von ihm, außer dass er mein leiblicher Vater ist. Ich werde mir mein eigenes Bild von ihm machen, vielleicht ist er ja gar nicht so schrecklich, wie alle behaupten. Ja, das fühlt sich nach einem guten Plan an. Ich werde von den Carters lernen, was ich kann und dann werde ich zu meinem Vater gehen und ihn konfrontieren. Und wer weiß, womöglich sind die Dinge dann ganz anders, als die Nevox es behaupten. Den Carters sage ich erst einmal nichts davon. Sollen sie ruhig glauben, dass ich mit meinem Vater nichts zu tun haben will. Ich schließe die Augen. Vielleicht beginnt jetzt endlich die Zeit, in der ich mich selbst kennenlernen werde.

Am nächsten Tag sitzen wir im Esszimmer beisammen. In ihrem Esszimmer. Es ist erstaunlich, wie schnell man auf einmal wieder Gast ist. Da ich nun weiß, dass ich für diese Menschen wahrscheinlich genauso fremd bin wie sie für mich, betrachte ich sie in einem neuen Licht. Auch wenn ich nach wie vor nicht weiß, was ich von ihnen halten soll, ist es fast erleichternd sie nicht mehr in das Bild meiner Familienmitglieder zwängen zu müssen.

In der Schule konnte ich mich kaum von meiner Aufregung ablenken. Wie wird das Training wohl aussehen? Ich setze mich auf meine Finger und lausche Keyla.

„Arek wird dich unterrichten. Er hat die Fähigkeiten von uns am besten unter Kontrolle. Victor“, sie sieht nach links zu ihrem Sohn, „du wirst ab und zu dabei sein. So lernst du für das Training mit Liv. Am besten fangt ihr gleich heute Nachmittag an. Niemand weiß, was uns bevorsteht und wir können dich nicht für immer verstecken.“ Bei dem letzten Satz sieht sie mich mit zusammengezogenen Augenbrauen an. Ich nicke. Und als hätte Keyla ein Zeichen gegeben, stehen alle entschlossen auf und gehen ihren Tätigkeiten nach.

Ich folge den beiden Jungs zum Trainingsraum, trete ein und schnappe überrascht nach Luft. Von wegen Fitnessstudio. Ich hatte mir einen kleinen Raum mit Kraftgeräten vorgestellt, aber das hier ist anders. Ein kleiner Vorbereich geht in einen großen Raum über, der durch eine schmale Wand in zwei Hälften unterteilt ist. Der eine Raum ist mit Matten ausgelegt und in der Ecke steht ein großer Schrank. Der andere Raumteil ist mit Spiegeln verkleidet, sogar an der Decke.

„Bereit?" Arek sieht mich wohlwollend an und zieht seine Schuhe aus. Ich tu es ihm nach und nicke entschlossen. Wir gehen zu dem spiegelverkleideten Teil und ich mustere dutzende meiner Reflexionen in den gegenüberliegenden Wänden.

„Bevor du die Praxis anwenden kannst, musst du ein paar theoretische Dinge lernen. Ich werde dir einen Crash-Kurs geben. Sag Bescheid, wenn du etwas nicht verstehst." Er bedeutet mir, mich auf einen Stuhl zu setzen, der vor einer der Wände steht. Auch er nimmt sich einen und setzt sich.

„Den Fähigkeiten liegen bestimmte Energien zugrunde. Diese Energien trägt jeder Mensch in sich, doch nur wir Nevox sind dazu fähig, diese Energien bewusst wahrzunehmen, sie zu bündeln und auf andere Personen zu übertragen. So können wir die Empfindungen anderer Menschen wahrnehmen. Manchmal so stark, dass wir ihre Stimmungen selbst spüren oder teilweise sogar ihre physischen Zustände wahrnehmen, wie zum Beispiel körperliche Schmerzen. Dies liegt daran, dass psychische und physische Empfindungen so nah beieinander liegen und sich gegenseitig beeinflussen. Umgekehrt geht das genauso. Wir haben die Möglichkeit, unsere Energien auf andere zu übertragen und können sie dazu bringen Dinge zu tun, über die sie dann keine Kontrolle mehr haben. Der Überbringer ist die Empfindung. Wie Keyla gesagt hat, ist sie unser höchstes Gut. Gedanken sind nur Folgen einer Empfindung. Der Knackpunkt liegt also in dem, was emotional passiert. Die Beeinflussung anderer braucht viel Übung und Erfahrung."

Areks Augen leuchten beim Erzählen. Ob er wohl schon immer von seinen Fähigkeiten wusste?

„Nach einiger Übung ist es möglich, eine innere Barriere aufzubauen, die anderen den Einblick in deine Stimmungen verwehrt. Um dies zu lernen, muss man mit seinen eigenen Energien vollkommen vertraut sein."

„Kannst du das mit der Barriere?" Mein Interesse ist geweckt.

„Ja, es wurde mir früh beigebracht. Ich benutze sie jeden Tag."

Ich ziehe die Augenbrauen zusammen. Jeden Tag? Für was braucht er das? Arek dreht sich auf seinem Hocker zum Spiegel und erklärt: „Bevor du diese Fähigkeiten erlernen kannst, musst du dich selbst besser kennenlernen. Wer sich in sich selbst nicht zurechtfindet, wird sich mit den Energien schwertun."

Ich sacke in mir zusammen. Wow. Ich muss mich also selbst kennen? Gut, dass das mein Spezialgebiet ist. Arek scheint meine Resignation zu bemerken und sagt: „Nicht in dem Sinne, wie du denkst. Mit sich selbst kennen, meine ich das Gefühl von dir selbst. Das hat mit Erinnerungen nichts zu tun. Es geht um das, was in dir drin ist. Deswegen ist der ganze Saal mit Spiegeln bedeckt. Das klingt ironisch, mir hat es aber sehr geholfen."

„Wie soll ich mein Inneres kennen, wenn ich nichts über mich weiß?" Ich blicke ihn im Spiegel an.

„Vielleicht ist das von Vorteil. Du hast keine gigantische Masse an Erfahrungen, aus denen du die Kernessenz herauspicken musst. Außerdem waren die letzten Wochen ziemlich intensiv. Ich denke, dass du dich besser kennst, als du meinst."

Ich denke an die letzten Tage. Das Wort intensiv trifft es gut.

„Die Übung, die wir machen, fühlt sich am Anfang ziemlich komisch an, aber versuch, dich darauf einzulassen. So lernen es die Anfänger, die noch nicht wissen, wie sie ihre Energien bündeln können. Schließ deine Augen." Areks Stimme klingt sanft und bestimmt zugleich und ich gehorche ihm.

„Versuche gerade zu sitzen, deine Atmung zu regulieren und alle Gedanken aus deinem Kopf zu verbannen."

Ich grinse. Sitze ich gerade echt mit meinem Fake-Bruder in einem Spiegelraum und mache Selbstfindungsübungen?

„Augen geschlossen", sagt Arek und ich zucke zusammen. Dann richte ich mich auf und beginne regelmäßig zu atmen. Ich komme mir merkwürdig vor, hier so tief atmend mit ihm zu sitzen. Doch mit jeder Ausatmung kehrt mehr Ruhe in mir ein.

„Versuche deinen Kopf so leer wie möglich zu machen. Dein Verstand ist ein blauer Himmel. Wenn die Gedanken kommen, schenke ihnen keine Beachtung und lass sie wie Wolken vorbeiziehen." Seine meditative Stimme löst etwas Wohliges in mir aus. *Konzentrier dich, Nara.*

Wie soll ich an nichts denken? Ich denke doch die ganze Zeit. Krampfhaft stelle ich mir den blauen Himmel vor.

„Wenn es dir hilft", sagt Arek, „lege eine Hand auf deinen Bauch und folge deiner Atmung. Du bist nichts außer Atem."

Ich tu wie mir geheißen und konzentriere mich auf das sanfte Heben und Senken meines Bauchs. Ein und aus. Meine Beine werden angenehm schwer. Ein und aus. Ich fühle mich wie ein Fels, der immer tiefer in den Boden einsinkt. In meinem Kopf entsteht Leere. Ich lasse mich von ihr tragen. Tauche in sie ein.

Das funktioniert ja echt! Ich atme tiefer durch die Nase ein und ganz langsam durch den Mund wieder aus.

„Und jetzt fixiere dich auf dich selbst. Stell dir dein Inneres vor, nicht dein Aussehen. Versuche ein Gefühl für dein Ich zu entwickeln. Denk an Erlebnisse, in denen du bewusste Entscheidungen getroffen hast oder überzeugt von dir selbst warst. An Situationen, in denen du dich vollständig gefühlt hast."

Ich gebe mich seinen Anweisungen hin und lasse ein paar Gedanken durch meinen Kopf schweifen. Nach und nach tauchen Dinge auf. Mir fällt ein, wie ich ein paar Tage nach meiner Entlassung aus dem Krankenhaus mit dem Rollstuhl draußen war und den Vögeln lauschte. In diesem Moment waren die Ängste weg und ich genoss einzig und allein mein Dasein. Vielleicht war das so ein Moment. Ich denke an den ersten Schultag, an dem ich mir klein und verloren vorkam und dann an eine Pause, in der ich mit Zoey so lachte, dass mir der Bauch wehtat. Ein Bild schiebt sich vor mein inneres Auge, wie ich mit Arek am Klavier sitze und wir eine Arie von Chopin spielen. Die Tasten unter meinen Fingern und die Klänge in meinen Ohren vereinen sich zu einem warmen Gefühl. Dann ein Bild vom großen Wagen am Sternenhimmel, als er mir das Dach zeigte. Ich fühlte mich sicher und benannte die Sternbilder. Ich denke an meine Mutter, wie sie mir sie erklärt und ein Gefühl der Verbundenheit erfüllt meinen Brustkorb. Dann der Moment, in dem ich entschied, zu meinem alten Haus zu gehen und nicht länger vor der Vergangenheit wegzulaufen.

Es tut gut, diese Einzelteile von mir zu sammeln. Etwas entsteht in mir, das ich lange nicht gespürt habe, auch wenn ich es nicht benennen kann.

„Probier dich auf das zu konzentrieren, was du in dir hast. Wenn du gleich die Augen öffnest, versuche im Spiegel nicht dein Äußeres, sondern genau dieses Gefühl zu sehen. Sieh dir in die Augen, wenn du bereit bist. Und bleibe bei der Empfindung, die du in dir trägst."

Ruhig halte ich an den Einzelteilen in meinem Kopf fest und füge sie zu einem Ganzen. Ich sehe ein Bild, nein ich fühle es. Langsam blinzele ich und traue mich die Augen zu öffnen. Meine Atmung ist tief und ich sehe in meine halb geöffneten Augen. Ich sehe nicht braun, nicht blau. Für einen kurzen Moment sehe ich … mich. Mit Liebe. Mit Stärke. Mit Mut. Ich fühle mich selbst und spüre Akzeptanz. Das Bild in meinem Kopf und das Bild, das ich sehe, vereinen sich zu einem Ganzen und auf einmal steigt Selbstvertrauen in mir auf.

Ich blinzele und das Bild ist weg. Ich sehe Augenringe und die Narbe auf meinem Wangenknochen. Aber meine Mundwinkel zucken.

„Für den Anfang gar nicht schlecht. Du bist stark", sagt Arek mit einem anerkennenden Nicken. Mein Grinsen wird breiter.

Wir führen die Übung ein paar Mal durch, bis das vereinte Bild im Spiegel nicht mehr so schnell verschwindet und ich sogar aufstehen und im Raum herumlaufen kann, ohne nur mein Aussehen im Spiegel zu betrachten.

„Siehst du dich immer so im Spiegel?" Erschöpft lasse ich mich auf den Stuhl fallen. Wer hätte gedacht, dass diese Übung so anstrengend sein kann?

„Seltener, als ich es gern hätte", gibt Arek zu und setzt sich auf den Boden. Er legt seine Arme um seine aufgestellten Beine und greift sein Handgelenk. „Oft stumpfen mich die Alltagsroutinen ab und ich schalte auf Autopilot, um den Tag zu überstehen. Ich bin dann zwar da, aber mit dem Kopf ganz woanders. Das kennst du wahrscheinlich auch. In solchen Situationen helfen mir dann Übungen wie diese, Zeit in der Bibliothek oder das Klavier, um wieder achtsamer zu werden."

Ich kann ihn gut verstehen. Manchmal kann ich abends nicht einmal genau sagen, was ich tagsüber gemacht habe.

„Es geht um das Zusammenspiel zwischen Körper und Geist, richtig?"

„Ganz genau." Langsam nickt er und sieht mich schweigend an. „Und bald wirst du mehr darüber wissen", sagt er schließlich, „lass uns für heute erst einmal Schluss machen. Am Anfang sollte man sich nicht übernehmen, das kann einen ganz schön durcheinanderbringen."

Ich nicke, auch wenn ich noch den ganzen Tag so weitermachen könnte. Das hätte ich nicht erwartet. Schon jetzt fühlt es sich an, als erfasse ich einen lang versteckten Teil von mir. Ich kann es kaum abwarten, weiter zu lernen. Wenn das erst der Anfang ist, zu was werde ich irgendwann fähig sein? Mein Herz hüpft bei dem Gedanken daran, es bald herauszufinden.

13

Täglich treffe ich mich mit Arek im Trainingsraum und oft ist auch Victor dabei. Es tut gut, die Übungen nicht allein zu machen. Manchmal habe ich das Gefühl, Arek verfolgt jedes Detail meiner Bewegungen. Nicht dass mir das unangenehm wäre, ganz im Gegenteil … aber es lenkt mich definitiv ab. Da ist etwas in seinem Blick, das mich schaudern lässt. Etwas, das ich nicht verstehe. Ob er seine Fähigkeiten bei mir einsetzt? So genau will ich es gar nicht wissen. Wir bleiben bei der anfänglichen Übung, auch wenn Arek sich immer wieder neue Variationen davon überlegt. Je öfter wir üben, desto mehr fühle ich sie – die Energie, die ich in mir trage. Es ist nur eine Vorahnung, aber ich spüre sie ganz deutlich. Sie gibt mir das Gefühl, meinem alten Ich, das nichts über sich selbst weiß, überlegen zu sein.

Abgesehen von den geistigen Übungen trainieren wir oft Kraft und Ausdauer im anderen Teil des Trainingsraums. Victor und Arek sind um Welten besser in Form als ich und bringen mich ordentlich ins Schwitzen, doch schon bald kann ich bei ein paar Routinen mithalten. Der Sport tut gut und mein Körper fühlt sich immer weniger wie ein Fremdkörper, sondern immer mehr wie ich selbst an. Ich nehme die Teenagerin im Spiegel anders wahr. Ich nehme *mich* anders wahr. Wenn ich im Training meinen Körper sehe, empfinde ich Dankbarkeit. Er trägt mich jeden Tag, er sorgt dafür, dass ich zur Schule gehen kann. Er ist nicht länger etwas, das ich verteufle. Mein Körper bin ich. Und das genügt. Nach dem Training kommen sie dann oft wieder, die unsicheren Gedanken und tausend Fragen.

Aber es genügt zu wissen, dass es anders sein kann, um Hoffnung zu schöpfen.

Mit der Zeit kann ich sogar immer besser rennen. Bei meiner ersten Joggingrunde im Wald begleitet mich Liv. Nach zwanzig Minuten legen wir einen kurzen Sprint ein und kommen keuchend bei einer Fichte zum Stehen. Ich stütze mich an ihrem Stamm ab.

„Verdammt, tut das gut", stoße ich aus. Seit heute Nacht ist es kalt und mein Atem steigt in Wolken vor mir auf.

„O ja", sagt Liv und stützt sich mit den Händen auf ihren Knien ab, „du hast ein gutes Tempo."

Ich rutsche hinunter in die Hocke und lehne mich mit dem Rücken an den Baum.

„Das sagt auch der Muskelkater, den ich morgen haben werde."

Wir grinsen beide und hängen für ein paar Atemzüge unseren eigenen Gedanken nach. Dann sieht Liv mich an.

„Hey, Nara. Was machst du morgen Nachmittag? Ich hab da so ein Schul-Ding. Wegen dem Bild, das ich gemalt habe. Kommst du mit? Ich würde mich riesig freuen." Sie lächelt mich erwartungsvoll an.

„Was für ein Schul-Ding?"

Sie zögert. „Es ist eine Art Preis und ich bin nominiert." Schüchtern blickt sie auf ihre Laufschuhe. Das ist aber nicht die selbstbewusste Liv, die ich kenne.

„Ein Preis", rufe ich begeistert und Liv sieht sich schnell um. „Das ist ja großartig! Klar komme ich."

Mir ist nicht entgangen, dass sie in der letzten Zeit viel in ihrem Zimmer war. Ich wusste, dass sie gern malt, aber nicht, dass sie in der Schule ausgestellt wird. Eigentlich hatte ich ja gesagt, ich würde bei keinem Familienausflug dabei sein. Aber das hier ist etwas anderes. Jedes Mal, nachdem Liv gemalt oder gebastelt hat, sehe ich ihr Feuer in den Augen. Sie scheint völlig darin aufzugehen.

„Ich bin gespannt auf dein Bild", sage ich und begegne ihrem stolzen Blick.

„Danke." Sie grinst breit und zeigt mit dem Daumen hinter sich. „Lass uns zurückgehen. Wahrscheinlich wirst du schon vermisst." Liv berührt mich an der Hand und rennt los. Ich habe Mühe mitzuhalten, doch die Herausforderung nehme ich an.

Zu Hause angekommen bin ich bereits fünf Minuten zu spät zum Training. Ich husche in den Spiegelraum, nur um dort einen gelben Klebezettel vorzufinden, der auf dem Boden klebt, wo ich normalerweise meine Schuhe abstelle. *Training ist heute im Klavierzimmer.* Ich erkenne die akkurate Handschrift wieder, mit der draußen die Kräuter beschriftet sind. Na gut. Dann also Klavierzimmer. Was hat Arek heute vor? Ich mache kehrt und flitze die Treppe hinauf. In der Mitte muss ich eine Pause machen. Puh, mein Körper trägt mir die Joggingrunde auf jeden Fall nach.

Im Klavierzimmer finde ich Arek, der gerade alle Noten vom Flügel nimmt und in den Schrank räumt.

„Hey", sage ich und er dreht sich zu mir um.

Mit einem anerkennenden Grinsen nimmt er meine Kleidung zur Kenntnis. „Hey, du warst ja laufen."

Ich zucke mit den Schultern und grinse zufrieden. „Tja, ich konnte ja nicht wissen, dass wir heute hier sind. Jetzt musst du halt mit meinem verschwitzten Ich vorliebnehmen." Ich gehe zu ihm und lehne mich gegen den Flügel.

„Immer gerne", raunt er fast unhörbar und dreht sich weg, um die letzten Noten zu verstauen.

„Jetzt mal ehrlich", sage ich mit gerunzelter Stirn, „was machen wir hier?"

Arek zieht den Stuhl rechts neben den Klavierhocker und signalisiert mir mit einer Geste mich auf den Hocker zu setzen. Er lässt sich auf dem Stuhl nieder und schlägt die Beine übereinander.

„Ich habe mir heute mal was anderes ausgedacht." Er wartet, bis ich mich setze und spricht dann weiter: „Das Klavierspielen scheint etwas zu sein, wo du dich ausdrücken kannst. Wieso verwenden wir es also nicht? Ich habe gemerkt, wie du Improvisationen eingebaut hast." Hitze schießt mir in den Kopf. So genau hat er zugehört? „Empfindungen und Musik haben viel gemeinsam. Wenn wir improvisieren, lassen wir die Musik für uns sprechen. Sie ist gefühlvoll, wenn wir es zulassen. Heute werden wir ohne Noten spielen und wir werden schauen, was passiert."

Meine Augen weiten sich und ich starre ihn an. „Ohne Noten? Was sollen wir denn spielen? Welche Stücke?"

Er begegnet meinem entgeisterten Blick.

„Deine Stücke, meine Stücke. Wir werden sehen." Etwas Schelmisches glitzert in seinen Augen. „Die Übung ist folgende: Einer von uns versucht, sich in eine Emotion zu versetzen und spielt eine passende Melodie. Das was einem gerade in den Sinn kommt. Der andere schnappt diese Stimmung auf und steigt mit ein. Es ist leichter, als du denkst. Und es schult dich darin, auf Stimmungen zu reagieren und sie in eine neue Richtung zu lenken. Nur eben", er schwingt seine Hand über die Klaviatur, „auf andere Weise." Zufrieden faltet er die Hände im Schoß.

Ich starre ihn immer noch an. Das wird ja lustig.

„Okay", sage ich schließlich, „du beginnst."

Er nickt und legt seine Finger auf die Tasten. Dann dreht er sich zu mir und hebt eine Augenbraue. Ich gebe ihm ein Zeichen loszulegen und er schließt kurz die Augen. Dann öffnet er sie und die ersten Töne erklingen. Es ist eine sanfte Melodie. Erst vorsichtig, dann immer schneller. Die Klänge sind kurz und gehen angenehm warm in die anderen über. Hohe Töne bilden eine lebhafte Melodie. Es ist definitiv Freude. Er hat wohl etwas Leichtes für den Start gewählt. Kurz nehme ich seine Melodie weiter in mir auf und lege dann ebenfalls meine Finger auf die Tasten. Ich atme durch. *Okay, Nara. Du schaffst das.* Dann steige ich vorsichtig mit ein. Erst nur mit einzelnen Tönen, da wo ich denke, dass sie passen. Dann spiele ich die entsprechenden Akkorde dazu. Unser Spiel ist harmonisch und die Dreiklänge, die ich erzeuge, gliedern sich in die fröhliche Melodie mit ein. Begeistert schaue ich zu ihm und vergesse dabei zu spielen. Die Melodie endet abrupt. Er grinst mich von der Seite an und deutet auf meine Finger.

„Jetzt du."

Ich sehe mich im Raum um, als wäre dort irgendwo eine Melodie versteckt. Soll ich etwas spielen, das ich schon kenne? Von Chopin gibt es einige emotionale Sachen. Nein, er wird es merken. Er kennt die ganzen Hefte in- und auswendig. Ich krame in meinem Gedächtnis. Die erste Erinnerung, die mir entgegenspringt, ist der Tag, an dem die Carters mir die Wahrheit erzählt haben. Die Wahrheit über unsere *Familie.* Wut kommt in mir auf. Ja, das ist eine gute Emotion. Nicht nachdenken, einfach machen. Ich lege die Finger auf die Tasten und spiele tiefe Dreiklänge mit der linken Hand. Die Tonabfolgen wandern nach unten und meine rechte Hand steigt mit abgehackten Tönen, die das Spiel antreiben, mit ein. Ich werde schneller und wähle bewusst Töne, die sich aneinander reiben. Von der eben gespielten Harmonie ist nichts mehr zu hören. Stattdessen krachen dunkle Donnerschläge aus dem Flügel hervor.

Hohe Töne steigen mit ein, doch auch Areks Spiel hat nichts Harmonisches an sich. Die hellen Klänge fügen sich vielmehr in das Krachen mit ein und beschleunigen mit meinem immer schneller werdenden Spiel. Seine Melodien klingen wie helle Blitze, die den Donner untermalen. Meine Mundwinkel zucken. Das macht Spaß! Noch stärker haue ich in die Tasten und Arek folgt mir. Er taucht in die Emotion mit ein und das rasende Stück, das wir gemeinsam produzieren, trieft vor Erregung und Zorn.

Dann, ganz plötzlich, ändert sich Areks Melodie. Sie wird leiser, sanfter. Aber nicht glücklicher. Als wäre sie eine dunkle Wolke, die sich vor dem Unwetter versteckt. Kurz verharre ich, sauge sein trübes Spiel auf. Dann, wie von selbst, spielen meine Finger weiter. Ich lasse die Musik fließen und mein Puls beschleunigt sich, während die leisen Melodien immer herzzerreißender werden. Ich linse hinüber zu Arek, seine Augen sind geschlossen. Wie immer, wenn er konzentriert ist, ist sein Kiefer angespannt, aber auf seiner Stirn ist eine tiefe Furche. Ich sehe auf meine Finger, die intuitiv nach den richtigen Tasten greifen. Die Tasten, durch die die Melodie noch qualvoller erscheint. Wie eine Welle schwappt die Traurigkeit in mich hinein und trägt mich davon.

Areks Finger wandern auf der Klaviatur immer näher zu meinen, während die Töne tiefer und trauriger werden. Dann, plötzlich, greift seine Hand zwischen meine Hände und spielt dort weiter. Unwillkürlich wandere ich mit meiner Hand weiter nach oben, in seine Tonhöhe hinein und drücke ein paar helle, trist aneinandergereihte Moll-Abfolgen. Um an die Tasten zu kommen, lehne ich mich mehr in Areks Richtung und kann jetzt seinen holzigen Duft wahrnehmen. Zirbelholz, danach riecht er. Und ein wenig Orange. Und ein wenig … Arek. Auch er hat sich weiter zu mir gebeugt und ich bin sicher, dass ich nach dem Joggen ganz und gar nicht nach Holz und Orange dufte.

Die Atmosphäre um uns ist drückend schwer, die melancholischen Klänge nehmen mich vollständig ein. Arek lässt ein paar Töne abrupt enden, es hört sich an, als zerbreche die Melodie. Nur, um sich dann wieder an die tiefen Töne zu schmiegen, die meine linke Hand erzeugt. Unser Spiel wird langsamer und Arek wandert auf seine Seite. Dabei streift er mit seinen Fingern kurz die Knöchel meiner rechten Hand. Wir saugen beide scharf die Luft ein. Es geschieht leise, aber spürbar. Gänsehaut kribbelt auf meinen Armen. War das Absicht? Ich schlucke. Mit Bedacht wähle ich ein paar letzte Töne und lasse sanft ein dunkles Ende erklingen. Areks Finger sind still, er lauscht meinem Abschluss. Der letzte Ton klingt ab. Es ist still im Raum. Draußen rauscht fast unhörbar der Wind. Ich drehe meinen Kopf zu Arek, der mich aus leeren Augen betrachtet.

„So?", hauche ich und suche in seinem Blick nach mehr. Ist das Schmerz?

„Mhm", sagt er mit einer tiefen, rauen Stimme, „genau so."

Wir sehen uns an, sein Blick ist dunkel, aber wachsam. Eine warme Welle durchfließt von unten meinen Körper und kommt in meiner Brust zum Stehen. Meine Hand zuckt. Ich will ihn berühren. Arek atmet stoßartig aus und ich kann die Wärme auf meinem Gesicht spüren, so nah sitzen wir. Meine Brust hebt und senkt sich und seine Pupillen wandern an meinem Gesicht hinab.

Auf einmal schließt er die Augen, presst die Lippen aufeinander und steht auf. Er dreht sich nicht um. Dann ist er weg.

Schwer atmend bleibe ich zurück. Was war das denn bitte? Mir ist unglaublich heiß. Da war etwas in seinem Blick. Etwas Dunkles. Meine Gedanken zucken zu der Vorstellung, was passiert wäre, wäre er nicht aufgestanden. Die Energie zwischen uns war fast mit den Fingern greifbar. Und wieso wollte ich ihn so sehr berühren? Ich blicke auf meine Hand. Unschuldig liegt sie in meinem Schoß.

Ich seufze. Offenbar hat uns die traurige Musik völlig durcheinandergebracht. Wie sonst kann in einem so banalen Moment plötzlich so viel Anziehung entstehen? Noch immer hängt sein warmer Duft in meiner Nase und ich starre auf die Tür, die sperrangelweit offen steht. Auf dem Gang ist keine Menschenseele zu sehen.

Am Abend telefoniere ich mit Zoey, denn in der Schule gibt es fast keinen Moment, in dem wir ungestört sprechen können.

„Das heißt, du wohnst jetzt ganz normal dort und versuchst auszublenden, dass sie sich wie krasse Verräter benommen haben?" Zoeys skeptisch klingende Stimme wird unterbrochen von einem lauten Knistern. „Sorry, muss kurz die Chipstüte aufmachen."

Ich lache. „Ist nicht dein Ernst, Zoey. Chips? Ich bin doch nicht dein Kino."

„Klar, bist du das! Dein Leben ist einfach ziemlich interessant, meine Liebe. Und zu meiner Verteidigung, die Chips waren hier, bevor du angerufen hast."

Ich seufze. „Ist gut. Und ja, ich lebe jetzt wieder *ganz normal* dort, die Trainings helfen mir wirklich. Aber glaub mir, sobald ich alles gelernt habe, bin ich da raus. Ich weiß nach wie vor nicht, was ich von der ganzen Sache halten soll."

„Auch nicht von deinem heißen Nicht-Bruder Arek?" Zoey gluckst belustigt.

Ich verschlucke mich an meiner eigenen Spucke. „Jetzt halt mal den Ball flach, Zoey! Du hast doch gerade selbst gesagt, dass sie Verräter sind."

„Girl, hast du noch nie eine *Enemies to Lovers* Romanze gelesen? Wenn das so weitergeht, muss ich mir ein Chips-tüten-Abo besorgen."

„Da ist nichts. Außerdem sagst du das nur, weil du so verliebt bist. Letzte Woche wolltest du Mr. Frenickle mit Mrs. Gorgy verkuppeln."

Zoey stöhnt. „Man kann ja mal falsch liegen. Das wirst du nie vergessen, oder?"

„Nie", sage ich und versuche das Kopfkino abzuschütteln.

Einen Moment lang höre ich nur das Knuspern von Chips. Dann ein Schmatzen. „Du kannst es dir ja mal durch den Kopf gehen lassen. Erzähl mir dann, was dabei herausgekommen ist. Ich will alle schmutzigen Details."

Ich seufze und wechsle das Thema zu Caleb und Mike, die als Schulstreich zehn Hühner in der Aula freilassen wollen. Von Areks und meinem Moment heute am Klavier erzähle ich nichts. Das würde nur einen falschen Eindruck erwecken. Schließlich ist da wirklich nichts.

14

Am nächsten Tag sitzen wir alle gemeinsam im Auto und fahren zu Livs Schulveranstaltung. Sie selbst ist schon dort und bereitet ihre Ausstellung vor. Ich sitze auf dem Beifahrersitz und blinzele über meine Schulter nach hinten. Arek blickt schweigend aus dem Fenster. Wieso werde ich das Gefühl nicht los, dass er mich seit gestern ignoriert? Ich schüttele den Kopf. Wahrscheinlich nur ein Hirngespinst.

Wir kommen auf dem Parkplatz von Livs und Victors Schule zum Stehen und steigen aus. Am Haupteingang hängt das riesige Plakat zur Ausstellung, welches das Thema verkündet: Individualität. Was Liv da wohl produziert hat?

Ich will gerade den anderen zum Schulgebäude folgen, da nimmt Arek mich zur Seite.

„Du solltest nicht hier sein", raunt er mir zu.

Ich verschränke die Arme vor der Brust. „Wieso nicht?"

„Du weißt genau wieso." Sein Blick ist hart. Von dem gefühlvollen Arek von gestern nichts zu spüren.

Ich sehe in den wolkenbedeckten Himmel und atme langsam aus. „Hör mal, Arek. Ihr habt es selbst gesagt, ich kann mich nicht für immer verstecken. Das hier ist mein Leben, okay? Stellst du es dir lebenswert vor, die ganze Zeit zu Hause zu sitzen, in der Angst gefunden zu werden?"

Er sagt nichts, starrt mich einfach nur an.

„Ich passe auf, in Ordnung?" Ich versuche einen sanfteren Ton anzuschlagen. „Da drin sind sicher fünfhundert Menschen, ich werde in der Masse untergehen."

„Richtig", sagt Arek trocken, „da drin sind fünfhundert Menschen. Sag nicht, ich hätte dich nicht gewarnt." Mit diesen Worten wendet er sich ab und geht mit eiligen Schritten auf das Gebäude zu.

Seufzend folge ich ihm.

„Wer verleiht überhaupt Preise zu diesem Thema?", fragt Victor mit gerunzelter Stirn, während wir die Aula betreten. „Ist doch voll individuell, was einem da gefällt."

„Wer weiß, was Liv sich Gutes hat einfallen lassen", entgegnet Mark und zuckt mit den Schultern.

„Ihr habt das Bild zu Hause gar nicht gesehen?", frage ich.

„Du hast zu Hause gesagt", sagt Victor grinsend und knufft mich in die Seite. Ich verdrehe die Augen. Es ist nun fast zwei Wochen her, dass ich die Wahrheit erfahren habe und ich muss sagen, dass die Carters es mir leicht machen, mich neu einzuleben. Wer hätte das gedacht? Es macht mir nicht einmal etwas aus, bei diesem Ausflug mitzugehen, obwohl es sich wahrscheinlich komisch anfühlen sollte. Immerhin ist das ein Familienausflug und zur Feier des Tages haben wir sogar das Training ausfallen lassen. Ich muss einfach irgendwo ankommen, ich halte es nicht länger aus, mich rastlos zu fühlen. Um den Rest kümmere ich mich, wenn ich alles gelernt habe.

„Nein, niemand", unterbricht Mark meine Gedanken, „sie hat das Bild die ganze Zeit in ihrem Zimmer versteckt. Wahrscheinlich sollte es niemand sehen, bevor es fertig ist."

Ich nicke und wir betreten den großen Saal, in dem die Preisverleihung stattfindet. Ich stocke, denn in dem abschüssigen Saal sitzen tatsächlich unfassbar viele Menschen.

Victor stupst mich in die Schulter und zieht mich durch die Tür. Wir nehmen neben Mark, Keyla und Arek in einer der vorderen Reihen Platz und winken Liv zu, die mit neun anderen auf der Bühne steht. Die Schulleiterin, die einen auffälligen lila Lidschatten und das passende Kostüm dazu trägt, verkündet soeben die Bestenliste.

„Und der Sonderpreis", schallt ihre feste Stimme durch den Raum, „geht an Olivia Carter mit ihrem Werk *Eine Gedankenreise.*" Mark und Victor brechen in übertrieben lauten Beifall aus, während Keyla fleißig Fotos knipst. Ich blicke mich um. Der restliche Saal applaudiert ebenfalls. Ein Blick auf die errötende Liv verrät mir, wie sehr sie sich freut. Strahlend nimmt sie ihren Preis entgegen und winkt dann ihrer übermütig anfeuernden Familie zu. Victor steckt zwei Finger in den Mund und lässt ein paar Pfiffe los. Diese Familie kennt ja gar nichts. Ich lache und klatsche ebenfalls kräftig in die Hände, auch wenn ich mich jetzt tatsächlich ein wenig beobachtet fühle. Hätte ich Areks Rat befolgen sollen?

Von der Seite sehe ich mir die Carters an, wie sie albern jubeln und Livs Namen rufen. Kann eine solche Familie einem überhaupt etwas Böses? Es fällt mir immer schwerer ihnen zu misstrauen, je besser ich sie kennenlerne.

Lautes Stimmengewirr erklingt im Saal und große Menschentrauben drängen sich in Richtung der Gänge, in denen die Bilder ausgestellt sind. Wir machen uns auf die Suche nach Livs Werk. Ganze Korridore sind mit den Bildstrecken gefüllt und Menschenmassen stehen dicht davor, um Blicke zu erhaschen. Hier ist mir eindeutig zu viel los.

Ich löse mich von der Gruppe und begebe mich in einen weiter hinten gelegenen Gang. Es ist beeindruckend, wie unterschiedlich das Thema umgesetzt wurde. Es gibt Skulpturen, Collagen aus Zeitungsartikeln, Fotostrecken, Comics und alle möglichen weiteren Umsetzungsformen. Viele der Gestaltenden haben Gesichter gemalt.

Individualität. Wie würde ich dieses Thema umsetzen? Von meiner eigenen Individualität könnte ich nicht viel aufs Papier bringen. Am authentischsten wäre es, ein weißes Blatt abzugeben, denn eigentlich ist es ja genau das, was mich von den anderen unterscheidet. Mein Neuanfang.

Mein Blick fällt auf den Namen *Olivia Carter* und ich halte den Atem an. Ich verstehe nun, warum sie einen Sonderpreis gewonnen hat. Das Bild erstreckt sich bestimmt über drei Quadratmeter, aber es ist nicht die immense Größe, die das Gemälde besonders macht. Es ist die abstrakte Farbkomposition. Livs Werk hebt sich von allen anderen Projekten ab, denn es ist das erste, bei dem nicht auf den ersten Blick klar ist, was es darstellt.

Über die gesamte Malerei ziehen sich Blautöne in allen Schattierungen und Facetten. Farbstränge verknoten, entzweien und finden sich. Warme gelbe Formen treffen auf tiefe Grüntöne, die schlussendlich wieder ins Blau übergehen. Ist das eine Frau dort unten? Je länger ich das Bild betrachte, desto mehr kann ich darin erkennen. Wo auf den ersten Blick nur verrückte Formen zu sehen sind, lassen sich abstrakte Gesichter, Tiersilhouetten und Zeichen entdecken. Die Formen sprühen vor Energie. Hier sehe ich Angst, dort sehe ich Einsamkeit. Aber auch Neugierde ist in einigen Figuren zu erkennen und auf einmal habe ich das Gefühl, dass sie nicht ihre, sondern meine Gedanken auf ihrem Kunstwerk festgehalten hat.

„Ziemlich cool, hm?" Arek kommt näher und bleibt neben mir stehen.

„Folgst du mir etwa?" Ich drehe mich zu ihm, aber er bleibt still. Noch einmal lasse ich meinen Blick über die Farben streifen und ergänze: „Ich bin sicher, dass alle, die dieses Bild sehen, es unterschiedlich betiteln würden."

Arek sieht nachdenklich auf das Bild und schiebt seine Hände in die Hosentaschen.

„Ich denke, das ist genau das, worauf sie abzielen wollte. Alle haben versucht Individualität auf einem Bild darzustellen, aber das hier", er nickt Richtung Livs Gemälde, „es bewirkt, dass die Individualität in den Köpfen der Betrachtenden entsteht."

Ich blinzele und führe den Gedanken zu Ende.

„Weil alle etwas anderes in ihrem Bild erkennen, löst es bei jedem ein anderes Gefühl aus. Das ist Individualität."

„Eine erstklassige Idee, wenn du mich fragst." Arek hebt eine Augenbraue und lächelt. Ich nicke und mustere ihn. Er sieht verdammt gut aus heute, das muss man ihm lassen. Unter einer schwarzen Jeansjacke trägt er zugeknöpft sein blaues Cordhemd. Seine braunen Locken fallen ihm wie immer in die Stirn und darunter blitzen seine stahlblauen Augen, die mich jetzt wachsam beobachten. Neben seinem Mund erscheint ein Grübchen. Habe ich zu lange gestarrt?

Hinter uns räuspert sich jemand. Areks Blick fällt hinter mich und sein Ausdruck gefriert.

„Sie hat ein unfassbares Talent, ich hoffe, sie weiß das."

Ich kenne diese Stimme.

„Spätestens nach der Preisverleihung weiß sie das ganz sicher. Komm Nara, wir sehen uns weiter um", sagt Arek trocken. Ich drehe mich nach der Stimme um und sehe Caleb, der lässig auf uns zu schlendert. Süffisant grinst er mich mit leuchtend grünen Augen an.

Ich runzele die Stirn.

„Caleb, was machst du denn hier?", frage ich und nehme aus dem Augenwinkel wahr, wie Arek ihn mit verbissenem Blick mustert.

„Mein kleiner Bruder ist hier im Kunstkurs und hat an dem Projekt teilgenommen. Aber das Gleiche könnte ich dich fragen."

Ich zögere kurz. „Meine Schwester hat auch mitgemacht." Ich deute auf das Schild unter dem Bild.

„Deine Schwester hat das gemalt? Wow, ganz schön talentierte Familie seid ihr. Sie malt wohl schon ihr ganzes Leben lang." Mit einem lässigen Blick zieht er seinen imaginären Hut.

„Äh ja, schon immer", entgegne ich und blicke zu Arek, der Caleb mit zusammengebissenen Zähnen und aus schmalen Augen beobachtet.

Dieser geht einen Schritt auf mich zu. „Was hast du heute noch vor?"

Ich öffne gerade den Mund, aber Arek kommt mir zuvor.

„Wir gehen jetzt. Keyla wollte ein Familienfoto machen." Damit sieht er mich eindringlich an und wendet sich zum Gehen ab. Caleb wartet, bis Arek ein paar Meter entfernt ist und kommt noch näher an mich heran. Jetzt beugt er seinen Mund zu meinem Ohr herunter. Ich kann seinen feuchten Atem spüren.

„Dein schöner Bruder ist ganz schön besitzergreifend", raunt er in mein Ohr und legt seine Hand auf meinen oberen Rücken. Ich zucke zusammen, bringe ein gequältes Grinsen über die Lippen und zucke mit den Schultern.

„Kann sein. Ich muss dann", sage ich und nicke in Richtung Ausgang. Caleb legt den Kopf schief und mustert mich mit neugierigen Augen.

„Na gut", sagt er schließlich, „ich will dich nicht länger aufhalten." Er wendet sich ab und richtet seinen Blick wieder auf Livs Bild.

Ich nutze die Gelegenheit und düse ab. Nichts wie weg hier. Wieso ist er immer so merkwürdig, wenn wir zu zweit sind? Seine Nähe ist mir unangenehm. Und wieso war Arek plötzlich so kurz angebunden? Es wirkte, als sei eine Eiswand zwischen ihm und Caleb, der ihn praktisch ignoriert hat.

Ich hole auf und folge Arek durch das Menschengewusel zurück in die Aula.

„Woher kennst du ihn?", fragt Arek mich. Wir treten hinaus auf den Parkplatz.

„Er ist ein Freund aus der Schule, wieso?" Er muss doch irgendwann mal in der Schule meine Clique gesehen haben und warum ist er plötzlich so angespannt? Ich versuche in seinem Gesicht eine Regung auszumachen, doch er trägt sein Pokerface.

„Ein Freund also. Nur so", entgegnet er. Seine Schritte beschleunigen sich.

„Nur so?", frage ich und halte sein Tempo.

„Nur so", bestätigt Arek und grinst mir jetzt entgegen, doch ich kann sehen, dass da noch etwas anderes in seinem Blick ist.

„Alles klar", sage ich ausgedehnt und verdrehe die Augen, „ich dachte, keine Geheimnisse mehr."

Arek geht nicht darauf ein und wir kommen beim Auto an.

Ich kann nicht anders als Liv zu umarmen, die mit den anderen bereits wartet.

„Du hast sie alle umgehauen", sage ich und löse mich von ihr.

„Danke, Nara", sagt sie mit einem bescheidenen Lächeln, doch der Stolz in ihrer Stimme spricht Bände.

„So, können wir jetzt bitte zu Abend essen? Ich habe einen Bärenhunger!" Victor sitzt bereits im Auto und hat den Arm lässig aus dem offenen Fenster gelegt. Seine Finger trommeln ungeduldig auf den Lack. Lachend setzen wir uns in den Wagen und machen uns auf den Heimweg.

In der Nacht habe ich wieder einen Albtraum, doch er ist anders als sonst. Obwohl dieses Mal keine Formen auf mich zurasen, sondern ich in völlige Leere blicke, ist der Traum realer als alle zuvor. Mir ist, als würde jemand nach meinem Verstand tasten. Windend wehre ich mich dagegen, es fühlt sich an, wie wenn ich jederzeit aus meiner Haut fahren könnte. „Lass mich in Ruhe", schreie ich, ohne zu wissen, wen ich meine. Es ist, als würde jemand eine enge Wolldecke um mich schnüren und mein Geist wird immer benebelter. Da ist doch irgendwas. Plötzlich sehe ich in zwei riesige bernsteinfarbene Augen, die schnell von rechts nach links blicken.

„Nara." Die kratzige Stimme tritt direkt aus ihnen heraus.

Ich möchte erneut schreien, doch meine Stimme versagt.

Schweißgebadet erwache ich und setze mich im Bett auf. Stöhnend streiche ich mir die klebenden Strähnen aus dem Gesicht. Ich wusste, dass Arek mich paranoid macht mit seiner kontrollierenden Art. Jetzt träume ich schon davon, dass mich jemand findet. Frustriert lasse ich mich zurück in die Matratze sinken. *Denk an etwas Schönes, Nara.* Angestrengt krame ich in meinem Gedächtnis und halte mich schließlich an dem Traum mit der Frau und den Sternbildern fest. Es war der einzig schöne Traum bis jetzt.

15

„Ich glaube, heute kann sie es versuchen", sagt Victor zu Arek. Es ist mal wieder Mittag und wir sitzen zu dritt im Spiegelraum. Ich ziehe die Augenbrauen nach oben und blicke die beiden mit gerunzelter Stirn an.

„Was versuchen?"

Arek nickt. Dann erklärt er: „Heute wirst du eine Stimmung übertragen. Das ist einfacher, als Energien zu ertasten und selbst zu spüren, aber braucht am Anfang trotzdem viel Konzentration. Probiere es bei Victor, er ist so alt wie du, da fällt das meist leichter."

Ich verstehe nur Bahnhof. Ratlos blicke ich zu Victor und warte darauf, dass er mehr erklärt. Dieser setzt sich jetzt aufrecht hin.

„Okay, also erst mal stellst du dir eine Stimmung vor, die du auf mich übertragen willst. Böse, traurig, glücklich, irgendwas Einfaches am besten."

Ich gebe einen sarkastischen Lacher von mir bei den Worten *irgendwas Einfaches*.

Victor fügt hinzu: „Sag mir nicht welche, ich will überrascht werden."

„Woher wollt ihr wissen, dass es funktioniert?" Ich blicke zwischen den beiden hin und her. Unsere drei Silhouetten reflektieren sich in all den Spiegeln.

„Das sehen wir gleich. Aber ich denke, du bist so weit." Areks Stimme ist dunkel, aber sanft. Seinen Mund umspielt ein neugieriges Lächeln.

Ich atme tief durch. Welche Stimmung soll ich ausprobieren? Unwillkürlich blitzen meine Gedanken zu unserer Übung am Piano und mir wird warm.

Wahrscheinlich fällt mir Freude am leichtesten. Denn nach Traurigkeit ist mir im Moment so gar nicht zumute. Ich nicke den beiden zu.

„Hab was."

„Okay", sagt Arek, „jetzt geh in dich und stell dir die Stimmung vor. Welche Farbe hat sie? Stell dir vor, welches Gefühl sich in dir ausbreitet, wenn du in dieser Stimmung bist. Versuch, dich ganz damit zu füllen."

Hm. Freude ist am ehesten gelb, würde ich sagen. Gelb wie die Sonne. Ich schließe die Augen und stelle mir die Farbe vor. Ich konzentriere mich darauf, mich mental damit zu füllen. Freude in meinen Armen, Beinen und Zehen. Die gelben Sonnenstrahlen breiten sich aus. Ob ich das so richtig mache? Meine Gesichtszüge halte ich so ruhig wie möglich, damit Victor nichts in meiner Mimik erkennt.

„Wenn du so weit bist, versuch das Gefühl auf mich zu übertragen. Das geht am besten, wenn du mich berührst, zum Beispiel deine Hand auf meine Schulter legst. Dann siehst du mir in die Augen."

Ich tue wie mir geheißen und lege meine Hand auf Victors Schulter. Dann öffne ich die Augen und blicke ihm geradewegs in die dunklen Pupillen. Ich stelle mir vor, wie die Freude auf ihn überspringt, doch es fühlt sich merkwürdig an. Was mache ich hier überhaupt?

„Und, spürst du irgendetwas?" Ich suche in seinen Augen nach Freude.

Victor schüttelt den Kopf. Enttäuschung macht sich in mir breit.

„Versuch's nochmal", sagt er, „streng dich gar nicht so arg an, bleib einfach bei der Stimmung. Fühl ihre Energie, du hast sie in dir."

Ich habe sie in mir. Okay, Nara. Ich schaffe das. Für was habe ich sonst die letzten Wochen trainiert? Ich atme tief ein und schließe erneut die Augen. Was macht mich freudig? Es muss doch irgendwo in mir drin sein. Ich denke an Zoey, die mich auf ihrer Party anstrahlt. An Liv, die ihren Preis entgegennimmt. An mich, wie ich am Piano sitze. An Arek, der sich neben mich setzt. Ein kleiner Funke entzündet sich in meiner Brust. Da ist sie wieder, die wohlige Wärme. Ich stelle mir vor, wie sie sich in mir bündelt und eine einzige freudige Woge bildet. In mir drin wird es wärmer und die Wärme breitet sich in meine Gliedmaßen aus. Sie fühlt sich vertraut und angenehm an. Neugierig greife ich nach ihr. Es ist, als würde meine Seele aufatmen, während ich mich ganz von der Empfindung leiten lasse, mich ihr öffne. Ich versetze mich tief in ihre Energie, bis ich vollständig in ihr eingehüllt bin. Ich bin eins mit ihr. Immer weiter atme ich durch die Nase in den Bauch und langsam durch den Mund wieder aus. Die Energie fließt in alle Winkel meines Körpers. Ich will sie mir vorstellen wie eine Sonne, deren Strahlen aus mir heraustreten und alles um mich herum einhüllen. Es passiert von ganz allein. Ein berauschendes Gefühl des Glücks erfüllt mich und ich muss mich anstrengen, nicht zu lächeln.

Ist es das, was ich fühlen soll? Ich lege meine Hand auf Victors Schulter. Freundschaftliche Anerkennung tritt in mich ein und ich fühle ein leichtes Kribbeln in meiner Handinnenfläche. Ich nehme bewusst unsere Berührung wahr und stelle mir seinen Körper als Erweiterung meines Selbst vor. Alle Zweifel sind verloren, sie kommen mir plötzlich sinnlos vor. Ich atme aus und öffne langsam die Augen. Dieses Mal fokussiere ich einzig die Welle der Freude, die aus mir herausschwappt, und blicke Victor dabei direkt in die Augen. Mein Blick ist fest, doch in mir drin strahlt es vor freudiger Wärme und ich kann sehen, wie sich das Glück in Victors Pupillen widerspiegelt.

Für einen kurzen Moment passiert nichts. Dann auf einmal kichert er und innerhalb weniger Sekunden erfüllt sein vergnügtes Lachen den Raum.

„High Five", ruft er und streckt mir seine Hand hin. Erleichtert atme ich auf und alle Konzentration fällt von mir ab. Das intensive Gefühl ist weg und mein Puls rast.

„Hat es funktioniert?", frage ich und klatsche mit Victor ab.

„Sieht so aus", sagt Arek und nickt mir anerkennend zu.

„Herzlichen Glückwunsch, du bist auf dem richtigen Weg Menschen zu manipulieren", sagt Victor triumphierend, „jetzt müssen wir uns ja richtig vor dir in Acht nehmen."

Ich boxe ihm an die Schulter. Menschen manipulieren? Das hört sich falsch an. Aber die Übung hat verdammt viel Spaß gemacht.

„Ich glaube, solange ich da drüben versage", erwidere ich und deute auf den anderen Raumteil, in dem die Matten liegen, „muss sich hier niemand vor mir in Acht nehmen."

„Das kriegen wir auch noch hin", sagt Arek und lehnt sich zufrieden grinsend in seinem Stuhl zurück. Ist das etwa Stolz in seinen Augen?

Wahrscheinlich war es deutlich einfacher als unter normalen Umständen. Victor hat sich darauf eingestellt, die Stimmung zu empfangen, sich quasi empfänglich gemacht. Das ist in der echten Welt nicht so. Trotzdem kann ich es nicht verhindern, dass sich Euphorie in mir ausbreitet. Es hat funktioniert. Und das bedeutet, dass ich die Fähigkeiten tatsächlich in mir trage. Wenn ich bisher der Sache noch keinen Glauben geschenkt habe, dann tu ich es spätestens jetzt.

In den nächsten Tagen kann ich es kaum erwarten, bis der Schulgong erklingt und ich zu Hause den Spiegelraum betrete. Es berauscht mich, an den Fähigkeiten zu trainieren und zu wissen, dass dies erst der Vorgeschmack ist. Es lässt mich alles andere vergessen.

Immer wissbegieriger sauge ich Arek die Übungen aus den Fingern und immer öfter schaffe ich es, eine Stimmung auf Victor zu übertragen. Zwar jeweils nur mit Körperkontakt und intensiver innerer Vorbereitung, aber es klappt.

„Wieso darf ich es eigentlich nie bei dir versuchen?", frage ich Arek eines Mittags, als wir gemeinsam die Matten im Trainingsraum aufräumen.

„Hm?", fragt Arek und rückt einen Stuhl zurecht.

Ich bleibe stehen und stütze mich auf die Matte, die ich gerade in den Händen halte. „Wieso darf ich nie versuchen, deinen Geist zu spüren?"

Jetzt bleibt Arek stehen und rauft sich die Haare. „Glaub mir, das willst du nicht."

Woher will er wissen, was ich will? „Ach ja?", frage ich, „hast du was zu verheimlichen?" Ich lache, höre jedoch abrupt auf, als Arek nicht mit lacht. „Im Ernst, Arek. Ich dachte, wir haben keine Geheimnisse."

Dieser seufzt. „Es ist kompliziert, okay? Wenn wir mal ein wenig mehr Zeit haben, klär ich dich auf."

„Ich habe Zeit", sage ich, lege die Matte zu Boden und verschränke die Arme vor der Brust.

„Ich aber nicht." Und weg ist er.

Ich kicke eine Matte zur Seite. Dieser Kerl frustet mich und ich werde mir das nicht für immer gefallen lassen. Wenn ich stark genug bin, hat er eh keine andere Wahl, als sich mir zu offenbaren. Ich werde herausfinden, was er verheimlicht.

Ab und zu, wenn Victor zur Abwechslung mal eine Stimmung auf mich überträgt, versuche ich eine Barriere aufzubauen. Doch es ist zwecklos, ich bin noch nicht stark genug, um meine Energien abzuschirmen. Ich kann nichts tun, als mich bedingungslos den Empfindungen hinzugeben. Es ist heftig, wie sehr es mich aus meiner Mitte reißt. Wahrscheinlich würde ich es nicht einmal merken, wenn ich nicht darauf gefasst wäre. Wie oft ich wohl schon auf diese Weise beeinflusst wurde, ohne es zu merken?

Von Training zu Training wird mir klarer, wie angreifbar ich bin. Neben dem Wunsch, irgendwann von den Carters unabhängig zu sein, ist da noch etwas anderes, das mich antreibt. Eine ganz leise Stimme in mir. Sie will Karan sehen. Wenn er tatsächlich so schrecklich ist, will ich mich selbst davon überzeugen. Wer weiß, vielleicht sieht aus seiner Perspektive alles ganz anders aus? Ein kleiner Teil in mir hat ihn nicht aufgegeben. Er ist immerhin Familie, echte Familie. Ich muss trainieren. Irgendwann werde ich das mit der Barriere schaffen, das nehme ich mir fest vor. Und dann werde ich stark genug sein, meinem Vater gegenüberzutreten.

Es läutet zum Schulschluss. Gott sei Dank. Seit einigen Wochen nehme ich wieder am Sportunterricht teil und der Mittwochnachmittag hat sich schnell zu einem der anstrengendsten Tage entwickelt, denn das Training der Carters nimmt keine Rücksicht auf meinen Stundenplan und so kommt es, dass ich mittwochs mit Muskelkater am Unterricht teilnehme.

„Nehmt eure Trinkflaschen mit", ruft Mr. Frenickle durch die Sporthalle und hängt sich die Stoppuhr um den Hals.

Heute haben wir Zirkeltraining gemacht und im Moment könnte man mich problemlos mit einer Tomate verwechseln.

„Der killt mich jedes Mal", sagt Zoey atemlos und bückt sich nach ihrer Wasserflasche.

„Oh ja", seufze ich. In Gedanken bin ich schon bei dem Training heute Nachmittag. Zum Glück steht heute keine körperliche Betätigung an.

„Hey, kommst du heute mit zu mir? Meine Eltern machen Schokoladenfondue und den Spaß will ich dir nicht vorenthalten." Zoey öffnet ihren Dutt und wuschelt sich durch die Locken.

„Kann nicht, sorry", sage ich und zucke mit den Schultern. „Ich bin mit Arek und Victor verabredet."

„Ach ja", sagt Zoey langgezogen, „dein mysteriöses Training mit dem noch mysteriöseren Hottie."

„Pst", zische ich. Schnell sehe ich mich um.

„Es ist niemand in der Nähe, Nara", sagt Zoey und legt mir eine Hand auf die Schulter. „Du weißt, dass ich so was nie vor anderen sagen würde."

Ich lasse die Schultern sacken. „Ich weiß, Zoey. Es ist nur so, zurzeit fühle ich mich irgendwie so beobachtet. Keine Ahnung, ob ich mir das nur einrede, aber es fühlt sich echt merkwürdig an."

Zoey bleibt stehen und nimmt mich an die Hand. „Ich bin da für dich, okay? Wenn dir irgendjemand blöd kommt, möbel ich ihn zusammen."

Ich grinse. „Und niemand will es mit der Zoey mit den schnellen Fäusten aufnehmen."

„Ganz richtig", sagt sie zufrieden nickend.

Eingehakt machen wir uns auf den Weg zur Umkleidekabine.

„Geh schon mal vor, ich muss noch zur Toilette", rufe ich Zoey zu, die als Vorletzte die Kabine verlässt.

„Alles klar, bis gleich." Die Tür fällt ins Schloss und ich bin allein.

Als ich mich auf der Bank sitzend hinunterbücke, um meine Schnürsenkel zu binden, fahre ich zusammen. Es ist, wie wenn ich mit einem Ruck aus der Realität gerissen werde, und mit einem Mal ist es weiß um mich herum. Mein Herz rast. Habe ich mich im Zirkeltraining übernommen? Plötzlich sind da wieder dieses Engegefühl und die dumpfe Ahnung, dass mich jemand beobachtet. Ich will mich aus der Leere lösen, doch es gelingt mir nicht. Als würden Finger nach meinem Verstand tasten, muss ich mit aller Mühe meine Gedanken zusammenhalten. Und auf einmal sind da wieder diese bernsteinfarbenen Augen. Umherblickend werden sie immer größer und auf einen Schlag sind sie direkt auf mich gerichtet.

„Nara." Die rasselnde Stimme lässt mein Blut gefrieren.

Bevor ich etwas erwidern kann, spüre ich zwei Hände an meinem Rücken.

Nach Luft japsend springe ich auf und stolpere über meinen offenen Schnürsenkel. Schnell blicke ich mich um. Niemand ist hier, ich bin allein in der Kabine. Säure bahnt sich meine Speiseröhre hinauf und ich schlucke. Langsam öffne ich meine Fäuste, die ich unbewusst verkrampft habe und lasse mich zurück auf die Bank fallen. Eiseskälte überzieht meinen gesamten Körper und ich schüttele mich. Das muss aufhören. Die Träume sind das eine, aber mitten unterm Tag? Was stimmt nicht mit mir? Schnell raffe ich meine Sachen zusammen und schwinge mir den Turnbeutel auf den Rücken. Ohne zur Toilette zu gehen, folge ich Zoey nach draußen.

„Wieso sind wir heute hier?" Ich blicke zwischen Arek und Victor hin und her und deute in den mit Matten belegten Raum. Von dem Ereignis in der Umkleidekabine vorhin bin ich noch immer völlig durch den Wind. „Ist heute nicht mentales Training?"

„Ganz richtig", sagt Arek nickend, „wir brauchen die Spiegel nicht mehr. Du hast mittlerweile ein starkes Gefühl für dich selbst. Heute kommt die nächste Stufe."

Mein Herz hüpft und ich setze mich im Schneidersitz auf die Matte. Arek und Victor lassen sich ebenfalls nieder.

„Sag mir, was ich fühle." Victor grinst und breitet die Arme aus. Ich hebe eine Augenbraue. „Nein, im Ernst. Du versuchst heute, meine Stimmung zu erfühlen. Das mit dem Energiebündeln ist die gleiche Sache. Nur dieses Mal bündelst du auch meine." Erwartungsvoll blickt er mich an. Ich sage nichts.

„Zu Beginn funktioniert es am besten, wenn du dabei einatmest", fügt Arek hinzu. „Leg deine Hand wieder auf seine Schulter und stell dir dann vor, wie in ihm all die Energie zusammenkommt. Visualisiere, wie die Energie in seine Schulter wandert und in deine Hand hineinfährt. Das Übertragen und das Erfühlen funktionieren über denselben Mechanismus. Nur eben aus entgegengesetzter Richtung."

Ich runzele die Stirn. Das klingt bestimmt leichter, als es ist. Nichtsdestotrotz richte ich mich auf und versuche mich zu sammeln. Das klappt mittlerweile sogar mit offenen Augen. Ich sehe aus dem Fenster und lasse für einen Moment die Energie durch meinen Körper fließen. Draußen peitscht der Wind an die Scheibe. Es ist später Herbst und die Blätter haben sich mittlerweile alle verfärbt oder von den Bäumen gelöst. Für ein paar Sekunden beobachte ich das wilde Treiben. Das da draußen war ich vor ein paar Wochen. Ein herumwirbelnder Haufen, hin und her geschleudert.

Ich richte den Blick nach innen, mein Sichtfeld verschwimmt. Tief atme ich ein und langsam wieder aus, während ich die Augen schließe. Die Energie in mir kommt zum Stehen und ein Lächeln legt sich auf meine Lippen. Willkommen zu Hause, sagt mein Körper. Ich seufze. Es tut gut, so völlig in mir zu sein. Dann lasse ich das Energiebündel in mir wandern. Es breitet sich in alle Richtungen aus, bis ich völlig erfüllt davon bin. Ein sanftes Kribbeln zieht sich über meinen gesamten Körper.

Dann lege ich meine Hand auf Victors Schultern. Ich sehe ihn nicht. Aber ich fühle ihn. Ich fühle, was er ist. Nur schemenhaft, aber da ist etwas. Ein bisschen Wärme. Erneut konzentriere ich mich auf die Spannung in meinem Körper und stelle mir vor, wie sich meine Berührung für ihn anfühlt. Ich visualisiere seine Energien und stelle mir vor, wie sie zusammenwachsen und in meine Hand fließen. Ich atme ein. Und dann, ganz plötzlich, kitzelt da etwas in mir. Eine neue Empfindung, sie gehört nicht zu mir. Sie fühlt sich fremd an, doch ich erkenne sie. Hallo, täglicher Begleiter. Ich kenne dich. Ich versenke mich in der Empfindung. Atem stößt aus meinem Mund und ich reiße die Augen auf. Schwer atmend und voller Ehrfurcht starre ich in die Luft. Ein berauschendes Gefühl erfüllt mich.

Fühlt er sich so an? Der Moment, in dem man die eigene Bestimmung spürt? Mit geweiteten Augen blicke ich Victor an und auch er hat die Augenbrauen hochgezogen.

„Und?", fragt Arek, lehnt sich nach vorne und stützt den Kopf auf die Hände. Ich mustere Victor. Er sitzt völlig gelassen da.

„Wieso bist du nervös?", frage ich.

Victors Kinnlade klappt nach unten. Er starrt mich an und sagt nichts. Sein Brustkorb hebt und senkt sich schnell, der gelassene Ausdruck ist verschwunden. Dann öffnet er langsam seine Lippen, fast widerwillig. Er schüttelt sich und ein verblüfftes Grinsen huscht über seine Lippen. „Fuck, bist du stark!", ruft er und lacht.

Arek atmet hörbar aus und setzt sich auf. Fassungslos blickt er zwischen Victor und mir hin und her. Die Haare raufend wendet er sich mir zu und fixiert mein Gesicht. In seinen eisblauen Augen lodert etwas. Er blinzelt und sagt langsam: „Ich glaube, wir haben hier etwas Einmaliges erlebt."

„Ja", fügt Victor eifrig hinzu, „nie hat es jemand geschafft, beim ersten Erfühlen die Stimmung zu benennen. Niemand aus unserer Familie, niemand den wir kennen. Du hast gerade zehn Einheiten übersprungen. Normalerweise beginnt es mit der Wahrnehmung überhaupt irgendeiner Energie. Aber du", er legt seinen Kopf schief, „du hast mich verdammt nochmal gelesen." Ein verblüfftes Lachen entfährt seiner Kehle. Er führt seine

Hände an den Kopf und imitiert mit einem brodelnden Geräusch eine Explosion.

Entschlossen nickend stimmt Arek ihm zu. Ich weiß nicht, was ich sagen soll. Erregung bringt meine Hände zum Zittern und ich schlinge die Arme um meine Beine. Ist das wahr? Ein Kichern entfährt mir, während mein Herz Saltos schlägt. Es stimmt, es hat sich natürlich angefühlt. Als hätte ich es schon immer getan. Übermütig klatsche ich in die Hände. Vielleicht bin ich stärker als gedacht.

„Jetzt sag mal, Victor", sage ich feixend, „warum bist du –"

Wrums.

Meine Frage wird von einem lauten Donnern unterbrochen. Ich fahre zusammen. Die aufgerissene Tür knallt gegen die Wand und schlägt zurück zu Liv, die sie gerade noch abfängt.

„Um Himmels willen, Liv. Du hast mich zu Tode erschreckt", sagt Victor und fasst sich ans Herz. Ich muss ihr von meinem Triumph erzählen! Ich mustere Livs Gesicht und alles in mir gefriert. Sie ist nicht hier, um mich zu beglückwünschen. In ihren aufgerissenen Augen spiegelt sich Entsetzen und ihre Lippen beben.

„Kommt schnell." Ihre drängende Stimme bricht in der letzten Silbe ab. Arek und Victor sehen sich an und springen wie auf Kommando auf. Liv fixiert mich mit einem glasigen Blick. Sind das Tränen? Was ist mit ihr?

„Sie haben dich gefunden."

16

Wie vom Donner gerührt stehe ich da. Ihre Worte sickern nur schleppend zu mir durch. Arek und Victor rennen zur Tür, aber meine Beine ignorieren jeglichen Befehl. Liv steht wie angewurzelt da und sieht mich an. Fast unmerklich schüttelt sie den Kopf, ihr Blick ist trostlos.

„Es tut mir leid." Dann dreht sie sich um und bedeutet mir mitzukommen. In meinem Kopf breitet sich Nebel aus und wie von einer Maschine angetrieben setze ich einen Fuß vor den anderen. Ich wage es nicht zu fragen, wen sie meint. In meinem Ohr erklingt ein schriller Ton, doch ein Blick auf Liv sagt mir, dass nur ich ihn höre. Ich reibe meinen Kopf und folge ihr über den Flur.

Ich betrete die Küche und sehe Mark, der sich mit einem gequälten Blick den Nacken reibt. Arek und Victor starren ihn besorgt an.

„Was ist los? Wo ist Keyla?", frage ich und schaue mich hektisch um.

Mark blickt mich an. „Sie packt Sachen." Auf Victors verwirrten Blick hin erläutert er: „Sie haben sie in der Stadt gesehen. Wir wissen es von den Zwillingen."

„Wer hat wen gesehen?" Ich versuche die Vorahnung zu verdrängen.

Arek flucht. „Dich, Nara. Einer von den Athemar hat dich gesehen."

Mark nickt zustimmend und sagt in ruhigem Ton: „Laura und Jake haben Verbindungen zu ihnen. Sie haben gerade angerufen. Karan weiß mit ziemlicher Sicherheit, dass du lebst." Er seufzt und fährt dann fort: „Und zwar bei uns. Du musst sofort von hier weg."

In meinem Kopf rattert es. Keyla packt also meine Sachen. Ein Engegefühl kriecht meine Kehle hinauf und die Situation in der Umkleidekabine fällt mir wieder ein.

„Und wohin soll ich bitte gehen?", frage ich und schlucke die Übelkeit hinunter.

Mark steht auf und fährt sich mit der Hand durch die Haare.

„In einem anderen Teil des Landes, viele Kilometer von hier, liegt das Craft-Anwesen. Es sind entfernte Verwandte von uns, die da eine Art Trainingslager für Nevox betreiben. Du wirst dort hingehen." Ich reiße die Augen auf und will etwas einwenden, aber Mark spricht weiter. „Wir waren nie dort. Es ist eine lange Fahrt und wir haben unseren eigenen Lebensstil immer bevorzugt. Doch es ist einer der sichersten Orte für Nevox. Das ganze Areal ist tief im Wald versteckt und weitläufig abgezäunt. Die Athemar kennen diesen Ort nicht."

Tausende Fragen hämmern in meinem Kopf. Fassungslos blicke ich Mark an.

„Und wie soll ich allein dort hinkommen?" Ich verstehe nicht ganz, was hier vor sich geht. Schicken sie mich weg?

„Du wirst mit mir fahren", sagt Arek entschlossen und steht auf. Mark nickt.

„Gute Idee. Wenn wir alle gehen, fällt es zu sehr auf. Aber du kannst euch verteidigen, wenn etwas passiert."

„*Falls* etwas passiert", knurrt Arek.

„Falls etwas passiert", bestätigt Mark und wendet sich mir zu, „im Craft-Anwesen wirst du sicher sein." Seine Stimme klingt ruhig, doch in mir drin breitet sich Angst aus. Ich versuche meinen panischen Puls zu beruhigen. Vergebens. Wie kann Mark so gelassen sein?

Keyla, die einen großen Wanderrucksack schultert, betritt die Küche. Sie lässt ihn schnaufend zu Boden sinken. Ächzend fällt das Ungetüm in die Waagrechte.

„Das ist deiner, Nara", sagt sie, „Areks ist bereits im Auto. Ich habe euch alles zur Versorgung eingepackt. Mehr Kleidung bekommst du dort."

Mir wird schwindelig.

„Wieso kann ich nicht hierbleiben und mit ihnen sprechen? Oder mich woanders verstecken, bei Zoey zum Beispiel."

„Mit ihnen sprechen", sagt Mark und lacht trocken „das kannst du vergessen. Und wieso zu Zoey, wenn sie dich dort in zwei Wochen wieder finden? Du bist noch nicht so weit, Nara, so leid es mir tut. Wenn du bei den Crafts eine Weile trainiert hast, sieht die Sache anders aus."

Als hätte jemand ein Signal gegeben, greift Keyla nach dem Rucksack und bringt ihn nach draußen. Schockiert sehe ich zu, wie Liv und Victor mit ernster Miene losgehen, um ihr zu helfen. Arek rennt in Richtung seines Zimmers. Alle scheinen zu wissen, was zu tun ist. Ich stehe nur da und konzentriere mich darauf, ein- und auszuatmen.

Ein. Und aus. Hört das denn nie auf? Wie in Trance stehe ich auf und eile die Treppe hoch zu meinem Zimmer. Gedankenverloren reiße ich die Schubladen auf und wühle zwischen den Unterrichtsmaterialien. Wo hab ich es nur hingetan? Da! Aus der Innentasche meines Schulrucksacks ziehe ich das gelbe Tagebuch heraus. Es ist die einzige Sache, die mich mit meinem Vergangenheits-Ich verbindet und ich muss unbedingt herausfinden, was sich hinter der Notiz meiner Mutter verbirgt.

Es geht alles ganz schnell. Arek und ich kontrollieren das Gepäck im Kofferraum des Geländewagens, verabschieden uns von Mark, Keyla, Liv und Victor und fahren los. Mein Herz rast und ich versuche mit aller Anstrengung, jedoch vergeblich, meine Atmung zu verlangsamen. Schweigend sitze ich auf dem Beifahrersitz und verstehe, was gerade geschehen ist. Jetzt bloß nicht heulen, Nara. Auf einmal fährt Arek an den Seitenstreifen, zieht die Bremse an und dreht sich zu mir. Sein Ausdruck ist hart und er wirkt, als laufe in ihm ein Programm ab. Der rationale Arek, er hatte die ganze Zeit recht. Ob ihn überhaupt irgendwas aus der Fassung bringen kann?

Er schließt die Augen und atmet tief durch. Jetzt sieht er mich erneut an und sein Blick ist intensiver denn je. Für eine Sekunde sehe ich hunderte Emotionen darin aufblitzen. Angst. Mut. Trauer. Verständnis. Er seufzt. Sein Ausdruck ist jetzt weicher. Trotz seiner schweren Augenlider liegt ein sanftes, fast unmerkliches Lächeln auf seinen Lippen. Für einen kurzen Moment wandert er mit seinem Blick über mein Gesicht. Ich versuche mit aller Kraft, die Tränen zurückzuhalten.

„Nara", setzt er an. Seine Stimme ist rau, aber liebevoll. „Ich weiß, dass du Angst hast und das ist auch okay. Aber wir sind vorbereitet." Aufmerksam beobachtet er mich. „Es war klar, dass das früher oder später passiert. Wir kriegen das hin, hörst du?"

Er spannt die Kiefermuskulatur an, als würde er mit sich ringen. Er legt seine Hand auf meine Schulter, wo sofort eine warme Schwere entsteht. Ich atme tief ein. Seit wann berührt Arek mich? Ein paar Tränen rinnen über meine Wangen. Ich senke den Kopf. Areks Hand wandert zu meinem Nacken und bringt mich dazu, ihn anzuschauen. In seinen Augen steht ein Fragezeichen.

Ich schlucke. Habe ich mir nicht insgeheim gewünscht, dass mein Vater mich findet? Gehofft, dass ich ihm etwas wert bin? Ich presse die Lippen aufeinander und nicke.

Areks Lächeln wird sanfter. Er löst sich von mir und greift in das Handschuhfach. Ich nehme die Packung Taschentücher, die er mir reicht, dankbar entgegen. Arek wartet, bis ich mir die Tränen weggewischt und mich beruhigt habe, dann löst er die Handbremse.

Wir blicken schweigend geradeaus. Einzig das Brummen des Motors ist zu hören, während unzählige Häuser und schließlich nur noch Felder an uns vorbeiziehen.

„Wie lange werden wir unterwegs sein?" Ich bereue es bereits, die Frage gestellt zu haben.

„Wir fahren zwölf Stunden. Heute die eine Hälfte, morgen die andere", antwortet Arek und ich schlucke. „Wir haben alles dabei, was wir brauchen. Ich glaube, Keyla hat uns den halben Hausrat eingepackt", fährt er lässig fort und zeigt über seine Schulter in Richtung Kofferraum.

Wie kann er so ruhig sein? Ich drehe mich um und scanne die völlig leere Straße hinter uns.

In den nächsten Stunden sagen wir nichts. An irgendeinem Punkt legt Arek eine CD von *Midnight Oil* ein und wir lauschen der rockigen Musik, während es draußen immer dunkler wird.

Es ist schon nach acht Uhr, als Arek in einen kleinen Feldweg einbiegt und der Wagen mitten auf einem Hügel zum Stehen kommt.

„Lass uns über Nacht hierbleiben", sagt Arek.

Ich blicke aus meinem Fenster. In der Dunkelheit lässt sich nichts erkennen, doch ich nicke. Einen besseren Platz werden wir wohl nicht finden.

Um unser Bett zu richten, steigen wir aus und klappen die hintere Sitzbank nach unten. An draußen schlafen ist nicht zu denken. Der November hat es in sich und es zieht ein eisiger Wind über den Hügel. Ich verstaue die Rucksäcke auf den vorderen Sitzen und Arek breitet zwei Isomatten und zwei Schlafsäcke im Kofferraum aus. Die Hände in die Seiten gestemmt betrachtet er sein Werk. Ich stelle mich neben ihn und sehe ebenfalls auf unser Quartier.

„Unter anderen Umständen könnte man das als gemütlich bezeichnen", sage ich mit einem gezwungenen Lächeln und zucke mit den Schultern. Arek sieht mich an und schnaubt ein Lachen.

„Nicht übel für eine Nacht", stimmt er mir zu. Er geht nach vorne und packt unseren Proviant aus.

Wir setzen uns in den offenen Kofferraum und lassen die Beine über den Rand baumeln. Gedankenversunken verspeisen wir unsere Brote. Es sind keine Sterne am wolkenbedeckten Himmel, doch die Lichter der weit entfernten Dörfer leuchten umso heller. Arek knipst ein kleines Licht an der Decke an. Erst jetzt fallen mir seine müden Augen auf. Seine Schultern hängen träge nach vorne.

„Hey Arek."

Er sieht mich mit gehobener Augenbraue an.

„Danke, dass du das machst. Ich weiß es wirklich zu schätzen, dass du mich fährst. Du hast bestimmt Besseres zu tun." In all der Aufregung habe ich völlig vergessen, was das für ihn bedeuten muss, quer durchs Land zu fahren.

Ein Baum, der ein Stück weiter entfernt steht, wiegt sich in dem eisigen Wind. Hoffentlich wird die Nacht nicht allzu kalt. Arek räuspert sich.

„Du hast keine Ahnung, wie wichtig mir das ist", murmelt er, greift hinter uns und legt einen Schlafsack über unsere Beine.

Wieso werde ich das Gefühl nicht los, dass er mehr über mich weiß, als ich denke?

„Woher weißt du, dass mir kalt ist?", frage ich mit gehobener Augenbraue. Kann es sein, dass er die Fähigkeiten bei mir anwendet?

Arek sieht mich erst ungläubig an und lacht dann. Ich verschränke meine Arme vor der Brust.

„Du glaubst doch nicht im Ernst, dass ich nicht merke, dass dir kalt ist, wenn du mit Gänsehaut und angezogenen Knien dasitzt." Belustigung glitzert in seinen müden Augen. „Weißt du, das ist der Vorteil an den ganzen Übungen. Ich habe viel über Körpersprache gelernt. Irgendwann weiß man, auch ohne die Fähigkeiten einzusetzen, wie es einer Person geht. Du kannst also beruhigt sein. Wenn ich in deine Gefühlswelt eindringen sollte, würdest du das merken. Du hast schließlich eine Bluttransfusion von mir bekommen. Das ändert einiges."

„Ach ja? Zum Beispiel?"

„Zum Beispiel, dass es dir viel leichter fallen wird, eine energetische Verbindung zu mir als zu anderen Nevox aufzubauen. Die Energieübertragung und Energieaufnahme haben viel mit dem Blut zu tun, es macht dich schließlich zu dem, was du bist. Wenn wir irgendwann wieder in der Bibliothek sind, kann ich dir das in einem Buch zeigen." Dann fügt er leise hinzu: „Außerdem wirst du meine Gefühle viel stärker wahrnehmen und es deutlicher spüren, wenn ich versuche dich zu beeinflussen."

Ich schweige. Heißt das, er kann mich noch stärker kontrollieren als andere? Ich schaudere bei diesem Gedanken. Andererseits – in meinem Kopf setzt sich ein Puzzleteil in das andere – bedeutet es auch, dass wir eine Verbindung haben. Vorsichtig sehe ich ihn von der Seite an. Hat er etwa Angst? Wenn es stimmt, was er sagt, könnten wir uns gegenseitig lesen. Wieso will er das auf keinen Fall zulassen?

„Deswegen auch das mit der Augenfarbe", sage ich leise. Marks Erklärung habe ich nicht verstanden, doch langsam dämmert mir, welche Bedeutung Areks Bluttransfusion für mich hat. Arek nickt.

„Deine Augen waren vor dem Unfall braun. Das hast du selbst auf dem Bild gesehen. Jetzt sind sie eher blau, weil ich blaue Augen habe."

Was er nicht sagt. Seine Augen sind der Inbegriff von Blau.

„Die Personen, die Karan mit seinem Blut versorgt und sich so unterwirft", fährt Arek fort, „haben bernstein-farbene Augen so wie er. Da du eine Halb-Athemar bist oder warst, hast du nicht vollständig meine Augenfarbe angenommen."

Bernsteinfarbene Augen. Es waren also keine Halluzinationen, die ich hatte. Aber was dann? Waren es Erinnerungen?

„Auf dem Bild hatte ich blonde Haare", bemerke ich. „Habe ich etwa auch deine Haarfarbe angenommen?"

Arek schmunzelt, fährt sich durch die dunklen Wellen und erklärt: „Mit der Haarfarbe hat das alles nichts zu tun. In der Zeit, in der das Foto aufgenommen wurde, waren deine Haare einfach blondiert. Deine Naturhaarfarbe ist aber braun. Steht dir auch besser." Den letzten Satz sagt er ein wenig leiser.

Hitze schießt in meinen Kopf und ich streiche eine Strähne hinter mein Ohr.

„Deine Familie und du weiß ziemlich viel über mich", stelle ich fest. Ich weiß nach wie vor nicht, ob ich davon begeistert sein soll.

„Man soll ja bekanntlich seinen Feinden näher als den eigenen Freunden sein", sagt Arek ernst. „Als Nevok, der nicht im Schutz des Craft-Anwesens lebt, sollte man genau wissen, wer sich in der Umgebung befindet und zu den Athemar gehört. Als Tochter von Karan, bist du ein VIP, man kennt dich. Aber das ist nicht schlecht, nur so konnte Victor dich bei deinem Unfall auf der Straße erkennen."

Ich nicke. Mir leuchtet ein, was er sagt. Trotzdem ist es eine ungewohnte Vorstellung, so bekannt unter den Clans zu sein. Deswegen ging es also so schnell, dass die Athemar mich entdeckt haben.

„Ich stelle mir ein Leben mit einem ganzen Clan voll Feinden ziemlich beängstigend vor", sage ich. Plötzlich trifft mich die Erkenntnis, dass das jetzt auch mein Leben ist.

Arek seufzt leise. Er blickt geradeaus und ich habe das Gefühl, dass er für einen Bruchteil einer Sekunde in einer anderen Welt ist.

„Seit ich klein bin, werde ich auf eine Konfrontation vorbereitet. Ich weiß, was im Falle eines Falles zu tun ist und kann mich gut verteidigen." Er blickt auf seine großen Hände, die gefaltet in seinem Schoß liegen. Wie sich diese Hände wohl auf meiner Haut anfühlen? Ich schüttele den Gedanken ab. Er sieht mich an.

„Du hast recht, die Sorge bleibt immer", fährt er fort und bringt mich zurück in die Realität, „mit der Zeit lernt man aber vorsichtig zu sein und das Verhalten anderer zu beobachten. Ich suche mir die Menschen, mit denen ich Zeit verbringe, sehr genau aus."

Ich begegne seinem wachen Blick und für ein paar Sekunden verharren wir in der Beobachtung des anderen. Zu Hause hat sich alles noch wie ein Spiel angefühlt, aber jetzt ist die Sache verdammt real und ich bin ein zentraler Teil davon.

Am nächsten Morgen wache ich von einem eisigen Windstoß auf. Ich öffne die Augen und blinzele. Der Kofferraum steht offen und die frühe Morgensonne scheint mir direkt ins Gesicht. Ich setze mich auf und reibe meine Augen. Mein Schlafsack hat die ganze Nacht warm gehalten. Allgemein habe ich ziemlich gut geschlafen. Ein Wunder in Anbetracht der jüngsten Ereignisse und des Fakts, dass ich die Nacht in Areks Kofferraum verbracht habe. Der Schlafsack neben mir ist leer. Ich setze mich auf und sehe Arek ein paar Meter weiter auf seinem Rucksack sitzen. Er schnitzt, ich kann jedoch nicht erkennen, was genau. Arek blickt auf und packt das Schnitzzeug in die Jackentasche.

„Morgen", grüßt er und kommt mit dem Rucksack auf mich zu, „hast du Hunger?"

Ich nicke und hole ebenfalls meinen Rucksack. Wir nehmen Brote heraus und Arek teilt mit dem Messer einen Apfel in zwei Teile. Nach dem Frühstück studiert er die Landkarte und ich gehe mir ein wenig die Füße vertreten. Es ist keine einzige Wolke am Himmel, doch der eisige Wind nimmt der Sonne die Kraft. Ich atme tief ein und aus und lausche einem Vogel, der irgendwo in den Bäumen zwitschert. Man merkt, dass es Winter wird. Das Gras hat seit meinem ersten Waldausflug bei den Carters um einiges an Farbe verloren und auch die Vögel hört man immer seltener. Ob es wohl bald zu schneien beginnt? Ich versuche mir vorzustellen, wie ich durch den Schnee spaziere, doch in meinem Kopf bleibt es still. Keine Erinnerungen. Als ich zum Wagen zurückkehre, läuft Arek mit seinem Handy am Ohr auf und ab. Seine Schultern sind angezogen und zwischen seinen Augenbrauen sehe ich eine sorgenvolle Furche.

„Das war Mark", sagt Arek und schaltet sein Handy aus. „Das GPS-System von unseren Handys funktioniert anscheinend zu gut. Die Athemar haben herausgefunden, dass wir beide die Stadt verlassen haben. Frag mich nicht, wie sie unsere Handys orten. Vielleicht können sie sich noch nicht denken, dass du Schutz bei den Crafts suchst, aber wenn sie weiter unsere Route verfolgen, wird das nicht mehr lange gut gehen. Gib mir dein Handy, wir müssen beide loswerden."

Verdammt. Ich gehe zur Beifahrertür und hole mein Handy aus dem Handschuhfach. Wenn ich es abgebe, bin ich auf mich allein gestellt. Es würde bedeuten, dass ich Arek blind vertrauen muss. Das kann ich doch, oder? Immerhin kümmert er sich um mich. Ohne Handy könnte ich nicht einmal mehr Hilfe rufen. Eine Nachricht von Zoey blinkt auf dem Bildschirm.

„Heute Abend mit Miranda und mir in die Sushi-Bar? Caleb kommt auch."

Mist, Zoey! Werde ich sie überhaupt wiedersehen? Und was ist mit der Schule? Langsam dämmert mir, was dieser *Roadtrip* für mich bedeutet. Arek taucht neben mir auf.

„Sag mal, was mache ich eigentlich mit der Schule?" Ich fahre mir mit den Händen übers Gesicht.

„Du besuchst den Unterricht im Craft-Anwesen. Es gibt eine Klasse in deinem Alter. Was deine Leute betrifft", er sieht mich mit gerunzelter Stirn an und scheint mal wieder meine Gedanken gelesen zu haben, „denen musst du erst einmal Lebewohl sagen. Ich weiß, wie hart das ist, aber wir haben keine andere Wahl." Er sieht mich mit aufeinandergepressten Lippen an, seine Augen sind mit tiefen Schatten unterlegt.

„Und was ist mit deiner Familie? Woher wissen wir, dass es ihnen gut geht?", frage ich ihn. Wenn Karan weiß, dass sie mich versteckt haben, werden sie sicher nicht einfach so davonkommen – sollte er so böse sein, wie alle sagen.

„Die wissen sich schon zu verteidigen. Keyla ist eine der stärksten Nevox, die ich kenne und die anderen trainieren ebenfalls, seit sie denken können. Außerdem sind ja auch die anderen Nevox vor Ort. Um sie müssen wir uns keine Sorgen machen. Aber um uns", fügt er hinzu und zeigt auf mein Handy, „und deswegen musst du dieses Ding loswerden."

Ich seufze. Wahrscheinlich war es zu schön, um wahr zu sein, dass ich an der neuen Schule eine so tolle Freundin gefunden habe. Was mache ich denn jetzt? Ich starre auf Zoeys Nachricht.

„Gib mir eine Minute, ja?"

Arek nickt und packt das restliche Zeug in den Wagen. Mit einem Kloß im Hals formuliere ich eine Nachricht an Zoey.

„Hey, meine Liebe. Es tut mir mega leid, aber ich musste fürs Erste die Stadt verlassen. Mir geht's gut, mach dir keine Sorgen. Und glaub ja nicht, ich melde mich nicht mehr! Du hast mich so was von an der Backe, auch wenn wir uns erst mal nicht sehen. Hab dich lieb. Nara."

Schluckend klicke ich auf *Senden*. Schnell schließe ich die Augen, wische ein paar Tränen weg und lasse mich auf den Beifahrersitz fallen. Dann ziehe ich die Schuhe aus und lege die Arme um die angezogenen Beine. In meinem Magen breitet sich etwas Flaues aus. Ich hoffe, sie verzeiht mir. Ich werde eine Möglichkeit finden. Eine Freundin wie Zoey lässt man nicht gehen.

Arek startet den Motor und ich blicke wie hinter einem Schleier durch die Windschutzscheibe. Auch das Navigationssystem im Auto hat Arek sicherheitshalber ausgeschaltet, weswegen wir uns nur noch mit der Landkarte orientieren.

Während der Fahrt stelle ich fest, dass ich eine totale Niete im Kartenlesen bin und wir halten, damit Arek sich die Karte anschauen kann. Als wir wieder zurück auf die Straße biegen, schert vor uns ein Müllabfuhrwagen ein, der im Schneckentempo vor uns herkriecht. Mit gehobener Augenbraue schaue ich zu Arek, der keine Anstalten macht zu überholen. Er grinst und sieht mich an.

„Wie gut kannst du werfen?"

„Ganz okay, schätze ich", antworte ich. Was ist das für eine banale Frage?

„Gut. Mach unsere Ortungsdienste an und öffne das Fenster", sagt er und drückt mir sein Handy in die Hand. Was hat er vor? Ich tue, wie mir geheißen, und plötzlich verstehe ich. Gar keine schlechte Idee von ihm.

Ich nicke und Arek beschleunigt. Er schert aus, setzt zum Überholen an und ruft: „Jetzt!". Ich werfe die Handys in hohem Bogen in die Öffnung des Müllabfuhrwagens. Arek zieht an dem Wagen vorbei und ich kurbele das

Fenster wieder nach oben. Gott sei Dank habe ich getroffen!

„Gar nicht schlecht", sagt Arek anerkennend.

Es tut mir leid um die Handys, doch jetzt grinse auch ich. „Das wird an den Trainingseinheiten liegen."

Arek lacht auf eine ungehemmte Weise, wie ich ihn selten gehört habe. Zufrieden drückt er am Radio auf *Play* und *Beds are burning* von *Midnight Oil* klingt aus den Boxen, während wir immer mehr Kilometer zurücklegen.

Es braucht lange, bis wir ein Zeichen von Zivilisation entdecken. Arek will Mark anrufen und tanken, also machen wir in einem kleinen, abgelegenen Dorf halt und parken das Auto in einer Seitenstraße. Es scheint das einzige Dorf in einer mit Wiesen und Wäldern umgebenen Landschaft zu sein. Sicherheitshalber nehmen wir unsere Rucksäcke auf den Rücken, gehen ins Dorfinnere und entdecken eine Telefonzelle. Ich wusste gar nicht, dass es die überhaupt noch gibt. Arek geht hinein und ich warte vor der Tür. Es ist mittlerweile eisig kalt draußen und ich habe das Gefühl, dass es tatsächlich bald schneit. Wie konnte sich das Wetter in den letzten paar Stunden so schnell ändern? Vielleicht bin ich auch einfach nur verfroren, weil es im Auto so schön warm ist.

Ich blicke in die Telefonzelle und beobachte Arek beim Telefonieren. Es macht mittlerweile fast Spaß mit ihm im Auto zu sitzen, denn mir gefällt, wie er sich auf die Straße konzentriert und völlig unbewusst mit seinen Fingern den Takt der Musik auf das Lenkrad klopft. Wir reden nur selten, aber es ist ein angenehmes Schweigen und ich habe das Gefühl, trotzdem mit ihm zu kommunizieren. Seit er gestern Abend von unserer Verbindung gesprochen hat, kann ich nicht aufhören darüber nachzudenken, wie er sich nach meinem Unfall verhalten hat. Als wollte er um jeden Preis den Kontakt mit mir vermeiden. Seitdem hat sich einiges verändert, aber sein Innenleben ist für mich nach wie vor eine eisige Wand. Wieso will er nichts von sich preisgeben? Das ist echt egoistisch, immerhin weiß er mehr über mich als ich selbst.

Meine Gedanken stoppen abrupt. Da lehnt ein Mann an einer Hauswand auf der anderen Straßenseite. Ich kann ihn in der Spiegelung der Telefonzellenscheibe sehen. Seine Erscheinung wirkt normal, aber er starrt mich geradezu an. Mein Puls geht schneller. Ganz ruhig, Nara. Bei all den Geschichten bin ich offensichtlich etwas übervorsichtig geworden. Ich blicke vorsichtig über die Schulter, um mehr von ihm zu erkennen. Noch immer starrt er mich an und verzieht sein Gesicht nun zu einer hässlichen Grimasse. Dabei führt er sein Handy ans Ohr, dreht sich um und verschwindet hinter dem Haus.

Was war das denn? Mir läuft ein kalter Schauder über den Rücken. Ich drehe mich wieder zur Telefonzelle und sehe, wie Arek mit alarmiertem Blick den Hörer aufhängt. Er hat ihn auch gesehen, da bin ich mir sicher. Mit einem schnellen Handgriff öffnet er die Tür und stellt sich nah vor mich. Leise redet er in mein Ohr: „Hör zu. Ich kenne diesen Mann nicht, aber das sah nicht gut aus. Ich will kein Risiko eingehen. Lauf mir einfach hinterher, wenn wir draußen sind. Wir gehen einen anderen Weg zum Auto zurück. Tanken kann ich auch noch im nächsten Dorf."

Ich nicke und gebe ihm den Weg frei. Arek wirft sich seinen Rucksack auf den Rücken und wir setzen uns in Bewegung. Ich werde das Bild von dem Blick des Mannes nicht los und schüttele den Kopf. Irre ich mich, oder hatte er bernsteinfarbene Augen? Wahrscheinlich war es nur ein ganz normaler Mann, der auch telefonieren wollte. Aber warum dann das Handy? Ich folge Arek durch die Gassen. Dafür, dass wir das erste Mal hier sind, hat er einen erstaunlich guten Orientierungssinn. Wir laufen durch ein paar enge Passagen, über eine kleine Brücke und schließlich stehen wir vor dem Gebäude, hinter dem wir geparkt haben. Arek biegt gerade um die Ecke und ich möchte ihm folgen, als er plötzlich einen schnellen Schritt nach hinten macht und mich zurück an die Hauswand presst. Mit einem Finger vor dem Mund bedeutet er mir, nicht zu sprechen und zeigt in Richtung unseres Autos. Die Luft anhaltend spähe auch ich um die Ecke, mache jedoch direkt wieder einen Satz zurück. Was zum …?

Ein Mann und eine Frau stehen bei unserem Auto. Die Frau bückt sich und macht etwas an der Unterseite des Wagens fest. Sie blickt ihren Gefährten an und beide nicken sich zu. Jetzt steigen sie in das Auto direkt nebendran. Das war vorher noch nicht da.

Blitzschnell drehe ich mich zu Arek um, der mich mit geweiteten Augen ansieht.

„Wir können nicht zum Auto", presse ich hervor.

Arek nickt, er hat es ebenfalls gesehen. Schnell dreht er sich um und bedeutet mir, ihm denselben Weg zurück zu folgen. Was machen wir jetzt? Meine Beine gehorchen mir nicht und um ein Haar stolpere ich über den Bordstein. Ich traue mich nicht, Fragen zu stellen. Areks Schritte werden immer schneller und ich muss fast rennen, um ihm folgen zu können. Nach mehreren Minuten stoppt er an einer öffentlichen Damentoilette.

Ohne zu zögern, reißt er die Tür auf, zieht mich mit sich hinein und verriegelt blitzschnell die Tür hinter uns. Er schließt die Augen und atmet laut aus.

„Verdammt!", flucht er und presst, mit dem Rücken zu mir, seine Fäuste gegen die Wand „ich hätte es wissen müssen", sagt er mit brodelnder Stimme und lässt seinen Kopf auf seine Hände fallen. Seine Schultern beben. Ich habe ihn noch nie so aufgebracht erlebt. Ich selbst bin zu schockiert, um Angst zu haben. Wie um Himmels Willen haben sie so schnell unseren Wagen gefunden?

Arek dreht sich zu mir um und ich erschrecke bei seinem eiskalten Blick.

„Es tut mir leid, Nara, ich hätte es wissen sollen. Ich kenne sie. Wir sind noch nicht weit genug von zu Hause weg, ich hätte nicht in diesem Dorf halten dürfen." Seine Worte überschlagen sich und sein Blick wandert wild umher.

Mein Herz hämmert gegen meine Rippen. Arek so zu sehen, bringt etwas in mir ins Wanken, auch wenn ich es sein sollte, die Angst hat. Meine Gedanken klären sich. Ich lege beide Hände auf seine Schultern und schaue ihm in die Augen.

„Arek, beruhige dich. Wir finden eine Lösung. Wen kennst du?"

Er schluckt und fährt sich durch die Haare. Ich nehme meine Hände von seinen Schultern.

„Den Mann am Auto kenne ich von einer Versammlung, bei der ich mit Mark gewesen bin, als ich noch klein war. Er ist ein Athemar. Wir können nicht zum Auto zurück, es ist zu gefährlich." Seine tonlose Stimme lässt mich erschaudern.

„Warte mal. Es gibt Versammlungen, wo Nevox und Athemar sind?" Ich ziehe eine Augenbraue nach oben.

„Ja, es ist wie ein Ausschuss, der zwischen den Clans vermitteln soll. Aber das ist eine andere Sache, jetzt müssen wir erst mal hier weg."

„Das heißt, wir müssen ohne Auto weiter", stelle ich fest und wage es nicht ihn anzusehen.

Arek dreht sich zum Spiegel, fährt sich übers Gesicht und schaut sich eine Weile lang regungslos an. Ich weiß nicht, ob er nachdenkt oder einfach nur nicht antworten möchte.

„Öffentliche Verkehrsmittel sind zu gefährlich, da sind überall Kameras. Zum Auto können wir nicht zurück, das steht fest und es ergibt keinen Sinn ein Auto auszuleihen, falls das in diesem Dorf überhaupt möglich ist. Wir müssen so schnell wie es geht hier weg. Bis zu den Crafts braucht es selbst mit dem Auto noch ewig, das können wir zu Fuß vergessen. Ich habe einen Onkel, der zwar noch ein ganzes Stück von hier wohnt, aber immerhin nicht so weit entfernt wie die Crafts. Uns bleibt nichts anderes übrig, als die Stadt zu verlassen und über die Wälder zu seinem Haus zu laufen. Wenn wir dort sind, kann er uns den restlichen Weg mit dem Auto fahren." Er dreht sich zurück zu mir und prüft meinen Blick. „Näher wohnt niemand, dem wir vertrauen können und auch zu telefonieren können wir nicht mehr riskieren, ganz davon abgesehen, dass das nächste Dorf kilometerweit entfernt ist … wir haben keine andere Wahl."

Ich weiß nicht, was ich sagen soll, also schweige ich.

„Es ist noch ziemlich weit, aber wir haben die Karte. Ich kenne versteckte Plätze im Wald und verhungern werden wir auch nicht." Er weist auf unsere Rucksäcke, die wir Gott sei Dank noch bei uns haben. Arek geht einen Schritt auf mich zu. „Es ist sicherer, als alles andere und auf jeden Fall sicherer, als zum Auto zurückzugehen. Die Männer werden uns höchstwahrscheinlich verfolgen, sobald wir in den Wagen steigen oder sie schnappen uns gleich. Und glaub mir, Karans Leuten kommt man besser nicht in die Quere. Wir müssen zu Fuß weitergehen."

Es kommt mir fast so vor, als versuche er sich selbst von seinem Plan zu überzeugen.

„Wir müssen draußen übernachten, aber wir sind gut ausgestattet. Traust du dir das zu?"

Mein Blick geht zu Boden und ich konzentriere mich. Ich weiß nicht, was ich fühlen soll. Ich weiß nur, dass es jetzt schnell gehen muss. Meinen Beinen geht es gut, theoretisch bin ich in der Lage, auch lange Strecken zu laufen. Arek hat recht, die Vorräte zum Essen reichen noch eine Weile und wenn er sagt, er kennt Plätze im Wald zum Schlafen, dann vertraue ich ihm. Ich sehe hoch, sein Blick ist auf mich gerichtet.

„Wenn du es dir zutraust", sage ich und nicke. Kurz sehe ich Erleichterung und vielleicht sogar einen Anflug von Nervosität in seinen Augen aufblitzen, doch er fängt sich schnell und sein Blick wird wieder neutral.

„Gut", sagt er entschlossen, „dann lass uns keine Zeit verlieren." Er zieht sich die Kapuze über und stößt die Metalltür auf.

Ich senke meinen Kopf und laufe ihm hinterher. Kaum zu glauben, dass wir das tatsächlich tun. Zurück durch andere Gassen, vorbei an Menschen und Häusern und hinaus aus der Stadt. Erst nachdem wir die Straßen hinter uns gelassen haben, wage ich es aufzublicken. Vor uns liegt ein riesiger Wald und der Weg, den wir gehen, führt geradewegs hinein. Ich zittere. Halb vor Kälte, halb vor Adrenalin. Stillschweigend folge ich Arek immer tiefer in den Wald.

17

Die erste Flocke landet auf meiner Jacke. Es schneit. Wir stapfen schon eine ganze Weile zwischen den Nadelbäumen durch und ich kann jeden Muskel in meinen Beinen spüren. Wandern ist eine Sache – dabei einen zehn Kilo schweren Rucksack auf dem Rücken zu schleppen eine andere. Zu Beginn habe ich mich ständig umgedreht, um zu prüfen, ob uns jemand folgt. Mittlerweile bin ich ziemlich sicher, dass wir allein sind. Arek, der links neben mir läuft, hat noch kein einziges Wort gesagt. Ich schaue zu ihm hoch. Wieso lächelt er?

„Das erste Mal diesen Winter", sagt er und zeigt in den Himmel. Er hat recht, es ist der erste richtige Wintertag. Ausgerechnet heute. Ich wüsste gern, wann ich das letzte Mal Schnee gesehen habe.

„Hat es letzten Winter geschneit?" Es ist mir fast peinlich bei all dem, was heute passiert, diese banale Frage zu stellen. Hoffentlich denkt er, die Röte in meinem Gesicht kommt von der Kälte.

„Ja, es hat geschneit. Sehr sogar, fast den ganzen Winter durch." Er betrachtet eine Schneeflocke auf seinem Jackenärmel.

Die leichten, durcheinanderwirbelnden Flocken sind wunderschön. Dank der Bewegung ist mir kein bisschen kalt.

„Früher haben Liv, Victor und ich im Winter immer die Schneeflocken auf unseren Jacken gesammelt und mit der Lupe betrachtet", erzählt Arek, „wir haben Wettbewerbe gemacht, wer die Schönste findet. Jede sieht anders aus. Den meisten fehlt eine Ecke. Aber ich habe mich immer gefragt, ob nicht ein paar vielleicht nur eine Ecke zu viel haben." Er sieht mich an und stutzt kurz, als hätte er zu viel gesagt.

„Seid ihr drei immer noch so unzertrennlich?", frage ich. Arek zögert kurz.

„Nicht mehr so wie früher. Es sind einige Dinge passiert, die das Familienleben nicht leichter gemacht haben. Liv geht immer mehr ihren eigenen Weg und auch ich habe mich verändert. Das Training hält Victor und mich zusammen, doch wir sind mittlerweile ziemlich unterschiedlich. Kein Wunder, dass Liv allein trainiert. Sie macht das alles ein wenig anders." Bei den letzten Worten lächelt er und wischt die Schneeflocken vom Ärmel.

„Was für Dinge sind passiert?" Meine Stimme ist leise, ich will ihn nicht verschrecken. Aber ich will mehr über ihn wissen. Areks Gesicht bleibt ausdruckslos.

„Sagen wir es so, wenn du solche Fähigkeiten hast wie wir, ist man sich nicht immer einig darüber, inwiefern man diese Fähigkeiten nutzen sollte. Vor allem nicht, wenn die Feinde in der gleichen Stadt sind und in nicht allzu großer Entfernung die Tochter des Oberhaupts wohnt. Nichts für ungut." Er schaut mich an und prüft meinen Blick.

„Verstehe", sage ich. Ich glaube, eine weitere Erklärung bekomme ich nicht.

„Da, die kannst du essen", sagt Arek und zeigt auf einen Busch mit dunklen Früchten. Ich bleibe stehen und gehe näher zu dem Gestrüpp. Ich habe solche Beeren noch nie gesehen. Denke ich zumindest.

„Das sind Brombeeren. Ziemlich selten so spät im Jahr, vielleicht war es hier lange warm. Aber lecker und gut fürs Immunsystem", sagt Arek und steckt sich eine Beere in den Mund. Ich zögere. Er greift nach der zweiten Beere, also tue ich es ihm nach. Aus Versehen bleibe ich an einem Dorn im Gestrüpp hängen. Arek verzieht das Gesicht, als wäre es sein eigener Finger, der blutet. Mit einer hochgezogenen Augenbraue blicke ich ihn an, doch er fängt sich sofort und holt ein Pflaster aus dem Rucksack.

„Ist nicht schlimm", sage ich verlegen, klebe mir aber trotzdem den Streifen um den Finger. Die Beeren sind köstlich. Wir packen die restlichen ein und gehen weiter. Mittlerweile bedeckt eine dünne, weiße Schicht den Boden. Ich denke nicht, dass sie liegen bleibt. Dafür ist es noch zu warm. Es wirkt, wie wenn die Äste mit Staub überzogen wären. Der Wald ist still, die Schneeflocken saugen jegliche Geräusche auf. Nur das dumpfe Auftreten unserer Lederstiefel unterbricht die Stille.

„Erzähl mir von Karan." Ich sehe Arek an und meine zu sehen, wie er bei dem Namen meines Vaters zusammenzuckt. Wenn wir schon so lange laufen, dann kann ich immerhin versuchen, mehr über meine Familie rauszufinden. „Ihr habt von seinem Plan erzählt, dass er sein Blut an andere Menschen verteilen will. Denkst du das auch? Wieso sollte er das tun?"

„Weißt du noch, was wir dir über Bluttransfusionen erzählt haben und darüber, dass clanlose Menschen meistens in abgeschwächter Form den Charakter der spendenden Person übernehmen? Oder zumindest ihren eigenen zurückstellen?"

Ich nicke. Meiner Meinung nach ist das der gruseligste Part an der ganzen Geschichte.

„Ich habe das Gefühl, er will eine Art Elite schaffen. Wenn du mich fragst, sind für ihn nicht die Empfindungen das höchste Gut, sondern sein eigener Wille. Truppen, die seine Befehle ohne Widerstand befolgen. Wie gesagt, seine Ideologien gleichen mittelalterlichen Verhältnissen. Karan sieht darin eine Chance, seine Macht zu vergrößern und die Nevox unter seine Kontrolle zu bringen. Er hatte es nicht immer leicht mit unserem Clan." Den letzten Satz verschluckt er fast.

„Wieso nicht?", frage ich.

„Weil er nicht immer gekriegt hat, was er wollte. Monatlich ziehen die Nevox Athemar auf ihre Seite, die zu stark unter Karans Regime leiden. Das macht seinen Kreis zwar kleiner, aber auch radikaler und auch er zieht sich Bewundernde von den Menschen heran, die keinem Clan angehören. Ich denke er weiß, dass wir unsere Leute unter den Athemar haben, aber bis jetzt konnte er die wenigsten davon finden. Was ihn, wie gesagt, nicht weniger gefährlich macht, aber immerhin gehen wir ihm ordentlich auf die Nerven."

Ob es so eine gute Idee ist, dieses Spiel so weit zu treiben, dass Karan sich immer mehr Leute mit Gewalt holt? Wobei er das sonst vielleicht auch machen würde.

„Wir vermuten, dass er sich bereits eine Menge Blut abgezapft hat und dass es auch schon viele gibt, die seine Transfusion erhalten haben."

Ich denke an den Mann in der Stadt mit den bernsteinfarbenen Augen.

Arek kratzt sich an der Stirn. „Ich habe noch nie einen Menschen getroffen, der clanlose Menschen so sehr verachtet wie Karan. Aus seiner Perspektive ist es wahrscheinlich eine Art Hilfsaktion. Den Menschen endlich seine Gedanken einverleiben. Ziemlich eklig, wenn du mich fragst. Er schreckt vor nichts zurück. Die Athemar sind seine Lebensaufgabe."

Er sagt das, als würde er vom Wetter sprechen. Das ist wohl ein Thema, über das er oft spricht. Ich sehe mich um.

„Offensichtlich waren ihm die Athemar auch wichtiger als seine eigene Tochter", murmele ich vor mich hin. Arek bleibt still.

„Wie viele Menschen hat er schon –?", frage ich unbeholfen.

„Das wissen wir nicht. Wir wissen nicht, wo er ist und wir haben auch keine Ahnung, wie weit sein Plan schon vorangeschritten ist. Fakt ist nur, dass es ein langer Prozess ist, denn auch sein Blut regeneriert sich nicht von heute auf morgen", er macht eine kurze Pause, „Fakt ist aber auch, dass Karan seinen Plan nicht aufgibt, bevor er sich sein kleines Traum-Imperium geschaffen hat." Seine Stimme ist jetzt leiser. „Als ich noch klein war, dachten meine Eltern, dass die ganze Sache ein großer Witz sei, doch mittlerweile ist Karan so stark wie nie. Es ist unfassbar, wie viele Menschen nach seiner Gehirnwäsche auch seine unmoralischen Vorstellungen teilen. Die Nevox sind ihm ein Dorn im Auge, weil wir viele seiner Vorhaben bereits verhindern konnten."

„Was für Vorhaben?"

„Zum Beispiel hat er einmal versucht, die ganze Zentralbank mit Athemar zu besetzen, mit dem Ziel, uns völlig mittellos zu machen. Aber das jetzt ...", er seufzt, „das ist ein völlig anderes Level. Wir sind deutlich in der Überzahl, aber wer weiß, wie lange noch. Und was bringt einem schon die Überzahl, wenn er über Leichen geht."

Mir war nicht bewusst, dass das alles so ein Ausmaß hat. Mein Magen zieht sich zusammen.

„Du hast selbst gesagt, die Nevox haben ihre Leute überall. Wieso sperrt man diesen Kerl nicht einfach ein?"

Ich kann nicht glauben, dass wir über meinen leiblichen Vater sprechen.

Arek seufzt. „So einfach ist das leider nicht. Man sieht seine Leute überall, aber Karan selbst versteckt sich in dessen Schutz. Außerdem haben wir keine handfesten Gründe oder Beweise, um radikaler gegen ihn vorzugehen. Wir müssen aufpassen, was wir tun, denn es liegt nicht in unserem Interesse einen Aufstand anzuzetteln und das Ganze an die Öffentlichkeit zu tragen. Karan ist schließlich nicht allein und die Athemar beobachten uns ganz genau. Vor allem jetzt."

Redet er von mir? Ich blicke zu Boden. Meine Füße machen verlässlich einen Schritt vor den anderen. Mich fröstelt und ich ziehe meine Jacke weiter nach oben.

Wir laufen schon eine Weile durch die Dämmerung und ich kann die Bäume immer weniger voneinander trennen. Durch die Dunkelheit reicht das Sichtfeld mittlerweile nur noch bis etwa zwanzig Meter. Mein ganzer Körper ist schlapp und in meinem Kopf dröhnt ein stechender Schmerz. Ich kann nicht sagen, ob er von den Grübeleien oder dem großen Rucksack kommt.

„Lass uns einen Schlafplatz suchen." Arek klingt ebenfalls erschöpft.

Wir folgen einem Plätschern und entdecken schließlich einen kleinen Bach. Arek lässt stöhnend den Rucksack ins Moos fallen und reibt sich den Nacken.

„Schwer tragen hätten wir vielleicht mal üben können", sagt er mit einem Ächzen und zieht seine Trinkflasche aus dem Rucksack.

„Natürlich", sage ich mit einem sarkastischen Unterton, „war ja vorauszusehen, dass wir irgendwann mit unserem

Hab und Gut durch die Bergwälder wandern." Ich gebe ein krächzendes Glucksen von mir und sinke ächzend zu Boden. Arek macht sich daran, seine Flasche am Bach aufzufüllen.

„Bist du dir sicher, dass man das trinken kann?" Krank will ich hier draußen ganz sicher nicht werden.

Arek schraubt den Verschluss zu.

„Wir sind ziemlich weit oben. Siehst du die Felsen dort?" Arek zeigt hinter den Bach, wo sich mehrere Gesteinsbrocken in einer Kette entlangziehen. „Das Wasser muss hier irgendwo aus einer Quelle entspringen. Außerdem fließt es schnell und ist kalt. Hier am Rand an den Steinen wächst Moos. Das sind alles Hinweise auf einwandfreies Trinkwasser. Ich glaube, wir können unbesorgt sein."

Verblüfft weite ich die Augen.

„Manchmal habe ich das Gefühl, du hast das ganze Natur- und Pflanzenkundebuch in deinem Kopf gespeichert", sage ich und halte ebenfalls meine Flasche in den Bach.

Arek lacht in sich hinein. „Ich habe mich draußen schon immer wohler gefühlt als drinnen. Als ich klein war, bin ich immer in den Wald gerannt, wenn ich Angst vor etwas hatte. Ich fühlte mich erst sicher, wenn ich ganz allein zwischen all den Bäumen war."

Ich blicke auf. Aus Angst in den Wald rennen? Das wäre das Letzte, was mir einfallen würde.

„Wieso der Wald?", frage ich und verstaue meine kühle Flasche im Rucksack.

Arek zuckt mit den Schultern.

„Die Natur ist so rein. Ich kann mich auf sie verlassen und je mehr ich über sie lerne, desto ehrlicher ist sie zu mir. Alles scheint irgendwie einen Sinn zu haben."

Ich nicke. Daher also seine Leidenschaft für den Naturkurs in der Schule.

Arek steht auf und schultert den Rucksack.

„Lass uns weitergehen. Hier gibt es bestimmt einen Hochsitz in der Nähe. Wir brauchen auf jeden Fall ein Dach über dem Kopf."

Ich blicke nach oben in die dunklen Wolken.

„Ja, sieht nach Sturm aus."

Wie wenn meine Worte betont werden müssten, fegt der Wind auf einmal mit solch einer Wucht über uns, dass mir die Haare ums Gesicht schlagen. Arek entfährt ein ungehemmtes, grummeliges Lachen und mir wird warm ums Herz. Ich kichere. In diesem Moment ist der Sturm egal. Ich will mehr von diesem Lachen.

„Tja, sieht so aus, als wärst nicht nur du der Naturexperte hier." Triumphierend binde ich mir die Haare zu einem Pferdeschwanz zurück. Wind streicht über meine breitgezogenen Lippen. Es ist alles so surreal. Wie können wir hier, mitten im eiskalten Wald, überhaupt lachen?

Ich schultere ebenfalls den Rucksack und wir setzen uns in Bewegung. Vielleicht liegt es an der Bluttransfusion, dass ich mich in Areks Gegenwart so wohlfühle. Wenn ich die Chance dazu habe, muss ich definitiv mehr über diese Sache lesen.

Nach etwa einer halben Stunde finden wir tatsächlich einen mit Moos bewachsenen Hochsitz. Das Tageslicht ist verschwunden und wir betrachten das Holzgeschöpf im Kegel einer Taschenlampe, die Arek aus dem Rucksack gekramt hat. Die Sprossen der Leiter sind teils von Gestrüpp bewachsen. Arek blickt an der Holzkonstruktion hoch.

„Sieht so aus, als wäre hier schon lang keiner mehr gewesen. Ich hoffe, du hast keine Höhenangst."

Vorsichtig stellt er sich auf die erste Sprosse und wippt ein wenig auf und ab. Das vom Schnee glitschig gewordene Holz knarzt unter seinem Gewicht, doch es hält. Arek klettert vorsichtig hinauf durch die Öffnung des würfelförmigen Gebildes. Erwartungsvoll sieht er zu mir nach unten.

„Das finden wir gleich heraus", sage ich und nehme eine Sprosse nach der anderen. Meine Füße erklimmen trittsicher die lange Leiter und auch der Blick nach unten lässt mich kalt. Mit dem Rücken zur Öffnung schiebe ich erst meinen Rucksack und dann setze ich mich selbst in das kleine Holznest. Der Hochsitz ist groß genug, um darin stehen zu können und ich werfe einen Blick aus dem windschiefen, viereckigen Loch in der Bretterwand. Von hier oben sehen die Bäume mit der dünnen Schneeschicht noch viel schöner aus. Hinter einer dicken Wolke schimmert sanft der Mond hervor und wirft den Wald in ein mystisches Licht. Arek streckt mir ein Brot entgegen und macht es sich auf seiner ausgerollten Isomatte gemütlich.

Kauend packe ich meine Matte aus und werfe Arek seinen Schlafsack zu. Dann schlage ich neben ihm mein Lager auf. Es ist gerade groß genug, dass unsere beiden Isomatten Platz haben. Meine Jacke lasse ich an und ziehe mir zusätzlich noch Handschuhe über. Zum Glück hat Keyla uns Thermosachen eingepackt. Sie scheint sich auf alles gefasst gemacht zu haben.

In der Dunkelheit suche ich nach Areks Blick und stelle die Frage, die mir am meisten auf der Seele brennt.

„Was denkst du, wie lange wir brauchen werden?"

„Ich kann es nicht genau abschätzen, aber zwei oder drei Tage auf jeden Fall."

Ich schlucke und sage nichts. Arek stützt seinen Kopf auf seine Hand und sieht mich aus wachen Augen an.

„Wir bekommen das hin, Nara. Glaub mir. Wir sind gut ausgestattet und der Proviant hält noch eine Weile. Keyla hat wie immer übertrieben mit der Versorgung." Liebevoll lacht er. „Jetzt schlafen wir erst einmal in Ruhe. Morgen sieht alles ganz anders aus." Seine sanfte Stimme fühlt sich an wie eine Umarmung. „Wenn dir kalt wird, rück näher an mich ran. Körperwärme hilft am besten."

Ein leises Summen entsteht in meinem Bauch. Es fühlt sich neu an. Aber auch verdammt gut. Ich nicke.

„Weck mich, falls was ist", sage ich und rolle mich in meinem Schlafsack ein.

„Mach ich", erwidert Arek und seine ruhige Stimme findet ihren Weg direkt in meinen Bauch. Ich lächle.

„Gute Nacht, Arek."

„Gute Nacht, Nara." Sein Schlafsack raschelt und er legt sich neben mich.

Wahrscheinlich ist es am besten einzuschlafen, bevor die Kälte kommt. Wenigstens zieht kein Wind hier rein. Ich ziehe den Schlafsack über meine Nase und krieche noch tiefer hinein. Eine Weile lausche ich Areks gleichmäßigem Atem in der Dunkelheit. Dann fallen mir die Augen zu.

18

Ich wache auf und mein Blick begegnet Areks eisblauen Augen. Automatisch stellen sich die Härchen auf meinen Armen auf. Er sitzt an die Wand gelehnt da und betrachtet mich. Seine Stirn ist gerunzelt, doch jetzt schleicht sich ein ruhiges Lächeln auf seine Lippen. Ich kann nicht wegschauen.

„Guten Morgen", sagt er. Seine Locken hängen ihm verwuschelt in die Stirn.

„Morgen. Hast du überhaupt geschlafen?" Er sieht aus, als säße er schon Stunden so da.

„Mehr als genug, keine Sorge. Ich bin auch vorhin erst aufgewacht." Endlich löst er seinen Blick von mir und ich kann normal denken. Was ist falsch mit mir? Ich setze mich auf und blicke mich um.

Hochsitz. Wald. Schnee.

Die gestrigen Eindrücke prasseln auf mich ein und ich reibe mir die kalte Nase. Wenn ich mich jetzt nicht sofort bewege, werde ich zum Eiszapfen. Gott sei Dank hat mich der Schlafsack – oder vielleicht auch meine Erschöpfung – die ganze Nacht schlafen lassen.

Wir frühstücken beide ein Brot und die restlichen Beeren von gestern. Während Arek die Karte studiert, packe ich die Sachen zusammen. Die Sonne steht noch tief, es muss ziemlich früh sein. Ein Blick aus der Öffnung in der Holzwand verrät mir, dass es in der Nacht noch einmal geschneit hat. Wir setzen uns die Rucksäcke auf und gehen los.

Eine Stunde später schneit es erneut. Obwohl Arek, so wie ich, vor Kälte zittert, ist er gut gelaunt und pfeift immer wieder vor sich her. Vielleicht kann ich ihn heute ein wenig mehr ausfragen? Er wirkt nicht so verschlossen wie sonst.

„Erzähl mir was von dir", sage ich.

Arek schmunzelt. Wir haben die ganze Zeit kein Wort geredet, wahrscheinlich kommt die Frage ziemlich plötzlich. Aber es war keine Frage.

„Ich meine das ernst", beharre ich, „wenn ich schon nichts über mich selbst erfahren kann, will ich wenigstens dich besser kennenlernen."

„Was willst du wissen?" Er sieht zu mir herüber und mustert mich. In seinen Augen lodert Belustigung. Aber auch Neugierde.

„Ich weiß nicht …", überlege ich, „lass uns mit dem üblichen Teenie-Nonsens beginnen, du bist schließlich achtzehn."

Er schiebt den Kopf in den Nacken und zieht eine Augenbraue hoch.

„Wann hattest du deine erste Beziehung?"

Arek prustet los. Ich lächle. So kann ich ihm also ein Lachen entlocken.

„Von allen Dingen ist das das Erste, was du wissen möchtest?"

Ich sage nichts, zucke nur mit den Schultern und blicke ihn herausfordernd an.

„Du meinst das also ernst." Areks Miene wechselt von amüsiert zu nachdenklich. „Okay, lass mich überlegen … kommt darauf an, was du als Beziehung definierst. Wenn du so etwas richtig Ernstzunehmendes meinst, das über ein paar Flirts und mehrere Wochen hinausgeht, muss ich dich leider enttäuschen. Ich bin eher der einsame Wolf, weißt du?" Er verzieht hämisch den Mund und in seinen Augen blitzt etwas.

„Glaub ich dir nicht, aber okay."

„Das ist mein Ernst, ich war nie wirklich interessiert an längeren Beziehungen. Mein Training und die Einheiten zu Hause waren mir schon immer wichtiger. Ich glaube, ich habe die Menschen auf unserer Schule nie richtig wahrgenommen." Entschuldigend zuckt er die Achseln.

„Okay", sage ich und denke nach, „dann der erste Kuss."

„Mit dreizehn", antwortet Arek.

Ich grinse zufrieden. Das ist mal eine klare und schnelle Antwort.

„Lieblingsessen?", frage ich. Arek hebt abwehrend die Hände.

„Okay, das ist jetzt aber kein Teenie-Nonsens mehr. Das ist eine ernstzunehmende Frage, die deutlich mehr Bedenkzeit in Anspruch nimmt."

Jetzt bin ich es, der ein lautes Lachen entfährt.

„Alles klar!", sage ich kichernd, „sag Bescheid, sobald du zu einem Entschluss gekommen bist."

Arek nickt zufrieden und richtet seinen Blick wieder auf den Weg vor uns. Mir gefällt es, wenn er so gut drauf ist. Ich habe das Gefühl, dass sich das sofort auch auf mich überträgt. Ich muss wieder an unsere Verbindung denken. Wenn es stimmt, was Arek gesagt hat, sollte es für mich doch einfach sein, seine Barriere zu durchbrechen. Vielleicht fällt es mir leichter, wenn er nicht mitbekommt, dass ich es versuche.

Ein eisiger Wind pfeift zwischen den Bäumen hindurch und wir schlagen ein schnelleres Tempo an, um warm zu werden. Die Anstrengung lässt uns beide schweigsamer werden, doch ist dies auf alle Fälle besser, als der Kälte nachzugeben.

Ein paar Stunden später lassen wir uns erschöpft auf zwei Baumstümpfe fallen. Arek faltet die Karte auf und verschwindet dahinter, um den Weg zu prüfen. Wir sitzen nah voreinander. Ich beuge mich zu meinem Rucksack hinunter, um ein Brot rauszuholen und lasse dabei mein Bein wie zufällig an seins gleiten. Vielleicht ist das meine Chance.

Es ist merkwürdig. Obwohl wir jetzt schon mehr als zwei Tage zusammen unterwegs sind, haben wir uns so gut wie nie berührt. Macht er das echt mit Absicht? Langsam schließe ich die Augen. Wachsam beobachte ich die Energie, die durch mich hindurchfließt. Ein wohliges Gefühl entsteht in mir, es fühlt sich an wie Heimkommen. Tief atme ich ein und aus. Spannung baut sich in mir auf und ich gebe mir alle Mühe, sie auszuweiten. Die Wärme in mir breitet sich immer weiter aus und nach einer kurzen Zeit entsteht ein stetiger Strom, der sich wie eine Wolldecke um meinen gesamten Körper legt.

Noch einmal atme ich tief ein. Ich fühle mich sicher. Meine Fingerspitzen kribbeln. Energie bündelt und formt sich in mir. Ich stelle mir vor, wie diese Energie zu der Stelle wandert, an der unsere Beine sich berühren. Die Stelle, an der wir uns berühren, fühlt sich warm an und der Strom bündelt sich immer weiter dort hin. In Gedanken bin ich bei seiner Energie. In seiner Brust. In seinem Bauch. In seinem Kopf.

Kurz halte ich inne. Sollte ich mich schlecht fühlen, bei dem was ich gerade tue? Ist es nicht das, wovor ich selbst die ganze Zeit Angst habe? Schutzlos erfüllt zu werden. Schließlich ist die Gefühlswelt das Persönlichste, das man besitzen kann. Ein aufgeregtes Kribbeln breitet sich in meiner Magengegend aus. Im Moment würde ich alles dafür tun, um nur einen kurzen Einblick in sein Inneres zu gewinnen. Vielleicht würde sein Handeln dadurch mehr Sinn ergeben und ich könnte verstehen, warum er sich distanziert. Das würde es uns wahrscheinlich beiden leichter machen. Er selbst scheint sich mir ja nicht zu öffnen.

Ich ziehe die Augenbrauen zusammen und konzentriere mich weiter auf die Energie in mir und auf die eine Stelle, an der unsere beiden Körper sich berühren. Immer weiter versenke ich mich in unserer Berührung und es ist plötzlich, als würde ich seine Haut spüren. Als lägen unsere nackten Beine aneinander.

Auf einmal passiert etwas. Eine Art Schwingung durchdringt mein Bein und dann meine Brust, die sich hebt und senkt. Es passiert ganz schnell, aber für einen Bruchteil einer Sekunde nehme ich ein fremdes Gefühl wahr. Es ist kalt und warm zugleich. Unbeschreiblich. Fremd. Aber auch verdammt vertraut.

Genauso schnell wie es da ist, ist es auch wieder weg. Ohne es besser spüren zu können, ist auf einmal alles dunkel. Da ist sie wieder, diese Wand, und mit einem Schlag löst sich die gesamte Spannung in mir auf. Meine Gedanken werden durcheinandergeworfen und nicht einmal meinen eigenen Körper nehme ich richtig wahr. Widerwillig und mit gerunzelter Stirn öffne ich die Augen und blicke direkt in die von Arek. Sein amüsiertes Grinsen gräbt sich in meinen Blick. Verdammt. Ich habe gar nicht gemerkt, wie er die Karte gesenkt hat.

„Du glaubst doch nicht im Ernst, dass ich das nicht merke." Er faltet belustigt die Karte zusammen und deutet auf mein Bein.

Bitte was? Seufzend umfasse ich meine Knie.

„Ich war kurz davor", sage ich triumphierend.

„Ich dachte, ich gönn dir diese Freude mal", sagt Arek schulterzuckend und sieht mich aus großen, unschuldigen Augen an. Ungläubig erwidere ich seinen Blick.

„Du hast das extra zugelassen?" Ich kann es nicht glauben, dass er mich so in die Falle rennen lässt.

Er schweigt und packt die Karte zurück in den Rucksack, doch sein Grinsen kann er nicht verbergen.

„Ein Erfolgserlebnis wäre echt mal ganz nett", protestiere ich und schürze die Lippen. Arek hält inne und wendet sich mir zu.

„Hey, du bist besser, als du denkst, Nara. Nur weil du es noch nicht schaffst meine Barriere zu durchbrechen, heißt das nicht, dass du keinen Erfolg hast. Ich habe jahrelang daran gearbeitet. Du hast es ohne große Anstrengung geschafft, deine Energie in dir zu bündeln, das ist ein riesiger Fortschritt." Er steht auf und streckt mir seine Hand entgegen. Ich betrachte sie und greife danach. Arek zieht mich auf die Beine. Ich fühle nichts. Die Spannung von gerade eben ist verschwunden.

Mit Broten in der Hand gehen wir weiter.

„Wieso machst du das eigentlich mit der Barriere? Abgesehen von gerade eben, habe ich es noch nie geschafft, auch nur einen Hauch von deinen Gefühlen mitzubekommen", sage ich kauend.

„O glaub mir, das ist auch besser so." Arek blickt weiter geradeaus, seine Lippen aufeinandergepresst.

Das hat er schon einmal gesagt. Was sollte schon so schlimm daran sein? Ich werde aus ihm nicht schlau. Die Barriere, seine aufmerksamen Blicke, die Art, wie er die Karte feinsäuberlich zusammenfaltet und jede

Regung in der Natur beobachtet. Will er über alles die Kontrolle haben? Ich erinnere mich, wie er zu Hause im Trainingsraum einen Philosophen zitierte. Er sagte, dass nur wenn man die Fähigkeit besitzt seinen eigenen Geist voll und ganz zu beherrschen, man auch alles andere beherrschen kann, auf das man ein Anrecht besitzt.

Aber ist zu viel Kontrolle nicht auch schädlich? Karan ist doch offensichtlich das beste Beispiel dafür. Ich mustere Arek von der Seite. Sein Gesicht hat er tief in seinem Schal vergraben. Vielleicht verdankt er es diesem Lebensmotto, dass er noch am Leben ist. Meine Gedanken blitzen zu den Menschen, die gestern an unserem Auto waren. Wahrscheinlich sollte ich mir ein Vorbild an Arek nehmen und aufmerksamer durch den Tag gehen.

Fröstelnd sehe ich mich um und sauge die Details des Waldes auf. Äste, die mit Schnee bedeckt von den Bäumen abstehen. Löcher und verkratzte Rinde an den Baumstämmen. Irgendwo weit entfernt pfeift ein einzelner Vogel. Etwas raschelt im Gebüsch, vielleicht ein Igel. Ich atme tief ein und aus, während ich weiter einen Fuß vor den anderen setze. Irgendwo da draußen versteckt sich mein Vater und tut schreckliche Dinge. Ob sich auch in mir ein Stück Karan versteckt? Wieder dieser Gedanke. Die Tochter von einem scheinbar so grausamen Mensch zu sein, treibt mir ein Engegefühl in die Brust. Ich nehme all meinen Mut zusammen.

„Hast du Karan schon einmal gesehen?"

Arek sieht mich an und zieht eine Augenbraue hoch. „Warum willst du das wissen?"

Ich traue mich nicht die Wahrheit zu sagen. „Ich frage mich, wie er aussieht."

Arek bleibt eine Weile ruhig, dann sagt er: „Ich habe ihn einmal gesehen, als ich noch kleiner war. Meine Familie wohnte damals noch woanders und Mark nahm mich mit zu einer Nevox-Versammlung, bei der Karan auch auftauchte. Ich war noch ziemlich jung und kann mich nicht sehr gut daran erinnern. Doch es gibt viele Bilder von ihm." Arek macht eine kurze Pause und fährt dann fort: „Er ist groß, hat bernsteinfarbene Augen und schneeweiße Haare. Aber warum willst du das wissen?" Er mustert mich mit zusammengezogenen Augenbrauen. Sein Blick wandert über mein Gesicht. Ich antworte nicht und plötzlich weiten sich seine Augen. Seine Stirn glättet sich und er seufzt. Wahrscheinlich ist bei ihm der Groschen gefallen. Ich weiche seinem Blick aus, meine Sorge ist mir peinlich.

Arek bleibt abrupt stehen und starrt mich an.

„Nara, er sieht dir kein Stück ähnlich." Seine Stimme ist ernst und er sieht mich eindringlich an. „Und wenn schon, was würde das ändern? Ja, du bist seine Tochter, das steht fest und lässt sich nicht ändern. Aber du bist nicht er. Du bist du und das ist gut so. Wieso machst du dir Gedanken darüber?"

Verzweifelt ringe ich nach Erklärungen. „Arek, ich habe das Gefühl, ich kenne mich selbst nicht mal richtig. Egal, wie viel von meiner Mutter in mir steckt, zu einem Teil bin ich auch seine Tochter. Und ein Teil von ihm ist mit Sicherheit auch in mir. Damals, bei meinem Unfall habt ihr mich gerettet und mir vertraut, obwohl ihr wusstet, wer ich bin. Wieso solltet ihr so etwas tun? Wieso habt ihr mich nicht einfach liegen lassen?"

Arek starrt mich ungläubig an, doch ich bleibe still. Ich meine es ernst. Was, um Himmels willen, sollte sie dazu bringen, die Tochter des Feindes zu adoptieren? Außer dass sie dann ein Druckmittel gegen ihren Feind hätten. Arek fixiert mich.

„Wir Nevox lassen niemanden liegen, wir stehen für das Gute im Menschen. Wenn man einen Menschen retten kann, dann tut man das. Es sei denn, dieser Mensch stellt eine große Bedrohung für andere Menschen dar, so wie die Athemar. Du selbst bist bis jetzt nie eine Bedrohung gewesen, denn die Menschen, die dich großzogen, lebten ein relativ normales Leben. Zumindest gab es nie Hinweise darauf, dass du trainiert wurdest. Warum auch, wenn Karan alles mit einem Fingerschnips und einer Bluttransfusion lösen kann. Wahrscheinlich hat er nur gewartet, bis du alt genug bist."

„Ich bin die Tochter vom Oberhaupt", sage ich mit fester Stimme. Wer weiß, was passiert, wenn unbewusste Dinge auf einmal in mir hochkommen? Wer bin ich dann? Wäre ich dazu fähig, den Carters etwas anzutun? „Woher wollt ihr wissen, dass ich nicht auf einmal auf euch losgehe, so wie Karan es tun würde? Was, wenn ich mich auf einmal an mehr erinnere, als ihr denkt?"

Verzweifelt blicke ich Arek an und suche nach einer Antwort in seinen Augen. Er ist jetzt still und starrt mir einfach nur entgegen. Seine Brust hebt und senkt sich. Vertraut er mir überhaupt? Reue steigt in mir auf. Habe ich eine Frage zu viel gestellt? Unter meinem Fuß zerbricht ein Ast. Etwas in mir drin beginnt ebenfalls zu zerbrechen. Arek hat seinen Blick immer noch nicht abgewendet. Wieso sagt er nichts? Ich fühle mich nackt. Meine Seele liegt vor unseren Füßen, bereit in der Luft zerfetzt zu werden. Woher kommt diese plötzliche Verletzlichkeit? Die Anspannung der vergangenen achtundvierzig Stunden bricht in mir zusammen. Mein Atem geht schnell. Der Wind kriecht in meinen Jackenkragen.

Arek sieht auf meinen Hals. Er blinzelt und kommt einen Schritt näher. Seine angespannten Kiefermuskeln treten mahlend unter seinen Wangenknochen hervor. Er zieht die Augenbrauen zusammen und etwas Unentschlossenes in seinem Blick lässt seine Pupillen hin- und herwandern. Dann fixiert er mich. Mein Atem steht still.

Leise, fast unhörbar, sagt er: „Ich konnte dich nicht in der Klinik liegen lassen."

Ich schlucke. Seine Miene ist angespannt und seine Stimme dunkel. Er spricht weiter. „Meine Blutreserven waren im Krankenhaus hinterlegt, aber nach deiner ersten OP vollständig verbraucht. Die Ärztin bat mich um eine weitere Spende, weil sie wusste, dass wir die gleiche seltene Blutgruppe haben. Also fuhr ich in die Klinik. Eigentlich wollte ich dich gar nicht sehen." Seine Stimme bricht kurz. „Doch ich musste. Es hatte mich so stark zu dir gezogen, dass ich mich vor deinem Bett wiederfand, ohne gemerkt zu haben, wie ich dort hingekommen war. Deine Wunden waren so frisch. Du warst so voller Schmerz. Es hat mich gebrochen. Ich habe dich gespürt und es … hat mich überwältigt." Er sieht zu Boden. „Ich hatte das Gefühl deine Schmerzen mit dir zu teilen. Du warst um ein Haar dem Tod entkommen. Ich habe es an meinem ganzen Körper gefühlt. Noch nie in meinem ganzen Leben habe ich einen anderen Menschen so sehr gespürt wie dich in diesem Moment." Er schlägt seine Augen auf und lässt seinen Blick für eine Weile unterhalb von meinem linken Auge ruhen. Es fühlt sich an, als würde er mit seinen Fingern über meine Narbe streichen. In seinen Augen brennt etwas.

Mit dieser Antwort habe ich nicht gerechnet. Ich denke daran, wie ich mich an dem Dorn im Gestrüpp verletzt hatte und er aussah, als wäre es ihm selbst passiert.

Arek fährt fort: „Ich habe viel nachgelesen. Trotzdem kann ich dir nicht genau sagen, woran das liegt. Es ist, als würde ich all dein Empfinden miterleben. Ich kann es nicht abstellen, es ist nicht wie bei den anderen."

Ich räuspere mich. „Als ich zu euch gekommen bin, hast du dich mir gegenüber komplett zurückgezogen. Ich dachte, du weist mich ab. Ist das der Grund dafür?"

„Es war alles neu für mich", sagt Arek und rauft sich die Haare. Er schaut sich im Wald um, als würde er etwas suchen. „Die Zeit, in der du im Koma lagst, war für mich die schlimmste Zeit meines Lebens. Verdammt, ich kannte dich nicht einmal." Arek sieht mich verzweifelt an. Ich habe ihn noch nie fluchen gehört. „Und trotzdem hat es mich immer wieder zu dir gezogen. Ich wusste nicht, wohin mit mir. Mein ganzer Körper hat geschmerzt. Ich will nicht wissen, wie es sich für dich angefühlt hat. Aber normalerweise ist es nicht meine Art, so neben der Spur zu sein. Mir ging es miserabel und jeder zweite Gedanke ging zu deinem verwundeten Körper. Verstehst du, dass es für mich merkwürdig war, in deiner Nähe zu sein? Ich habe von so etwas noch nie gehört, aber es muss an der Bluttransfusion liegen. Als du bei uns ankamst, ist mir aufgefallen, wie ich die Kontrolle über mein Empfinden verlor. Es hatte sich mit deinen Gefühlen vermischt und es gab Tage, an denen ich sie nicht voneinander trennen konnte. Ich wusste nicht, ob es mein Körper oder deiner war, der die Schmerzen erlitt. So die Kontrolle zu verlieren, hat mir Angst gemacht. Nur mit Abstand zu dir, konnte ich klare Gedanken fassen und die Barriere stärken."

Er schweigt und atmet schwer. Ich sage nichts, blicke ihn einfach nur an und versuche, das Chaos in mir zu sortieren. Arek seufzt und hebt beschwichtigend die Hände.

„Du musst nichts dazu sagen. Mittlerweile habe ich das Ganze gut unter Kontrolle und ich werde versuchen, mehr darüber herauszufinden. Ich will nur, dass du mir glaubst." Sein Blick ist aufrichtig.

Ich glaube ihm jedes einzelne Wort. Ich kann gar nicht anders. Einen kurzen Moment lausche ich der Stille, die der Schnee erzeugt. Was ich antworten soll, weiß ich nicht. Das muss ich erst einmal sacken lassen.

„Ich glaube dir. Lass uns weitergehen und etwas zu essen suchen."

Ich sehe Erleichterung in seinen Augen aufblitzen. Dann richtet er seinen Blick wieder auf den Weg und geht weiter. Ich laufe dicht neben ihm. Keiner sagt ein Wort. Wieviel von meiner Stimmung er wohl jetzt gerade mitbekommt?

19

Bis die Sonne im Zenit steht, laufen wir ohne zu sprechen. Ich verwende meine ganze Energie darauf, einen Schritt vor den anderen zu machen und verliere mich dabei wie in einer Art Trance. Auf dem Weg machen wir ein paar essbare Pflanzen aus. Ich nehme allen Löwenzahn mit, den ich finden kann und während wir eine Weile über ein Steinplateau laufen, gräbt Arek Nachtkerzenwurzeln aus. Unsere Funde trage ich in einem Netz, außen an meinem Rucksack befestigt. Wir folgen dem Bach, da er die nächsten Kilometer unsere Route begleiten wird. Später, im immer dichter werdenden Wald, bleibt Arek stehen.

„Knoblauchrauke", sagt er und zeigt auf ein Büschel am Wegrand mit rundlich gekerbten Blättern, „lass uns davon noch die Wurzeln ausgraben und dann essen."

Wieder einmal schicke ich ein Dankesgebet zum Himmel, dass Arek sich so gut im Wald auskennt. Mein Magen knurrt gewaltig, und so viel Löwenzahn ich auch gesammelt habe, die dünnen Blättchen werden uns nicht beide satt machen. Ich lehne meinen Rucksack gegen einen Baum und gehe wie Arek in die Hocke, um zu graben. Meine Finger sind eisig kalt, während ich in der angefrorenen Erde wühle.

„Die Dinger sind Gold wert", sagt Arek und präsentiert mir eine weiße Wurzel, „viel Vitamin C, das können wir hier draußen gut gebrauchen." Er reibt die Erde ab.

„Und antibakteriell", erinnere ich mich an eine Unterrichtseinheit. Wer hätte gedacht, dass ich das neue Wissen so schnell anwenden kann. Arek nickt.

Wir graben eine ganze Weile und waschen die Ernte im Fluss. Ich kann nicht sagen warum, aber etwas daran fühlt sich gut an. Obwohl meine Finger vor Kälte ganz steif sind, habe ich immer mehr das Gefühl zum Wald zu gehören. Eins mit ihm zu sein. Vielleicht ist es das, was Arek gestern gemeint hat.

„Lass uns im Gehen essen", sage ich zu Arek und ziehe meine Schultern an. Vom Graben und dem Fluss bin ich durchgefroren. „Die können wir ja roh essen, oder?"

Arek nickt und nimmt sich eine Portion aus dem Netz. Wir gehen weiter und laufen kauend nebeneinanderher. Die Nachtkerzenwurzel ist nicht ganz mein Fall, dafür ist sie dick und ergiebig. Die Wurzel der Knoblauchsrauke ist überraschend lecker. Sie erinnert mich an Meerrettich, nur etwas milder. Zufrieden stecke ich mir die restlichen Löwenzahnblätter in den Mund. Hoffentlich freut sich mein Körper über die ganzen Vitamine.

Das Terrain wird immer steiler und unser zügiger Schritt sorgt dafür, dass mir schnell wieder warm wird. Während dem Gehen stolpere ich mehrmals über meine eigenen Füße. Jedes Mal ist es, wie wenn ich für eine kurze Sekunde die Besinnung verliere. Ich bleibe stehen und blinzele. Schon wieder wird es kurz schwarz vor meinen Augen und auf einmal sind da wieder diese bernsteinfarbenen Iriden. Ich schüttele mich und fasse an meinen Kopf. So wenig habe ich doch gar nicht gegessen, dass ich jetzt schon Zeichen von Mangelernährung aufzeige. Es ist, als ob jemand nach meinem Verstand tastet. Ich huste und ziehe den Kopf in den Nacken. Wenn Karan so stark ist, wird er mich finden. Entweder ich komme davor rechtzeitig bei den Crafts an, um weiter zu trainieren oder aber ich bin schutzlos ausgeliefert. Ich sollte schon jetzt an der Barriere arbeiten, nur für alle Fälle. Ich schüttele mich. Der Gedanke, dass Karan mit einem Fingerschnips in mich hineinfühlen kann, lässt mich schlucken.

„Was ist los?", fragt Arek, der ebenfalls stehen geblieben ist.

Ich zögere und sehe mich um. Völlig klar und in seinem dunklen Grün liegt der Wald um mich. „Ich denke, ich sollte lernen meine Energien abzuschirmen."

Arek nickt und zerrt einen kleinen Ast aus seinem Schnürsenkel. „Das wirst du bei den Crafts."

„Nein", sage ich, „ich muss es schon jetzt üben."

Arek richtet sich auf und sieht mich mit erhobener Augenbraue an. „Wir sind bald in Sicherheit, Nara. Ich glaube nicht, dass die Athemar uns hier finden, dafür sind wir schon viel zu weit im Wald."

Ich verschränke die Arme vor der Brust. „Ich weiß auch nicht, Arek, aber irgendetwas sagt mir, dass er mich fühlen kann. Zeig mir wenigstens die Grundlagen der Barriere. Den Rest lerne ich selbst und bei den Crafts."

„Okay", sagt er seufzend, „wir haben eh nichts anderes während dem Gehen zu tun."

Ich nicke dankend und wir steigen weiter den Hang hinauf. Nach einer Weile hebt Arek einen Stein vom Boden auf.

„Das bist du."

Ich runzele die Stirn. „Ein Stück dreckiger Fels?"

„Lass den Dreck weg, aber im Grunde ja." Er drückt mir den aprikosengroßen Stein in die Hand. „Wenn du an deiner Barriere arbeitest, halte an diesem Bild fest. Felsen sind die Seele dieser Erde, nicht umsonst verwenden wir den Begriff *steinalt*."

Keuchend klettere ich über eine Wurzel, die aus dem Hang herausragt. „Ich verstehe nur Bahnhof."

„Es wird Sinn ergeben, wenn du es ausprobierst. Im Grunde versuchen wir so zu sein wie der Fels, wenn wir eine Mauer um unsere Energien bauen. Stelle dir einen Fels am Ufer des Ozeans vor. Die Gischt peitscht um ihn herum, aber er sitzt ruhig an Ort und Stelle. Auf Dauer graben die Wellen eine Höhlung in den Fels, dennoch bleibt er immer in sich geschlossen."

„Ein Fels in der Brandung also?" Ich kann den schnaubenden Lacher nicht unterdrücken.

„Sozusagen", sagt Arek ernst.

Ich schweige und betrachte das Stück Fels in meiner Hand, das sich kalt und kantig anfühlt. Vorsichtig lasse ich es in meine Jackentasche gleiten.

„Ist das alles, was du mir dazu sagen kannst?"

„Leider ja", sagt Arek und geht unbeirrt weiter, „die Barriere ist etwas ganz Persönliches. Ich kann dir nur sagen, dass das Bild von dem Fels mir geholfen hat, sie aufrecht zu halten. Wenn du dich ein wenig damit vertraut gemacht hast, können wir üben."

Ich nicke und halte einen Ast zur Seite, damit Arek daran vorbeiklettern kann.

„Danke. Mal sehen, was ich damit anfangen kann."

Am Nachmittag bin ich von oben bis unten durchgeschwitzt. Das Bergauflaufen geht auf Dauer ordentlich in die Waden und lässt mich die Kälte fast vergessen.

„Sag Bescheid, wenn du eine Dusche siehst", sage ich keuchend und halte mich an einer herausstehenden Wurzel fest, um nicht von dem glitschigen Hang abzurutschen.

Arek grinst und zeigt ein Stück in die Ferne.

„Ich glaube, ich habe deine Dusche schon gefunden."

Ich runzele die Stirn und folge mit meinem Blick seiner Geste, kann aber nichts erkennen. Will er mich auf den Arm nehmen?

Ein Stück weiter sehe ich, was er meint. Etwas Helles blitzt zwischen dem Grün hervor.

Nach etwa hundert Metern stehen wir vor einem Bergsee, der geschützt zwischen Felswänden und Bäumen liegt. Das Wasser ist glasklar und spiegelt den hellen Himmel und die Nadelbäume, die das Ufer säumen. Dieses Wasser muss aus einer Quelle weiter oben im Fels stammen.

„Zeit für eine kurze Pause", sagt Arek lässig und läuft auf den See zu.

Ich starre ihn an. Er hat das mit der Dusche doch nicht etwa ernst gemeint, oder?

„Vergiss es!" Ich bleibe auf der Stelle stehen. Mich schaudert es bei dem Gedanken, dieses eiskalte Wasser auch nur mit einem Finger zu berühren. Es hat zwar aufgehört zu schneien, aber das Wasser sieht nicht gerade nach Whirlpool-Temperatur aus.

Arek stellt seinen Rucksack am Ufer ab und beginnt sich auszuziehen. Bitte was? Mir klappt die Kinnlade runter. Lachend begegnet er meinem fassungslosen Blick. „Keine Sorge, ich zieh mich nicht ganz aus."

Wieder einmal schießt mir die Röte in den Kopf. Und diesmal liegt es ganz bestimmt nicht an der Anstrengung. Ich blicke zu Boden, sehe aber aus dem Augenwinkel, wie er sein Shirt über den Kopf zieht. Ich kann nicht anders, als ihn anzustarren.

Himmel. Ich wusste ja, dass er trainiert ist, aber ...

„Du weißt, dass du krank wirst, wenn du da rein gehst, oder?" Ich will ja keine Spielverderberin sein, aber die Idee ist absoluter Nonsens.

Arek zieht eine Augenbraue hoch, stützt seine Hände in die Seiten und sieht mich gespielt überrascht an. Jetzt grinst er und geht in die Hocke.

„Du hast nicht im Ernst geglaubt, dass ich da reingehe. Ich bin doch nicht lebensmüde." Er formt eine Schale mit seinen Händen, lässt das Wasser über sein Gesicht laufen und reibt sich den Oberkörper ab. Allein beim Anblick gefriere ich zur Eisstatue, obwohl mir gerade eben noch so warm war. Andererseits der Fakt, dass er nur in Boxershorts bekleidet dort am Rande des Sees sitzt und sich die Arme abreibt, könnte mich über die Kälte glatt hinwegsehen lassen. Scharf atmet Arek ein und schüttet sich eine weitere Ladung Wasser über den Kopf. Die glitzernden Tropfen perlen an seinem Körper hinunter. In meinem Bauch kribbelt es und ich kann nicht wegsehen.

„Fast so warm wie unsere Dusche daheim", ruft er mit unschuldig großen Augen und fordert mich mit einem Wasserspritzer auf, zu ihm an den See zu kommen. Ich kann seine Gänsehaut bis hierher sehen.

„Ich schau auch nicht hin." Arek dreht sich von mir weg und reibt seine Beine ab. „Du willst doch nicht verschwitzt schlafen gehen."

An seiner Stimme höre ich, dass er grinst. Ich lache. Bei diesem Punkt hat er tatsächlich recht. Falls wir heute wieder so eng nebeneinander schlafen, wovon ich ausgehe, will ich nicht die Einzige sein, die stinkt. Ich blicke zum Himmel und seufze.

Was soll's. Die Unterwäsche wechsle ich eh, da macht es nichts, wenn sie nass wird. Ich lasse meinen Rucksack ins Gras sinken und öffne langsam meine Jacke. Ein kalter Windstoß fährt hinein und ich beiße die Zähne aufeinander. Noch einmal versichere ich mich, dass Arek wegschaut und streife meine Schuhe ab. Dann schlüpfe ich aus meiner Jeans und der Leggings, die ich darunter trage. Meine Zehen berühren den kalten Waldboden und für einen Moment zieht sich alles in mir zusammen. Eilig krame ich zwei Handtücher aus dem Rucksack und werde die restliche Kleidung los. Ich kann nicht glauben, dass ich das tue.

Nur noch in Unterwäsche gekleidet, tippele ich über das weiche Moos und schmeiße das eine Handtuch in Areks Richtung.

„Danke." Mit schnellen Bewegungen reibt er sich die Nässe vom Körper, immer noch in die andere Richtung gedreht. Wenigstens hält er sein Wort. Ein kurzes Quieken entweicht meinen Lippen, als ich mir das eiskalte Wasser ins Gesicht spritze. Bevor ich es mir anders überlegen kann, schaufele ich eine zweite Ladung aus dem See und lasse sie an meinem Körper hinablaufen. Nach Luft japsend reibe ich mich ab. Puh. Mein Blut gefriert in den Adern. Mit jeder weiteren Handvoll Wasser verändert sich das Gefühl. Das Wasser fühlt sich an wie tausend Nadeln, die sanft in meinen ganzen Körper piksen. Meine Haut prickelt. Ich blicke zu Arek, der jetzt in das Handtuch gehüllt am Ufer steht und auf den See hinausschaut. Mit eiligen Bewegungen wasche ich mich an den restlichen Stellen und schnappe mir mein Handtuch. Fertig abgetrocknet ist mir überraschend warm. Noch enger schlinge ich das Frotteetuch um meinen Körper und geselle mich zu Arek ans Ufer.

„Hier, tritt auf das Moos, das ist wärmer", sagt er und rutscht ein Stück zur Seite, damit ich ebenfalls Platz habe auf dem weichen Grün.

Für eine kurze Weile schweigen wir und blicken auf den glitzernden See hinaus, in dem sich das Licht der langsam untergehenden Sonne bricht. Durch den Schnee ist es vollkommen still, als würde der Wald jegliche Geräusche aufsaugen. Tief atme ich ein und sauge die Umgebung in mir auf. Jede einzelne Tanne am Ufer spiegelt sich auf der glasklaren Oberfläche des eisigen Wassers. Das ist eine Erinnerung, die ich für immer behalten will. Ich sehe zu den Felsen, die unter der Wasseroberfläche schimmern.

Die Felsen, das bin ich. Ob ich mich an diesen Gedanken gewöhnen kann? Etwas Warmes breitet sich in meiner Magengegend aus. Es könnte Schlimmeres geben, als so mächtig und ruhig wie Stein zu sein. Tief atme ich ein und stelle mir vor, selbst der Fels zu sein, in dem sich dieses Wasser sammelt. Verbunden mit dem Wald, dem Wasser und dem Himmel. Meine Füße werden schwer und es fühlt sich an, wie wenn sie sich in das Moos verwurzeln. Ich lächle.

Ohne den Blick abzuwenden, sage ich: „Inmitten dieser Naturgewalt wirken die eigenen Probleme plötzlich ziemlich klein."

„Hmm." Areks zustimmendes Brummen macht den Moment noch friedlicher. Er fährt sich mit dem Handtuch über die nassen Locken. „Wir sollten schauen, dass wir ins Warme kommen."

„Sagt Mr. *Ich zieh mich nicht ganz aus.*"

Arek grinst und spritzt mit dem großen Zeh ein wenig Wasser auf meine Füße.

„Okay, das wars", sage ich und wende mich zum Gehen, „der schöne Moment ist vorbei, ich lass mich ganz sicher nicht nass spritzen."

Ein tiefes, herzerwärmendes Lachen erklingt hinter mir. „Dacht ich's mir doch."

Grinsend schnappe ich mir meine Klamotten und mache mich daran, mich anzuziehen.

In frischen Klamotten und die Schlafsäcke um die Schultern gezogen, sitzen Arek und ich auf unseren Rucksäcken vor einer Felswand und essen die Reste, die wir noch in unseren Brotdosen finden. Nach der Erfrischung am See nehmen wir noch einmal alle Kräfte zusammen und laufen bis zum Einbruch der Dunkelheit. Beim Gehen fällt mir eine Vertiefung im Fels auf, die sich als kleine Höhle entpuppt. Ein Glücksfund. Sie ist nicht groß, reicht aber als Unterschlupf für die Nacht.

Jetzt ist es beinahe dunkel. Nach dem eisigen See kommt mir das Wasser aus der Trinkflasche fast lauwarm vor, als ob mein Temperaturempfinden sich verschoben hat. Ich ziehe die Schuhe aus, schlage den Schlafsack enger um mich und massiere meine Zehen, um sie warm zu halten. Arek studiert die Karte. Ohne aufzublicken, greift er hinter mich nach seiner Wasserflasche. Kurz berühren sich unsere Arme und ich kann die Gänsehaut nicht unterdrücken, die sich in Sekundenschnelle auf meiner Haut ausbreitet. Verdammt, wie kann er nur so eine Wirkung auf mich haben? Arek hält inne und lässt seinen Blick über meine Haut schweifen. Ich kann es spüren, als wenn es seine Finger wären, obwohl diese am Rucksack hinter mir sind. Was geht in seinem Kopf vor? Ich presse meine Lippen aufeinander und fasse einen Entschluss.

„Ich will es wissen", sage ich.

Arek löst seinen Blick von meinem Arm und legt seinen Kopf schief. Fragezeichen sind in seinen Augen.

„Ich will wissen, wie es ist. Hör bitte auf, deine Barriere zu erhalten."

Kurz fixiert er mich. Seine Pupillen wandern zwischen meinen Augen hin und her. Jetzt zieht er die Augenbrauen zusammen und legt die Karte aus der Hand. Sein Blick ist abwehrend.

„Ich will wissen, wie es für *dich* ist", beharre ich.

Er schüttelt fast unmerklich den Kopf und mich beschleicht das Gefühl, dass er nicht daran zweifelt, ob ich es verkrafte, sondern eher daran, es zuzulassen. Was kann schon so schlimm daran sein, die Kontrolle abzugeben? Arek blickt mich mit gefasstem Blick an, doch mein Blick ist ebenfalls ernst. Ich sehe, dass er mit sich ringt.

„Bitte", sage ich leise und lege meine Hand auf seinen Oberschenkel. Ich weiß nicht, woher ich den Mut zu dieser Berührung nehme. Plötzlich ist es still. Wie wenn der Wald den Atem anhält. Ich tue es ebenfalls.

Arek starrt mich mit geweiteten Augen an, schiebt meine Hand aber nicht weg.

„Das machst du mit Absicht", sagt er. Seine Stimme ist so dunkel, dass man sich darin verlieren kann. Er sieht in Richtung meiner Hand.

Ein sanftes Grinsen schleicht sich auf meine Lippen.

„Wäre möglich", sage ich und halte seinem Blick stand. Sogar in der Dunkelheit bin ich hilflos gefangen in seinen Augen, die mich förmlich aufsaugen. Erneut stößt Arek einen leichten Seufzer aus und schaut gequält in Richtung Himmel. Der Mond blitzt zwischen den Bäumen hervor und wirft einen Schatten auf seine rechte Gesichtshälfte.

Dann raunt er: „Sag nicht, dass ich dich nicht gewarnt hätte."

Überrascht atme ich auf und löse meine Hand von seinem Oberschenkel.

„Was muss ich tun?", frage ich aufgeregt und begegne seinem festen Blick. Ich räuspere mich und setze mich aufrecht vor ihn.

„Halt einfach still", sagt Arek ruhig. Seine Stimme ist sanft, aber bestimmt. Er sieht immer noch so aus, als wolle er es nicht zulassen und schaut mich eine Weile lang mit gerunzelter Stirn an. Nach einer kurzen Pause dreht er seinen Körper zu mir. Zwischen unseren Gesichtern ist nun nicht einmal mehr eine halbe Armlänge Abstand. Er sieht auf seine Hände und dann in mein Gesicht. Diesmal ist sein Blick anders. Intensiver, irgendwie intimer. Als sähe er mich das erste Mal richtig an. Ich kann nicht anders als in seine Augen zu starren, in denen ich in dem dämmrigen Mondlicht ganz neue Schattierungen von Blau entdecke. Mein Blick zuckt runter zu seiner Hand, die er langsam zu meiner bewegt. Ich öffne die Lippen, um besser atmen zu können und es ist plötzlich verdammt eng in meiner Brust.

Arek nimmt meine Hand und ich schlucke, den Blick nicht abwendend. Er verschränkt unsere Finger miteinander und es fühlt sich an, wie wenn die ganze Welt darauf gewartet hätte. Mein Herz pocht heftig gegen meine Rippen. Mich überfährt eine Woge von Wärme und jedes einzelne Haar auf meinem Körper stellt sich auf. Mir ist heiß und kalt zugleich. Sein stechender Blick dringt in mich ein und ich bin verloren. Unfähig, mich zu bewegen.

Mein Atem geht unkontrolliert schnell und ich bin gebannt in der Geschichte, die er erzählt, ohne auch nur ein Wort zu sagen. Es ist eine Geschichte von dunklem Verlangen. Von tiefer Neugier und einhüllender Wärme. Von rasender Nervosität. Dunkelheit und weit darunter tiefe Traurigkeit. Sie saugt mich auf, zieht mich in ihren Abgrund. Herzzerreißende Trauer umgreift meine Seele. Und dann plötzlich Klarheit. Kaltes, reines Wasser, das durch meinen Körper fließt. Tausende Empfindungen, die ich nicht benennen kann, greifen nach mir und ziehen mich zu ihm. Manches davon ist mir vertraut und unsere Energien vermischen sich. Etwas in mir löst sich, das die ganze Zeit festsaß, unfähig sich zu befreien. So etwas habe ich noch nie gefühlt, das weiß ich mit jeder Faser meines Körpers.

Areks Blick hat sich verändert, auch er sieht gelöst aus. Radikale Ehrlichkeit schwappt über sein Gesicht. Ich habe das Gefühl, ihn das erste Mal richtig zu sehen, den wirklichen Arek. Das Gefühl wird stärker und mein Brustkorb schnürt sich zusammen unter dem Gewicht der überwältigenden Energien zwischen uns. Seine Wärme breitet sich immer weiter in mir aus. Seine Finger sind das Einzige, das ich berühre, aber diese Berührung spüre ich so intensiv, dass es wehtut. Ich sehne mich nach mehr. Arek scheint es ähnlich zu gehen, seine Miene hat etwas Schmerzvolles. Seine Lippen sind ebenfalls leicht geöffnet und mir ist, als könnte ich seinen rasenden Herzschlag hören. Ich bin verloren in ihm und er kommt noch näher, als er es sowieso schon ist. Ohne den Blickkontakt zu brechen, legt er seine Hände auf meine Knie und fährt ganz langsam mit seinen Handflächen an der Außenseite meiner Oberschenkel nach oben. Stoßweise atmet er aus und ich gebe mir alle Mühe, selbst das Atmen nicht zu vergessen. Ich wusste nicht, dass so große Hände so sanfte

Berührungen erzeugen können. Ich scheine jeden Moment zu zerplatzen. Unsere Blicke hängen ineinander fest und mit jedem Zentimeter, den Arek meine Beine hochgleitet, wird es zwischen meinen Rippen noch enger. Er lässt seine Hände an meiner Hüfte ruhen und ich ziehe qualvoll die Augenbrauen zusammen. Die Spannung zwischen uns ist fast nicht mehr auszuhalten. Ich lege meine Hände auf Areks Schultern und er zieht mich an meiner Hüfte näher zu sich, bis in seinen Schoß. Ich kann jetzt spüren, wie sich sein Brustkorb hebt und senkt.

Mit einem Ruck hebt er mich an meinem Gesäß in die Luft und ich überkreuze meine Beine hinter seinem Rücken, während er mich sanft gegen die Felswand drückt. Ich bin gefangen zwischen ihm und dem Fels und im Moment würde ich mich nirgends auf der Welt sicherer fühlen. Meine Hände ruhen auf seinen Schultern, gleiten dann seinen Nacken hinauf. In seinem dunklen Blick spiegelt sich das Vertrauen wider, das ich selbst in mir spüre und er berührt meine Stirn mit seiner. Mir geht der Sauerstoff aus. Arek senkt den Blick, doch die Spannung ist intensiver denn je. Ich möchte seine Lippen so sehr auf meinen spüren, wie ich noch nie etwas anderes gewollt habe. Er streicht mir eine Strähne, die mir ins Gesicht hängt, hinters Ohr. Leise raunt er die Worte: „Jetzt kennst du mich", und schließt sanft die letzten Zentimeter zwischen uns. Seine weichen Lippen treffen auf meine und ein kalter Schauer läuft mir über den Rücken. Ich vergrabe meine Hand in seinen Haaren und ein leises Seufzen dringt aus meiner Kehle.

Jetzt löst er vorsichtig seine Lippen von meinen und ich kann spüren, dass er lächelt. Die Nähe zu ihm zerreißt mich und ich bin völlig entwaffnet. Langsam sauge ich seinen warmen, holzigen Duft ein. Ab diesem Moment gibt es kein Zurück. Langsam entfernt er seinen Kopf, auch wenn es nur Millimeter sind und blickt mich aus lächelnden Augen an. Meine Atmung geht immer noch schnell. Ich beiße auf meine Oberlippe und erwidere sein Lächeln, während er mich langsam von der Felswand freigibt. Wir verharren eine Weile so und stehen nah beieinander. Ich sehe zu ihm hoch und meine, eine Art Erleichterung in seinem Blick zu sehen. Auch ich fühle mich frei.

„Was machst du nur mit mir, Nara?", sagt Arek leise.

Gebannt beobachte ich seine wachen Augen, die mich bewundernd mustern. Ich nicke nur, in der Hoffnung, dass er versteht, dass es mir ebenso geht. Ich drücke seine Hand, die längst wieder den Weg zu meiner gefunden hat. Er lächelt und schüttelt sich fröstelnd.

„Lass uns in die Höhle gehen, es wird kalt", sagt er und ich lasse meinen Blick über seine sich bewegenden Lippen gleiten, fasziniert davon, was er in mir auslöst. Mir ist nie aufgefallen, wie sehr ich mich nach seinen Berührungen sehne. Aber jetzt, wo ich seine Hand in meiner halte, spüre ich, dass es das einzig Richtige ist. Ich nicke zustimmend und löse mich von ihm. Wir greifen nach unseren Rucksäcken und tragen sie in die Felsöffnung. Erst jetzt merke ich, wie erschöpft ich bin. Wir breiten nebeneinander unser Lager aus und legen uns in die warmen Schlafsäcke. Es ist stockdunkel in der Höhle und draußen rauscht leise der Wind in den Bäumen.

„Danke für dein Vertrauen", flüstert Arek ganz dicht an meinem Ohr und zieht mich näher zu sich heran. Er klingt, als würde er lächeln und ich mache es mir in seiner Umarmung gemütlich. Für einen kurzen Moment berühren seine sanften Lippen meinen Nacken. Es tut gut, nach wie vor seine Wärme zu spüren. Anscheinend war es nicht nur für diesen einen Moment. Das Summen zwischen uns ist noch deutlich zu spüren.

„Danke für deine Offenheit", erwidere ich leise und lausche seinem Herzschlag. Ich weiß nicht, was dies alles bedeuten soll. Doch in diesem einen Moment habe ich das Gefühl, dass alles gut ist. Und das reicht mir fürs Erste.

20

Ein angsterfüllter Schrei reißt mich aus dem Schlaf. Mit schweißnasser Stirn schrecke ich hoch, Arek ist sofort bei mir.

„Was ist los?"

Ich starre ihn schwer atmend an und realisiere, dass es mein Schrei war, der mich geweckt hat. „Ich … ich hab was Schreckliches geträumt", keuche ich.

Arek atmet auf, legt mir dann aber beruhigend eine Hand an den Rücken.

„Was hast du geträumt?"

Ich schlucke und antworte in die Stille hinein: „Dass sie dich umbringen." Verzweifelt suche ich seine Augen, die sich irgendwo vor mir im Dunkeln befinden.

Arek zieht mich an sich. „Es war nur ein Traum, uns passiert nichts. Nicht, solange wir zusammen unterwegs sind." Seine Stimme ist warm und beruhigend. Ich lege meinen Kopf auf seinen Brustkorb und versuche zur Ruhe zu kommen, doch die Bilder in meinem Gedächtnis sind viel zu deutlich. Weiße Gestalten mit bernsteinfarbenen Augen. Alle rennen umher und geben komische Laute von sich. Mittendrin Arek, der verzweifelt nach Hilfe ruft, aber niemand kommt. Es ist unfassbar heiß, die Luft drückend. Ich schüttele meinen Kopf und versuche die Tränen zurückzuhalten. Arek streicht mir sanft über den Kopf.

„Sie wissen nicht, wo wir sind. Morgen früh laufen wir weiter. Bald sind wir bei meinem Onkel."

Ich will ihm glauben und konzentriere mich auf den Herzschlag, der aus seinem Brustkorb gegen mein Ohr pocht. Bei dem Gedanken an meine bisherigen Träume zieht sich mein Magen zusammen. Ich bezweifle mittlerweile, dass sie nichts zu bedeuten haben. Dieser hier war anders, es waren mehr Augen und dazwischen Areks verzweifelte Schreie. Und dann diese rasselnde Stimme, die immer wieder sagte: „Nara, ich finde dich". War das mein Vater? Mir ist schrecklich kalt. Mit aller Kraft verdränge ich die Bilder aus meinem Kopf. Ich bin hier. Mit Arek allein. Wie um mich zu bestätigen, legt er seinen Kopf an meinen.

„Probier weiter zu schlafen, wir haben morgen einen langen Weg vor uns", sagt er mit gedämpfter Stimme, sein Gesicht in meinen Haaren vergraben.

Ich schlucke und nicke. Wir legen uns wieder hin. Ich kauere mich eng zusammen und schlinge die Arme um meinen Körper. Areks Hand bleibt an meinem Rücken liegen, doch trotz des angenehmen Summens zwischen uns finde ich keine weitere Minute Schlaf. Bis zum Morgengrauen lausche ich Areks regelmäßiger Atmung und halte mich an dem neuen Bild fest.

Ich bin der Fels. Niemand kann mir etwas tun.

Am nächsten Morgen schlagen wir ein schnelleres Tempo an. Die Bilder des Traums sind blasser, doch ich will trotzdem so schnell wie möglich in Sicherheit kommen. Auch Arek ist heute ein Stück ernster als sonst. Etwas sagt mir, dass auch er sich Gedanken um meinen Traum macht. Wortlos gehen wir nebeneinanderher. Irgendwann nimmt Arek meine Hand und streicht ruhig mit seinem Daumen über meinen. Seit gestern Abend ist alles anders. Ich kann ihn deutlicher spüren, seine Barriere ist weniger stark. Auch wenn wir uns nicht ansehen, kann ich etwas fühlen, selbst ohne ihn zu berühren. Die kleinen Schwingungen, die von ihm ausgehen, resonieren mit meiner Energie und setzen sich in mir fest. Wärme streicht durch meinen Körper und löst einen Teil der Anspannung in mir auf. Ob ein Teil von mir nun auch in ihm ist? Unter seiner Wärme liegt eine tiefe Dunkelheit begraben, doch um diese näher zu spüren, müsste er sich weiter öffnen. Irgendwann vielleicht.

Noch immer fällt es mir schwer zu begreifen, dass tatsächlich alles wahr ist, was er gesagt hat. Unsere verflochtene Energie ist der lebende Beweis. Irgendetwas hat mich während all der letzten Wochen davon abgehalten mir einzugestehen, welche Wirkung seine Gegenwart auf mich hat. Immer wieder denke ich an den Moment, in dem sich unsere Finger verschränkten. Innerhalb einer Sekunde war alles klar. Ob er wusste, was er auslöst?

Mein Blick gleitet zu ihm und mit einem tiefen Atemzug öffne ich mich den sanften Schwingungen, die wie glasklare Tropfen auf meine Seele einprasseln.

Es schneit durchgehend, die weiße Schicht wird zunehmend dicker und schwerer. Unter unseren Schuhen knirscht es, während wir immer weiterlaufen, mit weniger Pausen als gestern. Der eisige Wind pfeift uns um die Ohren und ich versuche von innen Wärme zu produzieren. Für irgendetwas müssen diese Fähigkeiten ja sonst noch nützlich sein. Ich versuche den Schnee auszublenden und mich einzig und allein auf den Weg und mein Inneres zu konzentrieren. Atme drei Schritte lang ein und drei Schritte lang aus. Ein und aus. Ich stelle mir vor, zu Hause im Trainingsraum zu sein. Wie ich mich im Spiegel betrachte und ein Gefühl von freudiger Wärme entstehen lasse. In meinen Ohren hallt Areks Herzschlag wider und mein Fokus wandert in die innere Versenkung. Stille Funken lassen sich in meiner Brust nieder. Konzentriert halte ich an diesen Funken fest und gebe mir Mühe die Wärme in mir auszubreiten. Es kommen andere, wärmere Schwingungen dazu und ich weiß, dass er es ist. Immer wieder greift der Wind mit seinen eisigen Fingern nach meinen Gedanken. Doch mit jeder Einatmung lasse ich den Funken auflodern, mit jeder Ausatmung lasse ich es wärmer werden. Atemzug für Atemzug, Schritt für Schritt.

Der Wald ist mittlerweile vollständig mit Schnee überzogen und mein Atem steigt in weißen Nebelwolken vor mir auf. In meinen Haaren haben sich unzählige Schneeflocken verfangen, die die einzelnen aus der Kapuze herausschauenden Strähnen zu kalten Strängen vereisen. Wir laufen schon eine Ewigkeit und ich habe jegliches Zeitgefühl verloren. Die Sonne hat den Zenit überschritten, aber meine Beine fühlen sich an, als seien wir schon den ganzen Tag durchgewandert. Der Schnee vereinfacht das Laufen nicht gerade. Meine Beine, die ich vor Kälte fast nicht mehr spüren kann, werden mit jedem Schritt schwerer und auch Arek ist langsamer als sonst. Schwer atmend wendet er sich mir zu.

„Wir brauchen eine Pause." Er klingt ausgelaugt. „Und unsere Mägen machen das auch nicht mehr lange mit." Er zeigt auf meine Hände und mir wird bewusst, dass ich am ganzen Körper nicht nur vor Kälte, sondern auch vor Hunger zittere. Ich weiß auch, dass wir uns nicht viel länger von Beeren, Wurzeln und Blättern ernähren können.

„Was sagt der Masterplan?" Ermattet schnaufe ich und ziehe die Zehen an.

Arek massiert seine Finger.

„Hier sollte irgendwo eine Hütte sein. Wir hätten sie schon längst erreichen müssen, aber der Weg ist weiter als gedacht. Ich hoffe, sie ist noch dort." Arek zieht sich den Schal weiter ins Gesicht. „Die Hütte hat meinem Urgroßvater gehört und steht seit seinem Tod leer. Vor ein paar Jahren haben wir dort einmal den Sommer verbracht. Wenn mich mein Orientierungssinn nicht verlassen hat, sind wir bald dort. Ich habe damals die Karte auswendig gelernt, um allein herumwandern zu können."

Ich nicke erleichtert und hoffe, dass er sich nicht irrt. Arek mustert mich aufmerksam.

„Hältst du noch eine kleine Weile durch?"

Ich beiße die Zähne aufeinander und bringe ein *Ja klar* und ein Lächeln hervor. Ich beobachte die Nebelwolke, die meinem Mund entweicht, während ich spreche: „Wie sieht's mit dir aus?"

Arek nickt und steckt seine Hände in die Jackentaschen.

„Müsste passen."

„Also gut", sage ich und schöpfe neue Energie.

Wir kämpfen uns weiter durch den dicken Schnee. Nach einer guten Stunde sehen wir endlich das Dach einer kleinen Holzhütte durch die Äste blitzen.

„Da vorne ist es", ruft Arek.

Erleichtert atme ich auf und laufe schneller. Ich kann es kaum erwarten, das eisige Pfeifen aus den Ohren zu bekommen. Ich trete vor die windschiefe Holztür des eingewachsenen Gebildes und blicke nach oben. Es ist eine kleine, einfache Hütte aus Holz, doch im Moment wäre ich auch mit einer Hundehütte zufrieden. Arek kramt in einem Holzhaufen neben der Tür und zieht zwischen den Holzscheiten ein dunkelrotes Band hervor, an dem ein Schlüssel baumelt. Seine Augen leuchten.

Es braucht eine Weile, aber schließlich gibt das vereiste Schloss nach und die knarzende Tür öffnet sich. Drinnen ist es fast so kalt wie draußen, aber die Windstille macht einiges aus. Ich ziehe sofort meine Schuhe und die durchnässten Socken aus und knete meine Füße, die verdächtig rot aussehen. Ich sehe mich um. In der Mitte des Raums steht ein kleiner Tisch mit vier Stühlen. In der Ecke ist eine Kochnische und dann sind da noch zwei Türen. Arek kramt in dem Nebenzimmer, das andere muss die Toilette sein. Nach ein paar Minuten tritt Arek durch die Tür.

„Den Kamin können wir nicht anzünden. Das Holz ist zu nass und ich möchte nicht riskieren, dass wir gesehen werden. Dafür habe ich die hier im Schlafzimmerschrank gefunden." Er lässt mehrere Wolldecken auf den Tisch sinken.

Ich gehe in die Küche und öffne die Schränke. „Ein paar Konservendosen sind auch da."

„Die müssten noch gut sein. Schau mal nach."

Mein Magen knurrt so laut, dass Arek es sicherlich durch den ganzen Raum hören kann.

„Vergiss das blöde Haltbarkeitsdatum, ich würde im Moment alles essen." Erschöpft grinse ich Arek entgegen und ihm entfährt ein Lachen.

„Eine Lebensmittelvergiftung steht dir bestimmt gut", sagt er. „Aber die Dosen sind höchstens ein paar Jahre alt. Ich glaube, Victor war hier vor drei Jahren mit Freunden."

Während Arek Schnee von draußen holt, um diesen über dem Gasherd zu schmelzen, öffne ich die Konserven mit unserem Messer. Es sind vier Dosen mit einem Mix aus Mais und roten Bohnen und zwei Dosen mit Linsen-Eintopf.

„Jackpot", sagt Arek mit einem flüchtigen Blick auf den Inhalt. Er gießt uns beiden das abgekochte Schneewasser in Tassen ein. In die Decken eingehüllt setzen wir uns an den Tisch und beginnen zu essen. Eilig schaufele ich mir den Eintopf in den Mund, es ist der Himmel auf Erden. Es tut so gut, etwas Warmes zu essen. Auch meine Zehen erholen sich vom Frost.

Mit gefülltem Magen fallen wir seufzend in das große Bett im Schlafzimmer. Mein Gott, ist das gemütlich! Die Wärme in mir breitet sich immer weiter aus. „Ich kann mich nicht daran erinnern, je so gemütlich gelegen zu haben", sage ich zufrieden.

Arek nickt. „Wenn wir uns heute gut erholen, sind wir morgen Abend bei den Crafts." Seine Stimme ist ruhig und ich will ihm glauben.

Mit meiner verbliebenen Kraft rücke ich näher an ihn heran und ziehe ihn in eine Umarmung. Er lächelt und in seinen Augen lodert es. Trotz meiner schweren Augen rast mein Herz bei seiner Berührung. Da ist es wieder, das Summen. Es fühlt sich an, wie wenn zwei Puzzleteile ineinander klicken. Da kommt mir eine Idee und ich setze mich erneut auf.

„Was machst du?" Arek klingt schlaftrunken und etwas grummelig.

„Schlaf du schon mal, ich übe noch ein bisschen."

Ein widersprechendes Grunzen kommt von Arek, doch er scheint zu müde zu sein, um mich zum Schlafen zu überreden.

Ich lehne mich mit dem Rücken an die Wand, ziehe die Decke enger um mich und lege Areks Hand auf meinen Oberschenkel. Klar und deutlich nehme ich nun das Summen wahr. Dies ist die perfekte Gelegenheit, um die Barriere zu trainieren. Erschöpft versuche ich meine Energie zu sammeln und nach kurzer Zeit entsteht ein müdes Lodern. Ich nehme wahr, wie Areks Energie in mich hineinstrahlt und auch wie meine auf seinen Körper überfließt. Areks Atem geht ruhig und gleichmäßig. Nur ein paar Minuten, dann schlafe ich auch.

Die Augen geschlossen nehme ich wahr, wo mein Körper die Matratze und die Wand berührt. Dann die Kontaktstelle zwischen Areks und meinem Körper und die Stelle, wo meine Hände im Schoß liegen. Tief atme ich ein und aus. Jetzt wandere ich in Gedanken zu dem Fels am Bergsee. Mit jeder Einatmung versuche ich das Bild mehr mit mir verschwimmen zu lassen und mit jeder Ausatmung sinke ich tiefer in die Entspannung. *Ich bin der Fels.* Das Summen der verbundenen Energien ist nach wie vor deutlich spürbar. Es ist fast, als würde es noch ein wenig wärmer an der Stelle, an der Areks Hand meinen Oberschenkel berührt. Noch tiefer versenke ich mich in das Bild des Fels. Stelle mir die Gischt vor, die um mich herumpeitscht. Wellen, die über mich hinwegspülen. Ein Wasserfall, der sich auf mir ergießt. Stark und aufrecht sitze ich da, in der Ruhe versunken. Wie in einem Rausch zieht es mich in das Gefühl des kraftvollen und mächtigen Steins hinein. Tief atme ich ein und halte die Luft an. Und mit einem Mal stoppt das Summen.

Überrascht reiße ich die Augen auf und im selben Moment ist es wieder da. Arek liegt friedlich neben mir, seine Hand nach wie vor auf meinem Oberschenkel.

„Du bist stark", murmelt er leise und schläft wieder ein.

Beim Erwachen taste ich nach Arek, doch der Platz neben mir im Bett ist leer. Ich setze mich auf und lausche. Es ist still. Verschlafen reibe ich meine Augen. Draußen ist es dämmrig und bei genauerem Hinschauen erkenne ich Arek, der zwei Töpfe in der Hand balanciert und sie im Schnee versenkt. Sein Oberteil ist voll von weißem Pulver. Ich kichere in mich hinein. Ist er etwa in den Schnee gefallen? Die Sonne steht so tief, dass die Bäume lange, knochige Schatten auf die Schneedecke werfen. Sie sehen aus wie Finger und bewegen sich ganz langsam im leichten Wind.

Ich vergrabe mich wieder in der warmen Decke. Seit Langem habe ich nicht mehr so gut geschlafen. Es muss mittlerweile früher Abend sein. Ich döse noch einmal vor mich hin und wache von einem Klirren auf.

Schlaftrunken setze ich mich auf und wickele eine Decke um mich. Ich schlüpfe in ein paar frische Socken und trete durch die geöffnete Zimmertür. Arek steht mit dem Rücken zu mir am Herd und bei seinem Anblick bleibe ich wie angewurzelt stehen. Meine Augen weiten sich.

Arek steht oberkörperfrei da, sein nasses Oberteil hängt über einem Stuhl, wahrscheinlich zum Trocknen. Doch es ist nicht sein definierter Rücken, der meinen Atem zum Stocken bringt. Es ist das, was darauf zu sehen ist. Eine etwa dreißig Zentimeter lange Narbe entspringt seinem Schulterblatt und zieht sich den gesamten Rumpf hinunter. Was um Himmels Willen ist ihm da passiert? Und wie konnte mir die am Bergsee nicht auffallen? Die Narbe ist dick und sieht schlecht verheilt aus.

Langsam nähere ich mich und kann nicht anders, als ihn zu berühren. In der Sekunde, in der meine Fingerkuppe auf seinen Rücken trifft, zuckt Arek mit einem Mal zusammen, dreht sich blitzschnell um und packt mich mit festem Griff an den Handgelenken. Seine Finger bohren sich in meine Haut. Ich japse nach Luft. Purer Schrecken steht in Areks Augen und da ist nichts als eine eisige Wand. Seine Augen bewegen sich wild umher. Ich schwanke nach hinten, doch sein Griff ist fest. Wut durchdringt seine stählernen Augen. Er blinzelt und klärt seinen Blick. Die Kälte in seinem Blick verwandelt sich in Verzweiflung.

„O Gott, Nara." Seine Hände umklammern immer noch meine Handgelenke. Ich kann meine Finger nicht spüren.

„Tut mir leid … ich", stammele ich. Was zum Henker ist in ihn gefahren?

Schnell löst er seinen Griff und ich schüttele meine Hände.

„Nein, nein, mir tut es leid. Ich … es tut mir leid. Bitte verzeih mir. Habe ich dir wehgetan?" Keuchend starrt er auf seine Handinnenflächen. Seine Stimme ist voller Scham. Er macht einen Schritt auf mich zu und ich weiche zurück. Erschrocken sieht er mich an.

Poch. Poch.

Ich zucke zusammen. Was war das? Noch einmal pocht es an der Tür. Schnell ducke ich mich und krieche zum Fenster um hinauszuspähen. Arek steht immer noch wie angewurzelt da.

„Nara, es tut mir so –", setzt er an. Er wirkt wie in Trance.

„Pst, jetzt nicht!", zische ich und bedeute ihm, sich ebenfalls zu ducken.

Er schüttelt sich und reibt sich die Augen. Mit einer flinken Bewegung fixiert er mich und eilt mit großen, aber leisen Schritten in Richtung des Klopfens. Er lehnt sich gegen die Holztür, schließt die Augen und sein Brustkorb dehnt sich aus. Was macht er da? Seine Lider flattern. Plötzlich reißt er die Augen wieder auf.

„Athemar!"

Mein Herz setzt einen Schlag aus. Habe ich richtig gehört? Wild blicke ich im Raum umher. Arek sackt auf den Boden, kriecht zu mir und nimmt mein Gesicht in die Hände.

„Alles wird gut, hörst du?" Seine Stimme ist eindringlich. „Geh in das Schlafzimmer und hol deine Jacke. Ich bring dich hier raus." Sein Atem ist nah an meinem Ohr und für eine Sekunde atme ich tief ein. Halte seinen Duft fest. Dann krieche ich über den Boden.

„Nara", flüstert Arek und ich drehe mich auf halber Strecke um. Seine klaren Augen bohren sich in meine. „Du bist stärker, als du denkst. Vergiss das nicht." Seine Worte legen sich wie Balsam auf meine Seele und schicken eine warme Woge durch meinen Körper.

Mit gerunzelter Stirn nicke ich langsam. Was um alles in der Welt hat er vor? Ich komme im Schlafzimmer an und schlüpfe in meine Jacke. Schnell blicke ich mich um. Hastig packe ich die Handschuhe in meine Jackentasche, ziehe meine Schuhe an und presse mich gegen die Hauswand. Was ist da? Etwas klappert draußen. Ich höre Holz auf Holz. Schritte. Dann Rascheln. Sie müssen hinterm Haus sein. Verdammt. Kurz schließe ich die Augen und schnappe nach Luft. Eine eisige Welle fährt durch mein Rückenmark und dann in meine Brust. Sie trieft vor Gewalttätigkeit. Ich schnappe nach Luft. So fühlen sie sich also an. Meine Kehle schnürt sich zusammen. Schnell krieche ich zurück ins Wohnzimmer.

Entsetzt reiße ich die Augen auf. Wo ist Arek? Hektisch sehe ich mich um. Die Tür steht sperrangelweit offen. Die Hütte ist leer. Ich springe auf die Beine und renne zum Fenster. Was ich sehe, zerreißt mich. Nein. Sag, dass das nicht der Plan ist. Sag, dass das nicht der *einzige* Plan ist. Mein Herz kracht gegen meine Rippen und etwas in mir zerbricht. Ich habe nur Augen für ihn. Für Areks leere Augen, die mich geradewegs anstarren. Er steht da, etwa zwanzig Meter entfernt, draußen im Schnee. Seine Hände hinterm Rücken verschränkt, den Kiefer angespannt. Drei Männer, die auf ihn zu rennen. In Areks durchdringendem Blick liegt nur ein einziges Wort.

Lauf.

Die Panik in mir verwandelt sich in blanke Angst. Millisekunden verfliegen. Starr stehe ich da und blicke ihn an. Ich kann ihn nicht allein lassen. Niemals. Die erste grau vermummte Gestalt kommt bei ihm an und greift seine Schulter. Etwas in mir zieht mich zu ihm auf die Lichtung. Ich muss ihm helfen. Arek beobachtet mich und schüttelt fast unmerklich den Kopf. Sein Blick ist jetzt dringender und ich spüre seinen Befehl bis hierher. Seine lautlosen Worte durchdringen meinen verzweifelten Geist. *Hau ab!*

Ruckartig setzt sich mein Körper in Bewegung und ich sprinte los. Ich mache riesige Sätze über das gefrorene Moos, das unter meinen Füßen nachgibt. Um mich herum ist es trüb, dicke Luft drückt mir auf die Brust. Tränen laufen meine Wangen hinunter, doch ich renne so schnell ich kann. Weg von der Lichtung.

Ich wusste, dass sie uns finden. Ich wusste es. Obwohl ich all meine Kraft in meine Beine stecke, habe ich das Gefühl, nur schwerfällig voranzukommen. Da ist eine Energie, die mich zurückhält. Dunkelheit, die mich einhüllt. Leere breitet sich in mir aus und ich setze noch schneller einen Fuß vor den anderen und klettere blitzschnell über einen umgestürzten Baum. Ich bleibe an einem Gestrüpp hängen, befreie mich und hetze weiter. Meine Beine sind taub, aber ich spüre den Wind, der an mir vorbeizieht. Das Pfeifen in meinen Ohren. Das Brennen in meinen Augen. Stechen in der Brust. Ich huste und sprinte weiter.

Plötzlich trifft mich etwas am Kopf und ich verliere das Gleichgewicht. Reißender Schmerz lässt mich zu Boden taumeln. Etwas knackt. Schnell rappele ich mich wieder auf und ignoriere das Pochen in meinen Schläfen. Ein weiterer Schlag am Kopf zwingt mich zurück in die Knie. Mein restlicher Atem quillt aus meiner Lunge und mein Bauch krampft sich zusammen. Mit verschwommenen Augen sehe ich ein Holzstück von mir wegrollen. Zwei eisige Hände packen mich an den Schultern und zerren mich gewaltvoll in Richtung einer grauen Gestalt. Aus dem Augenwinkel sehe ich eine Nadel aufblitzen. Weit entfernt ertönt ein erstickter Laut von Arek und mischt sich in meinen panischen Schrei. Kalter Schmerz fährt durch meinen Hals, als die Nadel durch meine Haut sticht. Wild trete ich um mich. Dann ist es dunkel.

21

Es ist kalt. Viel zu kalt. Meine Augen drehen sich im Kreis und ich versuche einen Anhaltspunkt zu finden, den ich fixieren kann. Da zieht etwas an meinen Armen. Es zieht an meinem ganzen Körper. Vor mir sinkt eine Luftblase herab. Ich bin verwirrt. Mein Hals ist wie zugeschnürt. Ich will die Arme heben, doch es ist, als ob ich gegen eine schwere Masse ankämpfen muss, sie wollen sich einfach nicht bewegen. Ich kann nichts tun, außer zu verharren, wie ich bin und den Luftblasen zuzuschauen, von denen immer mehr vor mir herabsinken. Meine langen Haare schwimmen vor mein Gesicht. Von Wassermassen bewegt.

Luftblasen sinken nicht herab. Nie. Nicht im Wasser. Es braucht eine Weile, bis ich verstehe, dass die Luftblasen nicht herabsinken, sondern aufsteigen. Ich bin kopfüber. Da ist dieses Geräusch in meinen Ohren. Ein Rauschen, das immer und immer lauter wird. Dazwischen ein Pochen. Ich höre meine Organe unerträglich laut in mir arbeiten. Die Luftblasen sind nun nicht mehr von dunklem Wasser, sondern von einer roten Flüssigkeit umgeben, die an mir vorbeizieht und an meinen Armen reißt. In meinem Mund entsteht ein metallischer Geschmack, leicht salzig. Ich reiße meinen Kopf in den Nacken und blicke unter mich. Da sitzt jemand. Zusammengekauert. Die rote Flüssigkeit kommt von ihm, er hat einen riesigen Schnitt im Rücken. Die Wassermengen bewegen seinen leblos erscheinenden Körper, bis ich seine kalten, starren Augen sehe. Seine stahlblauen Augen. Arek.

Ich will schreien, doch meine Lippen öffnen sich

nicht. Der Geschmack auf meiner Zunge wird immer intensiver, immer rostiger. Ich kann nicht wegschauen. Meine Lungenflügel füllen sich mit seinem Blut, während mein Brustkorb von der linken bis zur rechten Schulter aufgeschnitten wird. Ich sehe zu, wie mein Herz entweicht. Dann ist plötzlich nichts mehr da. Wir sind beide nicht mehr da.

Ich bin wach, habe aber Angst die Augen zu öffnen. Ich spüre, dass ich auf hartem, kaltem Boden sitze, an eine ebenso harte und kalte Wand gelehnt. Schmerz pocht durch meinen ganzen Körper, doch ich kann ihn nicht lokalisieren. *Beruhige dich, Nara.* Langsam blinzele ich. Auch dieses Mal sehe ich nur schwarz. Aber nicht, weil ich nichts sehen kann, sondern weil es dunkel ist. Ich warte darauf, dass sich meine Augen an die Dunkelheit gewöhnen.

Nun richte ich mich auf, sehe aber nichts, außer den vier dunklen Steinwänden, die mich in ungefähr drei Metern Abstand zueinander umgeben. Es ist nichts im Raum bis auf eine blecherne Toilettenschüssel ganz in der Ecke und eine braune Wolldecke, die davor liegt. Langsam krieche ich zu ihr und werfe sie mir um die Schultern. Es ist eiskalt. Ich blicke nach oben. Die Höhe des Raums kann ich nicht abschätzen. Oben an der Wand, unter der Decke, ist ein heller Fleck. Ein Fenster? Wo bin ich? Mein Gehirn ist benebelt, ich kann nicht klar denken. Wo ist Arek? Wer hat mich hierhergebracht? Ich muss unbedingt hier weg. In der Wand gegenüber von mir ist eine Stahltür. Ich springe auf und rüttele an ihr, aber sie ist verschlossen. In der Mitte sind Gitterstäbe mit Schlitzen dazwischen. Ich hämmere gegen die Tür.

„Hilfe! Ich will raus", schreie ich mit brüchiger Stimme, „ist da jemand?" Meine Kehle kratzt. Ich rüttele an den Gitterstäben. Mit einem Mal sehe ich, wie von außen etwas Metallenes auf meine Finger zurast. Ich will sie wegziehen, aber höre schon den Strom zischen. Meine Knöchel knacksen. Mein ganzer Körper zuckt und verkrampft. Ich kann den schlagenden Schmerz nicht beschreiben, der mir einen gequälten Schrei entreißt und mich würgen lässt. Meine Sinne entweichen mir und ich knalle zu Boden.

Ich komme zu mir und blinzele. Es braucht ein paar Momente, bis die Ereignisse der letzten Stunden auf mich einprasseln. Panisch blicke ich mich um. Niemand da, ich bin allein. Verdammt, was war das? Und wie lange war ich bewusstlos? Sanft reibe ich meine schmerzenden Fingerknöchel. An die Tür gehe ich besser nicht noch einmal. Ich kauere mich in der Ecke zusammen und ziehe die Decke über meine Knie. Wie lange bin ich schon hier? Meine Brust schnürt sich zu und ich habe Mühe, regelmäßig zu atmen. Wenn ich mich jetzt nicht beruhige, verliere ich den Verstand. Etwas um mich herum beeinträchtigt meine Fähigkeit, das spüre ich ganz genau. Es ist, wie wenn sich ein dicker Schatten auf meine Schultern gelegt hat, wie im Wald, als meine Beine mir plötzlich das Laufen versagten und klares Denken unmöglich war.

Wo ist Arek? Bei der Vorstellung, dass er auch in so einer Zelle sitzt, zucke ich zusammen. Denk an etwas anderes, irgendwas. Ich stelle mir vor, wie Arek Ruhe auf mich ausstrahlt. Wie er mich mit Blicken berührt. Ich stelle mir vor, wie seine Finger den Takt der stetigen Musik auf das

Lenkrad klopfen. Meine Atmung wird schwer. Mit jedem Gedanken wird der Schmerz in mir größer. Ich schließe die Augen und atme tief durch. Dann beginne ich zu zählen.

Bei *3.578* höre ich Schritte an der Tür. Dann etwas Blechernes. Ich ziehe meine Beine noch näher an mich heran. Ein kleiner Spalt am unteren Ende der Tür öffnet sich und ein Tablett wird hindurchgeschoben. Was um alles in der Welt ist das hier? Ein Gefängnis? Der Spalt klappt zu und die Schritte entfernen sich.

Ich zögere. Auf dem Blechtablett befinden sich zwei große Brotscheiben, ein Pappbecher gefüllt mit einer klaren Flüssigkeit und ein Zettel. Ich versuche die krakelige Handschrift zu entziffern. Mir läuft es kalt den Rücken hinunter.

Willkommen in der Schleuse. Aufessen. Tablett vor die Tür stellen. Mehr steht nicht darauf. Ich nehme den Zettel an mich und stecke ihn in die Tasche meiner Hose. Was habe ich überhaupt an? Ich sehe an mir herunter und presse die Lippen aufeinander. Die Hose ist meine, doch das Oberteil ist mir fremd. Es ist ein graues Hemd, in das ein Name gestickt ist. *Nara Heeley.* Es ist der Name, der auf meiner Todesanzeige stand. Verdammt, wo bin ich hier? Beim Hochblicken entdecke ich über der Tür eine Überwachungskamera. Ich schnappe mir das Tablett und kauere mich zurück in meine Ecke, wo ich zitternd den Becher nehme und an der Flüssigkeit schnuppere. Riecht nach nichts. Vorsichtig tauche ich meinen Zeigefinger hinein und gebe mir einen Tropfen auf die Zunge. Es schmeckt neutral. Zu gierig um darüber nachzudenken, was außer Wasser es sein könnte, kippe ich mir den gesamten Inhalt des Bechers in meine trockene Kehle. Das tut gut. Appetit habe ich keinen, trotzdem zwinge ich mich dazu, an dem Brot zu nagen, um meinen Fingern eine Beschäftigung zu geben.

Bei *8.234* bekomme ich Kopfweh. Das Tablett wurde wieder mitgenommen. Nummern und Buchstaben sausen durch meinen Kopf und es fällt mir immer schwerer mich auf die Zahlen zu konzentrieren. Ich zähle weiter. Die Zahlen lenken mich innerlich eine gerade Linie entlang, an der ich mich festhalte, damit mir nicht schwindelig wird. Irgendwo nach *11.000* schlafe ich ein.

„Nara Carter?"
Ich schrecke auf. Mein Kopf liegt in meinen Händen, ich bin offensichtlich eingeschlafen. Mein Blick wendet sich Mr. Frenickle zu, der in seinem üblichen Pullunder vor der Tafel steht und mich mit erwartungsvollem Blick ansieht.
„Bitte was?" Unsicher räuspere ich mich.
„Wir sind immer noch bei unserer Lektüre", mahnt der Lehrer, „die Magd hat den Protagonisten betrogen, doch ich kann mir beim besten Willen nicht vorstellen, warum sie das tun sollte. Kennst du die Antwort, Nara? Du kennst dich mit Betrug schließlich aus." Verwirrt blicke ich ihn an. Mein Magen zieht sich zusammen.
„Ja, Nara", sagt Zoey neben mir, „Verrat ist doch dein Spezialgebiet. Vielleicht weißt du die Antwort."
Ich kann den Vorwurf in ihrer Stimme fast anfassen, so deutlich hängt er in der Luft. Zoey! Ich will sie umarmen, an ihr rütteln und ihr alles erklären. Schuldgefühle ziehen meine Schultern bis auf den Boden. Ich hätte sie nicht einfach so verlassen sollen.

„Vielleicht weißt du die Antwort", sagt Zoeys Stimme aus einer anderen Ecke.

„Vielleicht weißt du die Antwort." Nun noch einmal aus einer anderen Ecke. Ich zucke zusammen. Es ist nicht mehr nur eine Zoey. Unzählige Mädchen kommen auf mich zu, es werden immer mehr. Gleichzeitig stecken sie sich eine Locke hinters Ohr.

„Vielleicht weißt du die Antwort. Vielleicht weißt du die Antwort."

Das Zerren in meinem Bauch verstärkt sich. Ich stehe auf und gehe rückwärts, während immer mehr Zoeys auf mich zukommen. Panisch mache ich noch einen Schritt zurück, doch mein Körper stößt gegen einen anderen. Dann höre ich ein leises Flüstern in meinem Ohr.

„Vielleicht weißt du die Antwort."

Ich japse nach Luft, springe auf und renne zur Tür. Schreiend rüttele ich an den Gitterstäben, während mein Kopf vor Angst zu zerplatzen scheint. Mein Puls pocht in meinem ganzen Körper. Es zischt und ich sehe den Stab nur für eine Millisekunde, bevor ein Stromschlag mich durchfährt. Ein ersticktes Keuchen entweicht meiner Kehle und ich breche auf dem Steinboden zusammen.

Hin und her. Hin und her. Meine Finger streichen über den Boden. Von rechts nach links. Ich habe vor ein paar Stunden begonnen, meine Fingernägel auf dem kalten Stein zu feilen. Langsam bildet sich ein fast nicht erkennbarer, weißer Staub auf dem Boden. Die stetige Arbeit beruhigt mich und es tut gut, mich zu fokussieren. Wie in Trance betrachte ich meine Finger, die immer weiter über den Steinboden schleifen. Hin und her. Von links nach rechts.

Dieses Mal ist es hell. Viel zu hell. Ich blinzele und versuche etwas zu erkennen, doch wahrscheinlich habe ich mittlerweile vergessen, wie Licht aussieht.

Ich sehe eine Frau, die mir über die Stirn streicht und mich zudeckt. Es ist die Frau, die mir die Sternbilder gezeigt hat.

„Bald ist dein zehnter Geburtstag, Nara!" Sie hat so viel Zuneigung in ihrem Blick. Die Stimme wird lauter und verändert sich.

„Die Nara, die ich kennengelernt habe, wird dir gefallen."

„Das ist der kleine Wagen. Er sieht aus wie der große Wagen, nur kleiner."

„Ich wusste, dass ich dich von irgendwoher kenne!"

„Du bist dieses Kind, Nara."

„Wir sind jetzt dein Zuhause!"

Es werden immer mehr, sie schreien durcheinander. Ich will mir die Ohren zuhalten, aber meine Arme sind wie gelähmt.

„Es war nur ein Traum, uns passiert nichts. Nicht, solange wir zusammen unterwegs sind."

„Sie wissen nicht, wo wir sind. Morgen sind wir bei den Crafts."

„Jetzt kennst du mich." Ich sehe Arek, der mich an den Handgelenken packt und für einen kurzen Moment ist er jemand völlig anderes. Er ist verloren in Angst und Wut. Ich versuche mich mit aller Kraft gegen die Bilder und Stimmen zu wehren, doch sie hüllen mich ein, bis ich selbst nur noch eine solche Stimme bin.

Es ist Nacht. Ich hätte schon längst jegliches Zeitgefühl verlieren müssen, doch seit der zweiten Nacht mache ich jedes Mal, wenn es am Fenster hell wird, einen kleinen Riss in den Zettel in meiner Hosentasche. Immer mit den Händen in der Hosentasche, die Überwachungskamera im Rücken. Den Zettel scheinen sie vergessen zu haben, jedenfalls hat ihn niemand zurückverlangt. So langsam geht mir der Platz auf dem Papier aus. Laut der Risse bin ich seit acht Tagen hier. Dreimal am Tag bekomme ich ein Tablett mit Essen und Trinken. Sonst nichts. Ich habe bis jetzt niemanden zu Gesicht bekommen, außer dem dunkelgrau bekleideten Arm, der mir mein Essen durch den Türspalt schiebt. Ich weine nicht mehr, mein Körper ist ausgetrocknet. Die Gedankenspiralen, in denen ich gefangen bin, saugen mich mit jedem Tag ein bisschen mehr aus. Von Tag zu Tag sickert die Erkenntnis weiter in mich hinein: Karans Leute haben mich geschnappt und ich sitze bei ihnen fest. Ich habe es auch aufgegeben, an der Tür zu hämmern, denn schon bei dem Gedanken an die Elektroschocks macht sich Übelkeit in mir breit. Sobald ich die Augen schließe, habe ich Albträume. Immer wieder sehe ich die Hände, die mich packen und mir eine Spritze in den Hals jagen. Fremde Menschen, die Arek etwas antun. Und dann sind da auch die Dreiecke und Rechtecke, die auf mich zurasen. Immer wenn die Angst am größten wird, spüre ich Hände an meinem Rücken, die mich auf sie zuschieben.

Ich hätte Arek nicht zurücklassen sollen. „Du bist stärker als du denkst", hat er gesagt. Hätte ich dann nicht an seiner Seite kämpfen sollen? Meine Feigheit widert mich an. Natürlich, dass ich Zeit habe wegzulaufen, war die Idee seines Plans. Aber weiß Gott, wo er jetzt ist. Nicht zu fassen, dass er sich ihnen einfach so hingegeben hat. Ich hätte ihm nicht gehorchen dürfen.

Irgendwo ist es auch ironisch. Insgeheim habe ich mir die ganze Zeit gewünscht, dass mein Vater nicht so schrecklich ist, wie alle behaupten. Jetzt bin ich hier. Ich hätte freiwillig zu Karan gehen sollen, so wären wenigstens die Carters aus dem Spiel geblieben. Jetzt haben sie Arek. Und das meinetwegen. Weil ich so schrecklich egoistisch war und nicht akzeptiert habe, dass ich eine von ihnen bin. Wie konnte ich nur einen auf Nevok machen und davon ausgehen, dass das jetzt mein neues Leben sein würde? Meine Wurzeln liegen bei den Athemar und das wird jetzt mir und, viel schlimmer, Arek zum Verhängnis.

Ob Karan mich anders behandeln würde, wenn ich mein Schicksal akzeptiert hätte und zu ihm gegangen wäre? Vielleicht weiß er ja gar nicht, dass ich hier bin. Etwas in mir gibt die Hoffnung nicht auf, dass in ihm doch ein Vater mit Zuneigung steckt. Jemand, zu dem ich gehöre und dem ich wichtig bin. Wenn ich nur wüsste, ob er hier ist.

In meinem Kopf wabern Erinnerungsfetzen, doch ich kann sie nicht zusammensetzen. Wie ein Puzzle, in dem alle Teile rund sind. Wenn ich nur an meinen Fähigkeiten arbeiten könnte. Seit ich hier bin, fällt es mir schwer, mich auf mein Inneres zu konzentrieren. Es fühlt sich an wie eine Blockade. Wenn ich versuche, mich an dem Bild des Fels festzuhalten, um meine Energien abzuschirmen, wird mir nur kälter. Je mehr ich nach Inhalt suche, desto leerer wird es in mir drin.

Ich blicke hinauf in Richtung Fenster und ziehe die Wolldecke enger um mich. Seit den letzten zwei Nächten sehe ich dort oben einen einzigen Stern. Manchmal flackert er. Vielleicht sind das auch meine müden Augen, weil ich zu lange nach oben starre, aber ich schaue lieber den Stern an, als zu schlafen. Er gibt mir Sicherheit. Das Zählen habe ich aufgegeben, denn es macht mich verrückt. Der Stern wirkt wie das einzig Reale, das einzige Stück Normalität, zwischen diesen vier Mauern. Vielleicht sieht Arek ihn auch, den Stern.

Ein leises Knacken unterbricht meine Gedanken. Ich horche auf. Schritte nähern sich, hört sich an wie zwei Personen. Ein Stück entfernt bleiben sie stehen. Ich höre ein Schloss. Jetzt etwas Metallenes.

„Hier ist er, Sir", sagt eine helle, krächzende Stimme, „hat sich seit Tagen nicht bewegt. Dabei war er vor drei Wochen noch quicklebendig." Eine hämische Lache folgt dem letzten Satz und der Sprecher verschluckt sich an seinem eigenen Glucksen. Mir läuft es kalt den Rücken hinunter.

Meint er Arek? Nein, das kann nicht sein. Sie haben ihn auch erst vor acht Tagen geschnappt. Hier sind also noch mehr Zellen auf dem Gang. Wieso habe ich von den anderen Insassen nichts mitgekriegt? Mein lautes Schreien muss definitiv jemand gehört haben.

„Soll ich ihn aufwecken?" Die krächzende Stimme klingt verächtlich.

„Pack ihn ein", sagt eine dunklere, rasselnde Stimme.

Meine Adern gefrieren. Ich kenne diese Stimme. In meinem Kopf rattert es.

„Aber er wiegt bestimmt achtzig Kilo? Wie soll ich das denn anstellen?"

„Ich sagte, pack ihn ein! Mir ist egal, wie du es anstellst. Mach einfach nur deinen Job. Hast du verstanden?" Der Begleiter klingt bedrohlich. Ich höre Schritte und einen erstickten Laut.

„Ist … ist gut", stottert der Krächzende japsend, „machen Sie sich keine Sorgen."

„Ich mache mir nie Sorgen", sagt der Begleiter spottend.

„Nicht mal um die Kleine in der Zelle da drüben? Vielleicht hätten wir sie auch sedieren sollen."

Ich erstarre. Bin damit ich gemeint?

„Stellst du etwa meine Autorität in Frage?" Die drohende Stimme des anderen klingt, als würde sie über ein Reibeisen fahren. „Unfassbar, wie respektlos ihr geworden seid." Er schnaubt. „Widerwärtiges Fußvolk. Ich weiß schon, was ich tue, besonders mit der kleinen Prinzessin. Sie wird mir noch nützlich sein." Eine Tür knallt und ich höre den Krächzenden seufzen. Dann das Quietschen einer Metalltür.

Ich muss unbedingt wissen, wer da gerade gesprochen hat, er weiß offenbar mehr über mich. Nur wie? Die Fähigkeiten scheinen hier nicht zu funktionieren. Wenn ich nur wüsste, woher ich ihn kenne. Seine Stimme löst etwas in mir aus. Mein Magen zieht sich zusammen. Ob es …? Ich stütze den Kopf in die Hände. Ich muss es versuchen.

Ich reibe mir das Gesicht. *Wach werden, Nara.* All die Dunkelheit macht mich träge. Ich setze mich aufrecht in den Schneidersitz und öffne die Hände im Schoß. Mein Körper ist mit Gänsehaut überzogen. Tief atme ich durch die Nase ein. Halte den Atem. Lasse die Luft durch meinen geöffneten Mund ausströmen. In mir drin bleibt es still. Ich lege die Stirn in Falten. Wieso kann ich mich nicht konzentrieren? Noch einmal probiere ich es. Atme tief durch. Lasse vor meinen geschlossenen Augen meine Energien vorbeifließen. Mit Mühe schiebe ich sie an, treibe sie durch meinen Körper. Ein kleiner Funke entfacht sich in meiner Brust. Er fühlt sich anders an als sonst, kälter. Wie ein blitzender Eiskristall zwischen meinen Rippen.

Ich versuche Wärme entstehen zu lassen, doch mit einem Mal ist der Funke weg. Wie wenn die Wärme ihn vertrieben hätte. Ich sacke zusammen. Was ist hier los? Die Nase rümpfend öffne ich die Augen. Die Athemar müssen hier doch auch irgendwie ihre Fähigkeiten benutzen, wie machen sie das? Eine leise Idee bahnt sich durch meine Synapsen. Vielleicht muss ich es anders angehen.

Noch einmal richte ich mich auf und schließe die Augen. Auch jetzt bündele ich die Energie und der eisige Funke entsteht. Dieses Mal lasse ich keine Wärme entstehen, sondern denke an Kälte. Ich denke an Raureif am Morgen, an den klirrenden Bach. Das Eis in mir breitet sich aus. Ich erschaudere. Es funktioniert. Ich konzentriere mich auf den Frost in mir drin, lasse ihn immer weiterwandern. Mit ihm breitet sich die Gänsehaut über meinen ganzen Körper aus. Immer weiter versinke ich in der Kälte, in mir drin wird es immer leerer. Meine Schultern sacken nach unten und mein Herz wird schwer. Wie gefangen treibt es mich immer weiter in das Eis hinein. Und plötzlich ist da etwas.

Ich kann sie spüren. Die verschiedenen Energien um mich herum. Meine Gedanken greifen danach und eine Schwere legt sich auf meine Lunge. Sie sind voller Angst, Blutgier und Ekel. Meine Brust schnürt sich zusammen. *Denk an die Stimme, Nara.* Mit aller Kraft rufe ich das Gespräch von eben auf. *Pack ihn ein* hat er gesagt. Seine Stimme war tief, höhnisch. Immer weiter dringe ich in die verschiedenen Energien ein. Ich zittere vor Kälte und beinahe bringt mich das Klappern meiner Zähne aus dem Konzept. Auf einmal spüre ich ihn. Seine Schwingungen resonieren so plötzlich mit mir, dass ich nach Luft schnappe. Es ist der Mann von vorhin. Ich höre seine Stimme laut und deutlich.

Schlagartig packt mich ein heftiger Sturm. Ich treibe immer weiter in ihn hinein. In ihm ist so viel Kälte, so viel Schrecken, dass mir schlecht wird. Skrupellosigkeit übermannt mich, mich dürstet plötzlich nach Rache. Ich will Blut sehen. In mir drin entstehen Bilder. Ein Krankenhausbett. Die Frau darin sieht mich mit einem erschöpften Lächeln an und schließt die Augen. Ihr Gesicht erblasst. Verzweiflung. Etwas schreit und ein Mann reißt mir das kleine Baby aus den Händen. Tiefer Schmerz erschüttert mich bis ins Mark. Ein Spiegel. Ich werfe einen Blick hinein und mein Herz bleibt stehen. Das Bild gefriert meine Lunge. Seine bernsteinfarbenen Augen starren mir geradewegs in die Seele. Eine süffisante Grimasse verzerrt sein Gesicht. Die weißen Haare lassen ihn in eisig klarem Licht erscheinen.

Karan.

Er streckt eine Hand nach mir aus und öffnet die Finger.

Ich reiße die Augen auf und renne zur Toilettenschüssel. Würgend hänge ich mich darüber und röchle nach Luft. Mein Magen krampft. Was zum Teufel war das? Schmerz pocht in meinen Schläfen. Heftig ringe ich nach Atem und pumpe Sauerstoff in mich hinein. Ich reibe meine vor Kälte zitternden Arme. Die Erkenntnis zwingt mich in die Knie und ich sacke zusammen.

Ich habe meinen Vater gesehen.

22

Panik kriecht wie eine Schlange durch mein Rückenmark. Was zum Teufel ist gerade passiert? Jede einzelne Faser in mir sträubt sich gegen das, was ich gerade gesehen und gefühlt habe. Ich will es vergessen. Alles. Karans Inneres lässt mir die Säure in der Speiseröhre hochsteigen. Mein Puls tobt in meinen Schläfen.

Bin ich wirklich so sehr Athemar? Dass ich die Energie meines Vaters aufnehmen kann, ohne ihn überhaupt zu sehen?

In meinen Ohren rauscht es. Ich greife nach meiner Stirn, massiere meine Kopfhaut. Wie um alles in der Welt ist das möglich?

Ich muss hier weg, das ist klar. Karans Blick, ich werde das Bild nicht los. Ob er mich auch gefühlt hat? Verdammt, ich hätte es nicht tun sollen. Wenn ich tatsächlich seine Energie aufgenommen habe, dann weiß er spätestens jetzt, dass ich bei klarem Verstand bin. Und, dass ich geübt habe.

Aber was, wenn … nein. Ich schüttele den Kopf und halte meine stechenden Schläfen. Wer weiß, wo Arek jetzt ist. Krampfhaft suche ich mit den Augen die dunkle Zelle ab. Als hätte ich sie nicht schon etliche Stunden angestarrt, um zu sehen, dass es hier keinen Ausweg gibt. Vielleicht muss der Ausweg ja gar nicht physisch sein? Wenn ich Karan gerade so sehr fühlen konnte, geht das dann nicht vielleicht auch mit Arek? Das Blut beider fließt durch meine Adern.

Ich kann nicht länger tatenlos rumsitzen. Wenn ich es auch nur schaffe, eine minimale Verbindung aufzubauen, lohnt es sich bereits. Ich muss es versuchen. Das bin ich mir selbst schuldig. Und Arek auch.

Ich fühle in mir nach. Mein Herz klopft noch immer heftig gegen meine Rippen und mein Kopf ist schwer. Aber durch meine Gliedmaßen fließt Strom. Als ob Karan mich wachgerüttelt hätte. Zu spüren, was in ihm übrig ist, ist Beweis genug, dass ich von ihm keine Vaterliebe erwarten kann. Was habe ich mir auch vorgestellt?

Mir ist eiskalt. Ich sitze im Fersensitz und lasse meinen Oberkörper auf meine Oberschenkel sinken. Meine Stirn berührt den eiskalten Boden. Erschöpfung weicht aus meiner Lunge. Ich fühle mich ausgesaugt und energielos. Ein paar Atemzüge verharre ich so, versuche mich aufzuladen mit meiner eigenen Nähe. Ich bin nicht allein, ich habe mich. Und ich kann keinen Tag länger warten.

In dieser Position bleibend, die Stirn auf dem Boden, verlangsame ich meine Atmung. Ob ich Energie für einen weiteren Versuch habe? Ich leere meinen Kopf. Der Steinboden überträgt Kälte auf meine Stirn und ich lasse sie von dort aus weiter in meinen Körper fließen. Wie ein hellblauer, leuchtender Strahl fließt sie von meiner Stirn in meinen restlichen Körper bis hinunter zu den Zehen. Klirrende Adern wie Risse im Eis entfernen sich von dem Strahl und ziehen sich meine Muskeln entlang. Heftig, wie sehr die Kälte sich bei den Athemar ausbreitet. Es ist, als wenn sie sich verselbstständigt, ich muss nicht viel dazutun. Ich öffne den Mund. Stoße sanft die Luft aus. Selbst mein Atem wirkt eisig.

Okay, konzentriere dich Nara. Auf ihn. Tief atme ich ein, meine Lungenflügel weiten sich. Ich öffne mein Herz und lasse die Gedanken an Arek hereinströmen. In meinem Kopf entsteht ein Bild. Arek, wie er seine Hände in den eisigen Bergsee taucht. Meine Füße auf dem kalten Moos. Ich sehe ihm zu, wie er das Wasser über den Körper laufen lässt. Wassertropfen perlen über die Muskelstränge seiner Schultern und Arme. Da sehe ich sie, die Narbe. Ich atme ein. Sein Blick wendet sich mir zu und ich bin gefangen in seinen stahlblauen Augen. Ein leises Grinsen erscheint auf seinen Lippen und ich beobachte, wie eine Wasserperle von seiner Oberlippe auf die Unterlippe tropft. Ein dumpfes Geräusch ertönt. Ich atme aus und gehe zu ihm. Aber diesmal gehen wir aufeinander zu. Die tausend Nadeln des eisigen Wassers auf seinem Körper stechen sanft in meine Haut, als er mich an sich zieht. Ich bin von Kälte eingehüllt, aber atme frei. Ich sehe hoch in Areks Gesicht und fixiere eine klatschnasse, lockige Strähne, die ihm tropfend in die Stirn hängt. Meine Füße berühren nur noch wenig den Boden, fast schwebe ich in seiner festen Umarmung. Wachsam lässt Arek seinen ernsten Blick über mein Gesicht wandern und ich kann die glasklare Luft, die durch meine Lungenflügel strömt, fast schmecken, so intensiv nehme ich sie wahr. Der Duft von feuchter Erde und schneebedeckten Tannen umhüllt mich. Ich versenke mich in Areks Berührung. Vorsichtig lasse ich meine Finger zu seinem Kopf wandern. In der Sekunde, in der ich sein Gesicht berühre, verliere ich den Boden unter den Füßen.

Es passiert alles so schnell. Ich nehme seinen holzigen Duft wahr. Sehe den Wald von oben. Alles dreht sich. Ich fliege über die eisigen Hänge, spüre Areks Atem an meinem Ohr. Sein schmerzerfüllter Schrei. Ich schwimme in seiner Energie. Frost zieht sich über meinen Körper und ich rase auf eine Lichtung zu. In der Mitte sitzt jemand.

Ich spüre ihn, bevor ich ihn sehe. Raureif überzieht seine Gliedmaßen. Geschlossene Augen, die Kiefermuskeln angespannt. Ich schnelle auf ihn zu, mache keinen Halt und krache in ihn hinein. Er öffnet den Mund und ein erstickter Laut erklingt bei seiner Einatmung. Ausatmend schlägt er die Lider auf und ich starre geradewegs hinein in seine eisblauen Augen. Mit kalten Lippen formt er ein Wort und es dringt durch mich hindurch wie kaltes Gewässer durch einen Schwamm.

„Nara."

Plötzlich ist es dunkel und alle Spannung weicht aus meinem Körper. Ich klappe auf die Seite und Ohnmacht legt sich auf mich.

Nachts träume ich wieder von den Augen. Wie jedes Mal packt mich eine eiserne Panik, doch diesmal weiß ich, dass es *seine* Augen sind und sie sind noch näher.

„Tochter", seine rasselnde Stimme schnürt mir die Kehle zu, „sieh an, du hast geübt. Und doch bist du völlig mein." Es klingt, als würden die Worte in einem riesigen Kellergewölbe nachhallen und das süffisante Lachen darin lässt mir alle Haare zu Berge stehen.

Spricht er gerade tatsächlich mit mir? Wie stark ist dieser Mann, dass er ohne Probleme Worte an mein Inneres übertragen kann? Ich bin wie gelähmt, unfähig auch nur zu blinzeln. *Beruhige dich, Nara. Du weißt jetzt, wie es geht.* Anstatt mich zu wehren, atme ich ein und lasse mich in seine Eiseskälte hineingleiten. Jede Faser meines Körpers sträubt sich dagegen, aber ich lasse es zu, dass ich ihn und seine frostige Nähe noch deutlicher spüre. Mit aller Kraft fließe ich weiter in seine Energie hinein. Schmerz zieht sich durch mein Gesicht und meinen Nacken hinab zu den Schulterblättern, es ist als würden Nadeln in mich einstechen. Als es fast nicht mehr auszuhalten ist, öffne ich den Mund:

„Ich bin nicht deine Tochter."

Ich werde durch ein unsanftes Rütteln an meiner Schulter geweckt. Wie in Trance öffne ich die Augen und schaue auf ein schwarzes Paar Stahlkappenschuhe. Langsam lasse ich den Blick an der grau vermummten Person hochwandern, die unheilvoll den eisernen Stab in die Höhe hält. Eilig rappele ich mich auf und lasse zu, dass die Gestalt mich an den Handgelenken packt und vollständig auf die Beine zerrt.

„Was –", sage ich, verstumme aber, als der Stab mir gefährlich nahekommt.

Jetzt werde ich in Richtung Tür gezerrt und stolpere hinterher. Mein Entführer geht mit schnellen Schritten über den Gang und ich habe Mühe, mit ihm mitzuhalten. Nach all den Tagen in der Zelle habe ich vergessen, wie es ist zu laufen. Ich nehme ein eisiges Summen wahr, das durch meinen Körper fährt und mit jedem Schritt, den wir tun, verstärkt es sich. Es fühlt sich an, wie das Summen, das ich mit Arek spüre, nur dass dieses hier um einiges kälter und unangenehmer ist, fast als würde eine gefrorene Klinge über meinen Rumpf streichen. Der Gang ist hellgrau, sowohl der Boden als auch die Wände. An der Decke flimmern kaltweiße Neonröhren. Wir biegen um die Ecke und auf einmal stehen wir vor einer weißen Tür, neben der ein kleiner, geriffelter Schacht, wie von einer Sprechanlage, angebracht ist.

„Sie ist hier," sagt die Gestalt neben mir laut in einem hohen, nasalen Ton.

„Kann's kaum erwarten." Beim Klang von Karans Stimme gefrieren meine Adern. Das Summen ist nun so stark, dass es fast unerträglich ist. Mit aller Kraft versuche ich, eine Mauer in mir aufzubauen und so viel Energie von mir abzuschirmen, wie nur geht. Dann öffnet sich die Tür und der Athemar schubst mich in den Raum.

23

Ihn im Traum zu sehen hat nichts mit seiner Erscheinung in Wirklichkeit zu tun. Ich gebe mir alle Mühe, nicht loszurennen, während ich in seine bernsteinfarbenen Iriden starre. Sie sind genauso, wie ich sie gesehen habe, doch jetzt liegen dunkle Schatten darunter, die sich mit den strahlend weißen, zur Seite gescheitelten Haaren beißen. Die Zähne aufeinanderpressend versuche ich seine Energien von mir fernzuhalten. Mit jeder Ausatmung versenke ich mich tiefer in die felsige Mauer um mich herum. Wie eine Membran legt sich der Schutzwall um meinen Körper.

Karan sitzt auf einem großen mit Schnitzereien verzierten Holzstuhl am Kopf einer langen Tafel, die reichlich mit Obst, allerlei Gebäck und Porzellan gedeckt ist. Er trägt ein weißes Gewand und faltet nun die Hände vor sich auf dem Tisch. Sein Gesicht verzieht sich zu einer Grimasse, die wahrscheinlich ein Grinsen darstellen soll.

„Wie schön, dass du es einrichten konntest. Pünktlich zum Frühstück." Er steht auf und macht eine ausladende Geste über den reich gedeckten Tisch, wobei die weiten Ärmel seines Gewands durch die Luft schwingen. „Setz dich doch. Ohne Gesellschaft isst es sich nicht gut, habe ich recht?" Das Rasseln seiner dunklen Stimme hört sich aus der Nähe noch viel abscheulicher an. Ich balle die Fäuste und bewege mich keinen Zentimeter.

„Ich sagte, setz dich." Sein Ton ist scharf wie eine Klinge und ich werde unsanft geschubst. Der Athemar drückt mich jetzt gewaltvoll auf einen Stuhl am anderen

Ende der Tafel. Mit einem kurzen Blick zur Seite entdecke ich zwei weitere in graue Anzüge vermummte Gestalten neben der Tür. Auf ihrem Kopf tragen sie eine Art Helm mit spiegelndem Visier. Auch sie halten eiserne Stäbe in den Händen, wahrscheinlich jederzeit zum Einsatz bereit, falls ich mich nicht verhalte, wie Karan es will. Dieser setzt sich nun wieder auf seinen Stuhl und greift nach einer Himbeere, die er sich schmatzend in den Mund steckt. Ein bittersüßes Lächeln legt sich auf seine Lippen.

„Wusste ich's doch, dass du dich zu mir gesellen möchtest. Du magst doch bestimmt Früchte, Nara, nicht wahr? Jedes Mädchen mag Früchte."

„Ich habe keinen Hunger", sage ich und fixiere ihn. Auch wenn die Köstlichkeiten vor meiner Nase mir das Wasser im Mund zusammenlaufen lassen, werde ich mich nicht dazu herablassen, mit ihm zu essen. Zitternd drücke ich meine Fingernägel in die Handballen, um meine innere Barriere wenigstens ein bisschen aufrecht zu erhalten. Es ist eiskalt in seiner Gegenwart und ich blicke mich um. In dem Saal ist nichts weiter als die Tafel. Als wäre dieser Raum einzig und allein für den Zweck dieses Treffens geschaffen worden.

Karan seufzt. „Schade. Ich dachte wir könnten ein bisschen genießen, bevor wir zum Geschäftlichen kommen. Du bist wohl genauso kleinbürgerlich wie deine Mutter. Auch sie wollte sich nie dem Überfluss hingeben, hat dafür draußen auf der Straße gegessen, wie die Hunde." Er fährt mit der Hand durch die Luft, als wolle er eine Fliege verscheuchen. „Wie auch immer, ich schweife ab. Ich glaube, du wolltest mir gerade erzählen, was zum Teufel dich geritten hat, Schutz bei dieser abtrünnigen Familie zu suchen."

Ich schlucke. „Nichts für ungut, Karan." Ich habe alle Mühe seinen Namen über die Lippen zu bringen. „Aber du bezeichnest die Carters als abtrünnig?"

Karan saugt geräuschvoll die Luft ein. „Ich hätte wissen müssen, dass eine scharfe Zunge in diesem wunderschönen Mund liegt, als du meine Energien gerufen hast."

„Wieso hast du mich hierhergeholt? Was willst du von mir?"

Ein abschätziges Lächeln legt sich auf Karans Lippen und er beugt sich nach vorne über den Tisch. „Die Frage ist nicht, warum ich dich hierhergeholt habe, sondern warum du je fort gewesen bist. Ich muss ein Wahnsinniger gewesen sein, dich diesen zwei liberalen Schwächlingen anzuvertrauen. Da ist zu viel Potenzial in deinem kleinen Kopf. Eins, das sich nun, da du trainiert hast, entfaltet. Ich sollte Mark und Keyla einen Dankeskorb zukommen lassen dafür, dass sie dich in der kurzen Zeit, wo du bei ihnen warst, für mich ausgebildet haben. Was meinst du, Harro?" Er wendet sich einem der Türwächter zu. „Wäre eine Flasche guten Weins nicht angebracht?" Dieser nickt nur, bleibt aber still.

„Ich bin sicher, dass die Menschen, bei denen ich aufgewachsen bin, großartige Eltern waren", sage ich mit fester Stimme, „sie waren wenigstens für mich da, auch wenn ich mich nicht an sie erinnere." Ich beiße mir auf die Zunge. Verdammt, Nara. Wieso musste ich diesen letzten Satz hinzufügen? Vielleicht weiß er gar nichts von meiner Amnesie.

„Um genau zu sein, habe ich dir damit einen Gefallen getan."

Ich erstarre. „Was hast du da gerade gesagt?"

„Du hast mich schon richtig verstanden", säuselt er, „denkst du, ich lasse dich herumlaufen mit dem, was du wusstest? Deine Erzieher –"

„Sie waren meine Eltern", unterbreche ich ihn mit bebender Stimme. Mit aller Kraft halte ich meine Energien in mir fest. Die Membran um mich bebt.

Er macht eine wegwischende Handbewegung. „Wie auch immer. Sie haben sich nicht an meine Anweisungen gehalten. Diese Nichtsnutze haben dein hübsches Gehirn mit ihren alternativen, nevoxverherrlichenden Weisheiten versaut. Denkst du, ich lasse das zu?" Er zieht etwas Gelbes aus seinem Gewand und ein hämisches Grinsen schleicht sich auf seine Lippen, während er in dem Heft herumblättert. Mein Tagebuch! „Dr. Cooney hat beste Arbeit geleistet. Kannst du dir vorstellen, wie wunderbar rein dein Verstand war nach dem Eingriff? Wir hätten so ein wunderbares Team sein können, wärst du nicht zu unfähig gewesen, eine Straße zu überqueren und hätte dich nicht diese Drecksfamilie aufgegriffen."

Wie versteinert sitze ich da und lasse seine Worte sacken. „Du bist für meinen Gedächtnisverlust verantwortlich?" Ausdruckslos starre ich ihn an.

„Schon immer schlau gewesen, meine Tochter." Jetzt wird sein Lächeln breiter.

Mir ist schlecht. „Was weißt du schon von mir?" Angewidert spucke ich vor ihm auf den Tisch und springe auf. Der Stuhl kracht hinter mir zu Boden. „Du elender Kontrollfreak hast mir meine Identität geraubt! Wie kannst du das deiner eigenen Tochter antun?" Ich kann nicht fassen, dass dies die Wahrheit sein soll.

Karan lehnt sich in seinem Stuhl zurück und faltet gelassen die Hände im Schoß. „Ich wollte dir gerade erklären, was für dich dabei herausspringt. Stellst du es dir nicht wunderbar vor, eine der einflussreichsten Frauen des Landes zu sein? Mit unserem gemeinsamen Blut können wir so stark sein, Nara. Die Welt liegt uns zu Füßen, wenn unsere Energien sich vereinen." Seine triumphierende Stimme hallt im Saal wider. Er widert mich an. „Die Frage ist nur", jetzt spricht er leiser, „auf welche Weise du es möchtest. Willst du frei sein und dich mir selbsttätig anschließen oder möchtest du eine von denen sein, die gebrochen und versklavt sind? Das Ergebnis ist dasselbe, aber wäre ich du, würde ich mit der Entscheidung nicht lange warten."

„Du hast mich längst gebrochen und mit dir werde ich nie frei sein", sage ich trocken und drehe mich um. Die Gestalt von vorhin packt mich wieder, zieht mich aber in Richtung Ausgang.

„Du hast es so gewollt." Sein grauenvoller Bass schallt hinter mir her: „Und diesmal sediert ihr sie."

Ich erwache und öffne langsam meine Augen. Wie lange ich wohl weg war? Es fühlt sich an, als hätte ich einen ganzen Tag geschlafen. Die schmerzende Einstichstelle an meinem Hals reibend, lasse ich meinen Blick durch die Dunkelheit wandern. Ich liege auf der Seite und meine Gliedmaßen sind so kalt, dass ich sie nicht bewegen kann. Langsam drehe ich den Kopf nach oben. Der Stern flackert durch das kleine Fenster. Ächzend kreise ich meine Handgelenke, bewege langsam die Füße und strecke meine versteiften Beine aus. Ein paar Sekunden verweile ich so. Jetzt bewege ich die Arme und bringe mich stöhnend in einen aufrechten Sitz.

Uff. In meiner Brust pocht es schnell. Vor der Tür steht wie immer ein Tablett. Ich krieche über den

Boden, greife nach dem trockenen Brot und stopfe es mir gierig in den Mund. Erst jetzt fällt mir auf, wie laut mein Magen grummelt. Entgegen aller Regel liegen drei weitere Scheiben Brot auf dem Teller. Heute meinen sie es offensichtlich gut mit mir. Verächtlich lache ich auf, greife dann aber nach der nächsten Scheibe. Ich bin verdammt ausgehungert.

Mein Magen zieht sich zusammen bei der Erkenntnis, dass ich Karans Verkündungen nicht geträumt habe. Etwas in meinem Inneren zerbricht. Ohne ihn hätte ich meine Erinnerungen noch. Ich wäre die Nara, die ich sechzehn Jahre lang gelebt habe. Die vierte Brotscheibe kauend ziehe ich mich zurück in die Ecke der Zelle, aus der ich den Stern betrachten kann. Mit schweren Lidern starre ich nach oben, ziehe die Wolldecke über den Kopf und schlinge die Arme um meine Knie. In meinem Hals bemerke ich ein leichtes Kratzen und ich schlucke. Mit meinen restlichen Kräften versuche ich Wärme zu erzeugen und kralle die kalten Zehen ein. Es entsteht ein Funke in mir und ich tröste mich an seinem einsamen Flackern.

Wieder jagen Dreiecke und Rechtecke auf mich ein. Diesmal sind sie in verschiedenen Anthrazittönen wie Asphalt, der auf mich zurast. Die Spitze eines besonders dunkelgrauen Dreiecks droht in meinem rechten Auge zu versinken, doch diesmal weiß ich, was zu tun ist. Tief atme ich ein und versenke mich in der Klarheit in mir drin. Ich spüre die Kälte des Stück Fels, das ich in meiner Hand gehalten habe und fahre in Gedanken seine scharfen Kanten nach. *Ich bin stark und ruhig. Niemand kann mir etwas tun.* Die Augen geschlossen atme ich aus, bevor ich die Lider öffne und meine Energien bündele. Mit einem Knall prallt das Dreieck an mir ab.

Aufgeweckt von einem metallischen Geräusch schrecke ich hoch. Mein Blick zuckt zu der nun quietschenden Tür. Mich aufrappelnd rutsche ich weiter an die Wand und beobachte, wie die Tür sich öffnet.

Da sind sie wieder. Zwei vermummte Athemar kommen auf mich zu. Der Boden bebt unter ihren schweren Schritten. Auf Herzhöhe ist in ihre Anzüge in weißer Schrift ein *A* eingenäht.

„Sag ein Wort und du kriegst Probleme", krächzt der Kleinere harsch, der sich mir jetzt nähert. Ich erkenne ihn an seiner Stimme sofort wieder. Es ist der Mann, der mit Karan gesprochen hat, an dem Tag, als ich mich mit der Energie von Arek verbunden habe. In seiner rechten Hand blitzt der vertraute silberne Stab. Sein Daumen schwebt einsatzbereit über dem Knopf, der wahrscheinlich den Stromkreis schließt. Was wollen die von mir?

Mein Herz rast. *Nachdenken, Nara.*

In der Linken hält der Mann einen mir unbekannten, weißen Plastikgegenstand. Ich dränge mich noch enger in die Ecke, doch der Größere kommt auf mich zu, packt mich grob an den Schultern und zieht mich unsanft auf die Beine. Meine Muskeln schmerzen unter seinem festen Griff. Mit einem Klicken befestigt der Erste das weiße Ding um meine Handgelenke. Ich stöhne auf. Es sitzt so fest, dass ich meine Hände nicht bewegen kann. Die beiden Männer zeigen keine Regung. Ein blaues Licht blinkt auf dem weißen Kasten und entgegen meiner Intuition stehe ich still.

Die beiden Männer zerren mich aus der Zelle, der eiserne Stab in der Rechten des krächzenden Athemar lässt mich panisch gehorchen. Was passiert hier? Nur schwerfällig gehorchen mir meine Beine. Der lange Gang glänzt nach wie vor in poliertem Grau.

Wir biegen rechts um die Ecke und stehen vor einer grauen Tür, die der Größere zu meiner Rechten mit einem Code öffnet. Die Tür schwingt auf und wir betreten einen neuen Gang. Jetzt wieder nach links. Das weiße Ding klemmt mir die Adern ab. Da waren mir die grobschlächtigen Hände des Athemars von letztem Mal noch lieber.

Wieder eine Schaltfläche. Die Tür vor uns öffnet sich und wir betreten eine Halle, die genauso grau glänzt wie die Gänge. Eine halb in den Raum hineinstehende, milchige Glaswand schirmt die Sicht auf den hinteren Teil der Halle ab. Ich drehe den Kopf, blicke mich um. Dort links prangt an der Wand dasselbe Symbol, das die Männer auf ihrer Brust tragen.

Der kleinere Athemar zerrt gewaltvoll an meinem Arm und zieht mich weiter in den Raum hinein. Mein Blick fällt auf drei andere Gestalten, die den gleichen Anzug tragen wie die zwei zu meinen Seiten. Etwa zehn Meter vor mir steht ein junger Mann, der dasselbe graue Oberteil trägt wie ich. Er ist barfuß. Seine Silhouette kommt mir bekannt vor, auch wenn er mir den Rücken zuwendet. Ein greller Ton erklingt und die Gestalt, die neben ihm steht, rammt ihm eine Nadel in den Hals.

Der junge Mann sackt bewusstlos auf den Boden und ich zucke zusammen. Panik fährt mir bis ins Mark und ich unterdrücke einen Angstlaut. Nicht schon wieder. Mein ganzer Körper zittert. Als nächstes bin wohl ich dran. Mit aufgerissenen Augen folge ich dem ohnmächtigen Mann, den jetzt jemand über den Boden hinter die Sichtschutzwand schleift.

In Anbetracht der Nadeln, die auf dem Tisch rechts in der Ecke liegen, ahne ich, dass Widerstand es nur schlimmer machen wird. Mit wackligen Beinen blicke ich mich um. Mindestens fünf Gestalten sind im Raum. Niemals könnte ich gegen die etwas ausrichten, auch mit der größten Willenskraft nicht. In meinem Kopf pocht es. Der Athemar zu meiner Rechten schiebt mich grob nach vorne und ich stolpere hinterher, um nicht auf dem Boden zu landen. Meine Handgelenke spüre ich schon gar nicht mehr, so eng ist das weiße Plastikteil. Was soll ich nur tun? Angst benebelt meine Gedanken.

Die Gestalt mit der Nadel kommt näher. Ihre abgehackten Bewegungen wirken maschinell. Das dünne Metall blitzt und die Erinnerung aus dem Wald kocht in mir hoch. Der Schmerz, die Angst, meine Hilflosigkeit. Die anderen beiden Kreaturen machen sich auf den Weg zu dem Tisch in der Ecke und der Athemar mit der Spritze steht jetzt so dicht vor mir, dass ich nichts anderes im Raum mehr sehen kann. Ich starre auf das eingenähte A und kneife die Augen zusammen.

Genau in diesem Moment drückt die Gestalt auf einen Knopf am gläsernen Sichtschutz. Wollen die mir nun auch noch ihr dreckiges Grinsen aufdrücken, um zu zeigen, welche große Freude sie an meinem Schmerz haben? Ich halte den Atem an und sehe auf den Boden, doch eine Hand packt mein Gesicht und zieht es nach oben. Widerwillig öffne ich die Augen und blinzele.

Ich starre in eisblaue Augen, die mich durchdringend ansehen.

24

Arek. Ungläubig zucke ich zusammen. Wollen die mir hier einen Streich spielen? Nein. Das kann nicht sein. Schnell legt er seine Hand auf meinen Mund, doch das ist gar nicht nötig, denn ich befinde mich in einer Schockstarre. Was macht er hier? Es ist doch viel zu gefährlich und wie hat er es überhaupt geschafft, sich hier einzuschleusen? Ob er … nein. Ich verbanne den schaurigen Gedanken, der sich in mir auftut, aus meinem Kopf. Arek könnte niemals etwas mit diesen schrecklichen Leuten zu tun haben. Noch immer liegen seine Finger auf meinem Mund. Ein Zurren zieht sich von dort meinen Körper hinunter.

„Vertrau mir", formt er lautlos mit den Lippen.

Zwei andere Männer kommen näher, schon sind seine Augen wieder verschwunden und er jagt mir die Nadel in den Hals. Schmerz rast meinen Körper hinab und ich sacke in die Knie. Blanker Schock drückt die Luft aus meiner Lunge. Wie kann er nur! Das ist nicht der Arek, den ich kenne. Ich warte darauf, dass ich bewusstlos werde. Atme ein, atme aus. Mache mich auf das Delirium gefasst.

Doch nichts passiert. Vor meinem inneren Auge sehe ich den Mann von vorhin regungslos am Boden liegen, aber ich spüre keine Veränderung. Arek drückt mich auf den Boden, nimmt mir die Handschellen ab und eine Vorahnung bahnt sich durch mein Gehirn.

Plötzlich wird es um einige Grad kälter im Raum. Gänsehaut zieht sich meine Wirbelsäule entlang. Wirkt das Serum doch? Ein Blick an Arek vorbei lässt mich zusammenzucken.

Karan. Ein vertrautes Gefühl von Ersticken macht sich in mir breit. Schnell schließe ich die Augen. Er soll nicht wissen, dass ich bei Sinnen bin.

Seine Schritte kommen vor mir zum Stehen. Die Membran um mich herum fühlt sich an wie ein Schutzschild. Plötzlich trifft mich ein Kick hart in die Seite. Innerlich fahre ich zusammen. Seine Kälte ist unerträglich und gleichzeitig ist da eine verzweifelte Hitze. Karan und Arek gleichzeitig zu spüren, bringt mich an den Rand meiner Selbstbeherrschung.

„Arme Tochter." Seine hämische Stimme klirrt durch meinen Körper. Es klingt, als ob er spuckt, so viel Hass ist darin. „Du hättest es zu so viel bringen können." Jetzt zischt er: „Wenn du nicht so dickköpfig wärst." Kalte Finger pressen auf meine Kopfhaut und lösen sich wieder. „All das hier", seine dunkle Stimme hallt triumphierend durch den Raum, „hätte dir gehören können. Im Blut vereint, Vater und Tochter." Zwei Atemzüge sagt er nichts und über meine Gliedmaßen zieht sich eine Frostschicht.

„Du bist genauso schwach wie deine Mutter. Ich hätte wissen müssen, dass in dir die irrationale Seite einer Clanlosen steckt. Als Athemar wäre sie nicht gestorben. Und du wirst bald so stark sein wie ich."

Meine Luftröhre zieht sich zusammen. Ich weiß nicht, wie lange ich das noch ertragen kann.

Wie eine Metallplatte reibt sein Handrücken über meine Wange.

„Schade eigentlich … auch um deine wunderbaren braunen Augen." Unsanft zieht er mit seinen eisigen Fingern meine Augenlider auseinander und seine bernsteinfarbenen Augen starren geradewegs in meine Seele hinein.

Nicht zucken, Nara. Das Einzige, das ich höre, ist mein Herzschlag.

Poch. Poch. Poch. Poch.

Viermal. Er drückt meine Augen wieder zu.

„Widerlich", spuckt er aus, „packt sie zu den anderen! Sie wird uns nützlich sein, ob sie will oder nicht." Sofort höre ich Schritte.

Mehrere Hände packen mich und schleifen mich über den Boden.

„Wenn wir uns das nächste Mal sehen, Tochter, wird dein Blut endlich rein sein. Du wirst ganz mir gehören, wie es immer hätte sein sollen." Seine grässliche Stimme verhallt hinter einer Wand.

Ein Schauder läuft mir den Rücken hinunter. Mit aller Kraft konzentriere ich mich darauf, nicht aufzuspringen und davonzulaufen. *Vertraue ihm, Nara. Er hat einen Plan.* Ich werde in die Luft gewuchtet und auf einer kalten Oberfläche abgelegt.

Ich blinzele und spicke durch meine Wimpern. Sofort bereue ich es.

Wir sind hinter der milchigen Glaswand und unzählige Liegen reihen sich an der Wand aneinander. Mehrere bewusstlose Körper liegen darauf. An ihren Köpfen sind kleine kahle Stellen und ich höre surrende Geräusche. In meinem Kopf zuckt es.

Die Tattoos. Was hat Victor gesagt? Sie sind das Erkennungszeichen für die Athemar. Ich dachte, es sei eine freiwillige Sache. Die Gestalten wenden sich mir zu und ich presse blitzschnell meine Lider zusammen.

„Ich mach das hier", sagt Arek in tiefem Ton zu dem Athemar, der sich glücklicherweise abwendet und einem anderen Körper widmet.

Ich fühle mich wie in einer Viehzucht, in der den Tieren eine Brandmarkung verliehen wird. Sanft streicht mir Arek eine Strähne hinters Ohr und ich kann nicht unterdrücken, dass mir eine Träne die Wange hinunterrollt. Schnell wischt er sie mit der Hand weg und nimmt die Rasiermaschine in die Hand. Er nimmt ein Haarbüschel hinter meinem linken Ohr in die Hand und setzt die metallene Klinge an. Es surrt und die Vibration rüttelt durch meinen ganzen Kopf.

Und schon ist es wieder vorbei. Die Maschine ebbt ab und ich höre Arek scharf einatmen.

„War ja eigentlich klar …", murmelt er und ein klackendes Geräusch ertönt. Mit festem Griff packt er mich und hievt mich ein Stück nach rechts auf eine andere Oberfläche.

Ich spüre einen warmen Körper neben mir liegen. Wir setzen uns in Bewegung. Ich blinzele und sehe die Decke über mir vorbeifahren. Arek fährt uns aus dem Raum hinaus, hinter einem Athemar her, der einen Wagen mit mehreren leblosen Körpern schiebt. Mein Puls rast. Was passiert hier nur? Mein ganzer Körper wirkt wie gefroren. Seit ich in diesem Trakt gefangen bin, kommt mir nichts real vor. In welchem Albtraum bin ich hier gelandet?

Ich konzentriere mich auf Areks Gegenwart und versuche mich zu beruhigen, auch wenn ich seine Barriere wie eine Betonwand spüren kann. Durch meine leicht geöffneten Augen bekomme ich gerade so mit, dass wir auf einen Raum mit der Beschriftung *Transfusionsraum* zusteuern. Arek öffnet die Tür und mir entfährt ein leises Wimmern, das zum Glück im Geräusch der rollenden Wagen untergeht. Wir fahren in eine riesige Halle, in der unzählige Körper auf Feldbetten liegen.

Ich schlucke. Bitte sag, dass diese Menschen hier nur bewusstlos sind. Mein Magen dreht sich einmal um. An der Wand sind Metallständer aufgereiht, an denen durchsichtige Beutel mit einer dunklen Flüssigkeit baumeln. Die andere grau vermummte Gestalt legt die Personen von ihrem Wagen auf die Liegen und auch Arek legt mich jetzt auf ein dunkelgrünes Feldbett. Ich sehe neben mich und unterdrücke einen Schrei. Es ist der junge Mann, der in der ersten Halle direkt vor meinen Augen zusammengebrochen ist. Sein blasses Gesicht ist mir zugewandt und ich japse nach Luft, denn ich weiß jetzt, warum mir seine Statur bekannt vorkam. Es ist Caleb.

Was um alles in der Welt hat er hier zu suchen? Gehört er zum Clan? Der Athemar verlässt den Raum und Arek beugt sich blitzschnell zu mir hinunter. Sein Sichtschutz verwehrt mir jeglichen Blick in seine Augen.

„Hör zu, ich habe nicht lange Zeit", flüstert er hektisch in mein Ohr, „sobald du die Sirene hörst, rennst du so schnell, wie du kannst, hörst du? Lauf um dein Leben. Wenn du den Gang immer weiter nach rechts hinunterrennst, kommst du hier raus." Er dreht sich zum Gehen um.

Ich packe ihn am Ärmel.

„Arek!"

„Was?" Er klärt seinen Sichtschutz und sieht mich an. Seine Miene ist angespannt, zwischen seinen Augenbrauen ist eine tiefe Furche. Er sieht verbraucht aus. So wie ich wahrscheinlich. Um ihn herum ist nach wie vor diese harte Wand.

Ich kann die Panik nicht länger zurückhalten. Mit brüchiger Stimme spreche ich die Frage aus, die mir durch den zittrigen Schädel hämmert.

„Was ist mit diesen Menschen hier?"

Arek zögert kurz und blickt dann schnell durch den großen Raum.

„Ich weiß es nicht. Aber ich denke, sie sind nur bewusstlos, es ist schließlich der Transfusionsraum. Einige werden das Blut schon bekommen haben."

Ich beiße auf die Innenseiten meiner Wange. Ich wage es nicht, mich zurück zu Caleb zu drehen und in seine verfärbten Augen zu sehen.

Areks Blick verharrt kurz auf meiner Wange. Er streckt die Hand aus und fährt mir mit dem Daumen über den Wangenknochen.

„Wir sehen uns draußen, Nara."

Mit diesen Worten dreht er sich um und verlässt mit eiligem Schritt den Raum. Ohne, dass ich etwas erwidern kann, fällt die Tür ins Schloss und ich bin allein.

Erstarrt liege ich da und starre an die Decke. Ist das alles real? Wie kann es sein, dass Arek in der Kluft eines Athemars durch den Trakt spaziert? Kalter Schweiß steht auf meiner Stirn und läuft mir langsam die Schläfe hinunter. Ich reibe meine Hände an meiner Hose ab und presse die Augen zusammen.

Einatmen. Ausatmen. Mein Puls wird nur noch schneller. In meinen Ohren dröhnt das Rauschen meines Bluts. Meine Stirn glüht und ein stechender Schmerz bohrt sich in meine Schläfen. Einatmen. Ausatmen. Ich versuche den leblosen Caleb neben mir auszublenden und mich ganz auf mich zu konzentrieren. Versuche mich davon zu überzeugen, dass ich die Kontrolle über meinen Körper habe. Nichts funktioniert. Mir wird kälter und kälter und vor meinem inneren Auge sehe ich Karan, der mich hämisch grinsend anstarrt.

Plötzlich höre ich sie. Die Sirene.

Der grelle, laute Ton wechselt zwischen hoch und tief. Dazwischen ertönt eine blecherne Frauenstimme, die ein einziges Wort wiederholt: „Feuer."

Ich springe auf und renne in Richtung Tür, halte inne und sehe zurück zu Caleb. Ich schlucke und hetze zu ihm. Ich beiße die Zähne aufeinander und rüttele an seinen Schultern.

„Caleb! CALEB!" Ich packe sein Handgelenk, um nach dem Puls zu fühlen, da fällt mein Blick auf die Innenfläche seines Unterarms. Unzählige kleine, blutige Striche übersäen fast die ganze Fläche. Mir stockt der Atem. Es sind Narben. Was haben sie mit ihm gemacht? Ein schwacher Puls pocht in seinem Handgelenk. Nichts an ihm rührt sich. Noch einmal rüttele ich an ihm.

„Feuer." Die Sirene wird lauter. „Feuer."

Panisch sehe ich durch den Raum, scanne die leblosen Körper. Niemand scheint auch nur einen Atemzug zu tun. Was hat Arek gesagt? *Rechts den Gang hinunter. Lauf um dein Leben.*

Ich werfe einen letzten verzweifelten Blick auf Caleb und setze mich dann wie mechanisch in Bewegung und renne zur Tür. Meine zittrigen Finger umfassen die Klinke. Ich blicke nach oben und starre geradewegs auf eine Überwachungskamera über der Tür, die auf mich gerichtet ist. Spätestens jetzt sollte ich rennen. Ich öffne die Tür. Überwältigende Hitze schlägt mir entgegen und drückt gegen meinen Körper. Für einen kurzen Moment sehe ich nur helle, lodernde Flammen. Widerstrebend trete ich hinaus auf den Gang, drehe mich nach rechts und renne los.

Die Flammen laufen an der linken Seite des breiten Gangs entlang, doch sie kommen näher. Ich versuche so weit rechts wie möglich zu rennen. Hitze glüht auf meiner linken Körperhälfte. Eiskalte Schweißperlen laufen an mir runter und im Vorbeirennen knalle ich mit dem Ellenbogen gegen eine herausstehende Türklinke. Angst und Adrenalin pochen durch meine Adern und treiben mich an. Mein Fokus liegt auf einem klitzekleinen hellen Fleck, ganz am Ende des langen Gangs. Das muss der Ausgang sein. Über ihm leuchtet etwas Grünes, vielleicht ein Schild. Der helle Fleck ist mindestens hundert Meter entfernt. Ich zucke vor einer Flamme zurück, die vor mir nach rechts lodert und blicke hinter mich. Ein einziges Inferno. Umkehren ist keine Option, also halte ich den Atem an und renne weiter, durch die Flamme hindurch. Ich bekomme kaum Luft, die Hitze ist unerträglich, doch meine vom Rauch brennenden Augen sind einzig auf den grellgrünen Punkt über der Tür fixiert. Ich huste.

Die Sirene schallt in Abwechslung mit dem Wort *Feuer* über den Gang. Auf einmal ist da noch etwas anderes. Stimmen. Rufende Männerstimmen, die zwar noch weit weg sind, aber immer lauter werden. Ich renne noch schneller. Dieses Mal kriegen sie mich nicht. Die Flammen kommen ebenfalls immer näher und die Hitze ist fast nicht mehr auszuhalten.

Plötzlich packt mich eine Hand im Nacken und schleudert mich mit dem Gesicht voran gegen die Wand. Ich trete nach hinten aus und drehe meinen Kopf, aber meine linke Gesichtshälfte wird nur noch fester gegen die Wand gedrückt. Die Gestalt tastet nach meinen Handgelenken. Mein nächster Tritt sitzt, denn der Angreifer stöhnt auf, lockert den Griff und taumelt kurz zurück. Blitzschnell drehe ich mich um und blicke auf einen Athemar, der sich gerade wieder aufrappelt. Ich setze mich in Bewegung, doch ein zweiter kommt durch die Flammen auf mich zu gerannt. Der vermummte Mann macht einen Satz in meine Richtung und streckt die Hand aus.

Plötzlich nehme ich etwas wahr. Wie in Zeitlupe betrachte ich seinen verzerrten Mund. Da ist etwas. Angst. Ich spüre sie klar und deutlich. Wut. Getriebenheit. All seine Empfindungen prasseln ungeschützt auf mich ein. Jetzt, wo ich es spüre, nehme ich auch den anderen wahr, der noch immer über den Boden taumelt. Dieselbe innere Unruhe. Ich verstehe. Die Hitze zertrümmert ihre Barriere. Meine Gedanken zucken zu der Energieaufnahme in der Zelle. Kälte als Stimmungsträger. Die Athemar hassen das Feuer. Eine Idee bahnt sich durch mein Gehirn.

Mit einem Schlag ist die Zeitlupe wieder vorbei und die zwei Athemar packen mich an den Armen.

Ich habe nur einen Versuch. Still lasse ich es zu, dass sie nach mir greifen. Ich stehe da und schließe die Augen. Der Funke entsteht und ein feines Lächeln legt sich auf meine Lippen. Ich sauge das Feuer um mich auf, lasse es in mir drin wachsen und in Sekundenschnelle ist mein ganzer Körper voller Energie. Ich bündele sie und schicke sie zu den Stellen meines Körpers, an denen sie mich gepackt halten. Wer könnte sie mehr zurückschrecken als ihr eigener Anführer? Ich visualisiere seine Augen, das strahlende Weiß seiner Haare, die schreckliche Grimasse in seinem Gesicht. Rachelust steigt in mir auf. Meine Energie verbindet sich mit seiner. Brutalität klirrt bis in meine Fingerspitzen und ich reiße die Augen auf.

„Lasst mich los", flüstere ich und starre mit Nachdruck zwischen den beiden hindurch, den Strom durch die Arme fließend.

Die zwei zucken zusammen und verharren einen Moment. Nun lassen sie wie zurückgepfiffene Hunde von mir ab und stolpern zurück. Es funktioniert. Auf dem Absatz drehen sie sich um und reißen einen dritten herbeikommenden Athemar mit in die Flammen.

Ich würge, schüttele mich. Atemlos renne ich weiter. Den Kopf völlig leer, die Lunge voller Rauch. Wie ferngesteuert bewegen sich meine Beine und mein Blick ist tunnelhaft an den Ausgang geheftet. Meine Lungenflügel rebellieren und ich huste. Der Gang besteht nur noch aus Rauch, der unaufhaltsam in meine Brust strömt. Er schmeckt bitter und schmutzig und vernebelt mein Gehirn. Mein Herz schlägt immer schneller und ich blinzele Tränen aus meinen gereizten Augen. Kaum etwas vom Gang ist mehr zu erkennen und ich befehle meinen Beinen schneller zu laufen, halte mich mit aller Kraft aufrecht.

Nur gedämpft, wie durch einen Wattebausch, nehme ich die Sirene wahr. Ich werde langsamer und auf einmal kommt der Boden näher. Während ich nach vorne taumle, bemerke ich, dass ein Teil meines linken Ärmels in Flammen steht. Ich stürze auf die Knie, rappele mich aber wieder auf und renne weiter, während ich mit der rechten Hand auf das Feuer an meinem linken Arm schlage. Ich habe das Gefühl für oben und unten verloren. Der helle Fleck vor mir wird immer größer. Und mit einem Mal stolpere ich durch die Öffnung ins Freie. Das gleißende Licht blendet und ich kneife die Augen zusammen. Meine Lunge brennt höllisch und Säure bahnt sich meine Speiseröhre hoch, während ich die Hände auf den Bauch presse und an Ort und Stelle erbreche.

Jemand packt mich. Dann ist es dunkel.

25

In meinem Mund ist es so trocken wie in einer Wüste. Ich blinzele. Ein trockenes Husten rasselt mir über die Lippen, doch das macht es nur schlimmer. Wasser. Ich brauche dringend Feuchtigkeit im Mund. Es ruckelt und ich öffne die Augen. In der Dunkelheit erkenne ich nur den Autositz vor mir. Ich sehe an mir hinab. Ein Gurt hält mich im Sitz. Leises Motorengeräusch. Wieder blicke ich nach vorne. Ein fremder Mann steuert den Wagen. Mein Herz holpert. Wo bin ich? Habe ich es nicht weit genug nach draußen geschafft? Ich lege die Stirn in Falten und sehe verzweifelt nach draußen. Nichts zu erkennen. Mein Körper verkrampft sich.

„Beruhig dich", sagt eine bekannte Stimme von der Seite.

Ruckartig drehe ich mich nach links und ein gigantischer Stein fällt von meinem Herzen. Neben mir sitzt Victor.

„Schön, dass du auch mal wieder zu uns stößt. Ausgeschlafen?"

Ich starre ihn nur an.

„Das da vorne sind Leah und Nobi, meine Tante und mein Onkel." Victor streckt mir eine Flasche Wasser hin, die ich dankbar ergreife.

Leah, die vor mir sitzt, murmelt ein kurzes „Hey, Nara". Das Rascheln einer Landkarte übertönt fast ihre rauchige Stimme. Nobi, der am Steuer sitzt, nickt mir kurz über den Rückspiegel zu.

„Und der da", fährt Victor fort und deutet auf einen etwa Mitte zwanzigjährigen Mann, der schlafend links neben ihm sitzt, „das ist mein Cousin Derek. Der Freak hat das Feuer gelegt."

„Ich dachte, das war Arek?", entgegne ich benommen. In meinem Kopf schwirrt es und ich konzentriere mich darauf, die Flüssigkeit in meinen Kreislauf zu bringen. Heißt das ich befinde mich in Sicherheit? Ich drehe mich nach hinten und blicke in einen leeren Kofferraum.

„Wo ist er?", frage ich.

„Derek hat Arek seit der Schleuse nicht mehr gesehen. Ist anscheinend nochmal zurückgerannt."

„Was?" Mir wird heiß und kalt zugleich. „Wo ist er jetzt? Und wo ist der Rest? Wo fahren wir überhaupt hin?" Mit gerunzelter Stirn betrachte ich den seelenruhigen Fahrer.

„Nobi und Leah bringen uns zum Craft-Anwesen. Dort sind wir sicher. Wir werden alle dort unterkommen. Nach Hause können wir nicht mehr. Nicht nachdem, was heute passiert ist."

„Was gestern passiert ist", korrigiert Leah von vorne und widmet sich wieder der Landkarte.

„Richtig", murmelt Victor, „was gestern passiert ist. Ich hab schon völlig mein Zeitgefühl verloren."

„Wieso könnt ihr nicht zurück nach Hause?"

„Nara. Wir haben Karans ganzen Trakt und seine Blutvorräte in Brand gesetzt. Denkst du, da freut sich ein Athemar, uns auf der Straße zu sehen? Wir wären morgen tot." Victors Stimme bebt.

Verdammt. Dann war das also eine Riesenrettungsaktion. Alles wegen mir.

„Wie habt ihr mich gefunden?"

„Du meinst wohl eher, wie hast du Arek gefunden."

„Wie meinst du das, ich habe Arek gefunden?"

„Na deine Kontaktaufnahme aus dem Trakt. Hättest du Areks Energien nicht erreicht, hätten wir noch immer keinen Plan, wo sie dich gefangen halten."

Das muss ich erstmal sacken lassen. Ich dachte, Arek wäre auch im Trakt gewesen. Aber wie hätte er dann die anderen kontaktieren und sich unter die Athemar schleichen können? Habe ich ihn tatsächlich dort im Wald gespürt?

„Keine Ahnung, wie du das angestellt hast", spricht Victor meinen Gedanken aus, „aber das war echt stark. Scheinst wohl nochmal trainiert zu haben." Er knufft mich in die Seite.

Ich fummele an dem Flaschenverschluss herum und schlucke. „Was ist mit Karan?"

„Er hat es geschafft, aus dem Feuer zu fliehen. Wir sind ziemlich sicher, dass er es war, der mit dem Helikopter den Trakt verlassen hat, als du aus der Schleuse kamst. Wir wissen nicht, wo er jetzt ist. Nachdem wir sichergehen konnten, dass du dich nicht im Auto übergibst, sind auch wir losgefahren. Zwei Leute sind noch in der Nähe, um nach Arek Ausschau zu halten."

Ich denke an die Minuten vor meinem Blackout und mein Magen wird flau.

„Kindchen, du solltest ganz viel trinken und noch mal schlafen, wenn du kannst." Nobis gemütliche Bärenstimme meldet sich von vorne: „Es war keine schlimme Rauchvergiftung, aber sicher ist sicher. Wenn dir schwindelig oder wieder übel wird, gib sofort Bescheid."

Ich nicke und leere den Rest der Wasserflasche. Auf meinem Schoß liegt eine Wolldecke. Ich ziehe sie enger um meinen Körper und blicke aus dem Fenster. Ich hoffe,

Arek geht es gut. Etwas anderes will ich mir gar nicht erst ausmalen.

Nach und nach kommen all die schrecklichen Bilder zurück. Ich versuche regelmäßig zu atmen und tröste mich mit der Erinnerung an die zwei blauen Augen unter dem Sichtschutz. Wo ist er nur?

Die Fahrt zum Craft-Anwesen zieht sich ewig. Victor und Derek schlafen beide, aber die Unsicherheit darüber, was mit Arek ist, lässt mich kein Auge mehr zu tun. Ich weiß nicht, ob ich überhaupt am Craft-Anwesen ankommen möchte. Im Moment will ich einfach nur sitzen und schweigen. Am Himmel sind bereits helle Streifen zu erkennen und ich kann die Augen nicht von der sich stetig ändernden Landschaft abwenden, die draußen an mir vorbeizieht. Das dämmrige Morgenlicht spiegelt sich auf schmelzenden Schneekuppen und die Natur wird immer felsiger, je weiter wir den Berg hinauffahren. Wir lassen den Pass hinter uns und überqueren mehrere Flüsse.

Drei weitere Stunden und mehrere Talfahrten später, biegt Nobi schließlich in einen kleinen Feldweg ein und das Terrain wird verwilderter. Der Weg führt in einen großen Wald. Wir fahren jetzt langsamer und Leah murmelt leise Anweisungen aus den Tiefen ihrer Landkarte. Nach vielen Abzweigungen halten wir vor einem dunklen Stahltor, das sich plötzlich vor uns auftut. Es öffnet sich von selbst und wir fahren auf das abgezäunte Waldstück. Obwohl der Waldweg immer schmaler wird, sind Bäume das Einzige, was zu sehen ist.

Auf einmal taucht etwas Helles zwischen den dunkelgrünen Ästen auf und wie durch einen Vorhang fahren wir auf eine große Lichtung. Vor uns liegt ein riesiges Anwesen mit mehreren Gebäuden. Die Fassaden bestehen aus sandfarbenen Backsteinen und umfassen mächtige, in dunkles Holz gerahmte Fenster. Mir klappt die Kinnlade nach unten. Der, dem das hier gehört, muss ganz schön reich sein. Trotz der strahlenden Wände wirkt der ganze Komplex historisch. Eine der Fassaden ist mit Pflanzen bewachsen. Das große Mittelgebäude ziert ein kleines Turmzimmer, auf dem ein dunkelgraues spitzes Dach sitzt. An den restlichen Dächern sind jedoch übergroße Glasfronten angebracht, was das Ganze doch ein bisschen moderner macht. Mir gefällt der Stil, denn die Gebäude wirken einladend, nicht so betoniert wie das Zuhause der Carters. Aus ein paar Fenstern dringt Licht. Wir rollen die lange Einfahrt hinauf und der Kies knirscht unter den sich langsam drehenden Reifen. Als wir vor einer großen Garage zum Stehen kommen, steigen die anderen aus.

Das ist es? Ich kann nach wie vor meinen Augen nicht trauen. Ich dachte ja, die Carters haben ein großes Haus, aber das hier, das ist ein anderes Level. Ich öffne meine Tür. Beim Aussteigen halte ich mich krampfhaft an der Karosserie fest. Meine Beine sind Pudding, mir ist kalt und ich will so schnell wie möglich in irgendein Bett. Ich hätte während der Fahrt wohl doch schlafen sollen.

Ein Mann mit hellgrauen, gescheitelten Haaren läuft mit ausgebreiteten Armen auf uns zu.

„Da seid ihr ja endlich!" Ein warmes Lachen tönt aus seiner Kehle und er schließt einen nach dem anderen in eine herzliche Umarmung. „Ich bin Henry, der Onkel von Derek."

Vorsichtig ergreife ich Henrys Hand, der jetzt eine Verneigung andeutet. Ich lächle. So langsam blicke ich bei diesen Verwandtschaftskonstellationen nicht mehr durch, aber der Mann macht einen freundlichen Eindruck. Er hat etwas Weises an sich. Aber vielleicht sind das auch nur die grauen, sorgfältig zurückgekämmten Haare.

Henry führt uns ins Gebäude und beim Eintreten sauge ich scharf die Luft ein. Das Haus der Carters ist eine Hundehütte gegen das hier. Weiße Säulen tragen die Holzdecke der großen Eingangshalle, von der mehrere Türen abgehen. Von der Decke hängen ein paar Pflanzen, die in beigen Makramee-Blumenampeln thronen. Dazwischen sitzen warm leuchtende Glühbirnen in prismenförmigen Holzfassungen.

Henry zieht etwas aus der Hosentasche und faltet es auseinander. Jetzt händigt er Victor und mir jeweils ein Blatt Papier aus. „Hier drauf findet ihr eure Zimmer. Ihr seid bestimmt müde."

Ich sehe auf den Plan und halte den Atem an. Wie soll man sich hier denn jemals zurechtfinden? Es scheinen mehr als nur ein paar Nevox in diesen Hallen zu wohnen, auf dem Plan sind bestimmt hundert Beschriftungen zu finden. Ich lausche, doch es ist mucksmäuschenstill.

„Jap. Ich muss mich ausruhen", sagt Victor verschlafen und dehnt seinen Nacken.

„Mhm, ich komm mit", pflichte ich ihm bei.

Die anderen verabschieden sich in einen Gemeinschaftssaal, also gehen Victor und ich zu zweit zum Fahrstuhl zu unserer Rechten und fahren in den dritten Stock. Auf dem Plan ist das Zimmer 3.7 mit dem Namen *Nara* markiert. Ein eigenes Zimmer, obwohl ich hier niemanden kenne. Ich fahre mir mit der Hand übers Gesicht. Wieder ein Ort, an dem ich ankommen muss. Aber diesmal wird es wohl etwas Langfristiges sein.

Wir treten aus dem Fahrstuhl und ich mache mein Zimmer aus. Direkt schräg gegenüber davon ist das von Victor. Ich suche auf dem Plan nach einem Zimmer mit der Aufschrift *Arek*, finde aber nichts. Mein Blick fällt auf zwei große, weiße Flächen. Trainingsgelände und Fortbildungssaal. Mit erhobener Augenbraue sehe ich zu Victor.

„Sag mal, wo genau befinden wir uns hier? Das ist doch nicht nur ein Haus deiner Verwandten. Das hier", sage ich und klopfe mit dem Zeigefinger auf den Plan, „sieht eher aus wie eine Kleinstadt mitten im Wald."

„Hm?" Victor schüttelt leicht den Kopf und sieht mich blinzelnd an. Ich habe ihn wohl aus seinen Gedanken gerissen. Er räuspert sich. „Nun ja, ein Haus unserer Verwandtschaft ist das schon, aber mit den Jahren wurden es immer mehr Nevox, die hier Zuflucht gesucht haben. Für viele ist das hier der sicherste Ort. Das Grundstück ist in keinem Verzeichnis verortet, im Wald so gut wie nicht zu finden und mit einem gut bewachten Zaun eingegrenzt." Er schweigt eine Weile und blickt auf seine Hände. Ein Seufzen entfährt seinen Lippen.

„Es ist auch für uns jetzt der sicherste Ort. Mittlerweile werden hier die Kinder der Nevox, die hier aufgewachsen sind, trainiert und ausgebildet. Hier haben sie alles, was sie brauchen."

„Was meinst du mit trainiert und ausgebildet?", frage ich. Ich kann mir diese abgeschottete Art von Zufluchtsort nur schwer vorstellen, wenn man eine Alternative hat.

„Körperlich auf dem Trainingsgelände. Seelisch im Fortbildungssaal. Im schlimmsten Fall für eine Konfrontation. So ähnlich, wie du bei uns zu Hause ausgebildet wurdest, unten im Trainingsraum. Diese Kinder hier lernen von Geburt an, ihre Fähigkeiten und Barrieren zu kontrollieren und gezielt einzusetzen. Du kannst dir vorstellen, welche Kräfte sie entwickeln."

„Wieso seid ihr hier nicht aufgewachsen?"

„Weil wir nie in Gefahr waren. Mark und Keyla wollten, dass wir in normalen Verhältnissen aufwachsen. Wir sind Menschen und sollten daher auch ein entsprechendes Leben führen dürfen. Die meisten der Kids hier haben die Grenzen des Waldstücks nie verlassen."

Victor gähnt und streckt seine Arme zu den Seiten.

„Jetzt aber genug Fragestunde. Den Rest findest du schon noch raus. Ich muss mich jetzt erst einmal von der Fahrt erholen."

„Du hast doch die ganze Fahrt verschlafen", sage ich, schwach grinsend.

Er grunzt nur und verschwindet in seinem Zimmer.

Ich stehe allein auf dem hell erleuchteten Gang und starre auf das Zimmer 3.7. Nun gut. Dann wollen wir mal. Ich drücke die Klinke nach unten, trete ein und lasse es für einen Moment auf mich wirken. Es hat etwas von dem Gästezimmer im Carter-Haus. Das Bett ist etwas kleiner, dafür gibt es mehr Mobiliar. Unter zwei großen Fenstern steht ein breiter Holztisch mit ordentlich angeordneten Schreibutensilien. Neben der Tür ist ein Waschbecken mit Spiegel. Auch hier sind einige Pflanzen verteilt. Sie verleihen dem Zimmer etwas Lebendiges. Auf dem Nachttisch steht eine Lampe in Form eines aufgefalteten Buchs. Ich öffne den Schrank zu meiner Rechten, der zu meiner Überraschung gefüllt ist. Einfarbige Teile in Leinen, wie es scheint. Es sieht aus wie Einheitskleidung. Im Moment würde ich aber alles andere lieber tragen als die verschmutzte, dunkelgraue Kleidung aus der

Schleuse. Ich sehe an mir hinab und mein Magen krampft sich zusammen. Sobald ich die Gelegenheit dazu hab, verbrenne ich die Sachen.

Ich binde meine langen Haare zu einem Pferdeschwanz zusammen. Meine Finger fahren über meine Kopfhaut und ich halte sofort inne. Da ist die kleine kahle Stelle an meinem Hinterkopf. Links hinter dem Ohr. Ich erinnere mich an Areks Reaktion, wie er scharf einatmete mit den Worten: „War ja eigentlich klar". Was hat er damit gemeint? Ich gehe zum Spiegel und drehe meinen Kopf nach rechts, um auf die rasierte Stelle blicken zu können. Beim Anblick meiner Kopfhaut fahre ich zusammen. Ich reiße die Augen auf. Dort, wo nur Stoppeln übrig sind, ist nicht nur Haut zu sehen. Ein etwa zwei Quadratzentimeter großes A ziert meinen Hinterkopf. Es ist dasselbe Zeichen, wie in Karans Trakt und an den Schutzanzügen seiner Leute. Der schwarze, geschwungene Tintenschriftzug schreit mir ein einziges Wort entgegen: „Athemar".

Ich verziehe das Gesicht und wende den Blick ab. Sie haben mir das Tattoo schon vor meinem Unfall verpasst. Ob ich davon wusste? Habe ich es mir womöglich selbst so ausgesucht? Ich wusste ja anscheinend von den Clans. In meinem Mund ist ein bitterer Geschmack. Ich kann es kaum erwarten, dass meine Haare nachwachsen und diese Brandmarkung nicht mehr auf meinem Kopf zu sehen ist. Eilig binde ich meine Haare in einem tiefen Zopf zusammen. Erschöpft lasse ich mich auf das weiche Bett fallen und rolle mich auf die Seite. Ohne mich auch nur auszuziehen, schlafe ich an Ort und Stelle ein.

Beim Erwachen fühle ich mich unangenehm schmutzig. Ich schlage die Bettdecke zur Seite und stelle fest, dass ich auch genauso rieche. Kein Wunder. Die letzte richtige Dusche ist ewig her. Aus dem Fenster blickend betrachte ich die aufgehende Sonne. Offenbar habe ich den Rest des gestrigen Tags verschlafen. Mein Mund ist staubtrocken. Schlaftrunken taste ich nach dem Raumplan auf dem Boden und mache mit halb geöffneten Augen ein Badezimmer im selben Stock aus. Mit einem Handtuch bewaffnet trete ich auf den Gang hinaus. Ich sehe keine Menschenseele.

Ich schlurfe über den Gang und schließe hinter mir die Badezimmertür. In der Mitte des Raums befindet sich eine ovale, freistehende Badewanne. Alle Wände sind weiß, bis auf eine mit Holzdielen verkleidete Wand, an der Schlingpflanzen hinunterwachsen. An der Außenwand befindet sich ab Schulterhöhe ein einziges, riesiges Fenster, das sich über die gesamte Breite des Badezimmers zieht. Ich sehe nichts als Wald. Eilig gehe ich zum Wasserhahn, halte meinen Mund darunter und lasse das klare Wasser hineinsprudeln. O Mann, das hab ich gebraucht. Ich wische mir den Mund ab und mein Blick fällt auf die Wanne. Seit ich mich erinnern kann, habe ich nicht gebadet. Ich verriegele die Tür, lasse mein Oberteil auf die dunkelgrauen Fliesen fallen und drehe den Hahn auf. Ich streife meine Hose von den Beinen, da fällt ein kleiner Zettel auf den Boden.

Willkommen in der Schleuse. Aufessen. Tablett vor die Tür stellen.

Es ist der Zettel, mit dem ich im Trakt die Tage gezählt habe. An den Seiten sind acht kleine Risse, die Tage danach war ich sediert. Wie viele es wohl waren? Mit zusammengepresstem Kiefer blicke ich in den Spiegel. Meine Rippen stechen mehr hervor als sonst und meine

Wangen sind eingefallen. Heftig, wie sehr man sich in so kurzer Zeit verändern kann.

Schnell zerknülle ich den Zettel in meiner Hand, werfe ihn in die Toilette und drücke die Spülung. Sicherheitshalber halte ich sie extra lange gedrückt. Tief atme ich ein und aus, schüttele den Frost ab und wende mich der Badewanne zu. Auf dem Wannenrand steht ein Glas mit Badesalz und ich gebe eine ordentliche Portion davon in das heiße Wasser. Es schäumt und ein orangiger Duft verbreitet sich in der feuchten Luft. Mit den Zehen berühre ich das Wasser und eine kurze Erinnerung von dem Moment mit Arek am Bergsee blitzt auf. Es war ein glücklicher Moment, das wird mir jetzt umso mehr bewusst.

Die Wanne ist so groß, dass ich mich unter Wasser vollständig ausstrecken kann, also tauche ich unter. Die Hitze ist wohltuend und für einen kurzen Augenblick vergesse ich alles. Alles, was ich in den letzten Tagen gesehen und gespürt habe. Ich konzentriere mich einzig und allein auf die Wärme, die langsam, aber stetig in meinen Körper übergeht. Ich bin eingehüllt von ihr und die Erkenntnis, dass ich in Sicherheit bin, dringt langsam zu mir durch. Meine Haare schwimmen vor meinem Gesicht, doch dieses Mal sinken keine Luftblasen hinab und das einzige Salz im Wasser ist der Badezusatz. Ich fühle nichts und das reicht mir für den Moment vollkommen aus. Es ist der erste Moment seit Langem, in dem ich nichts Negatives fühle. Die Wärme macht mich ruhig und ich sauge sie mit jeder Pore auf.

Eine gefühlte Stunde liege ich so in der Wanne und blende den Rest der Welt aus. Während das Wasser erkaltet, prasselt die Realität zurück auf mich ein. Vielleicht ist

Arek mittlerweile da. Tropfend steige ich aus der Wanne und trockne mich schnell ab.

Unten durchquere ich die Aula auf dem Weg zum Frühstückssaal und renne dabei fast in Victor, der um die Ecke biegt und in die gleiche Richtung geht. Gemeinsam betreten wir den Speiseraum. Essensgeruch und Stimmengewirr schlagen uns entgegen. Bestimmt fünfzig Personen sitzen im Raum verteilt. Wir setzen uns an einen reichlich gedeckten Tisch in der Ecke.

„Die meisten der Jugendlichen sind schon auf dem Trainingsgelände. Unter der Woche beginnen die Einheiten um acht.“

Ich nicke. Also sind es noch viel mehr. Ich räuspere mich.

„Was von Arek gehört?“

Victor schluckt und schüttelt nur resigniert den Kopf. Mein Herz sinkt mir in die Hose, doch ich presse die Lippen aufeinander und erzwinge ein hoffnungsvolles Lächeln. Die Ungewissheit über Arek nimmt Victor bestimmt genauso mit. Gedankenverloren greife ich nach einer Müslipackung. Bitte lass es ihm gut gehen. Alles andere verkrafte ich nicht.

Die Tür schwingt auf und ich starre gebannt auf die Menschen, die eintreten. Keyla, Mark und Liv. Erleichtert atme ich auf. Endlich Gesichter, die ich kenne. Doch hinter ihnen Leere. Kein Arek. Verdammt, wo ist er nur?

Livs Blick trifft meinen und ihre Augen leuchten auf. Die drei kommen zu uns und schließen mich nacheinander in eine feste Umarmung. Keylas Lavendelduft hüllt mich ein. Tut das gut. Sie setzen sich mit an den Tisch.

„Schön, euch zu sehen“, sage ich seufzend. Erst jetzt fällt mir auf, wie sehr ich sie vermisst habe.

Wir bedienen uns an den Leckereien auf dem Tisch und Keyla klärt mich über die vergangenen Tage auf.

„Arek hat sich im Wald befreien können und tagelang nach dir gesucht. Als du ihm durch eure Verbindung gezeigt hast, wo du bist, sind wir alle hingefahren und haben geholfen, Derek und Arek in die Schleuse zu bringen." Sie beißt in ein Brötchen und spricht kauend weiter: „Ohne Victor wären sie nie durch das System gekommen."

„Ich hab das ganze Ding lahmgelegt", sagt Victor und grinst zufrieden.

„Für irgendwas muss dein ganzes Computerzeug ja gut sein", sagt Mark neckend, doch sein Blick ist ernst. Er sieht älter aus als sonst.

„Nobi und Leah haben sich ebenfalls Anzüge besorgt und Blutvorräte von Karan zerstört", fährt Keyla fort, „während sich Arek um dich gekümmert hat. Die Jungs haben das Feuer gelegt. Wir drei", sie zeigt in die Runde, „waren daheim und haben gepackt."

Ich knirsche mit den Zähnen und sehe auf die Tischplatte.

„Könnt ihr wirklich nicht zurück?", frage ich leise.

Mark schüttelt den Kopf. „Wir haben die Tochter von Karan versteckt. Das Risiko war uns bewusst."

„Es ist in Ordnung. Hauptsache, wir sind alle in Sicherheit", sagt Keyla sanft, „jetzt fehlt nur noch Arek." Diesen Satz flüstert sie fast.

Ich schlucke und mein Magen zieht sich zusammen. Meine Besorgnis spiegelt sich in den Augen der anderen. Ich widerstehe dem Drang aufzustehen und in den Wald zu rennen, um nach ihm zu suchen. Tief atme ich durch.

26

Nach dem Frühstück setze ich mich mit einem Buch über Fichtenarten in eine Ecke der Bibliothek. Vom Buch selbst bekomme ich allerdings wenig mit, weil ich damit beschäftigt bin, hinaus auf die Hofeinfahrt zu starren. Nichts rührt sich. Ich versenke mich in das Gefühl, das ich habe, wenn ich bei ihm bin. Stelle mir vor, dass ich mich an ihn lehnen kann. Seine unsichtbaren Finger gleiten über mein Gesicht und meine mit Gänsehaut überzogene Haut bebt unter seinen sanften Berührungen. Ich schließe meine Augen und lehne mich zurück an seinen warmen Körper, der mir Halt gibt. Ich atme ihn vollkommen ein. Beim Öffnen der Augen ist er verschwunden. Schmerz trifft mich und ich verschließe mich wieder, damit mein Verstand mir nicht abhandenkommt. Für diesen Moment lasse ich ihn gehen, um nicht selbst vollkommen zu verschwinden.

Der restliche Tag ist von geschriebenen Zeilen geprägt. In meinem Kopf schwirren Buchstaben, Zeichen und Absätze, auch wenn ich dazwischen bei den Mahlzeiten bin. Ich verschlinge die Bücher über die Nevox geradezu. In manchen erkenne ich ein paar Leute wieder, die ich aus dem Geschichtsbuch in der Schule kenne. Es ist verrückt, wie weit die Nevox sich über die ganze Erde verteilen. Ein Buch, das erklären kann, warum Arek und ich diese besondere Art von Verbindung spüren und nutzen können, habe ich bis jetzt nicht gefunden.

Ab und zu bilde ich mir ein, ein Scheinwerferlicht zwischen den Bäumen hindurch aufblitzen zu sehen. Doch jedes Mal sind es nur blinkende Flugzeuge, die über dem Wald hinauf in den dunklen Himmel steigen. Immer wieder versuche ich, eine energetische Verbindung zu Arek aufzubauen, bin jedoch noch zu schwach dafür. Ich fühle mich ausgelaugt und energielos, als hätte das Feuer auch meine Kraft ausgesaugt. Mit zusammengezogenen Augenbrauen lege ich am Abend die Bücher zur Seite, lösche das Licht in der Bibliothek und gehe zurück zu meinem Zimmer.

Beim Fahrstuhl begegne ich Liv.

„Hey, alles klar?", fragt sie und sieht von ihrem Buch auf.

„Mhm", murmele ich. Vor Liv kann ich meine Zerknirschtheit nicht verstecken.

„Willst du reden? Vielleicht hilft das." Sie lächelt mich mit großen Augen an. Der Fahrstuhl öffnet sich und wir gehen hinein. Ich drücke den Knopf mit der Drei.

„Gern. Müde bin ich sowieso nicht."

„Ich auch nicht", sagt Liv leise. Erst jetzt fallen mir die dunklen Schatten unter ihren Augen auf.

Wir gehen in mein Zimmer und setzen uns aufs Bett.

„Du machst dir auch Sorgen, stimmt's?", frage ich und mustere Livs ermattetes Gesicht.

Sie seufzt. „Es ist Arek. Um ihn muss man sich eigentlich keine Sorgen machen." Leiser fügt sie hinzu: „Trotzdem wäre es cool, wenn er jetzt mal auftauchen würde."

Ich nicke. Liv ist tough. Trotzdem ist da was Schmerzvolles in ihrer Stimme.

„Ich hoffe einfach so sehr, dass er es aus dem Feuer geschafft hat", flüstere ich.

„Das hoffen wir alle", sagt Liv und drückt meine Hand.

Wir schweigen. Meine Gedanken zucken zu meinem Traum in der Höhle. Arek, der vergebens nach Hilfe ruft.

Die Luft schwer zum Atmen und da war diese drückende Hitze. Ich kann nicht glauben, dass ein Teil dieses Traums tatsächlich Wirklichkeit wurde. Ich blinzele die Erinnerungen weg und runzele die Stirn.

„Liv, kannst du mir eine Frage beantworten?"

„Klar", sie zuckt mit den Schultern und setzt sich auf.

„Woher kommt die Narbe auf Areks Rücken?"

Ihr Blick verändert sich. Sie sieht auf ihre Hände, die mit dem Rand meiner Bettdecke herumspielen.

„Die hat er schon lange, ich habe das Gefühl, sie wuchs mit ihm. Ist eine lange Geschichte."

„Erzähl sie mir. Bitte." Ich suche ihren Blick.

Liv schaut auf und atmet tief ein. Sie beißt sich auf die Unterlippe. „Als ich noch kleiner war, war das Training bei uns zu Hause ziemlich hart. Unseren Eltern war es wichtig, dass wir lernen uns zu wehren. Das Leben außerhalb von diesem Anwesen kann gefährlich sein für Nevox. Ich war noch zu klein dafür, aber Arek und Victor haben jeden Nachmittag das Stockkämpfen und Fechten geübt. Dad meinte, das trainiert die Schnelligkeit und Reflexe. Einmal war Paul da, ein Junge von der Schule, und hat mittrainiert. Damals war Arek leichtgläubiger und die zwei waren enge Freunde. Also erzählte er ihm von dem Training. Er hat ihm vertraut und wir alle haben ihn für einen normalen Schulkameraden gehalten." Sie fährt sich durch die Haare und sieht auf. „Bei uns war er dann plötzlich anders. Er ist auf Victor losgegangen und hat ihn übel zugerichtet. Als Arek einschreiten wollte, hat Paul ihm mit dem Degen einen Hieb über den ganzen Rücken verpasst. Victor hat Paul angegriffen, aber der war stärker und würgte Victor so heftig, dass ihm die Luft ausging. Arek, der am Boden lag, hat rotgesehen und einen Degen nach Paul geworfen. Der traf ihn so unglücklich am Hals, dass er im Krankenhaus daran starb."

Ich schlucke.

„Später stellte sich heraus, dass Paul zu den Athemar gehörte und von seinen Eltern geschickt worden war. Trotz der spitzen Degen war es ein schlimmer Zufall, dass Paul so schrecklich verletzt wurde. Aber wer weiß, was er mit Victor gemacht hätte, wenn Arek nicht eingeschritten wäre. Er tut normalerweise keiner Fliege etwas zu leide. Arek hat sich das Ganze nie verziehen. Das Ziel der Nevox ist, gewaltlos zu kämpfen. Ich glaube, Arek ist daran zerbrochen, dieses Prinzip verletzt zu haben. Er war gerade mal vierzehn."

„Scheiße", bringe ich unter vorgehaltener Hand hervor, „er ist das Bild bestimmt nie losgeworden."

Liv nickt langsam. „Wir haben ihn zwei Tage lang nicht wiedergesehen. Irgendwann hat Mark ihn aus dem Wald zurückgeholt. Er war einen Monat lang nicht in der Schule, war nur draußen oder in der Bibliothek. Kein Wort gesprochen hat er. Wir alle haben mit ihm gelitten, weil wir wussten, dass er es sich nie verzeihen wird. Seit dem Vorfall ist Arek ein anderer Mensch. Früher waren wir unzertrennlich und haben den ganzen Tag zusammen verbracht. Mittlerweile ist er viel allein. Er hat ewig an seiner Barriere gearbeitet, damit keiner merkt, wie sehr er leidet."

„Deshalb ist für ihn die Narbe so schlimm", wispere ich. Wie bescheuert von mir, ihn so zu überfallen in der Hütte. Die Narbe erinnert ihn daran, was er getan hat.

„Arek hat sich geschworen, nie wieder die Kontrolle zu verlieren. Er ist so ernst seitdem. Und Victor hat natürlich heftige Schuldgefühle. Er würde alles für seinen Bruder tun." Liv seufzt.

In meinem Kopf bewegt es sich. Vieles macht auf einmal Sinn. Areks Verschlossenheit, sein Misstrauen gegenüber meinen Freunden, seine Barriere.

„Es muss ziemlich hart für Victor sein, nicht zu wissen, was mit Arek ist."

Liv nickt. „Egal, wo Arek jetzt ist, Victor würde sofort mit ihm tauschen, das weiß ich genau."

Ich kaue auf meiner Oberlippe und sehe aus dem Fenster in die Dunkelheit. Victor muss es noch viel schlechter gehen als mir. Geistesabwesend starre ich hinaus in den nebelverhangenen Wald.

„Lass uns ins Bett gehen", sagt Liv, steht auf und klopft die Decke glatt.

Ich nicke, löse meinen Blick vom Fenster, zucke aber direkt wieder zurück.

Da draußen war was. Ein Licht?

„Liv, warte mal", sage ich und halte den Atem an. Den Blick an die dunklen Bäume geheftet.

Auch Liv hält inne und kommt ans Fenster. Wieder ein Blitzen im Wald. Ich öffne das Fenster und eisige Luft schlägt uns entgegen. Wir lauschen. Ist das ein Knirschen? Ein Vogel flattert auf.

Und plötzlich helle Scheinwerfer, die sich durch den dichten Nebel drängen. Mein Herz sackt mir in die Hose. Ein Geländewagen schiebt sich durch den Waldvorhang und rollt die Kieseinfahrt hinauf.

Bitte lass es ihn sein. Zweifel rumoren in meiner Magengegend. Und auf einmal ist da ein Summen in meinem Körper. Ein sehr vertrautes Summen. Ich lache auf und Liv starrt mich mit erhobener Augenbraue von der Seite an.

„Was ist los? Wer ist es?"

Aber ich drehe mich nur auf dem Absatz um und renne aus dem Zimmer nach unten. Liv poltert hinter mir her die Treppen hinunter.

Ich spüre ihn jetzt deutlich. Und es ist, als würde ich das erste Mal frei atmen, seit ich einen Fuß auf dieses Anwesen gesetzt habe.

Wir rennen durch die Eingangshalle und ich reiße die Haustür auf. Nur mit Socken treten wir hinaus auf die Schwelle. Nobi steht neben seinem Auto und gestikuliert wild in Richtung des herannahenden Gefährts. Er zeigt auf den freien Parkplatz. Kiesstaub wirbelt im Scheinwerferlicht. Es ist so dunkel, dass ich nicht erkennen kann, wer darin sitzt. Aber ich spüre es. Wärme breitet sich in mir aus.

Der Wagen kommt zum Stehen und die Fahrertür öffnet sich. Ich schlucke und erkenne den dunklen Schopf. Sein Kopf dreht sich blitzschnell zur Haustür. Zu mir. Unsere Blicke haften aneinander und ich meine, ein stilles Lächeln zu sehen, das sich für eine Sekunde auf seine angespannte Miene legt. Jetzt steigt er aus und geht um den Wagen herum. Er öffnet die Beifahrertür und greift hinein. Ein zweiter Haarschopf erscheint. Wer ist das? Arek hilft dem Beifahrer aus dem Auto und lupft dessen Arm über seine Schulter. Angestrengt schleift er seine Begleitung, die neben ihm her humpelt, zu Nobi. Der gibt dem Neuankömmling die Hand und zeigt dann zum Haus. Arek nickt und die zwei steuern das Haus an. Das Licht, das aus dem Haus dringt, erhellt jetzt das Gesicht des anderen und ich stoße den Atem aus. Caleb. Sein Blick ist starr nach vorne gerichtet und er hat offenbar alle Mühe, sich auf den Beinen zu halten.

Ist er deswegen noch mal zurückgerannt? Um Caleb zu holen? Liv eilt über den Kies und fällt Arek um den Hals.

Jetzt geht sie zu Nobi und hilft ihm mit dem Gepäck. Ich gehe ebenfalls zu den zwei Jungs und greife unter Calebs anderen Arm. Dieser dreht nur langsam den Kopf und blinzelt.

„N… Nara", stottert er und verzieht schmerzvoll das Gesicht.

Ich nicke ihm zu und helfe Arek, ihn über die Türschwelle zu heben. Henry steht in der Eingangshalle und nimmt ihn uns ab. Dabei fällt mein Blick auf Calebs vernarbten Unterarm. Und plötzlich verstehe ich. Es scheint, als hätten wir beide die gleiche Idee gehabt, nur dass er wohl keinen Zettel zur Hand hatte. Mir schaudert es bei dem Gedanken, wie Caleb sich diese vielen kleinen Narben zufügt, um die Tage zu zählen. Mit geweiteten Augen mustere ich ihn. Sein Blick ist leer und sein Gesicht um einiges schmäler als sonst. Er muss viel länger dort gewesen sein als ich. Er sieht vollkommen verändert aus. Verbraucht.

Mit seinen muskelbepackten Armen greift Henry ihn unter den Achseln und hilft ihm in den offenen Aufzug. Die Tür schließt sich und die zwei verschwinden.

Wie angewurzelt stehe ich da, mein Blick auf Arek gerichtet. Der ist ebenfalls erstarrt und sieht mir kiefermahlend in die Augen.

Langsam setzt er sich in Bewegung, nähert sich mir und zieht mich wortlos an sich. Ich lege meine Arme fest um seinen Oberkörper und presse meinen Kopf an seine Brust. Arek fährt mir durch die Haare und legt seine Hand an meinen Hinterkopf. Sein Kopf senkt sich auf meinen. An meiner Wange hebt und senkt sich seine Brust. Auch ich atme schnell und blinzele.

„Nara", sagt er leise mit seiner unendlich tiefen Stimme.

Ich schmelze in ihn hinein. Areks Griff ist fest und er stößt einen langen Atemzug aus. Jetzt löst er sich ein Stück und nimmt meinen Kopf in beide Hände.

„Du hast mich gefunden." Etwas glitzert in seinen Augen.

Ich presse die Lippen aufeinander und halte mit aller Anstrengung die Tränen zurück. Bevor er etwas Weiteres sagen kann, finde ich meine brüchige Stimme.

„Du hast mich aus dem Trakt geholt. Danke."

Ernst starrt er in meine Augen hinein. Langsam schüttelt er den Kopf.

„Du hast dich selbst aus dem Trakt geholt, Nara. Du hast getan, was niemand für möglich gehalten hätte." Jetzt lächelt er und senkt seine Stirn auf meine herab.

„Ich hab dich vermisst", flüstere ich.

Arek atmet tief ein. Eine wohltuende Welle fließt von seinem Körper auf meinen über. Wärmer als alles, was ich zuvor gespürt habe. Ich treibe im eisblauen Meer seiner Iriden und schließe die Augen, während er seine Lippen sanft auf meine Stirn drückt.

„Hey, kommt ihr ins Wohnzimmer?" Nobi tritt in die Eingangshalle, gefolgt von Liv, die einen großen Rucksack schleppt. „Ich glaube, da sind eine Menge Leute, die sich freuen dich zu sehen, Arek." Die beiden verschwinden durch eine der vielen Türen.

Kurz drücke ich Areks Hand und wir setzen uns in Bewegung. Wir gehen zur Tür und Arek hält inne. Seine Finger liegen auf der Türklinke, aber er zögert und sieht mich mit ernster Miene an. Jetzt schleicht sich ein schelmisches Grinsen auf seine Lippen.

„Lasagne", sagt er mit glitzernden Augen.

„Was?" Ich ziehe eine Augenbraue noch oben.

„Mein Lieblingsessen", ergänzt er.

Ich lache auf und ziehe ihn noch einmal an mich. Lächelnd atme ich seinen vertrauten, holzigen Duft ein. Ich fahre mit dem Daumen über seine Wange und unsere Energien verbinden sich. Jeder einzelne Muskel in meinem Körper entspannt sich.

Areks Lippen streichen sanft über die Narbe an meiner Wange und ich seufze leise. Mein Gott habe ich diesen Jungen vermisst. Ich versuche, diesen Moment aufzusaugen und fasse einen Entschluss.

Mir ist egal, was mein Blut sagt oder welcher Buchstabe in meine Kopfhaut tätowiert ist. Ich bin es leid, alten Erinnerungen hinterherzujagen. Ich werde neue schaffen. Und zwar so viele wie möglich. Hier. Mit ihnen. Es ist Zeit, nicht länger zuzulassen, dass meine Gedanken mir Streiche spielen. Ich bin nicht meine Gedanken. Ich bin jetzt.

„Ich hab dich verdammt gern", raunt Arek leise in mein Ohr.

In meinem Herz rastet etwas ein.

„Ich dich auch, Arek", sage ich sanft und füge grinsend hinzu, „auch wenn du das wahrscheinlich von der ersten Sekunde an gewusst hast."

Er schmunzelt und vergräbt sein Gesicht in meinen Haaren.

Ruhe kehrt in mir ein, denn ich weiß, dass ich angekommen bin. Und es fühlt sich an, als sei das erst der Anfang.

Danksagung

Das ist es nun – mein erstes Buch. Auf dem Weg hierher haben mich viele Menschen begleitet, manche eng, manche nur ganz flüchtig. Jede dieser Begegnungen hat dazu beigetragen, dass ich meinen Weg als Autorin gehen kann und ich bin unfassbar dankbar dafür.

Im Gewürzregal eines Buchs ist das Lektorat das Salz: Ohne schmeckt's fad, wenn man nicht aufpasst. Danke, Stephan, dass du dich mit mir auf die Reise gemacht hast! Mein Dank gilt ebenso Astrid, Evelyn und Katja. Durch euch sieht *Was mir fehlt* sowohl von innen als auch von außen wie ein Buch aus. Danke auch an Franzi, Rahel und Milana, die eine entscheidende Instanz auf dem Weg der Überarbeitung waren, bessere Testleserinnen hätte ich mir nicht wünschen können!

Zuletzt möchte ich *dir* danken. Du hast Nara eine Chance gegeben und hältst nun ihr Abenteuer in Händen. Es erfüllt mich mit Glück, Ehrfurcht und Dankbarkeit, dass Menschen meine Geschichte lesen und sie somit erst lebendig machen. Abenteuer sind dazu da, gelebt zu werden – ihr sorgt dafür, dass ich meins leben darf.

Mit diesem Roman habe ich mir einen Lebenstraum erfüllt. Und ich freue mich darauf, weiter zu träumen!

Ganz liebe Grüße, Lizzy Waters

Lizzy Waters

Lizzy Waters lebt und schreibt im schönen Freiburg im Breisgau. Neben ihrer Romantasy-Dilogie hat sie bereits mehrere Kurzgeschichten in Anthologien veröffentlicht. Während sie ihrer Liebe für Literatur in ihrer Arbeit im Buchhandel nachgeht, tüftelt sie bereits an den nächsten Buchprojekten. Auf Instagram teilt sie unter @lizzythescriber ihr Autorinnenleben und liebgewonnene Herzensbücher.

Wofür ich bleibe

„Sie verlassen dich nie, die Gefühle. Sie schlafen nur, wenn du sie vergisst."

Seit drei Monaten lebt Nara in Sicherheit auf dem Anwesen der Nevox. Doch die vergangenen Ereignisse lassen ihr keine Ruhe und auch in den eigenen Reihen tauchen plötzlich Verbindungen zu den Athemar auf. Während Nara den Machenschaften der Clans immer weiter auf die Spur kommt, schenkt ausgerechnet Arek ihr keinen Glauben. Die einzige Hoffnung sieht Nara bei Tamena, einer schweigsamen Waldbewohnerin, welche einen jahrhundertealten Wissensschatz über Pflanzenkräfte und Naturenergien hütet. Diese werden bei den Nevox jedoch nirgends erwähnt. Je intensiver sich Nara damit beschäftigt, desto mehr Widerstände scheinen sich aufzutun. Wird das neu erlangte Wissen schlussendlich ausreichen, um dem Unheil durch ihren Vater ein für alle Mal ein Ende zu setzen?

Das Finale der Romantasy-Dilogie von Lizzy Waters